Artur Brausewetter

Stirb und werde!

Roman

Artur Brausewetter

Stirb und werde!

Roman

ISBN/EAN: 9783959131865

Auflage: 1

Erscheinungsjahr: 2017

Erscheinungsort: Treuchtlingen, Deutschland

Literaricon Verlag UG (haftungsgeschränkt), Uhlbergstr. 18, 91757 Treuchtlingen. Geschäftsführer: Günther Reiter-Werdin, www.literaricon.de. Dieser Titel ist ein Nachdruck eines historischen Buches. Es musste auf alte Vorlagen zurückgegriffen werden; hieraus zwangsläufig resultierende Qualitätsverluste bitten wir zu entschuldigen.

Printed in Germany

Cover: Albrecht Altdorfer, Landschaft bei Regensburg, Abb. gemeinfrei

Stirb und werde!

Roman
von
Artur Brausewetter

Verlag von Otto Janke :: Berlin SW 11

Erstes Buch

1. Kapitel.

"Was tut Ihr? Wozu seid Ihr da? Zum Sterben! Zum Leben brauchen Euch die Menschen doch nicht."

Der alte David Steppenreiter hatte Grund, seiner oft angestimmten Zorneslitanei heute besonderen Nachdruck zu geben; er hatte eben den Kaufkontrakt unterschrieben, durch den seine Apotheke mit angrenzendem Kolonial- und Delikatessengeschäft an seinen Nachbar, den Tuchhändler Kuckelkorn, überging.

"Über 150 Jahre ist die Apotheke in den Händen der Steppenreiter gewesen. Immer kam sie vom Vater auf den Sohn, und jeder hat in ihr sein Brot gefunden. Mein Vater tat das Geschäft dazu und hat es nie bereut. Und nun setzen sich die Kuckelkorns hinein, die schon so lange darauf gelauert, und ich kann auf meine alten Tage zusehen, wie sie von meiner Arbeit fett werden."

"Nun laß doch, David, es wird auch so gut sein."

Die kleine Frau mit den stillen, klugen Zügen und den geduldigen Augen warf es mit

ihrer sanften Stimme ein. Sie wollte beschwich=
tigen und goß nur Öl ins Feuer.

„Laß doch! laß doch! Das hast du dein
ganzes Leben lang gesagt. Und ich war Narr
genug, deiner Weiberweisheit zu folgen. Wäre
ich nur energischer gewesen, er hätte sich die ver=
trackte Marotte schon aus dem Kopfe geschlagen."

„Da irrst du, Vater."

Es war das erstemal, daß der das Wort
nahm, dem der heiße Zornesausbruch des Alten
galt: ein Mann von vielleicht 35 Jahren, dessen
mittelgroße, sehr hagere Gestalt ein enganliegen=
der, bis zum Halse zugeknöpfter Rock umschloß.
In einige Aktenstücke vertieft, saß er an dem
altmodischen Schreibtisch, als ginge die ganze
Unterhaltung ihn überhaupt nichts an. Auch jetzt
blätterte er in seinen Papieren weiter und ließ
die Mutter mit ihrer gemessenen Ruhe seine
Sache führen.

„Er hatte von der Schule an nur die eine
Neigung —"

„Hätte sie tausendmal haben können, wenn
er nicht mein Einziger gewesen wäre! Für den
war die Apotheke. Du meine Güte, wie manches
Mal habe ich es mir ausgemalt: wenn wir hier
oben in warmer Beschaulichkeit auf unserem
Altenteil sitzen und er da unten herumwirtschaf=
ten würde, bald in der Apotheke, bald im Ge=

schäft mit flinken Händen und jungen Beinen, daß es nur solche Lust wäre! Und nun macht's der aufgeblasene Frosch, der junge Kuckelkorn, für den sein Vater besser sorgen konnte, als ich für meinen Einzigen."

„Du hast dein möglichstes getan."

„Damit mein Sohn just den Beruf erwählte, den ich nie habe ausstehen können. Die Dokters und die Pasters — das habe ich immer gesagt. Aber die Pasters sind doch noch schlimmer. Du bist mir eine gute Frau gewesen, Christine. Aber hätte ich gewußt, daß es eine so nichtswürdige Vererbung gäbe, ich hätte es mir zehnmal überlegt, ehe ich bei dem alten Superintendenten um dich anhielt."

Die stille Frau berührten seine Vorwürfe nicht, sie hatte sie zu oft gehört.

„Ein tüchtiger Pastor ist auch etwas wert," sagte sie nebenhin.

„Für alte Weiber — meinethalben. Männer brauchen ihn nicht. Lange genug habe ich mich gesträubt, bis ich den Kuckelkorns zu solchem Geschäfte verhalf. Seit 10 Jahren streicht der alte Fuchs um meine Apotheke herum. Aber ich hoffte, die lange Zeit da drüben in der westpreußischen Diaspora in der kassubischen Sandwüste würde dich zur Besinnung bringen —"

„Da hast du dich wiederum getäuscht."

Zum zweitenmal sah der junge Geistliche von seinen Akten auf. „In dem wirtschaftlichen und seelischen Elend dort sah ich, daß wir doch für andere da sind, als für alte Weiber. Da lernte ich meinen Beruf erst lieben. Hätte ich es nicht der Mutter wegen getan, ich hätte die Stelle hier trotz ihrer Vorzüge nie gegen meine kassubische Sandwüste eingetauscht."

„Was in ihren Kräften stand, hat deine Mutter getan, das muß man ihr lassen. Der Storkower hat keine ruhige Stunde gehabt, bis er dir seine Stimme gab. Nun bist du wohlbestallter Pfarrer von seinen Patronatsgnaden, und ich muß vor dem hochmütigen Kerl, dem ich sonst aus dem Wege ging, den Hut ziehen, weil er meinen Sohn mit solcher Stelle beehrte."

Es schellte. Ein Kutscher in Livree mit weißen Hofen und gelben Stulpenstiefeln gab einen Brief an den Herrn Pfarrer ab.

„Wenn man vom Wolf spricht —" polterte der Alte. „Dein Herr befiehlt dich."

„Sagen Sie, daß ich morgen nachmittag um 5 Uhr den Wagen erwarten werde."

„Was will er?" fragte der Alte, nachdem der Kutscher gegangen.

„Er bittet mich zu einer Unterredung nach Storkow."

„Warum kommt er nicht zu dir?"

„Er wird es das nächstemal tun."
„Wirst du es ihm sagen?"
„Ja."
„Nimm dich vor ihm in acht. Er verkehrt nur mit den Adligen und hat uns Krämer immer von oben herab angesehen."
„Ich habe mir noch nie etwas vergeben."

* * *

Die kleine hinterpommersche Stadt Plantiko war eine einzige Straße mit vielen Bänken vor den Häusern, die jeden zweiten Frühling mit grüner Ölfarbe frisch gestrichen wurden, und mit einer noch größeren Zahl von Fensterspiegeln, die in der Sonne wie fließendes Metall leuchteten und im Winde knarrten und knatterten wie Wetterfahnen. Beide, die Bänke wie die Spiegel, spielten im Leben der Plantikoer eine große Rolle, diese, weil sie Gelegenheit gaben, jeden Wagen, jeden Reiter, jeden Fußgänger, der sich in das Weichbild Plantikos begab, auf Schritt und Tritt zu verfolgen, jene, weil sie in allabendlicher, feierlicher Dämmerung zum gewissenhaften Austausch der am Tage angestellten Beobachtungen und Mutmaßungen dienten. So konnte sich weder in Plantiko noch in seiner Umgebung irgend etwas ereignen, das der durchbringenden Prüfung der Spiegel, dem Rate der grüngestrichenen Bänke entgangen wäre. Da die Stadt den alleinigen Durchgang zum platten Lande bildete, so war sie eine Art Sperre, durch die jeder hindurch mußte. Und die Plantikoer wußten genau Bescheid über jeden Besuch, der auf den Nachbargütern einkehrte, über die Stunde seiner Ankunft, die Dauer seines Aufenthalts, ja meist auch über den Zweck seines Kommens. Kein Ereignis froher oder trüber, gleichgültiger oder aufregender, häuslicher oder geschäftlicher Art, keine Sorge, kein noch so ängstlich gehütetes Geheimnis blieb den Spiegeln verborgen, deren großes, verschlingendes Auge bis in die Winkel aller Herzen und Häuser Plantikos drang, ja weit über diese hinfort in die Guts-, Pfarr- und Inspektorwohnungen der Umgegend mit seinem Falkenblicke leuchtete. Und wenn die Bilder, die sie zurückwarfen, hier und da leere Flächen wiesen, dann füllte und formte sie der Kombinationsgeist der grünen Bänke zu lückenloser Einheit. So war es nur natürlich, daß ganz Plantiko wußte, daß sein neugewählter Pfarrer gleich am ersten Tage seiner Ankunft nach Storkow zum Amtsrat Busekist beordert war, dessen Einfluß den ganzen Kreis beherrschte, und der auch über die Stadtkirche Patronatsrechte übte.

Martin Steppenreiter kümmerte sich wenig um die Unruhe und Mühe, die er Plantiko und seinen Spiegeln bereitete. Er lehnte sich in den Sitz des offenen Wagens zurück und beobachtete mit Freuden das Ausgreifen der schönen, gleichmäßig gebauten Rappen.

Um die kleine Stadt herum sah man den Rauch und Qualm einiger Schornsteine, ein Zeichen, daß die Industrie auch in diese einmal so stillen Landgründe ihren Eingang suchte. Ein Trupp von Arbeitern kam dem Wagen entgegen,- nicht einer lüftete die Mütze. Erst als man die große Landstraße verlassen hatte und auf den alten Privatweg eingebogen war, der nach Storkow führte, kam das Land in seiner unberührten Eigenheit zur Geltung.

Der Schnee war von den Äckern hinweggeschmolzen, glatt und kahl breiteten sie sich jenseits der dürren Baumskelette aus, die den Weg flankierten. Aber unter den letzten Strahlen der scheidenden Sonne erhielten sie bereits jene violette Färbung, die das keimende Leben verheißt. — —

Martins Gedanken eilten den Pferden voraus und waren in Storkow. Er erinnerte sich der wenigen Stunden, die er als Junge, später einmal noch als Student auf dem großen Gute zugebracht. Viele Jahre waren darüber hinweggegangen. Der Storkower hatte seine zarte Frau bei der Geburt eines kleinen Nachkömmlings verloren, eine Tochter, die er als Kind gekannt, war längst herangereift, auf dem Gute hatten sich allerlei Veränderungen vollzogen, nur eins war genau dasselbe geblieben, das bestand, solange er denken konnte: die Spannung zwischen dem Storkower und seinem hartköpfigen Vater. Sie hatte keinen greifbaren Grund. Aber der Alte glaubte sich von den großen Grundbesitzern der Gegend über die Achsel angesehen, und vollends der Storkower war rotes Tuch für ihn. Dessen Namen brauchte man nur zu nennen, um ihn in Wallung zu bringen. Den Adel und alles, was mit ihm zusammenhing, betrachtete sein demokratisches Gemüt als geschworene Feinde. Und den Storkower, obwohl er bürgerlich war, rechnete er unter die „Junker", ja er erschien ihm schlimmer als diese. Und just der hatte seinen Sohn zum Pfarrer in die Vaterstadt gerufen. Martin mußte lächeln: Wahrlich, man konnte dem alten Graukopf die schlechte Laune nicht so ganz verdenken, mit der er jetzt unausgesetzt sich und seine Umgebung quälte. Durch seine schönsten Pläne und Hoffnungen hatte ihm das Schicksal einen dicken, schwarzen Strich gemacht.

Die Umgebung da draußen zog ihn bald

von seinem Sinnen ab und der Lärm, den die
Stare machten. Die waren an der Arbeit, die
alten Nester wohnlich einzurichten. Einige
Müßiggänger unter ihnen liefen planlos über
die Felder und ließen sich durch die Zurufe der
fleißigeren Genossen in ihrem gemächlichen Spa=
ziergange nicht stören. Nur wenn die Schreier
ihnen gar zu zudringlich wurden, gaben sie mit
einem abwehrenden Gezwitscher Antwort.

Die Rappen hatten ihre heftige Gangart ein=
gestellt, mühsam quälten sie sich eine steile An=
höhe empor. Dazu war der Weg, dessen Instand=
haltung hier den Bauern oblag, miserabel,
größere Steinfelder, über die der Wagen knir=
schend dahinstuckerte, wechselten mit tiefen, wasser=
gefüllten Löchern, in denen er versank. Endlich
war der Gipfel erreicht. Die Sonne sank in eine
Wolkenbank am Horizont, eine frische Abend=
luft wehte und trieb Martin, den Mantel, den
er bereits geöffnet, fest zu schließen und die Pelz=
decke dichter um seine Füße zu legen. Von dem
frischen, feucht duftenden Ackerfeld her rief ein
Kiebitz, und eine Schar wilder Gänse, vom Süden
kommend, wurde wie ein dünner, schwarzer Strich
hoch über dem goldgeränderten Saume der
Wolkenbank sichtbar. Die Kraft des wieder=
geborenen Lebens erfüllte die Luft mit geheim=
nisreichem Walten, sie wehte auch durch seine

Seele und ließ sie frohgestimmt und tatenstark einer Zukunft entgegenblicken, die für ihn, daran zweifelte er nicht, manchen Kampf bergen würde.

Über ein Pflaster, das einer Großstadt Ehre gemacht hätte, fuhr man durch das freundliche Dorf. Auch das Haus, vor dem jetzt der Wagen hielt, war nicht das einfache, alte mehr, wie er es aus seiner Jugend kannte; ein schloßartiger Bau, zu dem man durch ein hohes Portal einfuhr, war an seine Stelle getreten und schaute ein wenig herrisch auf seine idyllische Umgebung herab.

"Der Herr Amtsrat und das gnädige Fräulein sind ausgeritten, müssen aber gleich nach Hause kommen," meldete der Diener und führte den Pfarrer auf die in altdeutschem Stil mit Geschmack und Behagen ausgestattete Diele. Er empfand es als wenig taktvoll, daß niemand ihn empfing, wo sein Besuch doch eine verabredete Sache war, ergab sich aber in sein Schicksal und blätterte in einigen Zeitschriften und einem Bande guter Pferdebilder, die auf einem alten Nußbaumtische lagen. Als aber eine Viertelstunde verstrichen war, ohne daß die Herrschaft zurückgekehrt war, läutete er nach dem Diener.

"Veranlassen Sie, bitte, daß ich einen Wagen bekomme, der mich nach Plantiko zurückbringt."

Der Diener machte ein verdutztes Gesicht. „Die Herrschaft muß jeden Augenblick —"

„Ich warte bereits eine Viertelstunde und habe Besseres zu tun."

Wenige Minuten später fuhr derselbe Wagen vor, der ihn hierher gebracht. Er trat auf den Flur, der Diener war ihm beim Anlegen seiner Sachen behilflich — in demselben Augenblicke klangen Huftritte über das Steinpflaster. Der Amtsrat kehrte an der Seite seiner Tochter von seinem Spazierritt zurück und sah seine Kalesche vor der Schloßrampe.

„Bist du eben erst gekommen?" fragte er den Kutscher.

„Schon vor einer halben Stunde."

„Wartest du etwa auf den Herrn Pfarrer? Ich sagte dir doch, daß du ausspannen solltest."

„Das hatte ich auch getan, der Herr ließ mich aber eben wieder vorkommen."

Da stieg der heiße Grimm in das Gesicht des Amtsrat. „Welcher Herr — zum Donnerwetter?!" rief er mit lauter Stimme. „Auf Storkow gibt es nur einen Herrn. Und der bin ich. Fahr zurück und spann aus!" Er stieg vom Pferde. Der Reitknecht sprang hinzu und nahm die Zügel des dampfenden Tieres. Herr Busekist half seiner Tochter aus dem Sattel. Sie sah, wie erregt er war.

„Ich bitte dich, Vater," sagte sie, „du wirst dich doch wegen solcher Sache nicht ärgern. Pastoren haben nun einmal keine Lebensart. Und vollends einer, der aus der Kaschubei kommt."

„Er ist der Sohn des Alten, das ist es. Aber mein Schädel ist auch hart. Wir wollen sehen, wer ihn sich zuerst einrennt."

Sie traten auf die Diele und trafen dort mit dem Pastor zusammen. Die junge Dame grüßte flüchtig und begab sich in das Innere des Hauses, die beiden Männer blieben allein.

„Ich darf Sie wohl bitten, noch einmal abzulegen," sagte der Amtsrat kühl, aber jetzt ganz ruhig. Er war Weltmann genug, um sich im gegebenen Augenblicke zu beherrschen.

Sie waren in sein Arbeitszimmer getreten und ließen sich in zwei großen Ledersesseln nieder. Der Diener reichte Tee und Zigarren.

„Ich habe Sie auf die Plantikoer Stelle berufen, nicht nur, um Ihrer Frau Mutter gefällig zu sein, sondern weil ich Sie nach den eingezogenen Erkundigungen und auf das Zeugnis Ihres Herrn Superintendenten für den rechten Mann für diese Stelle hielt."

Der Amtsrat sagte es leichthin, aber die gönnerhafte Leutseligkeit in seinen Worten war unverkennbar.

„Die Verhältnisse sind hier durchaus nicht so einfach, wie sie aussehen," fuhr er in derselben Tonart fort, „besonders in sozialer Beziehung. Das pastorale Landidyll hat sich überlebt. Der Kampf der Klassen ist von den Städten längst auf das flache Land getragen. Nur Ihr Plantiko hat das altväterlich hausbackene Kleid anbehalten. Sonst ist hier manches anders geworden. Wir haben auch hier bereits eine beginnende Industrie, und aus den Fabriken übertragen die Arbeiter das sozialdemokratische Gift in die ländlichen Kreise."

Martin sah nicht recht ein, weshalb ihm der Amtsrat in dieser belehrenden Art Dinge sagte, die ihm längst bekannt waren. Er verharrte in seinem Schweigen und ließ jenen weitersprechen.

„Ich betone das nur, um Ihnen für die Schwierigkeit Ihrer hiesigen Stellung von vornherein die Augen zu öffnen. Ihr Vorgänger war ein alter Mann, der in das heutige Leben nicht mehr hineinpaßte, es war die höchste Zeit, daß er sich emeritieren ließ. Wir brauchen eine frische Kraft, denn die Tage, wo der Geistliche ausschließlich Seelsorger war, sind vorüber. Sein Amt stellt ihn mitten in den Kampf hinein und fordert andere Gaben und Kräfte von ihm."

Das beharrliche Schweigen des Pfarrers fing an, dem Amtsrat lästig zu werden. Er verließ den Gegenstand, für den er kein Eingehen fand, und ging zu gleichgültigeren Dingen über.

„Die Wiederherstellung Ihrer Wohnung ist noch nicht beendet; ich wollte Ihre Wünsche hören."

„Ich wohne vorläufig bei meinen Eltern."

„Hm, hm. — Hat sich Ihr Herr Vater mit Ihrem Berufe und Ihrer Wahl hierher nun einigermaßen ausgesöhnt?"

„Nein."

„Also immer noch nicht. Er vertritt in der Gemeindekörperschaft eine meiner und der anderen Herren Besitzer entgegengesetzte Richtung; das erleichtert Ihre Stellung auch nicht."

„Ich glaube nicht, daß mir die politischen oder sozialen Ansichten meines Vaters irgendwelche Schwierigkeiten bereiten werden. Ein Geistlicher steht über den Parteien, wenigstens habe ich diesen Standpunkt stets vertreten."

„Nur hier möchte Ihnen seine Durchführung nicht leicht möglich sein."

Das Gespräch war wiederum in die alten verhängnisvollen Bahnen gelangt. Das Feuer glimmte unter der Asche. Der Amtsrat hatte auf ein anderes Entgegenkommen gerechnet.

Als das Mädchen die Lampen angezündet hatte, erschien die Tochter des Hauses. Marie Busekist mochte anfangs der Zwanziger sein; die vielen Pflichten aber und die Repräsentation des Hauses, die sie seit dem frühen Tode der Mutter übernommen, und mehr als dies: das stete und kameradschaftliche Zusammensein mit ihrem Vater hatten ihrem klugen und anziehenden Gesicht einen so ausgeprägten Ernst, ihrer ganzen Erscheinung eine solche Sicherheit gegeben, daß sie älter erschien als ihre Jahre. Da sich andererseits ihr Vater infolge seiner steten körperlichen Bewegung und des Sports, den er mit Leidenschaft trieb, sehr jung erhalten hatte, so wurden sie auf Reisen und auch auf Gesellschaften von denen, die sie nicht kannten, meist für ein Ehepaar gehalten, worauf der Amtsrat nicht wenig stolz war.

Das Eintreten der Dame brachte eine Änderung in die Unterhaltung, sie wurde behaglicher und weniger persönlich. Martin Steppenreiter streifte seine Zurückhaltung ab und begann lebhaft und mit Wärme von seiner früheren Stellung, von den Nöten und den oft ans Komische grenzenden Mißständen seines langen Aufenthalts in der Diaspora zu reden. Und bald merkte Fräulein Busekist, daß der neuberufene Geistliche nicht unter jene von ihr so abfällig beurteilte Gattung von Predigern fiel, der jede Lebensart abging.

Schließlich kam das Gespräch auf die Musik.

Martin setzte sich ohne jegliche Ziererei an den großen Flügel, und schon nach den ersten Klängen eines Nokturno von Chopin fühlten Vater und Tochter, daß sie einem Künstler zuhörten.

„Hast du mit dem Herrn Pfarrer über Lucie gesprochen?" fragte Marie, als sie wieder um den kleinen Tisch am Kamin saßen.

„Ich bin bis jetzt nicht dazu gekommen." Und nun zu seinem Gaste sich wendend: „Ich habe bisher die Hauptsache unerwähnt gelassen, deretwegen ich Sie hierher bat. Meine jüngste Tochter ist in das Alter gekommen, in dem ich an ihre Einsegnung denken muß. Ich möchte Sie deshalb bitten, ihr den vorbereitenden Unterricht zu erteilen."

„Sehr gerne. Ich gedenke meine Konfir=mandenstunden in Plantiko in der nächsten Woche zu beginnen."

„Nach Plantiko möchte ich Lucie nicht schicken."

„Wenn sich eine genügende Anzahl von Kin=dern in Storkow und in der Umgegend findet, wäre ich auch bereit, einmal in der Woche hier in der Schule Unterricht zu halten."

„Auch dahin würde ich meine Tochter nicht geben. Meine Bitte an Sie geht vielmehr dahin, ihr hier oder, wenn es Ihnen lieber ist, in Ihrem

Pfarrhause die Konfirmandenstunden zu erteilen."

„Ihre Tochter ist kränklich?"

„Das kann ich nicht sagen."

„Aber weshalb denn allein?"

„Weil ich nicht wünsche, daß sie mit den Kindern meiner Tagelöhner und Bauern zusammen zum Unterricht geht."

„Wenn dies der Grund ist, so bedauere ich, Ihrem Wunsche nicht entsprechen zu können."

Ein hart abweisender Ton lag in den Worten des Pfarrers. Der Amtsrat wollte heftig erwidern, bezwang sich jedoch, stand von seinem Stuhle auf und trat an das Fenster. Marie aber, die bis jetzt ihren Kopf über eine feine Stickerei gebeugt hatte, sah den Geistlichen mit einem kurzen, erschreckten Blicke an. Ein großes Erstaunen lag auf dem feingezeichneten Oval ihres ernsten Antlitzes, zugleich eine Spannung, was jetzt erfolgen würde, denn noch nie hatte jemand dem Willen ihres Vaters in so entschiedener Weise widersprochen.

Eine lange, peinliche Pause. Der Amtsrat hatte sich wieder gesetzt und seine Zigarre in Brand gesteckt. Ganz ruhig, aber mit eisiger Kälte wandte er sich zu dem Geistlichen: „Darf ich die Gründe hören, die Sie zu einer so entschiedenen Ablehnung meiner Bitte veranlassen?"

„Sie liegen in meiner Auffassung von meinem Amte und seinen sozialen Forderungen. Ich kann nicht die Hand bieten, den scharfen Klassengegensatz, der unser gesellschaftliches und wirtschaftliches Leben zerklüftet, in die Kirche zu verpflanzen, der ich zu dienen habe. Sie kennt nicht den Gegensatz zwischen Herrschaft und Gesinde, kennt ihn am wenigsten Kindern gegenüber."

„Ihre Herren Amtsbrüder denken Gott sei Dank anders wie Sie. Die Kinder der größeren Besitzer der Umgegend sind stets allein unterrichtet und konfirmiert worden. Auch du, Marie, nicht wahr, wurdest damals von unserm alten Pfarrer allein eingesegnet?"

Sie nickte nur mit dem Kopfe.

„Das bedaure ich. Es kann aber meine Ansicht nicht erschüttern. Die Kirche, in deren Dienst ich stehe, will nicht scheiden, sondern verbinden. Sie hat ihre Rolle ausgespielt, ihre Mission verleugnet, wenn sie sich dazu hergibt, dem Besitze oder der sozialen Stellung Vorrechte einzuräumen."

„Es liegt mir fern, Ihren Entschluß zu beeinflussen. Eins aber möchte ich Ihnen zu bedenken geben: wie wenig ersprießlich für Ihre Stellung und auch für Ihre Wirksamkeit es werden kann, wenn Sie sich gleich beim Antritt Ihres

Amtes mit den maßgebenden Männern hier in Widerspruch setzen. Denn ich stehe mit meiner Auffassung nicht allein, meine Nachbarn denken wie ich."

„Ich glaube, daß meine Ablehnung, auf der ich beharren muß, Konsequenzen tragen wird. Aber ich habe nur einem Herrn zu dienen."

„Dann habe ich nichts weiter zu sagen. Über meine Tochter und ihren Unterricht werde ich mir meine Entschließungen vorbehalten."

Kein Wort ward weiter gesprochen. Das Mädchen meldete den Oberinspektor; der Amts= rat verließ mit kurzer Entschuldigung das Zimmer.

Martin suchte eine gequälte Unterhaltung mit der Dame des Hauses herzustellen; sie ant= wortete einsilbig. Wenn er den Blick über ihr Antlitz streifen ließ, dann fielen ihm dieselben entschiedenen, ein wenig hochmütigen Linien auf, wie sie die Züge des Vaters wiesen. Aber die ernsten Augen mit dem sammetartigen Glanz blickten nachdenklich und in sich gekehrt.

Der Amtsrat hatte seine kurze Unterredung beendet. Martin erhob sich und bat um den Wagen. Da trat ein Herr in das Zimmer, der erwartet schien und vom Amtsrat wie seiner Tochter freundschaftlich begrüßt wurde. Er stand trotz der starken Falte auf seiner Stirn im noch jugendlichen Mannesalter. Seine Kleidung war korrekt, seine Haltung gemessen. Das kluge, ein wenig zwinkernde Auge unter der hohen, wohlgeformten Stirn war von einem stumpfen Grau, aus dem manchmal ganz unvermutet ein geheimes Leuchten brach.

„Herr Landrat Bonin," stellte der Amtsrat vor.

Der Eintritt des Fremden bot Martin die lange gesuchte Gelegenheit, sich zu verabschieden. Aber jener legte Verwahrung ein. „Ich möchte Sie auf keinen Fall vertreiben, Herr Pfarrer. Hatten wir nicht telephonisch verabredet, lieber Busekist, daß ich Herrn Steppenreiter in meinem Coupé nach Hause mitnehmen sollte? Es ist für mich nur ein kleiner Umweg über Plantiko."

Das Fräulein bat den Pfarrer, mit ihnen zu Tisch zu gehen. Der fand im Augenblick keine passende Ausrede, wollte auch dem Amtsrat das Fuhrwerk ersparen und sagte zu.

Obwohl Herr Busekist und seine Tochter ihre Mißstimmung als gewandte Wirte in keiner Weise merken ließen, verlief das Abendbrot frostig. Der neu hinzugekommene Besucher mochte auch einen Teil der Schuld tragen. In seiner ganzen Art lag ein fühlbarer Impuls der Lebhaftigkeit, dennoch verhielt er sich heute meist schweigend, hörte auf die Ausführungen des

Amtsrates, welcher der alleinige Träger des Gesprächs blieb, nur mit halbem Ohre hin, warf ab und zu einen seiner flüchtigen Blicke bald auf die Dame des Hauses, bald auf Martin und senkte das kluge, aber teilnahmlose Auge in das Glas Rotwein, von dem er zum Verdruß seines Wirtes nur nippte. So schleppte sich die Unterhaltung, die Angelegenheiten des Kreises berührte, müde und siech in konventionellen Reden hin, und Martin merkte bald, daß man ihn nur soweit hineinzog, als es die gesellschaftliche Form verlangte, die der Amtsrat so wenig verletzte wie Herr Bonin. Marie, die still und ein wenig gelangweilt an der Tafel gesessen, zog sich bald zurück, die Herren rauchten im Arbeitszimmer des Amtsrats ihre Zigarre. Aber schon um die zehnte Stunde bestellte der Landrat sein Coupé.

Eine ganze Weile waren die beiden Männer durch die Nacht gefahren, ohne daß sie ein Wort gewechselt hatten. Es war kalt draußen, ein scharfer Wind wehte, aber mit ihm drang durch das Fenster, das sie heruntergelassen hatten, die würzige Frühlingsluft und der Duft des Landes. Am Himmel leuchteten die Sterne, und am Horizonte, ab und zu durch einen eilenden Wolkenschatten gedeckt, zitterte die dünne Sichel des abnehmenden Mondes, glühend und rot, wie das Stück einer Blutorange, durch die Fensterrahmung. Ächzend und knarrend arbeiteten sich die dünnen Räder durch die schlechten, steinigen Wege die Storkower Höhe empor, ein dichter grauer Dampf stieg von dem Rücken der Pferde empor, einmal rief ein Nachtvogel, sonst war alles still.

„Sie waren zum erstenmal heute in Stor= kow?" sagte endlich der Landrat.

„Ja, seit meiner frühesten Jugendzeit."

„Fanden Sie den Storkower verändert?"

„Nein."

„Doch. Er ist ein anderer geworden seit dem Tode seiner Frau. Viel ernster und auch härter. Seine Formen sind nur zu gut, um es merken zu lassen. Schließlich hat er ja auch niemand, der ihn korrigiert."

„Er hat seine Tochter."

„Die tut es nicht. Nicht als ob es ihr am Willen oder an der Selbständigkeit fehlte. Aber sie ist genau wie er. Sie ergänzen sich, allein sie schleifen sich nicht ab."

Der Wagen fuhr den Berg geradeso lang= sam hinab, wie er ihn emporgeklimmt war. Die Räder versanken in den Löchern und knirschten über die Steine. Der Landrat fluchte über die elenden Wege. „Ich werde mir morgen die Bauern kaufen. Aber mit den Dickköpfen ist nicht viel anzufangen; Sie werden es auch noch merken."

„Ich habe heute schon mehrere Male das Gefühl gehabt, daß ich hier nicht weich gebettet sein werde," sagte Martin nach einer Weile.

„Gewiß nicht. Ja, wenn Sie es wie Ihr Vorgänger machten und alles gehen ließen wie es einmal geht, das ist die einzige Möglichkeit, mit dem Leben fertig zu werden; hier und überall. Aber dazu sind Sie nicht der Mann."

„Ich glaube, nein. Aber ich fürchte den Kampf nicht."

„Solange man jung ist, hat er Reize. Nachher wird das wohl anders. Nur mit dem Storkower dürfen Sie es nicht verderben, der ist allmächtig hier."

Der Pfarrer stutzte. Sollte der Landrat —? Freilich, diesem prüfenden Auge entging so leicht nichts.

„Wenn es sein muß, wage ich's auch wider ihn," antwortete er ruhig.

„Wem er einmal feind ist, dem ist er's unerbittlich, hüten Sie sich."

Martin sah voller Erstaunen auf seinen Nachbar. Durch alle Zurückhaltung, die nicht in seiner Natur zu liegen, die er vielmehr als Waffe zu brauchen schien, hatte sich der ursprüngliche Impuls seines Wesens Bahn gebrochen. Seine

Sprache war mit einmal eine andere geworden, alle Kälte, alles konventionell Gleichgültige war von ihr gestreift, eindringlich klang sie, beinahe warm. Jetzt war es ihm klar: dieser Mann wußte alles. Zugleich aber empfand er ein ihm kaum begreifliches Vertrauen diesem Fremden gegenüber, den er heute zum erstenmal kennen gelernt, dessen amtliche Miene und Haltung ihn abgestoßen hatten, und den er nun plötzlich in einem so ganz anderen Lichte sah.

„Ich danke Ihnen für Ihre Warnung, Herr Landrat. Aber sie kommt zu spät. Und selbst wenn sie mich früher erreicht hätte, sie wäre vergeblich gewesen."

„Vielleicht ist es noch nicht zu spät, vielleicht kann ich Ihnen von Nutzen sein." Und dann nach einer Pause: „Vorausgesetzt, daß Sie mir Ihr Vertrauen schenken wollen."

„Gerne. Der Amtsrat hatte mich zu sich gebeten, um mir einen Wunsch auszusprechen. Ich sollte seine jüngste Tochter abgesondert von allen anderen Kindern unterrichten und einsegnen. Er will nicht, daß sein Kind mit denen der Bauern und Tagelöhner zusammen vorbereitet und konfirmiert wird."

„Und Sie lehnten ab?"

„Ja."

"Das hätten Sie nicht tun sollen. Dieselbe Gepflogenheit finden Sie bei allen Großgrundbesitzern im Kreise, ja in der ganzen Umgegend."

"Das sagte mir auch der Amtsrat schon. Für mich aber ist eine solche Scheidung undenkbar. Ich gehöre nicht zu den Geistlichen, die imstande sind, zu lehren, was sie durch ihre Tat aufheben."

"Und doch haben Sie unklug gehandelt. Indem Sie hier ablehnten, wo es sich im Grunde nur um eine Kleinigkeit, um ein leeres Standesvorurteil handelte, haben Sie Ihrem Wirken den Weg erschwert, unnötig erschwert nach meiner Meinung. Es werden andere, größere und wichtigere Aufgaben an Sie herantreten. Mit der Unterstützung des Amtsrats würde es Ihnen ein leichtes sein, sie durchzusetzen, denn sein Wille gibt hier den Ausschlag. Aber niemals wider ihn. Die Erfahrung wird mir recht geben."

Die Chaussee war erreicht. Das Coupé flog über die glatte Bahn dahin, die Hufe der ausgreifenden Pferde sprühten Funken. Der Pfarrer saß nachdenklich in seine Ecke gelehnt, der Landrat, der sich eine Zigarette immer an der anderen anzündete, schwieg ebenfalls.

"Sie mögen recht haben," sagte endlich

Martin, „denn Sie sprechen vom Standpunkte des welterfahrenen und weltklugen Mannes."

„Verzeihen Sie, ich bin auch Christ. Ob nach Ihrem Standpunkt, weiß ich nicht, jedenfalls bin ich es. Nur daß mein Christusbild vielleicht nicht das herkömmliche ist. Aber auch Ihr Heiland hat nicht nur die Arglosigkeit der Taube gepredigt, sondern zugleich die Klugheit der Schlange. Und vielleicht hat er damit etwas Ähnliches gemeint, wie meine Lebensweisheit es sich aufgebaut hat." Und als der Pfarrer nichts erwiderte: „Viele der heutigen Christen vergessen so leicht, daß sich bei Christus trotz aller idealen Höhe niemals eine Abwendung von der Realität des Lebens findet."

„Aber wer ihn verkünden will, der braucht nicht nur Weisheit, sondern vor allem Mut."

„Gewiß, den Mut des Weltstarken, der Sache wegen einen Pakt zu schließen, selbst wenn er gegen seine Natur ist."

„Sie haben das rechte Wort gesprochen: gegen seine Natur. Vielleicht vermag ich das nicht."

„Das unerbittliche Leben lehrt es uns alle."

„Aber wenn man es nicht lernen kann, nicht lernen will?"

Die Lichter der kleinen Stadt blitzten auf, der Wagen fuhr über einen Bahnübergang, gleich darauf brauste ein Zug heran und erschreckte die Pferde, daß sie zur Seite sprangen.

„Schreiben Sie dem Amtsrat, daß Sie sich die Sache reiflich überlegt haben, daß Sie —"

„Ich danke Ihnen, aber ich kann nicht."

„Ich wußte Ihre Antwort im voraus, und ich will nicht weiter in Sie bringen. Aber ich rufe Ihnen zu, was einst ein ahnungsvoller Mann dem großen Reformator sagte: ‚Mönchlein, du gehst einen schweren Gang‘."

„Ich muß ihn gehen."

„Ganz allein sollen Sie ihn nicht gehen. Als Weltmann trete ich für die Klugheit ein, aber ich liebe den Idealisten, selbst wenn er unklug handelt. Seine Gattung ist heute so selten. Die Stunde wird kommen, wo Sie sich nach jemand umsehen, der Ihnen die Hand reicht. Dann denken Sie an mich; doch da sind wir vor Ihrem Hause. Gute Nacht, Herr Pfarrer."

2. Kapitel.

Martin Steppenreiter war in seine Amts=
wohnung übergesiedelt. Ein eigenes Haus hatte
der Pfarrer in Plantiko nicht; nur eine Miets=
wohnung in einem größeren Hause, in dessen
Hintergebäude sich zweckmäßig ein Sargtischler
niedergelassen hatte, während das Erdgeschoß von
einem Lehrer bewohnt wurde, der zugleich
Küster war. Die lange Fensterfront wies zwei
Spiegel. Der Pfarrer sollte Gelegenheit haben,
seine Gemeindeglieder auf Schritt und Tritt zu
beobachten, wie es der alte Herr und mehr noch
dessen neugierige Frau getan.

Aber der neue Pfarrer war just das Gegen=
teil von seinem Vorgänger. Mit einem Eifer,
der überall befremdend wirkte, stürzte er sich in
seine neue Tätigkeit. Für einen Geistlichen, der
nicht Arbeitsfanatiker war, gab es in Plantiko
so gut wie nichts zu tun: die sonntägliche Pre=
digt, ein paar Konfirmandenstunden, die Er=
ledigung der notwendigsten Schreiben, einige
Amtshandlungen, und das Siebentagewerk war

leicht und schnell vollbracht. Für die seelsorgerische Tätigkeit hatten seinem Vorgänger die Spiegel genügt. Martin Steppenreiter aber genügten sie nicht; der schuf sich seine Arbeit auf Gebieten, die bis dahin niemand geahnt hatte. Zuerst suchte er die Fabrikarbeiter, die in den umliegenden Dörfern wohnten, in ihren Häusern auf. Sie wußten mit seinem Besuche nichts anzufangen, sie kannten dergleichen nicht, er setzte sie in Verlegenheit. Viele von ihnen gehörten sozialdemokratischen Verbänden an; die wiesen ihn schroff zurück. Aber er kam wieder. Sein Eifer und sein Ernst hatten etwas Bezwingendes, er gewann einige Männer, einen größeren Anhang fand er unter den Frauen.

Nun gründete er mit unendlicher Mühe und einem Widerstande, der seine ganze Kraft erforderte, einen nationalchristlichen Arbeiterverband. Die Besitzer, die diese Schöpfung mit Freuden hätten begrüßen sollen, zeigten sich ablehnend, manche unter ihnen hielten ihn für einen gefährlicheren Demagogen als die Sozialdemokraten. Er mache die Arbeiter eitel und selbstgerecht, meinten sie, er gebe ihnen „Persönlichkeitsdusel". Er merkte bald, daß der Amtsrat der Führer wider ihn war. Überall begegnete er seinem hemmenden Einflusse, überall spürte er jene Allmacht, vor der ihn der Landrat gewarnt hatte. In persönliche Berührung war er nicht mehr mit Herrn Busekist gekommen. Wenige Tage nach seinem Besuche auf Storkow hatte er ein Schreiben von ihm erhalten, in dem er ihn ersuchte, dem benachbarten Pfarrer die amtliche Erlaubnis zum Unterricht und zur Einsegnung seiner Tochter zu erteilen.

Er fühlte sich durch dies Ansinnen verletzt, er machte sich auf den Weg und sprach mit dem noch sehr jungen Amtsbruder. Dem war die Angelegenheit peinlich und unerquicklich. Aber einem Amtsrat Busekist durfte man nicht fortgesetzte Schwierigkeiten bereiten. Martin mußte sich dazu verstehen, die Erlaubnis zu erteilen.

Auch in gesellschaftlicher Beziehung merkte er, einen wie gefährlichen Feind er sich durch seine Weigerung geschaffen. Er hatte den größeren Besitzern seiner Gemeinde Besuche gemacht. Man erwiderte sie, aber wenige luden ihn ein. Nur einer stand zu ihm, ganz fest und unerschütterlich: der Landrat. Der ebnete ihm amtlich die Wege, wo er nur konnte, der bat ihn zu seinen Gesellschaften im weiteren wie im engeren Kreise mit einer fast auffallenden Geflissenheit. Er war unverheiratet, aber er machte ein großes Haus. Nur den Amtsrat und seine Tochter hatte Martin nie dort getroffen. War es ein Zufall, oder schien es selbst dem vor=

urteilsfreien Landrat nicht geraten, ihn mit
diesen zusammenzuladen?

Neue Kämpfe begannen. Der Pfarrer von
Plantiko hatte noch das verhängnisvolle Amt
eines Ortsschulinspektors. Vier Schulen mit
zwölf Lehrern waren seiner Aufsicht unterstellt.
Sein Vorgänger war der beste Freund der
Lehrer gewesen, weil er seinem Alter und seiner
Bequemlichkeit gemäß nur Scheinrevisionen hielt
und, zufrieden, wenn man ihn in Ruhe ließ, auf
diesem Gebiete alles gerade und gut hieß.

Nun kam ein Neuer. Der stellte Anforde=
rungen, der erschien sogar unangemeldet, hielt
auf peinlichste Erfüllung jeder Vorschrift und
ging in seinem Eifer manchmal vielleicht zu weit.
Eine allgemeine Empörung war die Folge. Be=
schwerden beim Landrat und bei der Regierung
liefen ein, die Lehrerkonferenzen gestalteten sich
zu feindlichen Kundgebungen.

Die Unbeliebtheit des neuen Pfarrers stieg.
Er nahm sie als sein Schicksal hin. Um so härter
aber trug ein anderer an ihr: sein Vater. Nicht
genug, daß sein Sohn den ihm so verhaßten Be=
ruf gewählt, er hatte nicht einmal das Geschick,
ihn auszufüllen. Immer neue Feinde schuf er
sich, keiner wollte etwas von ihm wissen. Sein
alter Freund, der Plantikoer Hauptlehrer, zuckte
traurig nur die Achsel, wenn das Gespräch auf

ihn kam. Gerade sein Verhalten gegen die Lehrer, die Abneigung, mit der man ihm in ihren Kreisen begegnete, empörte das liberale Herz des alten Apothekers. Frau Steppenreiter hatte einen schweren Stand. Sie durfte dem gereizten Manne nicht widersprechen, und sie ließ sich doch durch all sein Schmähen und Schelten in ihrer Liebe zum Sohne nicht beirren. In seinem, von jeder Rücksicht gegen sich und aller Furcht gegen andere freien Wesen fand sie die Züge des eigenen, einmal so verehrten Vaters.

Nun aber ereignete sich ein Vorfall, der die im stillen glimmende Fackel des Aufruhrs in immer größere Kreise trug.

Das Schulhaus in Storkow war baufällig. Der Lehrer wandte sich an den Amtsrat. Der wollte im Notfalle eine Ausbesserung bewilligen, sperrte sich aber gegen völligen Abbruch und Neu= bau. Jetzt kam der Lehrer zu seinem Vorgesetzten, dem Pfarrer. Martin mußte ihm recht geben, die Schulstube war verfallen, die Lehrerwohnung für die bescheidensten Bedürfnisse unzureichend. Als Vorsitzender des Schulvorstandes übergab er die Angelegenheit dem Landrat. Bonin kannte die Stimmung im Kreise, er wußte, daß ein Neu= bau der Schule schwere Opfer von den Patronen und der Gemeinde fordern und den bestehenden Konflikt zwischen dem Pfarrer und den einfluß=

reichen Männern der Gemeinde unheilbar machen
würde. Aber er konnte einer Entscheidung nicht
aus dem Wege gehen.

*   *   *

Eine Schulvorstandsitzung. Es mußte dies=
mal eine wesentlichere Bewandtnis mit ihr haben
als mit den sonst berufenen. Nicht nur die Be=
sitzer, die als Patrone in Frage kamen, und die
Mitglieder des Vorstandes, auch der Superinten=
dent war erschienen, ja ein juristischer Vertreter
des Konsistoriums nahm an der Verhandlung
teil. Der Landrat eröffnete sie mit einer kurzen,
klaren Darlegung der Verhältnisse; dann stellte
er die Sache zur Debatte.

Als erster meldete sich der Amtsrat zum
Wort; er sprach scharf und entschieden gegen den
Neubau. Aber er verweilte nicht lange bei ihm,
sondern kam auf den Urheber des Planes, auf
den Pfarrer. Unerbittlich griff er ihn und sein
Wirken an. Er wies auf seine Unbeliebtheit in
der Gemeinde, auf die Abneigung hin, mit der
ihm die gesamte Lehrerschaft begegnete. Er kriti=
sierte sein soziales Wirken, behandelte seine
ernsten Versuche, die Arbeiterschaft zu orga=
nisieren, in ironischer Weise und bezeichnete sie
als gefährlich für die Kirche und die Gemeinde.
Der Konsistorialrat wurde aufmerksam und

flüsterte mit dem Superintendenten, der schüttelte den Kopf.

Der Landrat suchte die Debatte auf die Sache hinzuwenden. Aber die Redner, die Herrn Busekist folgten, bliesen in dessen Horn. Immer mitleidsloser und schärfer prasselten die Schläge auf den Pfarrer nieder. Der saß da wie ein Gerichteter, er sah, wie sich das Gesicht seiner Vorgesetzten verfinsterte sah, wie seine Gegner triumphierten. Er wußte, wie aussichtslos jeder Versuch seiner Rechtfertigung in diesem Kreise war. Dennoch mußte er ihn wagen. Eben wollte er sich erheben, da legte sich eine Hand auf seinen Arm: "Gestatten Sie mir ein kurzes Wort, Herr Pfarrer," sagte der Landrat. Und nun wandte er sich an die Versammlung: "Meine Ansicht über die Sache, die hier auf der Tagesordnung steht," begann er in der ihm eigenen ruhigen Redeweise, "habe ich Ihnen bei der Eröffnung unserer Sitzung klargelegt. Sie aber, meine Herren, haben diese Sache verlassen und haben alle mehr oder minder persönlich gesprochen. Sie werden mir also gestatten müssen, Ihnen auf der eingeschlagenen Bahn zu folgen. Sie haben in scharfen Worten den in unserer Gemeinde amtierenden Herrn Geistlichen und sein Wirken angegriffen. Nicht einer ist für ihn in die Schranken getreten. Und ich — nun ich muß

Ihnen in dem Kern Ihrer Ausführungen zuzustimmen."

Ein befriedigendes Gemurmel ging durch den Saal, der Amtsrat nickte vor sich hin.

„Sie haben recht," fuhr der Landrat unter lautlosem Schweigen fort, „der hier amtierende Geistliche paßt nicht in die Kreise, in die seine Berufung ihn gestellt. Ihm mangeln die Eigenschaften, die heute jeder in der Öffentlichkeit wirkende Mann haben muß: die Klugheit der Welt, die mit den verschiedensten Elementen der Gesellschaft auszukommen weiß, ohne hier und da Anstoß zu erregen, die Fähigkeit, Kompromisse zu schließen, auch wo sie gegen seine Überzeugung gehen. Er ist zu aufrichtig, das ist sein Fehler —"

Der Amtsrat unterbrach den Redner, indem er heftig das Wort verlangte, andere Besitzer folgten seinem Beispiele, die einfacheren Mitglieder des Schulvorstandes sperrten den Mund auf und überlegten, welche Stellung zu der Sache ihnen geziemte. Sie freuten sich, die großen Herren, die ihnen gegenüber nie aus dem Gleichgewicht kamen, so außer sich geraten zu sehen, sie überrechneten andererseits den Anteil, der auf sie fallen würde, wenn sie nachher mit dem Landrat und dem Pfarrer stimmen würden. Nur Bonin blieb unbeweglich.

„Ich muß Sie sehr bitten, meine Herren, mich
ausreden zu lassen. Ich habe die Ehre, oder, was
mehr sagen will, die Freude, eine Reihe von Jahren
in Ihrem Kreise zu wirken. In allen Angelegen=
heiten unseres Kreises sind Sie, meine Herren,
mir mit unbedingtem Vertrauen entgegengekom=
men. Sie waren überzeugt, daß ich nur der Sache
und nie einer Partei diente. Aber auch dieses Mal
rede ich niemand zuliebe, niemand zum Hasse,
das dürfen Sie mir glauben. Der Mann, den
Sie meiner Meinung nach nicht ganz gerecht an=
greifen, ist einer jener immer seltener werdenden
Idealisten, die da wähnen, man könne ohne Zu=
geständnisse an die Majorität durch die Welt
gehen, die sich fortwährende Kämpfe und Wider=
wärtigkeiten schaffen, weil sie immer nur sie selber
sein wollen. Wir, meine Herren, die wir das
Leben kennen, haben diese recht lästige Gewohnheit
abgestreift. Mancher unter uns gewiß mit sehr
schwerem Herzen. Wir mußten eben. Denn wir
sind praktisch wirkende Männer, wir wissen, daß
wir mit dem Kopf nicht durch die Wand können.
Wenn nun aber, meine Herren, einmal ein
Mensch uns in den Weg tritt, der nach seiner
Stellung doch dem Ideal zu dienen berufen ist,
für den praktische und weltkluge Rücksichten gar
nicht ausschlaggebend sein dürfen, wollen wir ihm
sein höchstes Recht zum Unrecht stempeln? Ich

möchte Sie bitten, das Streben und Wirken des so hart angegriffenen Geistlichen ein wenig milder und, gestatten Sie mir das Wort, ein wenig gerechter zu beurteilen."

Der Eindruck, den diese Worte auslösten, war geteilt. Am wenigsten war Herr Busekist von ihnen befriedigt. Welch ein Geist war in den sonst so verständigen und nüchtern wägenden Landrat gefahren? Er kannte ihn gar nicht wieder. Mit diesem Pastor machte er Gemeinschaft, der ihm und den Nachbarn Widerwärtigkeiten bereitete, wo er nur konnte? Nun gut, so mochte er die Folgen tragen. Man hatte ihn bis jetzt in allen seinen Plänen und Unternehmungen gestützt und gefördert, das dürfte nun anders werden. Er sollte zur Erkenntnis kommen, daß der Grundbesitz denn doch das erste Wort im Kreise zu reden hatte. Und wer wider ihn war, der war es auf seine eigenen Kosten.

Aber die Erwiderung des Herrn Busekist fiel matt aus, und die anderen Patrone verzichteten auf das Wort. Die persönliche Angelegenheit war damit erledigt, man ging zur Sache über. Noch einmal empfahl der Landrat den Neubau der Schule, und seine einleuchtenden Worte hatten den Erfolg, daß sein Antrag mit einer knappen Mehrheit angenommen wurde. Die Großgrundbesitzer stimmten geschlossen gegen ihn. Es war das erstemal, daß Bonin einen solchen Sieg errungen hatte; er wußte, daß er ihm verhängnisvoll werden würde.

Eben wollte er die Sitzung schließen, da überbrachte ihm der Bote ein Telegramm.

„Etwas Wichtiges?" fragte der Konsistorialrat, der neben ihm seinen Platz hatte.

„Aber nichts zur Sache Gehörendes. Eine rein persönliche Angelegenheit."

„Dann hoffentlich eine freudige."

„Man meldet mir meine Berufung zum Oberregierungsrat nach Kronburg."

„Also eine Beförderung. Und man darf gratulieren."

Viele Hände streckten sich dem Landrat entgegen. Am wärmsten aber war die, die Pastor Steppenreiter ihm reichte. Und doch war Traurigkeit in seinem Herzen, denn er verlor den Einzigen, der stark und weise seine Sache hier geführt hatte.

* * *

Der alte Apotheker hatte die Streitaxt begraben. Er zankte sich nicht mit seiner Frau, er schalt nicht auf den Beruf des Sohnes, es gab ganze Tage, an denen seine Kriegslosung: „Dokters oder Pasters" oder „Pfaffen und Junker" gar nicht über seine Lippen kam. Er ließ es auch

ohne Fluchen geschehen, daß der junge Kuckelkorn
mit den fetten Schenkeln und den Plattfüßen in
Apotheke und Kaufladen wie ein Frosch herum=
hüpfte, des Abends mit dem scharfen Messer den
saftigen Schinken heruntersäbelte, zu noch spä=
terer Stunde mit den fettigen Fingern die Kasse
zählte und schmunzelnd die Posten in die dick=
leibigen Folianten buchte.

Alles dies nahm er ganz ruhig hin, als wäre
es die selbstverständlichste Sache von der Welt.
Das war ein böses Zeichen. Frau Steppenreiter
war sich keinen Augenblick über das Bedenkliche
der Lage im Unklaren, und sie bereitete ihr
schwere Sorge, denn sie hing an ihrem Alten
mit ganzer Seele. Vierzig Jahre waren sie im
kommenden Sommer verheiratet. Und all die
Quengelei und Polterei, in die sie sich als junge,
zarte Frau so unsäglich schwer gefunden, war ihr
im Laufe dieser Jahre eine unentbehrliche Ge=
wohnheit geworden. Nie hatte sie ihr den gol=
denen Kern verhüllt, der unter so rauher Schale
sich barg. Nun erdrückte sie die unheimliche
Stille, die sie bisher nicht gekannt. Als wäre
ein Toter in das sonst so lebensvolle Haus ge=
zogen. Doch nach ihrer ruhigen und verschlossenen
Art trug sie ihr Leid ganz für sich und teilte
es nicht einmal ihrem Sohne mit. Sie wußte,
daß dem genug an eigener Last aufgebürdet war.

Aber jeden Mittag, wenn Martin zu Tische kam, hatte sie verweinte Augen, aß immer weniger und sah den Alten, der schweigsam und in sich versunken neben ihr saß, mit großen angsterfüllten Blicken an.

Eines Tages erschien der Apotheker nicht mehr an der gemeinsamen Tafel. Alle aufgewandte Energie hatte der schweren Krankheit nicht länger Widerstand leisten können, die seit Monaten an ihm zehrte und ihn jetzt daniederwarf. Einen Arzt duldete der Alte nicht an seinem Bette, und als Frau Steppenreiter ihn heimlich rief, da konnte oder wollte er sich über das Leiden nicht aussprechen.

Einmal noch schöpfte sie eine leise Hoffnung. Martin hatte eine kurze Unterredung mit dem Vater gehabt und ihm mit Vorsicht und Takt den Gedanken nahegelegt, mit der Mutter und ihm das heilige Abendmahl zu feiern. Da war der Alte außer sich geraten und hatte dem Sohne die Türe gewiesen. Eine ganze Weile noch hörte sie ihn auf seinem Lager herumräsonieren und allerlei unzusammenhängende Worte in den lange nicht rasierten, üppig wuchernden Bart murmeln, aus denen sie mit einiger Anstrengung heraushörte: „Dokters und Pasters — alte Weiber — Kinderquark". Und das war wieder ein gutes Zeichen. „Vielleicht wird er doch noch einmal gesund," sagte sie zu ihrem Sohne. Und so fromm und gottesfürchtig sie von ihrer frühesten Kindheit an aufgewachsen war, ein zufriedenes Lächeln zuckte dabei um ihren welken Mund.

Aber auch diese leise Hoffnung trog. Es war das letzte Grollen eines einmal so gewitterlustigen Lebens gewesen. An einem trüben, dämmernden Novembermorgen tat der Apotheker seinen letzten Seufzer.

„Den Pastor brauche ich für meine Person nicht einmal zum Sterben — und wenn es mein eigener Sohn ist. Kann er nicht anders, so mag er an meinem Grabe ein Gebet sprechen. Ich frage nichts danach. Aber kurz muß es sein, und von mir darf nichts darin vorkommen. Nur von dem Gotte, den ich nach meiner Art so gut kenne und bekenne wie die Pfaffen und Junker."

Diese Worte hatte man auf einem Zettel im Schreibtische des Alten gefunden. Sie waren genau an demselben Tage aufgezeichnet, an dem Martin als Pfarrer in Plantiko eingeführt war.

Man verfuhr streng nach dem Willen des Alten. Martin beschränkte sich auf ein ganz kurzes Gebet, und es war ihm recht so, denn viele Worte hätte er nicht über die Lippen gebracht.

Aber etwas anderes ereignete sich bei diesem Begräbnisse. Als man den blumenverdeckten Sarg gerade in die Erde gesenkt hatte, und Martin sein Gebet begann, flog ein kleines Rotkehlchen auf den Sarg, hüpfte von Kranz zu Kranz und begleitete Martins Worte mit seinem Gezwitscher die ganze Zeit hindurch. Eine sinnigere Feier konnte für den alten Mann nicht erdacht werden, der das Menschenwort an seinem Grabe zurückwies, aber sein ganzes Leben lang die Natur und vor allem die gefiederten Sänger des Waldes so lieb gehabt hatte.

Frau Steppenreiter gab ihre Wohnung über der Apotheke auf, in der sie all die Jahre ihres Plantikoer Aufenthalts verlebt und Lust und Leid ihrer Ehe getragen hatte. Die Kuckelkorns waren nun die Alleinherrscher, nicht nur unten, sondern auch oben. Und nun verdroß niemand mehr ihr Pillendrehen und Schinkensäbeln, ihr Foliantenwälzen und Geldzählen. Frau Steppenreiter aber zog, eine stille, gebeugte Frau, zu ihrem Sohne in die Amtswohnung drüben.

Da lebten die beiden, ganz aufeinander angewiesen, ihren eintönigen Tag. Martin schaffte in alter Rastlosigkeit. Aber der Erfolg ward immer karger.

„Er versteht nicht, sich den Landleuten anzupassen," sagte der Amtsrat, und die anderen sprachen es nach. Immer deutlicher empfand Martin, was er mit Bonin verloren hatte. Sein

Nachfolger, ein noch jugendlicher Regierungs=
assessor, der den Kreis interimistisch verwaltete,
kannte nur das Bestreben, sich bei den maßgeben=
den Männern beliebt zu machen, um seine end=
gültige Anstellung zu erreichen. Er wandelte ganz
in den Fußtapfen des Amtsrats und behandelte
den Pfarrer mit zurückhaltender Kälte. So ge=
riet dieser immer mehr ins Hintertreffen, ja so
wenig beschäftigte er die Plantikoer, daß kaum
noch ein Spiegel in Tätigkeit kam, wenn er auf
die Straße trat oder über Land fuhr. Und Kuckel=
korn, Vater und Sohn, deren Doppelgeschäft von
Tag zu Tag glänzender ging, grüßten ihn mit
wohlwollender Herablassung, wenn er das Reich
betrat, das nach dem Willen seines Vaters ihm
zugedacht war. Trotzdem bereute er nicht, seinen
eigenen Weg gegangen zu sein, denn bei allen
Enttäuschungen und Widerwärtigkeiten, die er
ihm brachte, liebte er seinen Beruf von ganzer
Seele.

Manchmal aber geschah es, daß eine Emp=
findung über ihn kam, die er in der Diaspora
nicht gekannt hatte: der Durst nach dem Leben.
Er war noch nicht alt genug, um auf jede Freude,
jedes heitere Glück zu verzichten. Dann packte
ihn das Verlangen nach Geselligkeit, nach Men=
schen, die ihm gar nicht viel zu sein brauchten, mit
denen er nur einige Stunden fröhlich sein konnte.

In der ganzen Umgegend war ein reger Verkehr; man bannte die Länge und die Melancholie des ländlichen Winters durch üppige Gesellschaften, durch Spiel und Tanz. Früher hatte ihn der Landrat zu solchen Gelegenheiten geladen, jetzt war ihm jedes Haus verschlossen. Er verstand nicht, wie in ihm, dem an die Einsamkeit Gewöhnten, plötzlich eine derartige Sehnsucht aufwachen konnte. Aber sie war da, sie ließ sich nicht vertreiben, sie trat manchmal mit geradezu quälender Versuchung an ihn heran.

Dann floh er vor ihr zu seiner liebsten Gefährtin, zur Musik. Er ging in die Kirche und setzte sich an die verhältnismäßig gute Orgel, er bannte seine Leiden und seine Sehnsucht in ihre Klänge, und sie trugen ihn über alle Anfechtungen fort in die stillen Gefilde des Gedankens und des Glaubens.

Die Leute, die draußen vorübergingen und das gewaltige Brausen aus der Kirche vernahmen, schüttelten die Köpfe; aber sie blieben dennoch eine Weile stehen. Es lag eine zwingende Gewalt in diesem Spiele, sie konnten es nicht verstehen, daß es dieselbe Orgel war, die sonntäglich der Organist bediente.

Einmal ritten zu solcher Stunde auch der Amtsrat mit seiner Tochter über den Markt, hart an der Kirche vorüber. Und auch sie ließen ihre Pferde einen Augenblick rasten.

„Ein Künstler ist er," sagte Marie.

„Aber kein Pfarrer, wie wir ihn brauchen. Und als Künstler haben wir ihn uns nicht ge= wählt."

* * *

An einem strengwinterlichen Vormittage hatten die Plantikoer Spiegel doch wieder zu tun. Und sogar mit dem Pfarrhause, was lange nicht geschehen war. Eine Kalesche, mit zwei jungen Schweißfüchsen bespannt, war dort vorgefahren, und der Herr, der ihr entstieg, war den Planti= koern ein guter Bekannter.

„Wahrhaftig Bonin, unser alter Landrat," sagte Herr Kuckelkorn sen. zu seiner Frau, die ihm sein zweites Frühstück, einen Teller Hirse= brei mit zerlassener Butter, auf den Tisch stellte. „Der ist lange nicht hier gewesen, zwei bis drei Jahre mögen es her sein."

„Kann sein. Er ist jetzt ein großer Mann in Kronburg Was kümmert ihn da Plantiko?"

Da war auch schon der junge Kuckelkorn, der ein wenig asthmatisch war, die steile Treppe em= porgeklimmt. Nur Ereignisse von Bedeutung konnten ihn veranlassen, zu einer so ungewohnten Stunde die Wohnräume im ersten Stockwerk auf=

zusuchen. „Haft du gesehen, Vater?" sagte er noch pustend, „der Bonin ist beim Pfarrer."

„Was werde ich es nicht gesehen haben?" erwiderte der Alte und löffelte in seinem Brei.

„Weißt du, was ich glaube, Vater?" fuhr der junge Kuckelkorn gewichtig fort. „Ich glaube, der Pfarrer hat sich den Bonin zu Hilfe gerufen."

„Zu Hilfe — gegen wen?"

„Na ja, vorgestern ist doch wieder mal gewaltiger Krach gewesen mit dem Storkower. Und nachher auch noch mit dem Landrat von wegen der Schulstrafen, die der Pfarrer angesetzt, und die der Storkower nicht bestätigen wollte. Und der christliche Arbeiterverein hat sich auch aufgelöst, und die Lehrer haben eine Abordnung an den Landrat geschickt, weil der Pfarrer ihnen ihr Winterfest in der Passionszeit nicht erlauben wollte."

„In alledem ist der Herr Pfarrer ganz im Recht," warf Frau Kuckelkorn ein, die grundsätzlich auf der Seite des Geistlichen stand, „darum braucht er nicht den Herrn Bonin zu Hilfe zu rufen, du Klatschbase!"

Sie führte das Wort im Hause. Vater und Sohn verließen den mißlichen Gegenstand, so interessant er ihnen auch war und sprachen von den Einnahmen des Tages. Erst als die Alte in die

Küche gegangen war, tauschten sie aufs neue ihre Mutmaßungen. „Er hat ihn zu Hilfe gerufen, du kannst dich darauf verlassen," beteuerte der junge Kuckelkorn. Und zu den früheren entwickelte er mit breiter Gesprächigkeit noch eine ganze Reihe neuer Gründe, die eine solche Maßnahme seitens des Pfarrers durchaus wahrscheinlich machten.

Zur selben Stunde wurden ähnliche Mutmaßungen auf der Straße und in anderen Häusern getauscht. Aber Plantiko irrte sich diesmal trotz aller seiner Spiegel.

Herr Bonin war mit einer ganz anderen Mission gekommen. Er hatte der alten Frau Steppenreiter flüchtig im Hausflure die Hand gedrückt und war dann sofort in die Arbeitsstube des Pfarrers getreten.

Die Veränderung, die mit Martin in einer verhältnismäßig kurzen Zeit vorgegangen war, machte ihn stutzig. Sein einmal so volles Haupthaar zeigte bereits lichte Stellen, und das Feuer der ausdrucksvollen grauen Augen war müder geworden.

„Sie sind nicht mehr der alte," konnte sich Bonin nicht enthalten, nach einigen herzlichen Begrüßungsworten zu bemerken.

„Ein Wunder ist es nicht; meine Kräfte reiben sich hier verhältnismäßig schnell auf."

„Für ein Nichts; denn die Sache steht doch hier wie so oft im Leben: Sie sind beide im Recht, die Plantikoer und Sie. Sie vertreten das Recht Ihres subtilen Gewissens, Ihrer seelischen Persönlichkeit, jene die kompakteren Instinkte, die althergebrachte Gebräuche und Sitten ihnen vorschreiben. Es ist so geblieben, wie ich es vor zwei Jahren in unserer Schulvorstandssitzung sagte: Sie passen nicht hierher. Und wenn es noch lange so fort geht, werden Sie mit Ihrer feinfühligen Natur und dem heiligen Ernste, mit dem Sie an alles herantreten, bald abgewirtschaftet haben. Auf die Dauer halten das nur Menschen mit sehr robuster Anlage aus."

„Was kommt es schließlich auf mich an, wenn nur die Sache —"

„Nein, lieber Freund," unterbrach ihn der andere lächelnd, „das ist nun wirklich, so nett es sich auch anhört, eine Phrase, mit der dürfen Sie einem alten Praktiker nicht kommen. Denn erstens möchte ich Sie fragen: was ist überhaupt ‚die Sache?' Hängt sie nicht hier wie meist im Leben ganz von der Person ab? Arbeiten Sie sich hier zugrunde, dann kommt ein anderer. Der ist durch Ihr Vorbild gewarnt, er macht sich seine Obliegenheiten ein ganz Teil bequemer, schließt mit Ihren Gegnern einen Bund, geht im Hause der recht erträglichen und sogar kirchlichen Be=

sitzer ein und aus, und — nehmen Sie es mir nicht übel, wirkt durch seine Nachgiebigkeit vielleicht hier hundertmal segensvoller als Sie. Wo ist dann Ihre ‚Sache‘ geblieben?"

Der Pfarrer konnte sich der Wahrheit nicht verschließen, die der welterfahrene Mann hier entwickelte.

„Und nun das Zweite: Ihre Person ist durchaus nicht so unwesentlich, wie Sie in Ihrer Bescheidenheit meinen. Der liebe Gott hat Ihnen bedeutende Gaben geliehen, vor allem für Ihre Predigt. Sie hat eine Art, das rein Biblische auf das allgemein Menschliche anzuwenden und durch beides zu fesseln und zu packen, wie ich es bei einem zweiten Geistlichen nicht wiedergefunden habe. Und Sie wissen, daß ich durchaus nicht zu den Männern gehöre, die den Kirchenbesuch für etwas Überwundenes halten. Nur will ich eine Predigt hören, die mich nicht mit altbiblischen Phrasen und Sentenzen abspeist, die vielmehr den Menschen in mir sucht und meinen modernen Bedürfnissen entgegenkommt. Und glauben Sie mir, geradeso wie ich denken Ungezählte unserer heutigen Männer und Frauen. Sie wären der Mann, ihnen zu geben, was sie brauchen."

„Mit der Predigt allein ist heutzutage nicht viel auszurichten, weder hier noch irgendwo anders."

„Darum sind Ihnen daneben auch andere Gaben geworden. Sie sind eine Persönlichkeit, Sie wissen, was Sie wollen. Von vielen kann man das nicht sagen. Dazu sind Sie ein Künstler."

„Das alles käme aber doch erst in zweiter Reihe. Es ist, möchte ich sagen, mehr eine Privatangelegenheit."

„Ganz und gar nicht. Die Zeiten, wo man im Prediger lediglich den Mann sah, der den Abstand der Kanzel von den Bänken seiner Zuhörer auch in das Leben übertrug, der eine gähnende Kluft zwischen sich und seinem Amte, zwischen dem Menschlichen und Geistlichen aufrichtete und den Talar gewissermaßen nie auszog, diese Zeiten haben sich gründlich überlebt. Unsere Tage wollen den Geistlichen, der in erster Reihe Mensch ist, Mensch im besten und zugleich vollsten Sinne des Wortes, der teilnimmt an unseren Leiden und Kämpfen, aber auch an unseren Freuden, unserem geistigen, sozialen, unserem künstlerischen Streben. Nur wenn er nichts anderes sein will als wir und zugleich unser Freund, unser Führer auf dem Wege, den wir tastend gehen, nur dann haben wir Vertrauen zu ihm, lassen wir uns von ihm beeinflussen und folgen ihm. Das dünkt mich wenigstens das rechte christliche Prinzip. Und, sehen Sie, alle diese Gaben stehen Ihnen zu Gebote."

„Sie denken sehr gütig von mir."

„Und sehr richtig. Aber freilich hier liegen Ihre Kräfte brach. Denn in einer Landgemeinde, wie dieser, herrscht der Standpunkt der Klassen; alles dreht sich hier um den einen Gegensatz: Arbeitgeber und Arbeitnehmer. Dem muß der einzelne sich fügen, selbst der Geistliche. Für eine Persönlichkeit hat man hier keine Verwendung, ein ausgeprägter Eigenwille kann zum Schaden werden, Sie haben es an sich selbst erfahren."

Martin war immer nachdenklicher geworden. Wie dieser Mann hatte nie einer zu ihm gesprochen — seit langer Zeit nicht.

„Aber man hat mich doch einmal hierhergestellt —"

„Und Sie haben sich in keiner Weise gemodelt und angepaßt. Und konnten es nicht, eben weil kein Mensch etwas gegen seine eigenste Natur vermag, und weil man ihn bricht, wenn man es von ihm fordert."

„Und nun —?"

„Nun müssen Sie heraus."

„Aber wohin?"

„In die große Stadt. Sie mit ihren verschiedensten Gestaltungen, ihrer individuellen

Vielseitigkeit ist das gegebene Wirkungsfeld für Sie und Ihre Anlagen. Dort werden Sie die Befriedigung wieder gewinnen, die Ihnen hier, wie ich merke, bereits abhanden gekommen."

„Und wo sollte sich eine solche Tätigkeit für mich finden?"

„Deshalb bin ich heute zu Ihnen gekom= men." Und nachdem er seine Zigarette, die ihm in der lebhaften Unterhaltung ausgegangen war, in Brand gesetzt:

„An der Schloßgemeinde in Kronburg ist die Stelle eines zweiten Geistlichen zu besetzen. Die Kirche liegt im ältesten Teile der Stadt, auch das Pfarrhaus ist ein altes, un= freundliches Gebäude. Aber um die Kirche herum blühen junge Stadtteile empor und führen ihr frisches Leben zu. Dem neuen Pfarrer ist eine lohnende Aufgabe in der Gemeinde gewiß, und Sie wären der Mann, der da hingehörte."

In Martin arbeitete es. Was Jener da vor seinen Augen aufbaute, das war es, wonach er sich so manchesmal gesehnt in den Stunden, da er sich hier inmitten aller Arbeit und Mühe inner= lich unbefriedigt fühlte, da er mit sich selber haderte, ob er bei allem ernsten Wollen seiner Gemeinde das sein und geben konnte, was sie von ihm zu fordern berechtigt war. Es stand zu viel zwischen ihm und den maßgebenden Män=

nern des Kreises. Seine Abberufung würde nicht nur für ihn, sondern auch für jene eine Befreiung bedeuten.

„Die Hauptsache ist ja nun," fuhr Bonin fort, „ob es uns gelingen wird, Sie dorthin zu bekommen. Der Andrang wird groß sein, und man wird sehr scharf sichten. Der Magistrat als Patron besetzt, und der Oberbürgermeister sagte mir erst gestern auf einem Essen, daß man sich den Mann sehr genau ansehen würde, den man auf diesen Posten beruft, Sie kennen ihn — Reichenbach? Nun, er ist ein eigener Mensch und geht sehr selbständige Wege, aber ich hoffe, daß mein warmer Hinweis auf Sie nicht vergeblich gewesen sein wird. Freilich ist er auch mit dem Amtsrat Busekist eng befreundet und wird dort ebenfalls Erkundigungen einholen —"

„Die nicht sehr ermunternd lauten werden."

„Vielleicht lobt er Sie weg."

„Er denkt gar nicht daran. Dazu habe ich seine Eitelkeit zu sehr gekränkt, das vergißt er mir nie."

„Alles Weitere müssen wir abwarten. Jedenfalls bitte ich Sie, Ihre offizielle Meldung an den Magistrat sobald wie möglich abzusenden und sich dann dem Oberbürgermeister Reichenbach und dem Stadtschulrat, der Dezernent ist, persönlich vorzustellen."

Nachdem Bonin die Stadt verlassen hatte, ging Martin in das Zimmer seiner Mutter und erzählte ihr, was jenen Besuch veranlaßt hatte. Zwischen ihnen beiden bestand unbedingte Offen=
heit, keiner verbarg etwas vor dem andern. „Ich wollte es dir von Herzen wünschen," sagte die alte Frau in ihrer kargen Weise.

„Und du, Mutter?"

„Ich, mein Sohn, habe nur den einen Wunsch, hier, wo ich mein ganzes Leben zuge=
bracht, wenn Gott es will, zu sterben."

„Aber du würdest doch mit mir kommen?"

„Es würde mir schwer werden, mich von dem Grabe da draußen zu trennen. Wer wird sich um den Alten kümmern, wenn ich nicht mehr da bin? Und dann passe ich nicht in die Großstadt."

„Aber der Gedanke, ohne dich —"

Sie merkte ihm seine Bewegung an. „Ich gehe mit dir, wenn es sein soll."

3. Kapitel.

„Die Exzellenzen führen einander und sitzen sich gegenüber."

„Wie Abend für Abend. Könnten wir den alten Zopf nicht einmal durchschneiden?"

„Weshalb?"

„Weil sie mich gestern bei Grumkows schon dauerten. Sie hatten ganz erstarrte Gesichter."

„Und sagten sich doch lächelnd die alten Freundlichkeiten her."

„Sie können sich gegenseitig nicht ausstehen, und man schmiedet sie aneinander."

„Wehe dem, der an das würdig alte Hausrat ihm rührt, das teure Erbstück seiner Ahnen."

Oberbürgermeister Reichenbach nahm die Lektüre des Buches wieder auf, die er nicht gerne unterbrochen hatte, seine Frau vertiefte sich in die Tischordnung für das Essen, das sie morgen zu geben hatten. Sie hatte eine große Anzahl kleingeschnittener weißer Zettel vor sich liegen, deren jeder einen Namen trug. Aus ihnen baute

sie auf der glatten Tischplatte den stetig wachsen=
den Grundriß ihrer Tafel auf. Aber die Arbeit
ging langsam vonstatten. Alle Augenblicke
rührten und rückten die zarten, ein wenig gichti=
schen Finger an den Zettelchen herum, manche
machten endlose Wanderungen und flitzten nur
so von einer Ecke in die andere, bis sie ihre
Stätte gefunden hatten. Andere zeigten sich ge=
radezu rebellisch, überall offenbarte sich ihre
problematische Natur: entweder genügten sie dem
Platze nicht oder er ihnen nicht. Fest allein und
unbewegt in all dem Wechsel und Fliehen um sie
herum lagen die Grundsteine, die Zettel der Ex=
zellenzen.

„Steht Nolten im Range höher als Herr
v. Diegelmann?" fragte Frau Reichenbach nach
längerer eifriger Arbeit.

„Er ist Rat zweiter Klasse."

„Und Diegelmann?"

„Dritter."

Wieder eine Verschiebung der Zettel, die so=
fort neue Schwierigkeiten nach sich zog.

„Muß der Polizeipräsident an die Haupt=
tafel?"

„Wenn es geht."

„Aber Herr v. Langwitz?"

„Rangiert über dem Polizeipräsidenten."

„Und der Provinzialsteuerdirektor?"

„Präsident der Zolldirektion heißt er."

„Und der Generalsuperintendent?"

„Muß als höchster Geistlicher obenan sitzen."

„Über dem Konsistorialpräsidenten?"

„In gleicher Linie mit ihm und auf keinen Fall schlechter als der Bischof, dessen Würde Euch Frauen immer besonderen Eindruck macht. Wer führt dich?"

„Ich dachte, der Regierungspräsident."

„Nimm Sprenger, den neuen Vorsteher der Kaufmannschaft, er ist zum erstenmal in unserem Hause."

Wieder eine neue heiße Arbeit.

„Hauptmann Bornträger muß zwei junge Mädchen führen."

„Beneidenswert."

„Und Frau Teichgräber kann ich keinen Herrn geben."

„Geht nicht. Sie kommt auf deine ausdrückliche Bitte ohne ihren Mann."

„Ja, woher soll ich ihr einen schaffen? Ich habe diesmal schon soviel Mühe."

Ein tiefer Seufzer entstieg der Brust der zart gebauten Frau, als sie ein kleines Papier, das sich besonders rabiat erwies, vergeblich von einem Platze zum andern schob.

„Die Hufeisenform ist die schwierigste, ich

hoffte, mit einem T auszukommen. Aber wir haben noch nie so wenig Absagen gehabt."

Der Oberbürgermeister las voll Eifer in seinem Buch.

„Du könntest dich auch ein wenig um die Tischordnung kümmern. Wenn ich nachher fertig bin, ist dir nichts recht."

Er sah immer noch nicht von seiner Lektüre auf. Seine Ruhe machte sie nervös. Der rabiate Zettel wurde sehr unsanft gepackt und sauste jetzt nur so durch die Reihen, doch mit dem Erfolge, daß er sie durcheinanderschob und überall Verwirrung anrichtete.

„Wer ist denn der Unglücksrabe?" fragte Reichenbach.

„Die Morelli. Du mußtest sie ja durchaus zu diesem Spitzenessen laden."

„Setze sie doch zur anderen Seite vom Oberpräsidenten."

„Laß, bitte, heute deine Scherze. Ich bin nicht für sie aufgelegt."

„Gar kein Scherz. Ausgleichende Gerechtigkeit. Man muß den Herren, die immer neben derselben Exzellenz sitzen, wenigstens zur anderen Seite etwas Amüsantes geben." Und ohne ihr Kopfschütteln zu beachten: „Hast du nicht noch eine Sängerin oder sonst etwas, was nicht ganz geheimrätlich ist?"

„Die junge Frau vom französischen Konsul ist beinahe noch schwieriger unterzubringen."

„Weshalb?"

„Weil man neuerdings von ihr —"

„Dies und das erzählt. Das macht sie um so anziehender. Setze sie dem Kommandierenden zur anderen Seite."

In der Nacht schlief Frau Reichenbach sehr unruhig. Sie träumte von großen weißen Urnen, denen allerlei unheimliche Gestalten entstiegen: Dämonen und Hexen, alte und junge. Und die führten einen wilden Tanz auf in ihrem Eßsaale und sprangen über ihre mühsam gedeckten Tische, daß ihr kostbares Service und ihr Silber in Scherben und Stücken auf die Erde rollten und es einen gewaltigen Knall gab, von dem sie mit gellendem Schrei erwachte und ihren Mann beim Arme packte. Aber der kannte derartige Zustände bei seiner Frau vor den großen Gesellschaften und ließ sich in der gewohnten Ruhe seines Schlummers nicht stören.

Der nächste Morgen brachte die üblichen Überraschungen: zwei Damen schrieben, daß ihre Gatten zu ihrem allergrößten Bedauern gezwungen seien, im letzten Augenblick ihre Zusage zurückzuziehen, der eine, weil er an einem Influenzaanfall zu Bette liege, der andere, weil er telegraphisch zu einer unauf=

schiebbaren Dienstreise beordert sei. Die Erste sagte zugleich für sich ab, die Zweite ließ durchblicken, daß sie, falls sie hoffen könne, als einzelne Dame die Tischordnung nicht sehr zu stören —.

„Und so weiter," warf der Oberbürgermeister ein, von seiner Zeitung aufblickend, „natürlich mußt du ihr sofort telephonisch zusagen."

Indessen fuhr seine Frau im Öffnen der Briefe fort. „Immer besser —"

„Nun?"

„Frau Lerche —"

„Die hat doch bereits abgesagt?"

„Da das heutige Essen beim Ersten Staatsanwalt wegen Erkrankung des Wirtes im letzten Augenblick aufgeschoben —"

„Hält sie es als alte Freundin des Hauses für ihre Pflicht und so weiter. Natürlich gleichfalls Telephon: wir würden uns unendlich freuen."

„Die vierte Dame ohne Herrn —" Sie öffnete den nächsten Brief. Da war es um ihre mühsam bewahrte Fassung geschehen.

„Das setzt allem die Krone auf. Der Pianist Gebhardt bedauert unsäglich, die Erkrankung eines Kollegen zwingt ihn im letzten Augenblicke, im heutigen Konzerte einer Sängerin von der Hofoper in Berlin einzuspringen."

„Also die fünfte Dame ohne Herrn."

„Du nimmst immer alles von der komischen Seite. Gebhardt hatte mir versprochen, nach dem Essen zu spielen und vor allem die Morelli zu begleiten —"

„Dann behelfen wir uns eben ohne die Kunst."

„Die Morelli und Gebhardt hören sie alle gerne. Wozu lädt man solche Leute sonst auch ein? Und daß einem natürlich immer die absagen müssen, die man am unliebsten entbehrt."

„Hast du es schon einmal anders erlebt? In das Unvermeidliche muß man sich fügen."

Reichenbach begab sich in sein Dienstzimmer im Rathause, in dem zugleich auch seine Wohnung lag. Er erledigte heute nur die wichtigsten Arbeiten und kehrte bereits gegen Mittag zurück, um den Dienern seine Weisungen über die verschiedenen Sorten von Weinen zu geben: wie sie zu temperieren wären, welche in die Karaffen gegossen und welche in den Flaschen bleiben, zu welchem Gange und in welcher Art sie gereicht werden sollten. Als dies bei dem geübten Personal verhältnismäßig schnell besorgt war, rief ihn seine Frau zu Hilfe, die ihre Tischordnung von Grund hatte ändern müssen und immer noch nicht mit ihr fertig war.

„Wenn ich einen Herrn mehr hätte — für die anspruchsvolle Lerche wenigstens."

„Setze sie zu deiner anderen Seite."

„Da habe ich schon die Rellstab, die auch ohne Mann kommt."

Ein Magistratsbote erschien. „Jemand von außerhalb wünschen dem Herrn Oberbürgermeister in dienstlicher Angelegenheit Aufwartung zu machen."

„Bedauere, bin verhindert. Aber geben Sie mal die Karte. „Martin Steppenreiter, Pfarrer in Plantiko" las er. „Den möchte ich eigentlich doch einen Augenblick sprechen."

„Nun, der kann doch wahrhaftig wiederkommen," sagte seine Frau.

„Er bewirbt sich um die Stelle an der Schloßkirche. Die Sache ist mir wichtig. Bonin hat ihn mir ans Herz gelegt."

* * *

Martin hatte den Oberbürgermeister bisher nicht persönlich kennen gelernt, er hatte nur von ihm gehört. Aber von dem Augenblicke an, als er ihm gegenüber stand, erging es ihm wie so vielen anderen: er befand sich sofort im Banne dieser eigenen Persönlichkeit. Keine gebietende Erscheinung, nichts Faszinierendes im Wesen und Gebahren bewirkte den starken Eindruck. Eine gedrungene, knorrige Gestalt, ein nachlässi=

ger, schaukelnder Gang, ein Kopf mit kahlem, nach oben hin ein wenig spitzem Schädel. Aber in diesem Kopfe zwei Augen mit schnell zufassendem und sofort unterrichtetem Blicke, eine ausdrucksvolle, unter der Stirn stark gebogene Nase mit sprechenden Flügeln, frische, nur von einem Flaume schwarzgrauer, borstiger Haare bedeckte Lippen, um die ein herber Humor wetterleuchtete. Ein Hauch von Sarkasmus auch in dem regelmäßigen klugen Gesicht, aber wenig hervortretend, verdrängt vielmehr durch eine weichere Prägung von Bonhomie und Güte.

Nach seiner Gewohnheit, die jede überflüssige Phrase vermied, ließ Reichenbach seinen Besucher allein sprechen, eine ganze Weile, daß Martin befangen wurde und dem kurzen Lebenslaufe, den er von sich gegeben hatte, nichts mehr hinzuzufügen wußte. Der Oberbürgermeister hatte das Auge von seinem Gegenüber fort in einige Aktenstücke gesenkt, die vor ihm lagen und in denen er dann und wann mit der auffallend kleinen, lebensvollen Hand blätterte.

„Wir pflegen uns sonst im Magistrat um Pfarrbesetzungen nicht aufzuregen," sagte er endlich, „aber hier ist es etwas anderes. Wir brauchen einen Mann, der uns nicht mit dem altbackenen Brot abspeist — die Richtung ist uns gleich. Aber Leben muß sie in sich tragen."

„Ich suche es zu geben."

„Vor allem wollen wir einen friedfertigen Menschen. Warum konnten sie sich mit dem Amtsrat Busekist nicht stellen?"

„Weil ich meine eigenen Wege gehen wollte."

„Das will der Amtsrat auch."

„Vielleicht konnten wir deshalb nicht zueinander kommen."

„Wer gemeinsam arbeiten muß, soll auch Wege dazu finden."

„Soweit es möglich ist, ja."

„Warum soll es nicht möglich sein?"

„Weil es gewisse Grenzen gibt, über die niemand hinwegkann, kein ehrlicher Mensch wenigstens."

„Aber man kann nicht immer mit dem Schädel durch die Wand. Wie weit, glauben Sie wohl, würde ich mit meinen Stadtverordneten kommen, wenn ich auf nichts bedacht wäre, als auf die Durchsetzung meines Willens? Da heißt es manchem entsagen, das einem ans Herz gewachsen, um anderes durchzudrücken."

„Doch kann man das alles nur bis zu jener Grenze."

„Welcher?"

„Der Achtung vor sich selber. Über die reicht kein Zugeständnis hinaus."

„Aber man ist es oft den anderen schuldig."

„Das sagt man, um seiner Bequemlichkeit einen Mantel umzuhängen."

Der Oberbürgermeister lächelte, mehr belustigt als ironisch.

„Da wären wir ja inmitten der besten Vorlesung. Wunderbar, daß man mit den Herren Theologen daran nie vorüber kommt. Aber Sie wollten noch etwas sagen — nur los."

„Ich wollte bemerken, daß Sie, Herr Oberbürgermeister, bei allem Entgegenkommen gegen Ihre Stadtverordneten und allen diplomatischen Erfordernissen Ihrer Amtsführung der letzte wären, der je wider diesen Grundsatz sündigen würde."

Einen Augenblick stutzte Reichenbach. Nichts war ihm in so tiefster Seele zuwider, als wenn man ihm mit Schmeicheleien begegnete, waren sie auch in feine oder geistvolle Form gekleidet.

„Soweit mir in Erinnerung, ist es heute das erste Mal, daß wir den gegenseitigen Vorzug unserer Bekanntschaft haben."

„Und doch weiß ich es. Und wenn Sie eines Tages ganz allein wider alle Ihre Stadtverordneten stünden."

„Was übrigens eine wenig behagliche Situation sein müßte."

„Darauf darf man nicht Rücksicht nehmen."

„Gewiß, es heißt: der einsamste Mensch ist der stärkste. Das mag für einen Ibsenschen Helden ja zutreffen, für einen Oberbürgermeister möchte ich es aber in Frage ziehen."

Ein Bote brachte einen Stoß Papiere. Der Oberbürgermeister unterzeichnete.

„Die Frau Oberbürgermeister lassen sehr bitten."

„Ich bin beschäftigt."

Der Bote ging. Martin erhob sich. „Bleiben Sie," sagte Reichenbach. Und dann: „Der erste Geistliche an der Schloßkirche ist in den Oberkirchenrat berufen. Er war ein ausgezeichneter Mann, dessen Fortgang in allen Kreisen bedauert wird, der zweite ist in seine Stelle gerückt. Aber er ist inzwischen älter geworden, er leidet dazu an Gicht und sucht sich von der Welt, soweit es ihm möglich ist, zurückzuziehen. Wir brauchen für die Gemeinde einen ganzen Mann."

„Ich bin mir der Schwierigkeit der Stelle bewußt."

„Ihre Zeugnisse sind gut, die Erkundigungen, die ich eingezogen, haben allerdings ein verschiedenes Bild gegeben — ich kann noch nichts Bestimmtes sagen. Wahrscheinlich werden wir Sie zur Predigt berufen."

„Ich werde tun, was in meinen Kräften

steht. Obwohl ich über die Einrichtung dieser Probepredigten nicht sehr hoch denke."

"Weshalb nicht?"

"Weil man dabei um jeden Preis gefallen soll und mir das mit dem Amte, dem wir dienen, nicht im Einklang zu stehen scheint."

Der Oberbürgermeister streifte seinen Besucher mit einem seiner schnell zugreifenden Blicke. Der Mann gefiel ihm. In seiner Erscheinung, seiner männlichen Art zu sprechen, lag etwas, das nach seinem Geschmacke war.

"Ich kann Ihnen nicht so ganz unrecht geben," sagte er: "Wir haben aber keine andere Gelegenheit, einen Prediger auf seine Befähigung zu prüfen."

"Man könnte ihn in seiner Gemeinde hören."

"Wenn man die Zeit hätte, warum nicht? Aber Sie werden es uns schon gestatten müssen, uns die Sache ein wenig bequemer zu machen. Und nun eine Frage noch: Sie erfreuen sich doch eines guten Magens?"

Und als Mantin ihn verdutzt ansah: "Man hat mir immer gesagt, daß dies ein Haupterfordernis für einen Geistlichen an der Schloßkirche wäre. Mit Ihrem jetzt auf die erste Stelle berufenen Amtsbruder stritt ich einmal früher, als er noch mitten in der Geselligkeit stand, wer mehr

Diners im Laufe des Jahres zu bewältigen hätte: er oder ich. Bei gewissenhafter Nachprüfung ergab sich, daß im Winter ich ein wenig stärker beschäftigt war. Rechnete man aber all die Hochzeitsessen und Kindtauffeste hinzu, die auch vor dem Sommer nicht haltmachen, dann ergab sich eine stärkere Gesamtbelastung für Ihren Herrn Amtsbruder. Sie verstehen jetzt vielleicht meine Frage."

Wieder trat der Bote ein: „Die Frau Oberbürgermeister lassen den Herrn Oberbürgermeister dringend bitten."

„Ich komme gleich."

Er reichte seinem Besucher die Hand, ein leises Lächeln glitt über seine Lippen, denn jetzt erst, als jener sich erhoben, sah er, in wie feierlicher Gewandung er gekommen war. Man machte zwar keine Besuche im Frack. Aber in der kleinen Stadt kannte man die feinen Unterscheidungen der Form nicht und gab sich möglichst feierlich. Mit einem Male kam ihm ein Gedanke. „Wenn ich einen Herrn mehr hätte —" hatte eben seine Frau gesagt.

„Haben Sie Verwandte hier im Orte?" fragte er den sich Verabschiedenden.

„Niemand."

„Wo wohnen Sie?"

„Im christlichen Hospiz."

„Wollen Sie vielleicht heute bei mir speisen? Sieben Uhr abends. Sie finden einen größeren Kreis. Aber Sie brauchen sich ja auch nicht mit Ihrem Reiseanzug zu entschuldigen. Also abgemacht. Meine Frau empfängt vorher nicht mehr, ich werde Sie des Abends vorstellen."

4. Kapitel.

„Die Damen bitte rechts und links, die Herren bitte geradeaus."

Zweimal tönte es jedem Ankommenden entgegen: unten im Treppenhause nach dem Verlassen des Autos oder Wagens und oben beim Betreten der Vorräume. Und jedesmal in genau demselben mechanischen Tonfall eifrig beflissener Bediensteter, die wie Automaten aufgestellt erschienen, ihren Part vorschriftsmäßig herzusagen. In wenigen Minuten hatte sich ein nie unterbrochener Strom dicht vermummter Gestalten die mit weichen Läufern belegten Treppen der oberbürgermeisterlichen Dienstwohnung emporgewälzt. Die Damen waren in den ihnen angewiesenen Garderobenzimmern verschwunden, die Herren harrten indessen in dem sehr lang sich hinziehenden Korridor, studierten die ausgestellten Tafelordnungen, unterrichteten sich über den Platz, den sie später beim Eintritt in den großen Speisesaal ohne jedes Umherirren finden wollten, stellten sich einander mit unverständlichem Namen=

gemurmel vor und rüsteten sich im übrigen mit jener Geduld des Wartens, die bis zur Vollendung zu erlernen ihnen diese Gesellschaftsmonate genügend Gelegenheit gaben.

Alles in dieser Versammlung war festlich: die Damen, die sich aus ihrer Vermummung gelöst und nun tief dekolettiert vor den blendenden Pfeilerspiegeln standen, mit blitzenden Geschmeiden in den Haaren, um den Hals und wo sie irgend anzubringen waren, die Herren im Waffenrock oder Frack, den Orden und Auszeichnungen aller Art übersäten. Das einzige freilich, was nicht festlich erschien, war das Gesicht. Aber die Männer kamen mitten aus ihrer Arbeit, trugen noch allerlei Pläne und Projekte hinter den durchfurchten Stirnen, arbeiteten einen Gedanken fort, der ihnen vielleicht erst eben auf dem Wege aufgestoßen war. Und ihre Frauen hatten sich mit viel Umstand und Mühe kleiden, putzen, frisieren müssen, hatten im letzten Augenblick mit der Schneiderin oder Masseuse oder Friseuse Verdruß gehabt und die ganze Fahrt über die Vorwürfe des Gatten angehört, daß man, wie immer, um mindestens fünf Minuten zu spät erschien. Dazu fuhr man Abend für Abend auf solch ein Diner, aß dieselben Speisen von demselben Koch, trank dieselben Weine, traf dieselben Menschen und führte dieselben Gespräche

— ein Wunder war es nicht, daß über den festlichen Gewändern die Gesichter so festlich nicht leuchteten.

Der Oberbürgermeister hatte Repräsentationsräume, mit denen sich die anderer Städte schwerlich messen konnten. Der Empfangssaal, zu dem die Diener jetzt die großen Flügeltüren öffneten, war im Barockstil gehalten, ein wenig schwulstig vielleicht und in seinem monumentalen Ausbau überladen. Aber in der Fülle des Lichtes, das sich von den Wänden und den reich gezierten Decken ergoß, wirkte der Gesamteindruck dennoch malerisch und mit vornehmer Größe.

Am Eingang begrüßte der Wirt seine Gäste. Er tat es ohne Redensarten, ab und zu nur mit einem guten, treffenden Worte oder Witz, sein schöner, kluger Kopf mit den frisch blühenden Farben kam in dieser Umgebung zu rechter Geltung. Wie der Patrizier einer alten Hansastadt war er anzusehen. Einige Schritte hinter ihm empfing seine Gattin, die alle Aufregung und Enttäuschung des Tages überwunden hatte und in einem mattlila Kleide mit kostbarem Schmelz gleich ihrem Gatten eine sofort auffallende und anziehende Erscheinung bildete. Einige jüngere Stadträte übernahmen die Vorstellung weniger bekannter oder neuhinzugekommener Elemente, die nicht das Empfinden des Fremdseins haben sollten. Man erhielt sofort den Eindruck, daß Reichenbach und seine Frau eine Gesellschaft zu geben, daß sie selbst einem großen Repräsentationsfest das frostige Gepräge zu nehmen und ihm etwas Vertrauliches, familiär Abgestimmtes zu verleihen wußten.

In diesen Kreis trat Martin Steppenreiter, der Fremdeste unter allen. Niemand kannte ihn, auch ihm war jedes Gesicht unbekannt. Er hatte sonst ein natürlich=sicheres Auftreten, diesmal fühlte er sich doch ein wenig bedrückt und befangen.

Aber der Oberbürgermeister kam ihm sofort entgegen, führte ihn zu seiner Frau, die ihn in ihrem Hause willkommen hieß, und von ihr zu einem der jüngeren Stadträte von ausgesprochen militärischem Aussehen. „Ihnen, lieber Herr Kollege, überantworte ich diesen Gast zu ganz besonderer Berücksichtigung. Sie werden gütigst dafür sorgen, daß er sich in diesem Tohuwabohu bald so heimisch fühlt, als wäre er in seiner eigenen Gemeinde."

Der junge Stadtrat wanderte mit Martin von einer Gruppe zur anderen, und überall stellte er vor: „Herr Pfarrer Steppenreiter aus Plantiko". Man nahm nicht viel Notiz von ihm, man wunderte sich höchstens, wie ein Pfarrer aus der Provinz auf dies offizielle Essen beim

Oberbürgermeister käme. Aber einige gewandte und gern leutselige Gäste sagten ihm ein paar freundliche Worte. Dieser und jener war sogar schon einmal auf einer Dienstreise oder bei sonstiger Gelegenheit nach Plantiko verschlagen worden und knüpfte an diese Begebenheit gewichtige Fragen nach dem und jenem in Stadt oder Umgebung. Und als er jetzt dem Herrn Generalsuperintendenten seine Verbeugung machte, reichte ihm dieser huldvoll die Hand und erinnerte sich, ihn gelegentlich einer Visitation einmal gesehen zu haben, ja ein Geheimer Konsistoralrat nannte ihn sogar „Herr Bruder". So hatte der diensteifrige Stadtrat noch nicht ein Viertel seiner Vorstellungsreise beendet, als die verschiedenen Gruppen und Kreise sich lösten, der Kommandierende General der Gattin des Oberpräsidenten und dieser der Frau Generalin den Arm reichte, und der Zug zur Tafel seinen genau geordneten feierlichen Anfang nahm.

Der junge Stadtrat hatte jetzt wichtigere Obliegenheiten, er brach mitten in einer Vorstellung ab, stürzte sich dem bereits in Bewegung geratenen Zuge entgegen, um den Herren beim leichteren Auffinden ihrer Damen oder ihrer Plätze behilflich zu sein und überließ Martin seinem Schicksal. Der wollte sich nach seiner Dame umsehen, der er noch nicht einmal vorgestellt war, als ihm jemand auf die Schulter klopfte.

„Sind Sie es wirklich? Der leibhaftige Pastor von Plantiko? Alles hätte ich mir heute abend träumen lassen, aber Sie hier zu finden —" Und Bonin schob seinen Arm in den Martins, der voll aufrichtiger Freude in das erste, ihm gut bekannte Gesicht blickte.

„Sagen Sie mir noch schnell, wie das zugegangen ist."

„Der Oberbürgermeister lud mich für den Abend ein, als ich ihm nach Ihrem Wunsche meinen Besuch im Rathause machte."

„Gleich bei der ersten amtlichen Aufwartung. Das sieht unserem Reichenbach ähnlich; der pfeift auf allen Krimskram der Form und beherrscht sie doch wie kein anderer. Na, da wären wir ja unserem Ziele einen bedeutenden Schritt näher; aber davon später. Jetzt in den Dienst. Wen haben Sie zu Tisch?"

„Eine Frau Lerche; weiter weiß ich nichts."

„Ehrenplatz. Die Witwe eines unserer ersten Kaufleute, des Geheimen Kommerzienrats Lerche. Sie hat ihr Haus drei Jahre lang nach dem Tode ihres Mannes verschlossen und es jetzt um so weiter aufgetan. Alles, was etwas ist, verkehrt bei ihr. Sie ist geistreich und klug dabei, eine Vereinigung, die Sie nicht allzu häufig in

unseren Gesellschaften finden werden, verteidigt
die Antike gegen die neue Kunstrichtung, hat im
übrigen aber recht moderne Lebensanschauungen,
verträgt nicht gerne Widerspruch, ist alles in
allem jedoch eine charmante Frau. So, die Richt=
linie habe ich Ihnen gegeben — kommen Sie,
es ist die höchste Zeit."

Und nun auf eine zierlich und eben=
mäßig gebaute, mit ausgesuchtem Schick ge=
kleidete Dame zugehend, deren lebhaftes Auge
hinter einer mit Diamanten besetzten Lorg=
nette Musterung hielt, ein wenig unwillig ent=
schieden, daß man sie so lange warten ließ.

„Gestatten, gnädigste Frau, daß ich Ihnen
meinen Freund, Herrn Pfarrer Steppenreiter
aus Plantiko, vorstelle, der die Ehre hat, Sie zu
führen. Er ist ein so einsamer Fremdling in
unserem Kreise, daß er selbst Sie zu finden,
meiner Hilfe bedurfte."

Der Unwille auf Frau Lerches Antlitz
war geschwunden. Sie war für Artigkeiten,
in feiner Form vorgebracht, empfänglich und
sagte dem jungen Pfarrer, den der ihr sehr
sympathische Oberregierungsrat als seinen
Freund eingeführt hatte, einige freundliche
Worte. „Und Sie, Herr Bonin?"

„Ich habe den Vorzug, die Diva unserer
Oper zu führen, die nach Art großer Künst=

lerinnen immer etwas später erscheint. Der Oberbürgermeister liebt die Verschmelzung der Gegensätze, der Bureaukrat soll mit der Sängerin gehen — ist ein alter gesellschaftlicher Trick von ihm."

Martin hätte keine bessere Nachbarin finden können. Frau Lerche kannte fast alle, die an dieser Tafel zusammengekommen waren, und es gewährte ihr sichtbares Vergnügen, den Neuling in eine ihm fremde Welt einzuführen.

„Da oben der Kommandierende General von Schwerin. Noch jung für seine Stellung, nicht wahr? In der Gesellschaft die Liebenswürdigkeit selber, im Dienst von allen gefürchtet. Ich habe ihn gerne, obwohl er als rücksichtsloser Draufgänger gilt. Da er hoch in Gunst steht, dürfte er mit dieser Stellung noch nicht einmal abschließen. Die Dame neben ihm Exzellenz von Tattenbach, ihr gegenüber ihr Mann, der Oberpräsident mit Frau von Schwerin. Die Damen sind einmal wegen einer Rangstreitigkeit bei irgendeiner gesellschaftlichen Veranstaltung aneinander gekommen. Seitdem besteht ein etwas gespanntes Verhältnis zwischen den beiden Häusern, aber man darf natürlich keine Notiz davon nehmen. Neben Frau von Schwerin der Oberbürgermeister mit der Frau des Regierungspräsidenten, ihm gegenüber Frau Reichenbach mit dem ersten Vorsteher der Kaufmannschaft, dann Ihr Konsistorialpräsident, der feine, schmächtige Herr mit dem spitzen Kopf und dem kleinen Knebelbart, sieht aus, wie ein weltentrückter Dichter, weiß aber sehr genau ein Glas Pommery von einem Henckell zu unterscheiden. Doch die alten Herrschaften werden Sie wenig interessieren, und die Jugend ist heute nur schwach vertreten —"

Frau Lerche plauderte es alles nebenhin; von den unaufhörlich und sehr schnell gereichten Speisen nahm sie nur wenig und ließ auch den Kaviar vorübergehen, den Martin fast noch nie gegessen, und der ihm wundervoll schmeckte.

„Wieder diese Schildkrötensuppe mit Schlagsahne von unserem Stadtkoch, das erstemal verblüfft so etwas. Aber wenn es einem das viertemal hintereinander aufgetischt wird —"

Sie aß nur wenige Löffel und fuhr fort, ihrem Nachbar ein genaues und von manchem witzigen Zusatze gewürztes Nationale der Leute um sie her zu geben — aber mit einemmale hörte er ihr nicht mehr zu.

Aus dem flimmernden Gewirr, das ihn umgab, aus dem Glitzern und Leuchten der Uniformen, der mit Sternen besäten Fracks und nackten Schultern war plötzlich ein ihm wohlbekanntes Gesicht aufgetaucht. Ihm schräg gegen=

über, so, daß sie sein Wort erreichen konnte, saß Fräulein Busekist. Erst glaubte er, sie mit einer fremden Dame zu verwechseln, dann aber, als sie für eine Sekunde den bisher gesenkten Kopf erhob und er die entschiedenen Linien ihres schönen Gesichtes mit dem leisen Anflug von Hochmut erblickte, der ihr so gut stand, und der sich ihm seit seinem ersten Besuche in Storkow unvergeßlich eingeprägt hatte, war jeder Irrtum ausgeschlossen. Drei Jahre waren seit jener ersten Begegnung vergangen, damals trug sie ein einfaches Hauskleid, und die dunkelblonden Haare hatten in wenig modernen Flechten auf dem Haupte gelegen, das ihre Last nur schwer zu tragen schien. Auch das blaßgelbe Kleid, das sie heute angezogen, war im Verhältnis zu all den anderen schmucklos, aber sie erschien ihm inmitten dieser großen Gesellschaft und des hellen Lichtes, das alle die elektrischen Birnen und Kerzen ergossen, eine ganz andere: viel jugendlicher, trotz der drei Jahre, die sie älter geworden, und viel lebensvoller und frohgestimmter. Dabei aber doch ruhig und gereift.

„Wieder die aufdringlichen Hummern, ich finde Bachforellen soviel feiner und leichter," hörte er Frau Lerche neben sich. Und dann, nachdem sie von dem wundervoll duftenden Grabenberger genippt: „bei Reichenbachs ist immer be=

sondere Aufmachung. Er kann es ja auch, sein Reichtum kommt ihm für seine Stellung zustatten und schafft ihm die volle Unabhängigkeit."

Das Stimmgebrause um sie her flaute einen Augenblick ab. Die Primadonna der Oper hatte den Eßsaal betreten, eine Erscheinung von königlichem Wuchs, mit einer Toilette, die selbst in diesen Kreisen Aufsehen erregte, einem Kranze dunkelroter Rosen auf dem pechschwarzen Haar und einen üppigen Zweig von denselben dunkelroten, duftenden, mit feinem, grünen Farrenkraut durchwebten Rosen, der sich einer nachgeahmten Boa gleich um Brust und Schultern legte.

Der Gastgeber hatte sich erhoben, die Eintretende zu begrüßen. Aber bevor er ihr den Arm reichen konnte, war bereits Bonin an ihrer Seite und führte sie auf ihren Platz.

Und nun kam mit einemmal Leben in diese bis dahin recht frostige Spitzenecke. Der Oberpräsident, der die pflichtgebotene Unterhaltung mit seiner Nachbarin gerade auf dasselbe Thema gebracht, über das er seine Gattin mit dem Kommandierenden geistreiche Betrachtungen anstellen hörte, verließ das müde sich hinquälende Gespräch und sagte der Sängerin einige Komplimente über ihre Walküre, die er vor einigen Tagen von ihr gehört hatte. Und als sie, die solche Huldigungen als etwas Selbstverständliches und ihr Gebührendes hinzunehmen gewohnt war, heute mit einem zauberhaften, halb beschämten, halb kecken Lächeln quittierte und die Grübchen auf ihren Wangen in ihre stets siegessichere Tätigkeit traten, da tauten seine Züge von ihrer gesellschaftlichen Erstarrung auf, als schien eine helle Februarsonne auf ein Eisfeld, und seine Liebenswürdigkeit war nicht mehr gezwungen und zurechtgestellt, sondern sprudelte frisch und unerschöpflich wie der Bronnen vom Felsenstein.

Da sah auch der Kommandierende nicht länger ein, weshalb er seinen Geist an so trockenen Brocken zermürben sollte, wie sie ihre Exzellenz ihm nicht ohne eine gewisse Schadenfreude immer wieder zu kauen gab, er besiegte die Scheu vor seiner Gattin, die in gesellschaftlichen Dingen sehr streng dachte, und wandte sich zu der ihm schräg gegenüber plazierten Frau des französischen Konsuls, die ihn schon den ganzen Abend durch ihren wundervollen Hals und die samtene Zartheit ihrer Haut entzückt hatte, und begann mit ihr französisch zu parlieren. Aber wenn er auch mit der pikanten Frau bald in ebenso lustiger Plänkelei begriffen war wie der Oberpräsident mit der schönen Sängerin, keiner von ihnen fiel auch nur eine Sekunde aus der Rolle, sie unterhielten und ließen sich unterhalten, sie lächelten, sie lachten sogar, aber ihrer hohen Stellung und ihrer Exzellenzenwürde vergab keine Silbe, keine Miene nur das allergeringste.

„Natürlich wieder ein Trick von dem Fuchs, dem Reichenbach," sagten sie sich beide im Innern, „aber kein schlechter."

Der Oberbürgermeister jedoch schmunzelte vor sich hin, kein Zug seines Gesichtes verriet die gelungene Kriegslist. Und als die beiden Herren, einer nach dem anderen ihr Glas erhoben und ihm zutranken, da nickte er sehr ernsthaft mit dem Kopfe und tat ihnen Bescheid, so offiziell wie ein Mann seiner Art es nur konnte. Aber dann wandte er das Glas zu seiner gegenüber sitzenden Gattin, und ganz verstohlen blinzelten die klugen Augen ihr zu: siehst du, so macht man Tischordnungen."

„Wie lustig es mit einemmal dort unten geworden ist," sagte Frau Lerche. „Aber die Morelli hat auch wirklich etwas Hinreißendes. Wenn ich Mann wäre —"

„Und haben Sie schon das Brillantenbukett mitten unter den dunklen Rosen auf ihrer Brust gesehen?" tuschelte von der anderen Seite die alte Hoppenrat herüber, eine schwerhörige Generalswitwe, die in Klatsch und gesellschaftlicher

Pikanterie arbeitete. „Sie trägt es heute zum erstenmal. Vor acht Tagen war ihr Geburtstag, da schenkte es ihr der spanische Konsul, Herr Robinson, der schlanke Herr da drüben mit der spitzen Nase und den südländischen Augen," erklärte sie, jetzt zu Martin gewandt, dessen Aufmerksamkeit zu erregen ihr glücklich gelungen war. „Und die hübsche Blondine, hier, Herr Pfarrer, nein, ein wenig mehr links, schräg gegenüber von Fräulein Busekist, ja, ganz recht, die Dame mit der weißen Feder im Haar, ist die Frau des Konsuls."

„Er bekleidet seine Stellung ehrenamtlich, ist im übrigen ein schwerreicher Getreidehändler und spielt in der Gesellschaft eine Rolle," warf Frau Lerche ein, indes die alte Dame ihre Nachbarschaft zur anderen Seite mit der Geschichte von dem entdeckten Brillantbukett beglückte.

„Obwohl er verheiratet ist und eine Sängerin zur Geliebten hat?"

„Um Gottes willen, nicht so laut, Herr Pfarrer. Die Morelli verkehrt in unseren ersten Kreisen."

„Das ist nicht so unverständlich — eine Sängerin, die niemand als sich selber Rechenschaft schuldig ist, die vielleicht ihre Eltern nie gekannt hat, deren Richtschnur und Moral in ihrer Kunst auf und untergeht, da mag mancher ein Auge zudrücken. Aber das andere — —"

„Welches andere?"

„Daß man einen solchen Mann hier einlädt, daß die Kreise, die sich ‚die Gesellschaft' nennen, ihn als den ihren betrachten —"

Ein ironisches Lächeln spielte um Frau Lerches Lippen. So lange hatte sie vergessen, daß sie neben einem Pfarrer saß. Er hatte so gewandt über alles mögliche gesprochen, so richtige Ansichten geäußert und so aufmerksam und diskret zuzuhören gewußt. Aber nun entpuppte er sich doch. Gesellschaftliche Toleranz zu üben war ihm unmöglich, in dieser Beziehung waren sie alle gleich.

„Du lieber Himmel," sagte sie leichthin, gegen einen Mann wie den Konsul Robinson ist nicht das geringste einzuwenden. Er ist in jeder Beziehung großzügig, gibt Tausende an Arme und wohltätige Anstalten. Und wenn er von dem Überfluß, der ihm bei alledem bleibt, einer schönen Frau einige glitzernde Blumen in die Haare flicht, wer wird ihn deshalb verdammen?"

„Es tut mir leid, mich zum erstenmal mit Ihnen im Widerspruch zu finden. Aber zu einer derartigen Moral kann ich mich nicht verstehen."

„Die Gesellschaft kann sich in solchen Fällen

nicht zur Sittenrichterin aufwerfen, das hat jeder mit sich allein abzumachen."

„Und seine Frau?"

„Sehen Sie es ihr nicht an, daß sie ahnungslos ist?"

„Um so schlimmer, dann ist ihre ganze Ehe eine Lüge."

„Lesen Sie Ibsen?" fragte Frau Lerche ein wenig spöttisch.

„Ich kenne nur weniges von ihm. Aber was ich von ihm gelesen habe, hat mir stets den Eindruck einer ernsten, ja strengen Sittlichkeit in seiner Kunst gemacht — besonders in bezug auf unsere gesellschaftlichen Verhältnisse."

„Und doch ist Ihre Ansicht falsch, Herr Pfarrer, und auch Ibsen irrt. Eine arglose und vertrauende Frau kalten Herzens betrügen, es mag nicht recht sein. Aber dann nicht einmal den Mut und die Kraft haben, das, was geschehen und unabänderlich ist, zu verbergen, sondern eine recht überflüssige Beichte ablegen, hieße für mich ein Unrecht durch ein größeres wettmachen."

„Ich verstehe Sie wohl nicht ganz, gnädige Frau. Sie wollen doch nicht sagen, ein solcher Mann habe gewissermaßen die Pflicht, seinen Betrug mit Klugheit und List zu verschleiern?"

„Gerade das will ich sagen. Erst unüberlegt handeln und es dann durch unüberlegteres

Sprechen gutmachen wollen, erscheint mir eine schlechte Politik."

„Dann muß er sich scheiden lassen," erwiderte Martin resolut.

Frau Lerche lächelte. „Sie sind ein großes Kind, Herr Pfarrer. Aber ich liebe solche Kinder, sie sind so selten heute. In meinen Kreisen treffe ich sie gar nicht mehr."

Sie hob ihr Glas mit dem duftenden Gräbenberger und trank ihm zu.

„Ich wünschte, Sie könnten mich besserer Eigenschaften halber lieben, gnädige Frau," gab er ein wenig gekränkt zurück. Aber hartnäckig kam er sofort wieder auf dasselbe Thema, das in dieser leichten Weise abzutun sein Gewissen ihm nicht erlaubte.

„Hat der Konsul Kinder?"

„Nein."

„Um so eher könnten sie sich scheiden lassen."

„Aber wozu in aller Welt? Man würde ohne Not eine Ehe trennen, wie sie in einwandsfreieren Verhältnissen nicht annähernd so glücklich ist. Sehen Sie, wie chevaleresk Herr Robinsohn gerade seiner Frau zuwinkt, wie seine Augen leuchten, und wie beglückt sie seinen Gruß erwidert?"

„Aber das alles ist doch die pure Heuchelei."

„Gar keine Heuchelei; er ist seiner Frau aufrichtig zugetan. Und Sie können mir glauben, daß es nicht die Bedingung für eine gute Ehe ist, in der Frau zugleich die Geliebte zu besitzen. Eine Teilung ist oft heilsam — für beide Teile."

Sie wollte das Gespräch gerne abbrechen und auf andere Dinge bringen, denn sie fühlte, daß sie schon zuviel gesagt hatte und er sie doch nicht verstand. Aber er ließ nicht locker.

„Es bleibt eine Unwahrheit und ein Unrecht," erwiderte er bestimmt.

„Glücklicherweise sind wir, die wir in der Gesellschaft leben, nicht alle so strenge Richter. Doch ich vergesse wirklich, daß ich heute die Freude habe, neben einem Herrn Geistlichen zu sitzen; sie wird mir selten zuteil. Nur mit dem Ersten Pfarrer der Schloßkirche, der jetzt nach Berlin berufen ist, kam ich dann und wann zusammen. Er war trotz seiner strengen kirchlichen Richtung gesellschaftlich vorurteilsfrei, man lernt es in der großen Stadt. Aber freilich in dieser Sache würde er auch auf Ihre Seite treten."

„Die Morelli verkehrt bei Ihnen?" fragte er immer noch mit seinem Gegenstand beschäftigt.

„Sie gehört zu meinen Freundinnen."

„Zu Ihren Freundinnen?"

„Ja, ich bin gegen jeden Klatsch unempfindlich, er berührt mich gar nicht. Es ist mir auch ganz gleich, was an solchen Gerüchten wahr ist oder nicht. Die Menschen, die ich einmal in mein

Herz geschlossen, bleiben darin, und wenn die Welt sie für Mörder und Ehebrecher erklärt."

Dieser Zug gefiel ihm wieder an seiner Nachbarin. Aber über ihre laxe Gesellschaftsmoral konnte er nie und nimmer hinweg. Sie bildete das entschieden Trennende zwischen ihnen beiden. Er hatte solche Ansicht bisher bei Frauen nicht für möglich gehalten und kam sich mit einem Male recht weltentrückt vor. Seine Mutter tauchte vor seinem geistigen Auge auf und die stille Stube in Plantiko und die Gespräche, die sie des Abends, wenn seine Arbeit ruhte, miteinander führten. Was die wohl zu solchen Ansichten gesagt haben würde und zu der Unterhaltung, die er hier führte? Und die da drüben mit dem freien, klaren Auge und dem herben Zug um die vollen, lieblich geschweiften Lippen? Ob die auch eine Morelli zu ihrer Freundin zählen könnte? Ihr Stolz schon würde ihr solchen Umgang verbieten. Es war ein Glück, daß seine Nachbarin lieber unterhielt als sich unterhalten ließ, denn ganz bei der Sache war er bei aller Aufmerksamkeit nicht, mit der er scheinbar ihren lebhaften Auseinandersetzungen über neue Literaturerscheinungen folgte. Immer wieder flog sein Blick über die Tafel fort zu seinem Gegenüber. Nur einmal hatte ihr Auge ihn gestreift. Er hatte sich unwillkürlich auf seinem Stuhle erhoben, und sie hatte ihm leichthin und oberflächlich zugenickt. Und doch hatte er in ihrem Blicke das gleiche Erstaunen gelesen, ihn hier zu treffen. Jetzt aber sah sie nicht mehr zu ihm hinüber; ruhig hörte sie auf die eifrige Unterhaltung ihres Nachbars, eines Regierungsassessors, der sich voller Eifer um sie bemühte; ab und zu warf auch sie ein Wort ein. Er hätte gern gehört, was sie miteinander sprachen, aber das zunehmende Getöse ließ wohl einige Silben aufkommen, verschlang jedoch jeden Zusammenhang.

„Sie lassen die Pfirsiche vorübergehen, Herr Pfarrer? Man kann sie nie reichlich genug servieren, sonst sind sie in der Mitte der Tafel vergriffen."

Die Diener schenkten Champagner. Martin bemerkte, wie der Oberbürgermeister einem von ihnen einen Wink gab, dieser Frau Lerches Glas unter seine besondere Obhut nahm und dafür sorgte, daß es nie leer blieb. Er merkte zugleich, wie ihr diese Aufmerksamkeit nicht unangenehm war, denn sie nickte Reichenbach freundschaftlich zu und hob dabei drohend den mit Brillanten geschmückten Finger. Und er trank ihr zu und lächelte — sein schalkhaftes, vornehmes Lächeln, das sofort für ihn einnahm.

Auch Martin kam auf diese Weise gut fort und ließ es sich gern gefallen. Zu

Kaisers Geburtstag oder anderen sehr selte=
nen Gelegenheiten hatte er wohl einmal Sekt
getrunken, eine der billigen Sorten, wie sie auch
sein Vater früher in der Apotheke führte, sie hatte
ihm stets gemundet. Daß es aber ein so köstliches
Gewächs gäbe, wie dieses hier, das in dem ge=
schliffenen Kelche vor ihm wie perlendes Gold
glitzerte, das die Lippe und Zunge so weich und
süß umkoste, und so neue und liebliche Gedanken
in einem auslöste, das hatte er nie für möglich
gehalten.

Das Leben, das ihm bisher so uner=
bittlich ernst und streng erschienen, eine Kette
drückender Pflichten, eine ewige Mahnung zum
Entsagen und Entbehren, stieg plötzlich in seiner
ungeahnten Schöne mit sprießenden Rosen und
Reizen vor seiner Seele empor. Zum ersten Male
empfand er mit Bewußtsein, daß er jung war,
fühlte er, daß in seinen Adern wirkliches warmes
Blut rieselte und hämmerte.

Man stand von Tisch auf. Frau Lerche
sagte, daß sie sich vorzüglich mit ihm unterhalten
hätte und hoffte, ihm nicht zum letzten Male be=
gegnet zu sein. Sie äußerte es so warm und
gütig, daß er es für mehr als eine Gesellschafts=
phrase nehmen durfte, und das gab dem Wohl=
befinden, das ihn erfüllte, neue Nahrung.

Pedanten nur tadeln die deutsche Sitte, sich

nach einem solchen Essen durch einen Händedruck gesegnete Mahlzeit zu wünschen. Sie gibt die einzige Möglichkeit, in einer großen Gesellschaft, wo einer den anderen nicht sieht, sich ungezwungen einander zu nähern, mit dem Fernerstehenden dies oder jenes zu besprechen. Auch Martin wurde bei dieser Gelegenheit hier und dort angeredet, die Unterhaltung entwickelte sich jetzt viel ungekünstelter und ergiebiger als vor wenigen Stunden, da er sich überall vorstellen lassen mußte, eine wachsende Sicherheit kam über ihn, er hatte das Gefühl, daß er sich verhältnismäßig schnell in diese ihm bisher ganz fremden Kreise einleben, ja in ihnen sich heimisch fühlen könnte. Es gab sich hier alles so selbstverständlich, man bewegte sich in bestimmten Formen und nach feststehenden Gesetzen, aber nichts erschien dabei gezwungen, jeder sprach und zeigte sich, als könnte er nie anders sprechen und sein.

„Nun wie war's bei Tische? Habe ich zuviel gesagt?"

Bonin stand vor ihm.

„Ganz und gar nicht, ich habe mich ausgezeichnet unterhaltetn. Und Sie?"

„Ich? Ich habe zugehört, wenn der Oberpräsident mit meiner Dame redete. Ab und zu gönnte man auch mir einen gütigen Brocken.

Schließlich verhandelte Ihre Exzellenz, die infolge des Überganges ihres Herrn zu jüngeren Sternen ein klein wenig verlassen war, wenn ich nicht irre, zum elften Male mit mir das Programm der großen Frühlingsveranstaltung des Vaterländischen Frauenvereins, dessen Schriftführer zu sein ich die Ehre habe. Man kennt diese Art der Unterhaltung allmählich. Bei Ihnen ging es interessanter zu — einmal wurden Sie sogar beinahe leidenschaftlich, Sie schienen in Meinungsverschiedenheiten geraten zu sein."

„Wie genau Sie beobachtet haben."

„Muße genug hatte ich. Also es stimmt, nicht wahr?"

„Frau Lerche vertrat eine Moral —"

„Die Ihnen ein wenig frei erschien, das will ich glauben — aber Sie verzeihen —"

Bonin wandte sich zu einem Herrn, der auf sie zutrat und in dem Martin sofort Herrn Robinson erkannte, der den Anlaß zu seiner Debatte mit Frau Lerche gegeben. Er konnte eine gewisse Abneigung gegen diesen Mann nicht überwinden, den er gleich nach Tisch in einer Nische sehr vertraulich mit der gefeierten Sängerin hatte sprechen sehen, und wollte sich unter irgendeinem Vorwande zu einer andern Gruppe begeben. Aber Bonin hielt ihn zurück.

„Gestatten die Herren — Herr Konsul Robinson, Herr Pfarrer Steppenreiter aus Plantiko."

„Ach, der Herr Pfarrer, von dem Sie mir gestern erst erzählten," sagte Herr Robinson verbindlich, „ich bin erfreut, Sie persönlich kennen zu lernen, und wie ich hoffe, werde ich noch recht oft das Vergnügen haben."

Martin, dem jede Verstellung fremd war, verneigte sich nur schweigend.

„Sie werden um die frei gewordene Stelle an unserer Schloßkirche kandidieren, nicht wahr Herr Pfarrer?"

Es war das erste Mal, daß man ihn auf diese Sache hin ansprach. Selbst Frau Lerche, die zweifellos unterrichtet war, hatte sie mit feinem Taktgefühl den ganzen Abend über nicht ein einziges Mal gestreift. Daß es jetzt von solcher Seite geschah, berührte ihn um so unangenehmer.

„Wir wollen sehen, was sich machen läßt. Ein Bruder von mir und mehrere intime Freunde sind bei der Wahl beteiligt, und ich kann hinzufügen, daß sie einiges Gewicht auf meine Meinung zu legen pflegen."

Die großsprecherische und dabei so leutselige Art des Konsuls, der ihm jetzt sogar auf die Schulter klopfte, behagte Martin noch weniger. Er stand der beweglichen Liebenswürdigkeit des anderen wie ein Eisblock gegenüber. Der schien sein Benehmen für provinzielle Schüchternheit zu halten und wandte sich, da er weiter keine Anknüpfungspunkte mit diesem kleinstädtischen Geistlichen zu finden wußte, ausschließlich an den Oberregierungsrat, mit dem er wie mit einem guten Bekannten plauderte. Martin aber bemerkte, daß Bonin bei feinster Innehaltung jeder gesellschaftlichen Form sich jetzt doch wieder mit jener Reserve umpanzerte, die ihm damals bei ihrem ersten Zusammentreffen in Storkow aufgefallen war. Eine um so größere Genugtuung empfand er über die freundschaftliche Art, mit welcher der streng geschulte Mann ihm hier wie überall begegnete.

„Sehr klug haben Sie das einmal wieder nicht angefangen, Herr Pfarrer," sagte Bonin, als sich der Konsul zu einigen anderen Herren begeben hatte.

„Verzeihen Sie, wenn ich Ihnen irgendwelche Ungelegenheit bereitet haben sollte."

„Mir ganz und gar nicht. Aber dieser Mann besitzt in der Tat einen großen Einfluß in allen beteiligten Kreisen und kann ihn nutzen wie er will."

„Mag er ihn gegen mich brauchen, wo er kann. Ich vermag nun einmal nicht, mich einem solchen Menschen gegenüber anders zu geben, als ich bin."

„Es ist verwunderlich, wie sogar kluge Menschen das Wort Verstellung mit einem anderen verwechseln —"

„Mit der nötigen Selbstbeherrschung wollen Sie sagen."

„Da Sie es selber aussprechen — Sie dürfen es mir aber nicht übelnehmen."

„Ich habe nur Grund, Ihnen für Ihre Offenheit dankbar zu sein."

„Ich glaube auch nicht, daß ich für mein Teil ein unwahrhaftiger Mensch bin. Aber freilich, wahr und aufrichtig in des Wortes ganzer Bedeutung zu sein, erlauben uns die gesellschaftlichen Verhältnisse nun einmal nicht."

„Das zuzugeben kann ich mich noch nicht entschließen."

„Sie werden es erfahren. Sie können das Leben ohne Geist und Seele leben, meist sogar besser als mit einem Übermaß an beiden, Sie können es ohne Geld und Gaben leben, auch das geht zur Not. Aber es ohne Kompromisse zu leben, das ist unmöglich. Die Diplomatie ist die Kunst unserer Zeit. Und wer sie nicht lernen kann oder will, der mag der beste und der befähigste aller Menschen sein, eines Tages stirbt er doch als ein armer Teufel am Wege."

„Aber das heißt ja im letzten Grunde: das Leben ohne Ideale leben."

„Ganz und gar nicht. Ich für meine Person habe ein Ideal, das zu verwirklichen mein höchstes Streben ist."

„Und das wäre?"

„Echte Männlichkeit und Aufrichtigkeit mit jener Weltklugheit zu verbinden, die es nicht jedem beliebigen Tölpel oder Schuft gestattet, mich als Blinden eines Tages in seinen Sack zu stecken. — Was hatten Sie im übrigen gegen den Konsul? Sie kannten ihn doch gar nicht — aha, ich merke, meine alte Freundin, Frau Lerche, hat ein klein wenig — gefabelt, wollen wir sagen. In dieser Beziehung möchte ich Ihnen Vorsicht raten, es wird hier so manches geredet und geglaubt —"

Bonin unterbrach sich. In dem Nebenzimmer hatte sich eine Gruppe von Damen und Herren zusammengetan, aus deren lebhaft geführter Unterhaltung Martin eine wohlbekannte Stimme entgegentönte.

„Fräulein Busekist verkehrt hier auch?" fragte er. „Ich entdeckte sie ganz unvermutet bei Tische."

„Sie fehlt auf keiner Gesellschaft. Reichenbachs verloren vor vielen Jahren ihre einzige Tochter. Fräulein Busekist war ihre liebste Freundin und muß den Eltern jetzt Ersatz bieten. Sie überhäufen sie mit jeder Liebe."

Martin tat noch einige weitere Fragen, Bonin beantwortete sie sehr kurz, manche schien er ganz zu überhören. „Wir hätten jetzt eine Zigarette verdient," meinte er schließlich.

„Drüben in der Amtsstube des Herrn Oberbürgermeisters, meine Herren," äußerte ein vorübergehender Diener.

„Hier wird nicht geraucht?"

„Es soll noch musiziert werden. Die Morelli wird singen," sagte ein Offizier.

„Nein, sie singt heute nicht," meinte ein anderer.

„Die Morelli singt nicht? Weshalb singt sie nicht?" fragte die alte Hoppenrat mit ihrer quietschenden Stimme.

„Sie hat keine Begleitung, gnädigste Frau. Der Pianist Gebhardt ist durch ein Konzert verhindert."

„Aber in der großen Gesellschaft wird sich doch irgendein Mensch finden, der sie begleiten kann."

„Mit irgendeinem musiziert die Morelli nicht."

Der Oberbürgermeister betrat an der Seite der Sängerin das Zimmer. Er war für schöne Frauen empfänglich und liebte es, sich in ihrer Gesellschaft zu zeigen. „Daß wir aber heute um den Genuß kommen sollen, Sie zu hören, gnädiges Fräulein, ich hatte mich den ganzen Tag darauf gefreut — ja, den ganzen Tag, wenn Sie auch noch so ungläubig lächeln."

"Dazu hatten Sie ja gar nicht Zeit, Herr Oberbürgermeister."

"Aber in den Ruhepausen. Sowie ein Junge auf die Zwischenstunden. Oder auf sein Mittagessen, wenn es zu Hause ein Leibgericht gibt."

"Gebhardt versprach mir, nach dem Konzerte noch herzukommen, wenn es ihm irgend möglich wäre. Aber die Berliner Kollegin wird ihm keinen Urlaub gegeben haben."

"Und hier unter meinen Gästen sollte niemand —?"

"Soweit ich die Herrschaften und ihre musikalische Befähigung kenne —"

"Ich bedauere heute zum ersten Male, daß ich gegen den Wunsch meiner Mutter rebellierte, es mit der sechsten Klavierlehrerin aufzunehmen."

"Sie haben Klavierunterricht gehabt?"

"Wie gesagt, bei fünf Lehrern beziehungsweise Lehrerinnen. Alle Tanten unseres Hauses waren einig, daß mich meine Hände, die schon in frühen Jahren über eine Oktave spannten, zum Virtuosen bestimmten. Meine sonst so kluge Mutter glaubte ihnen blindlings, obwohl ich heute noch nicht die Melodie vom guten Kame=

raben auch nur annähernd richtig wiederzugeben vermag. Die Hand blieb nun einmal die Hauptsache. So kam ich zu vier Lehrerinnen, die ich an den Rand der Verzweiflung brachte. Mit der fünften, einem Mädchen unserer Bekanntschaft von noch nicht achtzehn Lenzen, die mich wohl durch ihre Schönheit bezwingen sollte, kam es eines Tages wegen einer unsäglich langweiligen Etüde zu einer so erregten Auseinandersetzung, daß wir beide auf dem Boden uns balgten, als die Mutter hineinkam. Das war meine Befreiung, denn nun gelangten auch endlich die Tanten zur Überzeugung, daß meine Hände für die zarten Künste ein wenig zu stark ausgebildet waren."

An der Morelli war alles Musik, ihre Sprache, ihr Gang, ihr Lachen.

„Aber Sie sind doch ein so aufmerksamer Zuhörer."

„Nicht immer. Im ganzen hasse ich die Gesellschaftskonzerte, wenn sie mich an der Zigarre oder einem vernünftigen Gespräche hindern. Mir gilt keine Kunst ohne Seele; nur wo die durch die Töne klingt — die Isolde sollten Sie mir heute wenigstens singen."

„Für die würde ich am schwersten eine Begleitung finden."

„Dann bin ich mit der Senta zufrieden.

Auch mit einer Löweschen Ballade, die Sie neuerdings, wie mir Frau Lerche erzählte, Ihrem Repertoire einverleibt haben."

„Es war ein Versuch, zu dem mich Gebhardt ermunterte. Er transponierte mir die „Uhr".

„Verzeihen Sie, Herr Oberbürgermeister, ich hörte eben, daß unsere Diva um eine Begleitung in Verlegenheit ist."

Bonin war an die beiden herangetreten.

„Und Sie wüßten eine solche?" fragte Reichenbach.

„Gewiß, in unserer allernächsten Nähe, hier mein Freund, der Pfarrer aus Plantiko ist ein Musiker, der sich hören lassen kann." Und Bonin zog den Widerstrebenden in den Kreis.

„Ah, Herr Pfarrer, Sie —" begrüßte ihn Reichenbach, „gestatten Sie, gnädiges Fräulein — ja, nun habe ich doch Ihren Namen trotz unseres langen Vormittagsgespräches vergessen — etwas Urwüchsiges war es, so etwas Wildes — ja, richtig, Steppenreiter, ich danke, also: Herr Pfarrer Steppenreiter aus Plantiko."

„Wenn sich die Dame meiner dilettantischen Begleitung anvertrauen will."

Die Morelli war ihrer Verwunderung noch nicht Herrin gworden.

„Sehr gütig, Herr Pfarrer," sagte sie. Aber es wurde ihr schwer, ein Lächeln zu unterdrücken, und ein klein wenig von oben herab fügte sie hinzu: „Was würde Ihnen genehm sein?"

„Was sie singen wollen."

„Was ich singen will? .. Alles? Auch Wagner?"

Und in ihren Augen blitzte ein leichter Hohn.

„Auch Wagner."

„Senta, Isolde, Walküre?"

„Was Sie befehlen."

„Sie haben Ihre Noten in der Garderobe?" fragte der Oberbürgermeister.

„Sie liegen im Vorsaal."

„Wenn Sie gestatten, blättere ich sie einmal durch."

Sowie Martin außer Hörweite war, konnte die Morelli nicht mehr an sich halten.

„Ein Pfarrer aus der Provinz? Und alles, was ich singen will? Das ist das erste Mal in meinem Leben."

Sie lachte so froh und silberhell, daß die Umstehenden auf ihre Heiterkeit aufmerksam wurden.

„Was erfreut das Sängerherz unserer Diva so herzlich?" fragte Robinson, der zu ihr herantrat.

„Wir werden jetzt ein großes Konzert veranstalten, Herr Konsul, der Herr Pfarrer aus Plantiko und ich. Und nichts Geringeres als

Tristan und Isolde. Aber jede Verantwortung lehne ich ab, Herr Oberbürgermeister."

„Wag ich's mit diesem Sonderling," sagt Philipp der Zweite."

„Ist der ein Sonderling? Erzählen Sie, schnell!"

„Ein wunderlicher Heiliger, schreibt mein Freund Busekist auf Storkow. Ich für mein Teil habe mich heute morgen leidlich mit ihm verständigen können."

„Hoffen wir dasselbe für unser Konzert. Am rechten Vertrauen zu sich selber wenigstens scheint es dem Herrn nicht zu mangeln . . . ah, da sind Sie ja schon, Herr Pfarrer."

„Womit gedenken Sie zu beginnen?"

„Mit der Isolde. Die letzte Szene."

Sie traten an den Flügel. „Ich darf eine kurze Einleitung geben?"

„Sie wäre erwünscht."

Martin setzte sich und nahm das Thema des Liebestodes auf. Die Gesellschaft unterbrach ihre Unterhaltung, von allen Seiten strömte man in den Musiksaal.

„Ist der Gebhardt doch noch gekommen?"

„Nein."

„Wer begleitet denn?"

„Ein fremder Herr."

„Wer denn?"

„Ein Geistlicher, sagte mir eben die Hoppenratsh."

„Ach der Pfarrer aus Hinterpommern."

„Der? Ist der so musikalisch?"

„Oder so mutig? . . . Aber . . . pst . . . pst . . . er kann etwas, man merkt es gleich. So einfach ist die Sache nicht — bravo — sehr gut — ah — die Morelli."

Und nun atemloses Schweigen. Man wußte, daß man sich nicht zu lange mehr an dieser Kunst erfreuen würde, daß die Morelli für die übernächste Spielzeit an die Berliner Hofoper verpflichtet war, an der sie erst vor wenigen Wochen mit der Isolde alle gastierenden Rivalinnen geschlagen hatte.

Ha! Ich bin's, ich bin's,
süßester Freund!
Auf, noch einmal
hör' meinen Ruf!
Isolde ruft:
Isolde kam,
mit Tristan treu zu sterben.

Und weiter rasten und lockten und schluchzten und weinten die Töne. Und ein zerrissenes Herz, ein gebrochenes Leben schrie aus ihnen. Nichts Theatralisches störte. Ein Mensch offenbarte sein tiefstes Leid. Eine Seele sprach. Die großartige Technik, der blendende Glanz dieser Stimme ging darin unter wie etwas ganz Nebensächliches, man merkte sie kaum.

> Trotziger Mann!
> Strafst du mich so
> mit härtestem Bann?
> Ganz ohne Huld
> meiner Leidens-Schuld?
> Nicht meine Klagen
> darf ich dir sagen?
> Nur einmal, ach!
> nur einmal noch! —
> Tristan! — Ha! —
> horch! Er wacht!
> Geliebter!

Sie hielt inne. Der Flügel übernahm die Führung und gab die Fortsetzung. Die Meldung des Hirten, König Markes Kommen — Kurwenals Grimm — dumpfes Waffengeklirr und Gemurmel — Kurwenals Tod der Treue — Markes zehrender Schmerz. Aber alles das untertauchend in dem Meer der Liebe Isoldes.

> Mild und leise
> wie er lächelt,
> wie das Auge
> hold er öffnet.

Und was den Hörern das Wunderbare erschien: wie der Gesang mit der Begleitung vollkommen in eins verschmolz: ein heißes Rufen durch das Dunkel — nun sein Echo, ganz von unten, aus der Tiefe her — Wort und Ton sich lösend, dann sich wiederfindend, sich umschlingend, ein so innerlicher Einklang, daß man oft nicht wußte, wer führte und wer folgte, daß von einer Begleitung nicht die Rede sein konnte, sondern nur von dem künstlerischen Zusammenklingen zweier aus ureigener Fülle schöpfender Geister.

  Sind es Wellen
  sanfter Lüfte?
  Sind es Wogen
  wonniger Düfte?
  Wie sie schwellen,
  mich umrauschen,
  soll ich atmen,
  soll ich lauschen?
  Soll ich schlürfen,
  untertauchen?
  Süß in Düften
  mich verhauchen?
  In dem wogenden Schwall,
  in dem tönenden Schall,
  in des Welt-Atems
  wehendem All —
  ertrinken, —
  versinken, —
  unbewußt, —
  höchste Lust!

Und der Flügel nimmt wieder die Führung und läßt Isolde in Brangänes Armen auf Tristans Leiche sinken. — —

  Über diesen Kreis, der bei einem opulenten Essen und ausgesuchten Weinen, der in müßigem

Geschwätz und Flirt bisher nichts gewesen als der banale Abklatsch der gang und gäben Geselligkeit, ist plötzlich etwas Neues gekommen: ein Hauch der Größe, ein Aufgang aus der Höhe. Nicht alle sind einer gleichen Ergriffenheit fähig, für viele war es nur ein hübsches Spektakel. Aber gegähnt hat niemand und geschwatzt auch keiner. Und selbst wenn er es gewollt hätte, er hätte es nicht gewagt.

Jetzt lösen sich Spannung und Schweigen, der Name der Morelli geht von Mund zu Mund, lebhafter aber noch der des bis dahin gar nicht beachteten Pfarrers.

„Wer ist der Mann? Wo kommt er her?"

„Welch eine Gewalt geht von seinem Spiele aus!"

„Woher hat er diese Kunst? Da ist der Gebhardt ein Waisenknabe."

„Der sollte in der Kirche spielen und nicht predigen."

„Vielleicht ist er auch ein guter Redner."

„Ich möchte ihn aber lieber auf der Orgel hören."

„Ich auch. Den ganzen Tag könnte ich zuhören und alles andere vergessen — ah, Fräulein Busekist, Sie haben ihn gewiß oft gehört?"

„Nur selten."

„Und nie auf der Orgel?"

„Einmal, beim Vorüberreiten."

Es war ihr sichtbar unangenehm, in die Unterhaltung gezogen zu werden, der jetzt wieder alle Schleusen geöffnet schienen; sie zog sich zurück.

„Für Hinterpommern ein wenig schade."

„Er wird um die Schloßkirche kandidieren."

„So — so — keine schlechte Erwerbung, man wird ihn sich nicht entgehen lassen."

„Wer weiß? Er hat Gegner — heute schon. Der Vater von Fräulein Busekist —."

„Ah, der Amtsrat auf Storkow? Na, dem ist die Kunst wohl immer ein Buch mit sieben Siegeln gewesen; für Hinterpommern muß der ja auch ein weißer Rabe sein, die hübsche Busekist schien auch wenig begeistert für ihn."

„Er soll eine strenge Richtung vertreten — Fanatiker —"

„Solch ein Künstler? Glaube ich nicht, Verehrtester."

„Würde sich im übrigen hier schon geben."

Martin ist vom Flügel aufgestanden, er packt die Noten zusammen und reicht sie der Morelli. Ihr Lied liegt auf ihrem Antlitz, in ihren Augen wohnt noch Isolde, Hingebung spricht aus ihrer Gestalt, die sich müde an den Flügel lehnt. Und er fühlt, daß es kein Theater ist, das sie ihm vormacht. Endlich rafft sie sich zusammen und streckt ihm den Arm entgegen.

Voll und weich und heiß ruht ihre Hand in der seinen. Und er versteht mit einemmal den Zauber, der von dieser Frau ausgeht, der stumm und suchend nun auch zu ihm hinüber die geheimnisvollen Fäden webt.

Man bricht sich Bahn zu der Sängerin, die üblichen Ovationen setzen sich in Szene, man dankt, man bestürmt: Nur ein einziges Stück, das Gebet der Elisabeth, oder wenn es ihr zu viel wäre, ein kleines Lied von Schumann, gleichviel —

„Ich singe nicht mehr."

Sie sagt es so bestimmt, daß selbst die kühnsten Bitter verstummen. Da tritt die Wirtin zu ihr, die sonst stets zurückhaltend ihr, sogar ihrer Kunst gegenüber ist.

„Ich komme im Auftrage meines Mannes, ob Sie ihm nicht die Senta singen würden. Die Exzellenzen und alle Gäste vereinen ihre Bitten mit den unseren. Der Herr Pastor wird vielleicht noch einmal die Güte haben."

„Ich singe heute abend nicht mehr."

Frau Reichenbach zieht sich zurück, ein wenig verletzt ohne Frage.

„Und jetzt ein Königreich für ein Münchner!" sprudelt die Morelli mit einem Male heraus. Martin nimmt von dem Diener ein Glas Bier, sie leert es in einem Zuge. Selbst ihr burschikoses Gebahren zerstört die Illusion nicht, in der sie ihn gefangen hält. Er fühlt deutlich, daß es erzwungen ist — eine Selbstwehr gegen Eindrücke, die übermächtig in ihr fortwirken.

„Und wenn sie diesen ganzen Syphon tränke, diese Nacht schläft Isolde nicht."

Fern von dem allmählich abebbenden Strom der Gesellschaft stehen sie sich am Flügel gegenüber wie auf einer einsamen Insel.

„Sie wollen vom Lande fort hier zu uns in die große Stadt?" fragt sie, den Blick mit Wohlgefallen auf sein ernstes Antlitz gerichtet.

„Wenn man mich hier haben will."

„Sie haben will?"

„Es melden sich um eine so gesuchte Stelle viele tüchtige Männer. Einer kann nur gewählt werden."

„Gewählt? Werden Pfarrer auch gewählt? Und von wem denn?"

„Vom Magistrat."

„Vom Magistrat? Oh, dann lassen Sie mich nur sorgen! Der Oberbürgermeister hat mir noch nie eine Bitte abgeschlagen. Und der Konsul Robinson, der überall seinen Einfluß hat —"

Sie spricht den Satz nicht zu Ende, mitten im Wort bricht sie ihn ab. Was hat sie ihm getan? Sein Gesicht ist ganz blaß geworden, und sein dunkles Auge blickt sie so wunderbar an, finster und verletzt zugleich.

„Ich möchte Sie sehr bitten, gnädiges Fräulein, keine Silbe über meine Wahl zu sprechen, weder mit dem Oberbürgermeister noch mit dem Konsul Robinson."

Er sagt es mit einemmal in ganz anderem, beinahe gebietenden Tone, sie versteht ihn nicht.

„Weshalb nicht?" fragt sie sichtbar verlegen.

„Weil mir eine derartige Beeinflussung unwürdig erscheinen würde."

„Unwürdig—?" Jetzt steigt auch ein dunkler Schatten in ihr Gesicht, aber nur für einen Augenblick. Dann zuckt sie die weißen Schultern, daß die Boa der dunklen Rosen sich verschiebt und zur Seite gleitet. Ein weicher, wohliger Duft geht dabei von den Rosen aus und strömt zu ihm hinüber. Einige Herren treten auf die Morelli zu, sie verabschiedet ihn mit flüchtigem, aber immer noch wohlgefälligem Blick..

Er begibt sich in das Nebenzimmer, es ist leer geworden, der Aufbruch beginnt, die Exzellenzen verabschieden sich. Jetzt steht er einer Dame gegenüber: Marie Busekist. Eine befangene Unterhaltung, die er beginnt, und die sie ihm nicht leicht macht.

„Sie sind jetzt vier Jahre in Plantiko?" Etwas muß sie doch schließlich sagen.

„Beinahe."

„Und danken Gott, wenn Sie glücklich heraus sind?"

„Nein. Obwohl die Zeit für mich keine leichte war."

„Ihre Vorgänger haben sich sehr wohl bei uns gefühlt."

Sie spricht es mit dem ablehnenden Ton, der ihrer Stimme so leicht eignet.

„Das habe ich nie verstanden," gibt er kalt zurück.

„Der Kampf ist nicht jedermanns Sache."

„Auch meine nur, wenn er mir aufgedrungen wird."

„Er schafft manche Leiden."

„Es gibt schlimmeres: die Verlassenheit. In Plantiko stehe ich ganz allein."

„Steht nicht jeder allein, der etwas anderes ist und will als seine Mitmenschen? Ist man nicht verlassen selbst in einer so großen Gesellschaft wie dieser?"

„Ich habe mich hier sehr wohl gefühlt."

„Dann kann ich Ihnen nur wünschen, daß Ihnen solche Feste öfter blühen möchten."

„Ein frommer und gütiger Wunsch, aber die Wahrscheinlichkeit seiner Erfüllung ist nicht groß."

„Das glaube ich doch. Nach Ihrem heutigen

Klavierkonzert scheint mir Ihre Kandidatur für die Schloßkirche recht aussichtsvoll."

Ihre Worte berühren ihn unangenehm, beinahe so wie die, welche er eben von einer anderen Frau gehört. „Mein Klavierspiel dürfte dabei wohl wenig ins Gewicht fallen," gibt er zur Antwort.

„Sie irren, Herr Pastor. Derartige Nebenkünste sprechen auch mit. Oder glauben Sie, daß die Herren, die Sie wählen, nur nach Ihren kirchlichen Fähigkeiten oder Ihrer Predigt urteilen? Manche hören sie nicht einmal. Ob Sie ein angenehmer, unterhaltender Mensch sind, von dem man sich eine wesentliche Anregung verspricht, das ist für diese die Hauptsache. ‚Das ist der rechte Mann für uns‘, habe ich bereits zweimal nach Ihrem Tristanvortrag gehört. Und beide Male von Männern, die bei Ihrer Wahl mitzureden haben."

„Wenn die Sache so steht, fürchte ich, wird hier kaum das passende Feld für mich sein."

„Warum nicht? Sie werden sich erstaunlich schnell akklimatisieren. Sie sind noch jung, die Plantikoer Einsamkeit und Öde hat den Boden vorbereitet, auf dem sich eine neue Auffassung von Welt und Menschen für Sie entwickeln wird."

Er sieht sie erschreckt an. Hat sie die Macht, in den Tiefen seiner Seele zu lesen? Waren es nicht ganz ähnliche Gedanken gewesen, die ihn damals bewegten, als er sich in seiner ländlichen Abgeschiedenheit in die große Welt hinaussehnte? Hatten sie nicht heute an diesem Abend von neuem Gewalt über ihn gewonnen?

„Im Grunde würde ich derselbe bleiben, der ich bin — hier und dort."

„Nur mit einigen Änderungen. Ganz so hart wie bei uns dürften Sie die Leute hier nicht anfassen. Das sind die Großstädter nicht gewohnt. Aber ich glaube, es liegt dafür auch kaum eine Gefahr vor. Die Luft ist hier eine so andere."

„Meinem inneren Menschen würde sie nichts anhaben."

„Nein, das weiß ich —"

Mit einemmal ein wärmerer Ton, nicht mehr die leise Ironie, die bisher den Untergrund ihrer Worte gebildet hat. „Die Stadt mag ihre liebenswerte Seite haben," fährt sie dann in ihrer ruhigen Art fort. „Einen Vorzug aber hat das Landleben: es erhält das Eigene im Menschen länger. Und etwas von diesem Eigenen lebt auch in Ihnen, ich habe es wohl gefühlt — trotz des Zwiespaltes, in den wir leider von Ihrem ersten Besuche an gerieten, und an dem Sie mitschuldig waren."

„Ich konnte nicht unwahr sein."

„Das hätte ich Ihnen zu allerletzt verdacht. Aber eine etwas mildere Form hätten Sie wählen können. Oder hätten vielleicht noch später einen Weg zu ihr finden können."

„Ihr Herr Vater schnitt ihn mir ab."

„Nein, nein, Herr Pfarrer," erwidert sie sehr entschieden, „ich kenne kaum einen Menschen, mit dem so leicht umzugehen wäre wie mit meinem Vater. Er ist in seinem Kreise verwöhnt, er ist stolz darauf, daß man auf seine Stimme hört. Aber er ist zu klug und zu gebildet, um nicht den Widerspruch zu ertragen. Auch wir haben beide unsern eigenen Kopf. Und doch komme ich gut mit ihm aus. Und daß ich meine Eigenart ganz verleugne, werden Sie mir wohl kaum zutrauen."

Wieder sieht er sie voller Erstaunen an.

„Warum haben Sie nicht früher einmal so zu mir gesprochen?" sagte er endlich, „so vernünftig — und so freundschaftlich?"

Ein tiefer Ernst schattet um das feine Oval ihres Gesichtes.

„Die Brücke ist so schwer zu bauen, wenn sich erst einmal so viele Mißverständnisse zwischen Menschen getürmt. Daß es nur Mißverständnisse sein konnten, das wußte ich."

„Woher wußten Sie es?"

„Ein kurzer Augenblick sagte es mir, von

dem Sie nichts ahnen. Mein Vater und ich ritten über den Plantikoer Markt, die Kirchentür stand offen, Sie spielten auf der Orgel. Wir hörten zu."

„Und Sie meinen, in der Musik offenbare sich der Mensch?"

„Da enthüllt er das Innerste seines Wesens."

Um sie her lichten sich die Kreise. Es ist ein fortwährendes Abschiednehmen, viele freundliche Worte und Komplimente werden gewechselt. Martin fühlt, daß es auch für ihn Zeit ist. Aber er kann sich nicht losmachen.

„Ich weiß nicht, ob Sie recht haben," nimmt er ihr Wort auf, „mir wenigstens ist oft zumute, als käme ich nicht über mich so ganz ins klare, als wäre ich immer noch ein Werdender."

„Sind wir das nicht unser ganzes Leben lang? Und wenn wir es nicht mehr sind, haben wir dann noch ein Recht, zu leben?"

„Das ist es. ‚Werden ist Leben, Gewordensein ist Tod', las ich heute erst in der Eisenbahn in einem Aufsatze."

Sie wird lebhaft. „Ja, man redet so oft von der Treue gegen sich selber. Als ob sie etwas in sich Fertiges, etwas Gegebenes wäre. Ich glaube immer, der Mensch muß erst durch viele Entwickelungsphasen, ja, vielleicht durch Strö=

mungen hindurch, die ihm fremd und rätselhaft sind, um er selbst zu werden. Der Weg wird auch Ihnen nicht erspart sein."

„Und ich habe den Mut und die Lust, ihn zu gehen. Aber jetzt habe ich das Empfinden, ich muß erst einmal aus der Enge in die Weite —"

Sie sind nun wirklich die Letzten. Aber Marie Busekist wohnt immer bei Reichenbachs, wenn sie in der Stadt ist, sie gehört zum Hause.

„Zur Probepredigt werden wir Sie sicher berufen. Alles andere ist dann Ihre Sache," sagt der Oberbürgermeister, als sich Martin von ihm verabschiedet.

---

5. Kapitel.

Der Magistrat hielt seine gewohnte Freitagssitzung. „Predigerwahl für die Schloßkirche" stand auf der Tagesordnung. Der Oberbürgermeister erteilte dem Stadtschulrat das Wort, einem schon älteren Herrn mit sehr gepflegtem, grauem Vollbart, gewählter Ausdrucksweise und ruhig=vornehmen Gesten.

„Sie haben, meine Herren, mich beauftragt", begann er, „die verschiedenen Geistlichen, die wir aus der großen Anzahl der Bewerber ausgesucht und zu einer Gastpredigt eingeladen haben, in der Schloßkirche zu hören und Ihnen Bericht zu erstatten. Einige der Herren haben sich ja auch ihr eigenes Urteil gebildet. Ich möchte das meine kurz zusammenfassen und begründen: Herr Diakonus Beuler aus Magdeburg, der erste der nach dem Alphabet berufenen Geistlichen, hielt eine Predigt über das Evangelium des Sonntags, die der Gemeinde in Form und Inhalt gefallen hat. Was ich für meinen Teil vermißte, war die Tiefe. Sie verließ in keiner Weise, weder in der Texterklärung noch in der praktischen Ausführung oft gepflügte Felder und sagte in hübscher und geschickter Drapierung lediglich die alten Sächelchen her. Die Hauptkirche unserer Stadt, die gerade von den gebildeten Elementen besucht wird, darf größere Ansprüche stellen.

Auch für die Wahl des zweiten Herrn, eines Pfarrers Mathias aus Danzig, vermag ich mich nicht zu erwärmen. Wenn er auch vertiefter und innerlicher sprach als sein Vorgänger, so schwächte doch die Art seines Vortrags, das aufbringliche Kanzelpathos, die verblaßten Geschichten, die er zum besten gab, den Gesamteindruck sehr beträchtlich. Der dritte, Herr Pastor Ponten aus Krefeld, hat ein schönes Organ, ein gewandtes Auftreten, und zeigte auch in seinen Ausführungen über einen schweren Text Geist und Belesenheit. Man ist deshalb nicht nur aus der Gemeinde, sondern auch aus diesem Kollegium mit dem Wunsche an mich herangetreten, diesen Herrn in erster Reihe für die erledigte Schloßstelle in Vorschlag zu bringen. Ich würde das auch getan haben, wenn nicht der letzte der Redner, den wir erst am verflossenen Sonntag hörten, ein Herr Steppenreiter aus der Kleinstadt Plantiko, eine Predigt gehalten hätte, die nach meinem Ermessen die seiner drei Vorgänger in jeder Beziehung überragte."

Sowie der Name Steppenreiter fiel, kam einiges Leben in die Versammlung. Die Herren, die den Ausführungen über die anderen Geistlichen nur zerstreut zugehört, miteinander geflüstert oder sich in ihre Aktenstücke vertieft hatten, sahen auf. Einige nickten mit dem Kopfe oder gaben andere Zeichen ihrer Zustimmung.

„Was mich bei Herrn Steppenreiter von vornherein angenehm berührte", fuhr der Stadtschulrat fort, „war das Ablehnen aller Phraseologie, war der gesunde christliche und zugleich menschliche Zug, der anregend und anfassend durch diese Predigt ging. Herr Steppenreiter baute seine Rede mit einer gewissen Kunst auf, er führte dann jeden seiner reichen Gedanken mit einer so schlichten Klarheit durch, daß man seine helle Freude daran hatte und auch der einfachste Zuhörer dem durchsichtigen Bau mit vollem Verständnis folgen konnte. Ich komme danach zu dem Schlusse, Herrn Steppenreiter als den für unsere Schloßkirche am meisten in Betracht kommenden Kandidaten vorzuschlagen."

Es war bei derartigen Wahlen altes Herkommen im Magistratskollegium, nach dem Vorschlage des Dezernenten zu verfahren. Der Oberbürgermeister sagte deshalb nur kurz: „Sie haben unseren Herrn Kollegen vernommen, ich darf dann wohl zur Abstimmung schreiten lassen."

„Ich bitte ums Wort" rief da eine Stimme, und ein robust gebauter Herr mit einem sehr sehr schmalen, zu seinem Körper wenig in Einklang stehenden Gesicht erhob sich. Es war der Kommerzienrat Meerscheidt, ein unbesoldetes Mitglied des Magistrats, in seiner Erscheinung und dem sicheren Bewußtsein seines Auftretens ganz der Typus des Großkaufmanns, ein Mann, der niemals ohne triftige Veranlassung in die Debatte einzugreifen pflegte, und dessen Stimme deshalb im Kollegium um so größeres Ansehen hatte.

„Auch ich, meine Herren", begann er, „habe der Probepredigt des Herrn Steppenreiter beigewohnt, und auch ich habe einen ähnlich günstigen Eindruck von ihr empfangen, wie der Herr Referent. Umsomehr bedaure ich, heute von der Gepflogenheit des Kollegiums abgehen zu müssen und den Vorschlag unseres Herrn Stadtschulrats nicht unterstützen zu können. Ich will nicht als ausschlaggebend ins Feld führen, daß die anderen Geistlichen, die wir zur Gastpredigt eingeladen haben, ausnahmslos aus größeren Städten stammen, daß sie mehr oder minder bekannte Namen tragen, die durch wissenschaftliche Leistungen oder Veröffentlichungen von vornherein den Blick auf sie wandten, und daß für eine so wichtige Besetzung wie die heute vorliegende nicht eine Predigt allein das entscheidende Moment bilden kann.

Aber die kleine Stadt, aus welcher der unbekannte Herr Steppenreiter zu uns gekommen, liegt in unserer unmittelbaren Nähe, und da ich in ihrer Umgebung manche ländliche Besitzung habe, so beeilte ich mich, Erkundigungen über Herrn Steppenreiter einzuziehen. Diese aber, meine Herren, fielen mit ziemlicher Einmütigkeit so wenig ermunternd aus, daß ich es für meine Pflicht halte, die warnende Stimme gegen eine Entscheidung zu erheben, die für uns und die Schloßgemeinde verhängnisvoll werden könnte."

Er räusperte sich und fuhr fort: „Ich weiß wie Sie alle, daß bei der Besetzung einer so bevorzugten Stelle die rednerische Begabung in erster Reihe in Betracht kommt. Aber doch nicht allein. Ein Pfarrer, der zum Segen wirken soll, muß auch über empfehlenswerte innere Anlagen verfügen, vor allem über die Gabe, mit den verschiedenen Elementen seiner Gemeinde gut auszukommen, er muß ein Mann der Verträglichkeit und Friedfertigkeit sein. Aber gerade daran fehlt es, soweit meine sehr zuverlässigen Erkundigungen reichen, bei Herrn

Steppenreiter. Er gehört zu der neuen Art der sozialen Pastoren, hat sich als solcher mit heißer Energie auf die Seite der Arbeitenden geworfen und unermüdliche und erbitterte Fehde gegen die Großgrundbesitzer seiner Gemeinde geführt. Ich habe Ihnen weiter nichts zu sagen; meine schweren Bedenken nur, einen solchen Mann an die Hauptkirche unserer Stadt zu berufen, habe ich äußern wollen."

Diese Rede verfehlte ihre Wirkung nicht. Der Oberbürgermeister merkte es: „Die eingehenden Ausführungen des Herrn Vorredners," sagte er, „zwingen mich, nun auch meinerseits das Wort zu nehmen. Mein Herr Kollege hat Bedenken geäußert, die mir nicht unbekannt waren; aber sie beirren mich nicht. Herr Steppenreiter, meine Herren, ist wohl kein Jüngling mehr, aber er befindet sich in jenen jugendlichen Mannesjahren, die noch der inneren Entwicklung ausgesetzt sind. Da zeigen sich dann leicht extreme Richtungen, die in anderen Verhältnissen und unter anderen Menschen bald überwunden werden. Die eingehende Unterredung, die ich mit ihm auf meinem Amtszimmer gehabt, die Gelegenheit, ihn in meinem eigenen Hause im Verkehr mit vielen Menschen zu beobachten, seine ausgesprochen künstlerische Eigenart und starke Fähigkeit, die dem Leben unserer Stadt zugute kom=

men wird, das alles hat mich zu der Überzeugung gebracht, daß er, auf den rechten Boden verpflanzt, sich kräftig und gesund entwickeln wird. Ich stimme deshalb dem Votum des Herrn Dezernenten bei und bitte, von einer weiteren Debatte absehen und zur Wahl schreiten zu wollen, die wir nach den geäußerten Bedenken des Herrn Vorredners geheim vornehmen werden."

Die Zettel wurden geschrieben, gesammelt und verlesen. Die Worte des Kommerzienrats hatten Frucht getragen, einen gefährlicheren Argwohn als den mangelnder Friedfertigkeit konnte er in dieser Versammlung nicht aussprechen. Trotz des sonst nie versagenden Einflusses des Oberbürgermeisters war die Majorität nur gering, mit der Pastor Steppenreiter zum Schloßpfarrer gewählt wurde.

* * *

Im Schatten der alten Schloßkirche, deren Grundlegung bereits aus dem vierzehnten Jahrhundert stammte, standen dicht nebeneinander zwei Häuser, das eine ein ganz neuer Bau, einstöckig, behaglich und modern, jedoch dem antiken Stil der Umgebung mit Geschick angepaßt, das andere alt und verwittert, ein interessantes Denkmal längst vergangener Zeiten, mit sehr schmaler Front, drei hohen Stockwerken und auffallend großen Fenstern, die frühere Wohnstätte eines Patriziergeschlechts. Beide gehörten der Schloßgemeinde. Das neuerbaute war dem Ersten Pfarrer, das alte, vor Jahrhunderten durch Kauf erworbene, dem Zweiten Geistlichen zur Amtswohnung angewiesen.

Ein wunderliches Paar bildeten die beiden trotz aller versuchten Harmonie der Anpassung; das alte, das Haupt männlich trutzig zum gewaltigen Turme der Schloßkirche erhoben, als wäre es ihres Geschlechtes, das neue ein rechtes Kind seiner Zeit, ein wenig schüchtern und doch seiner behaglichen Schöne froh bewußt mit graziöser Koketterie an den verwitterten Nachbar sich schmiegend.

An einem späten Oktobertage stand vor dem Hause ein Möbelwagen, einfach und bescheiden waren die Stücke, die man aus ihm herausschaffte, und nur die steilen, dabei gewundenen Treppen machten den Trägern Schwierigkeit. Der neugewählte Pfarrer hielt seinen Einzug.

Von diesem Tage an wohnte Martin Steppenreiter in dem alten Hause im Schatten der Schloßkirche, in dem schon so mancher vor ihm gearbeitet und gelebt, gelitten und gestorben. Groß und leer muteten ihn die Räume an. Aber seine alte Mutter rührte unermüdlich Füße und Hände, sie ihm mit Behagen und Freundlichkeit zu füllen, so sah er ihre Leistungsfähigkeit mit Erstaunen sah. Sie wohnte fast auf den Treppen; manchmal hörte er wohl einen stillen Seufzer aus ihrer Brust über das unaufhörliche Hinauf und Hinunter, aber sowie sie seiner Nähe gewahr wurde, ließ sie sich nicht das geringste merken und lief wie der Jüngsten eine.

Des Abends saßen sie dann in seinem hochgewölbten Arbeitszimmer, das sie ihm genau so wie er es von Plantiko her gewöhnt war, eingerichtet hatte. In dem Mauerwerk und dem alten Holze der Wände und Türen pochte der Käfer wie eine Uhr, in ganz regelmäßigen Intervallen: Tick — tack, tick — tack —

"Für deinen Vater wäre es hier nichts gewesen," sagte Frau Steppenreiter, von dem Strickstrumpf aufsehend, der in keiner Mußestunde aus ihren Händen kam.

"Warum nicht, Mutter?"

"Er war abergläubisch. Vielleicht erinnerst du dich noch, daß er unter keinen Umständen mit dreizehn zu Tische saß. Aber noch unheimlicher war ihm dies Pochen des Holzwurmes. Er nannte es die Totenuhr und behauptete, sowie sie sich vernehmen ließe, zeigte sie das baldige Sterben eines Menschen an."

Martin lächelte. "Wie? Der kluge, aufgeklärte Freigeist, der meine Theologie und deinen frommen Glauben von Grund aus verachtete, der diente so niedrigen Göttern wie einer Unglückszahl und einem unschuldigen Holzkäfer?"

„Es ist die alte Sache, lieber Sohn. Irgend etwas glauben muß der Mensch, dazu hat ihn der liebe Gott geschaffen. Wer nicht glauben kann, was unser Herr uns lehrt, der glaubt an die Sprache der Holzkäfer und an Unglückszahlen."

„Welche unerklärlichen Widersprüche sich doch im Menschen finden!"

Dabei waren diese unwillkommenen Gäste auch in unserem alten Plantikoer Hause. Aber sie beschränkten sich auf die Räume, in die der Vater niemals kam, auf den Boden und die Dachkammern. Und als sie einmal Anstalt machten, in die Tür unseres Wohnzimmers überzusiedeln, da habe ich Tag für Tag mit Petroleum gestrichen und gerieben, damit sie ihm seinen behaglichen Hausfrieden nicht störten."

„Du hast eine wunderbare Geduld mit den Schwächen der Menschen, Mutter, und bist immer gut."

Er streichelte ihr die kleinen, welk gewordenen Hände. Zärtlichkeitsäußerungen lagen so gar nicht in seiner Art. Wenn er sie aber einmal zeigte, beglückten sie die alte Frau. Sie gedachte dann der Zeiten seiner Kindheit, da er ein so zärtlicher Junge war und sie den ganzen Tag koste und umschmeichelte.

„Das Leben hat mich gelehrt, mein Junge, daß man nur mit Geduld und Nachsicht die Menschen gewinnt und bessert."

„Ja, wer kann denn immer so geduldig und nachgiebig sein?"

„Und doch ist alles andere nichtig. Mit unserer Strenge und Härte erreichen wir nichts, nicht einmal bei den Kindern, geschweige denn bei den Alten. Und gar bei einem Manne, wie dein Vater war. Im Anfange unserer Ehe versuchte ich es einige Male. Aber ich verdarb nur und schaffte mir und ihm böse Stunden. Da gab ich es auf; ich kannte ihn ja und wußte, daß nur seine Außenseite rauh war."

„Du magst wohl recht haben, Mutter. Aber ich glaube, man muß sehr alt und weise werden, um sich deine Erfahrung zu eigen zu machen."

Und nach einer Pause setzte er hinzu: „Im übrigen bin ich in Plantiko durch eine harte Schule gegangen. Und ob ich hier in diesem neuen Wirkungskreise lernen werde, nach deinen Grundsätzen zu handeln?"

„Leicht wird es dir nicht werden, denn du hast in dieser Beziehung mehr vom Vater wie von mir."

„Aber du wirst meine Lehrmeisterin werden, Mutter. Nicht mit Worten, mit denen bist du sparsam. Aber durch dein stilles, liebes Vorbild."

Sie sah ihn mit den sanften, ernsten Augen an, die wunderbar noch leuchten konnten, wenn die Liebe sie erhellte.

Vom Turme der Schloßkirche schlug die zehnte Stunde. Dann pflegte sie sich zu erheben und in ihr kleines Schlafzimmer im oberen Stock zu gehen. Er aber blieb noch eine lange Weile auf und las in seinen Büchern. Von wundervollem Behagen waren ihm diese einsamen Abendstunden in dem alten, stillen Hause. Und das Ticken und Pochen der Holzkäfer um ihn her war ihm eine liebliche Melodie, die seine Gedankengänge nicht störte, sondern ihnen Schwingen gab.

* * *

Martin machte seine ersten Besuche: beim Pfarrer Bulcke, seinem älteren Amtsbruder, und bei dem Stadtsuperintendenten, der ihn am nächsten Sonntag in der Schloßkirche einführen sollte.

Als er im Nachbarhause seine Karte abgab, wies ihn das Mädchen in ein Zimmer, an dessen Wänden sich wohl einige Bücherregale entlang=

zogen, das im übrigen aber wenig von dem Charakter einer Arbeitsstube hatte: einige Stiche berühmter Meister, zwei mäßige Ölgemälde, ein Thorwaldsenscher Christus in Marmor, einladende Sessel, alte Perser, ein antiker Schrank mit wundervoller Schnitzarbeit, eine sehr große Bronze: David, das Schwert über den besiegten Goliath schwingend — er mußte unwillkürlich an sein Arbeitszimmer nebenan mit seiner urväterlichen Einrichtung und Schlichtheit denken.

Als er sich gerade in die feine Ausführung eines Stiches der Madonna del Granduka vertieft hatte, sagte eine warme, weiche, tiefe Stimme dicht neben ihm: „Willkommen hier und Gottes Segen mit Ihnen!"

Auf großen, schwarzen Filzschuhen, die den Schritt unhörbar machten, war der alte Mann eingetreten, der ihn jetzt mit heiter blinzelnden Augen musterte und dann einlud, Platz zu nehmen.

„Das Stehen wird mir heute nicht leicht, ich habe wieder einen meiner gichtischen Anfälle — altes Familienübel — nun, es geht vorbei, und das Herz ist noch gesund und jung . . . Aber Ihre Frau Mutter?" fragte er, nachdem sie sich beide gesetzt.

„Meine Mutter wird Ihrer Frau Gemahlin heute nachmittag ihren Besuch machen."

„Hoffentlich sehen wir sie öfter bei uns, wenn es ihr da drüben in der alten Baracke bei Eulengeschrei und Käfergeticke zu einsam wird, denn Sie werden viel Arbeit haben. Sehr viel Arbeit, wie ich, als ich so jung war wie Sie und noch glaubte, dies kurze, schöne Leben sei nur dazu da, um in lauter Arbeit und Tätigkeit noch kürzer gemacht zu werden."

Er verkniff eine Gebärde aufsteigenden Schmerzes, zerrte die Brauen und streckte den kranken Fuß von sich.

„Sehen Sie, damals wußte ich gar nicht, daß ich Frau und Kinder hatte. Einen Tag wie den anderen vergrub ich mich vom frühen Morgen bis zum späten Abend in meine Arbeit, schuf mir zu den mir auferlegten Pflichten freiwillige, machte unzählige Besuche, fehlte in keinem Verein, übernahm Vorträge aller Art, religiöse, literarische, geschichtliche, was Sie wollen."

„Ich kann mir denken, daß in einer Stellung wie der Ihren das Amt so manches Opfer verlangt."

Da zuckte es um den feingeschnittenen, noch frischen Mund des anderen: „Das Amt — hm — hm, sehen Sie, gerade so sagte ich auch. Und ich glaubte auch daran, ganz zuversichtlich . . . an das Amt und sein Opfer, wie Sie eben äußerten. Aber dann, ja dann kam ich immer mehr in die hiesigen Verhältnisse hinein, ich lernte meine Kollegen kennen, auch Männer anderer Berufe. Und ich fand, daß sich so mancher unter ihnen einer wunderlichen Selbstverblendung hingab: er wähnte nämlich, der Sache zu dienen und behauptete es auch mit beharrlicher Konsequenz, während er im Grunde recht selbstische und materielle Ziele förderte.

„Aber ich kenne Pfarrer und viele," erwiderte Martin, von einer so nüchternen Auffassung sichtbar verletzt, „die in der Diasporagemeinde in den schwierigsten Verhältnissen, die auf armseligen Landstellen nie an sich oder ihre große Familie gedacht, die nie etwas anderes gewollt und gewirkt, als was ihnen die Heiligkeit ihrer Sache gebot."

„Gewiß gibt es deren genug, selbstlose, aufopferungsfähige Männer, die der Eifer gefressen um ihres Herrn Haus und Sache, die ihr dienen mit der Treue bis an den Tod. Überall gibt es sie, auf dem Lande wie in der Stadt, und traurig, wenn es anders wäre."

Jetzt war auch seine Lebhaftigkeit geweckt, etwas jugendlich Fortreißendes lag in ihr. „Aber sehen Sie," fuhr er nach einer Weile ruhiger und mit einer gewissen Wehmut fort, „hier in der Großstadt und besonders in der Stellung, in die Sie jetzt treten werden, ist das etwas anderes. Da herrscht das System der Personalgemeinde. Wissen Sie, was das ist? Jedermann geht zu dem Geistlichen, der ihm zusagt, der Reiche wie der Arme. Man mag über diese Einrichtung denken wie man will, für die Gemeinde mag sie ihr Gutes haben, für den Geistlichen aber schließt sie eine große Gefahr in sich. Sie weckt die Eitelkeit, die Popularitätssucht, den Geist des Mammon und andere sehr böse Geister. Kurz, eines Tages, herbeigeführt durch ein Ereignis, auf das ich nicht eingehen möchte, kam es bei mir zu einer sehr ernsten Selbstprüfung. Ich fragte mich, ob all die rastlose Arbeit und Hast, in der ich unterging, wirklich einen so großen und ideellen Wert hätte, daß ich darüber das Glück meiner Familie und die Erziehung meiner heranwachsenden Kinder vernachlässigen durfte? Und das Resultat war, daß ich von dieser Stunde an aufhörte, ausschließlich der ‚Sache‘ zu leben, wie Sie sagten, und mich mehr meiner Familie widmete."

„Aber Ihre Gemeinde, was sagte die dazu?"

„Sie fand sich sehr bald mit dieser Änderung ab; sie hat ja auch keinen Grund zur Klage, sie weiß, daß ich zu finden bin, sowie sie mich braucht. Ich besuche nach wie vor meine Kranken und alle, denen ich etwas sein kann. Aber die Besuche, deren innerlicher Zweck mir zweifelhaft ist, all das Laufen und Rennen, das überall Dabeisein, das Mitreden und Mittun in allen möglichen Vereinen, das habe ich gelassen. Ich bin mittlerweile ja auch in ein Alter gekommen, das mir einiges Recht zur Ruhe gibt."

Martins Mißstimmung hatte sich gelegt, ja, er fand ein wachsendes Gefallen an diesem Manne, der so ehrlich über sich selber sprach und ihm gleich in dieser ersten Stunde ihres Zusammenseins einen Einblick in sein Inneres gewährte. Er hätte gern weiter mit ihm gesprochen, ihn nach diesem und jenem in der Gemeinde gefragt; aber die Zeit war vorgeschritten, und er mußte noch zum Superintendenten. So erhob er sich.

„Ich danke Ihnen herzlich für Ihren Besuch, lieber Herr Kollege, und ich bitte Sie zugleich, das, was ich Ihnen heute gesagt, nicht auf eine zu strenge Wage zu legen," bemerkte Bulcke zum Abschied. „Hier unter diesen nicht ganz leichten Verhältnissen muß ein jeder nach seiner Individualität und nach seinen Anlagen den Weg sich selber suchen. Man hat die frische, neue Kraft mit Sehnsucht erwartet, man wird viel von ihr fordern. Und Sie werden der Mann sein, Ihrer Gemeinde zu geben, was sie braucht. — Eins aber möchte ich Ihnen heute schon sagen:

einen kleinlichen Neid oder das leiseste Scheel=
blicken auf Ihr Wachsen und Ihre Erfolge wer=
den Sie nie von mir erfahren. Und meinen
Rat werde ich Ihnen nur geben, wenn Sie ihn
fordern." — — — — — — —

„Der Herr Superintendent hat augenblick=
lich zu tun und darf nicht gestört werden, aber
die Frau Superintendent ist zu sprechen."

Eine blasse, kränkelnde Frau trat Martin
entgegen und entschuldigte das Fernbleiben ihres
Mannes.

„Er hat heute nachmittag ein Begräbnis
und bereitet sich vor. Es ist die einzige Stunde,
die ihm dazu bleibt; den ganzen Morgen kom=
men Leute mit allerlei Anliegen — er hat es
überhaupt so schwer."

Sie tat einen leisen Seufzer, bat ihren Be=
sucher sich zu setzen und nahm ein Tablett zur
Hand, auf dem sich zwei Eier in Bechern und an=
dere appetitliche Dinge zum Essen und Trinken
befanden.

„Sie verzeihen, ich war gerade dabei, mei=
nem Manne das Frühstück zurechtzumachen."
Sie klopfte sorgsam die obere Schale von den
Eiern ab, salzte sie mit genauer Abwägung und
zerschnitt dann das zarte Lachsfleisch in ganz
kleine Stückchen, als mache sie es für ein krankes
Kind oder eine Wöchnerin fertig. Nun belegte

sie eine Reihe von Brötchen mit den kleinen Würfelstücken, kostete die Tasse Bouillon, füllte ihr Fett ab und schenkte in ein Spitzglas ein wenig Malagawein, von dem Martin auch nehmen mußte, und der ihm vorzüglich schmeckte.

„Ich muß ihm schon alles so genau zubereiten und mundgerecht machen, sonst ißt er gar nichts."

„Und vergessen sich selber ganz dabei."

Er sagte es unwillkürlich, ihr bleiches Gesicht, aus dem ein so vernehmlicher Leidenszug und zugleich der rührende Ausdruck einer großen Güte und Selbstlosigkeit sprach, hatten ihm die Worte in den Mund gelegt. Sie wehrte mit leichtem Erröten ab. „Dazu habe ich nicht Zeit. Vier schulpflichtige Kinder, ein großes, unbequemes Haus und ein immer arbeitender Mann machen einer Frau genug zu schaffen. Und nun bitte, beurlauben Sie mich für eine Sekunde; ich möchte ihm sein Frühstück selber hineinbringen und ihm wenigstens sagen, daß Sie hier sind."

Sehr bald kam sie zurück.

„Mein Mann möchte Sie doch gern für kurze Zeit sprechen. Wollen Sie sich gütigst zu ihm bemühen — hier die Treppe hinauf und dann das Zimmer gerade gegenüber." —

Superintendent Bodenburg war kein alter Mann, höchstens in der Mitte der Vierzig. Aber das pergamentene Gesicht mit den scharf ge=

meißelten Zügen, die bei aller Energie müden
Augen und die über der hochgewölbten Stirn er=
grauenden Haare ließen ihn viel älter erscheinen
als seine Jahre. Der schwarze Überrock, der
einen sehr hageren und sehr sehnigen Oberkörper
einschloß, zeigte einen tadellosen Stoff und
Schnitt, nicht ein Stäubchen war auf ihm zu ent=
decken, die blendend weiße Wäsche, die selbst ge=
bundene Krawatte, die zierlichen Schnürschuhe
alles bewies, welche Sorgfalt der Superintendent
auf seinen äußeren Menschen zu legen pflegte....
Sie saßen sich beide in dem streng und nüchtern,
doch in peinlicher Ordnung gehaltenen Amts=
zimmer gegenüber, das den ausgesprochenen
Gegensatz zu dem mit genialem Behagen einge=
richteten Zimmer des Pfarrers Bulcke bildete,
und verhandelten über Martins Einführung am
nächsten Sonntag. Der Superintendent hatte
eine eigene Art, sich sachlich und prägnant aus=
zudrücken, er ließ seinen Gast nicht viel zu Worte
kommen, sondern entwickelte seinerseits in so
kurzen, aber so klaren Zügen den Gang des
Gottesdienstes, daß Martin kaum etwas zu
fragen übrigblieb.

„Und nun gestatten Sie mir, hier unter
vier Augen, eins noch zu sagen, was ich vor der
Gemeinde nicht berühren möchte," schloß er, in=
dem er sich mit den spitzen Fingern seiner linken

Hand über den breiten Nasenrücken fuhr, eine seiner typischen Bewegungen, die Martin während der kurzen Zeit mehrere Male beobachtet hatte: „Ich habe Ihre Zeugnisse mit großer Freude gelesen, bin auch durch meinen Freund, Ihren früheren Superintendenten, über Ihre rastlose und hingebende Tätigkeit in der Diaspora ausreichend unterrichtet, selbst die Klagen, die man aus Ihrer Plantikoer Gemeinde wider Sie erhoben, gereichen Ihnen in meinen Augen nur zum Vorzuge. Ihr männliches Auftreten dort, Ihre energische Wahrung des Amtes, zu dem Sie berufen sind, wie gesagt, es hat mir gefallen. Die rechte Prüfung aber auf Ihre Bewährung tritt jetzt erst an Sie heran. Manch tüchtiger und hochbeanlagter Mann ist den Gefahren, die die Schloßgemeinde in sich birgt, nicht gewachsen gewesen; bei allen äußerlichen Erfolgen hat sein innerlicher Mensch Schaden gelitten. Mehr will ich heute nicht sagen. Halten Sie diesen gutgemeinten Wink dem älteren Amtsbruder und dem Vorgesetzten zugute."

6. Kapitel.

Martin war in sein neues Amt eingeführt, seine Tätigkeit begann. Sie erschien ihm doch ein wenig wunderlich. Er war eine geschlossene und übersichtliche Gemeinde gewohnt. Nun saß er in seinem Pfarrhause in der großen Stadt wie auf einem abgeschlossenen Eilande inmitten eines ihn umrauschenden Meeres. Die Wogen wanderten und brandeten um ihn her, unbekümmert um ihn und seine Existenz. Niemals in seinem ganzen Leben war er sich so entbehrlich, niemals ihm sein Amt so überflüssig vorgekommen, wie hier in der großen Stadt, die ganz andere Interessen und Gedanken bewegte als die seiner Kirche.

Besuche konnte er in seiner Gemeinde nicht machen, ihm fehlte der Anlaß, und ohne einen solchen von Haus zu Haus zu pilgern, erschien ihm nicht würdig. Versuchte er es aber doch einmal, von der Unlust bodenloser Untätigkeit getrieben, dann merkte er gleich, daß die Leute nicht recht wußten, wie sie sein Kommen auffassen, und was sie mit ihm anstellen sollten. Nach einigen vergeblichen Be=

mühungen seinerseits, dem Gespräche einen ernsteren Gehalt zu geben, erschien eine Flasche Wein auf dem Tische, eine Zigarre wurde angeboten, und ein Ablehnen schuf neue Verlegenheit, während ein Annehmen die Unterhaltung in lediglich konventionelle Bahnen trieb. Eine Vorstellung von dem, was Bulcke mit der „Personalgemeinde" hatte sagen wollen, ging ihm dämmernd auf. Fast täglich sah er die Trauer- oder die Hochzeitskutschen vor dem Nachbarhause stehen, und der alte Herr, der seinen Gichtanfall überwunden, war jetzt beschäftigter als je.

„Das also sind die Schwierigkeiten und Versuchungen, von denen sie mir alle sprachen!" sagte Martin zu seiner Mutter. „Ich sehe nur eine, aber freilich eine sehr gefährliche: diesen folternden Müßiggang, diese bald unerträgliche Verurteilung zu einem Dasein, das dem Tode mehr gleicht als dem Leben."

Die alte Frau verstand ihn. Aber sie gab ihm keinen billigen Trost; sie sagte nur: „Ein stilles Ausruhen tut dem nie Rastenden auch einmal gut. In Einsamkeit und Geduld wachsen die Menschen in die Tiefe und reifen aus."

Eine Aufmunterung nur blieb ihm: sein Gottesdienst war stets dicht besucht. Zuerst war es naturgemäß der Reiz des Unbekannten, der diese Wirkung tat. „Das ist immer so gewesen, wenn ein neugewählter Pfarrer kam," sagte der Superintendent, der es für seine Aufgabe erachtete, jüngere Amtsbrüder vor jeder Art von Überhebung zu bewahren, "nachher gibt es sich. Ich deute das nur an, um Ihnen neue Enttäuschungen zu ersparen."

Als aber statt der erwarteten Abflauung ein auffallendes Wachsen sich einstellte, als die Kirchendiener Mühe hatten, den zuströmenden Menschen Plätze anzuweisen, da mußte der Superintendent zu der Erkenntnis gelangen, daß mit dem neuen Prediger auch ein neuer, bis dahin nicht gehörter Ton in die Predigt der Schloßkirche gekommen war.

* * *

"Wenn Sie unter allen Umständen arbeiten müssen, um zu leben, dann müssen Sie sich eine Tätigkeit schaffen, lieber Freund, die Ihnen auch außerhalb Ihrer Predigt einige Befriedigung gewährt," sagte eines Tages Bulcke zu Martin.

"Wie soll ich das machen?"

"Sie äußerten einige Male, daß Ihnen der Gesangschor in unserer Schloßkirche nicht auf der Höhe zu stehen scheine, die eine solche Kirche erfordere. Ich gebe Ihnen vollkommen recht;

wir haben schon öfter den Gedanken erwogen, hier eine Besserung zu schaffen, aber der rechte Mann fehlte, sie ins Leben zu rufen. Nun ist das Hindernis beseitigt, der Mann ist gekommen."

„Sie meinen doch nicht mich?"

„Wen anders? Der liebe Gott hat Ihnen wundervolle musikalische Gaben geliehen. Wie könnten Sie diese besser in seinen Dienst stellen, als durch die Schaffung solch eines neuen Chors für unsere Gottesdienste."

„Aber wie soll ich das anfangen?"

„Sehr einfach, es bedarf nur einer Reihe von Besuchen in der Gemeinde. Sehen Sie, wenn Sie so zu den Leuten gehen, sie zum Eintritt in diesen Chor zu bewegen, dann kommen viele schon, weil Sie der Bittende sind. Und wenn Sie gar, für den Anfang wenigstens, Proben und Leitung übernehmen, dann werden Ihnen die Sänger und Sängerinnen aus unseren besten Kreisen zuströmen. Was Ihnen als Ideal für unsere Gottesdienste vorschwebte, werden Sie bei einiger Mühe und Arbeit erreichen: einen auf künstlerischer Höhe stehenden Kirchenchor, der Ihnen und der Gemeinde Freude bereiten wird."

Martin führte seine Bedenken ins Feld, Bulcke widerlegte sie alle mit einer Beredsamkeit, die keinen Widerspruch aufkommen ließ.

Man ging ein Verzeichnis der Gemeinde=
glieder durch, Bulcke kannte die meisten, er
wußte, in welchen Häusern Martin bei seinen Be=
suchen auf einen Erfolg rechnen könne. Schließ=
lich war eine sehr umfangreiche Liste zusammen=
gestellt, und Martin machte sich auf den
Weg.

Es war eine Wanderung, die seine ganzen
Kräfte in Anspruch nahm. Aber die Freude und
das Glück überwogen alle Arbeit und Mühe. In
welche Kreise er auch kam, er fand einen herz=
lichen Empfang und warme Bereitschaft für sein
Anliegen. Schneller, als er es für möglich ge=
halten, bildete sich aus einer Anzahl von Damen
und Herren der Schloßgemeinde ein starker
Chor. Und als dieser nach sehr fleißigen Proben
unter der Leitung seines Gründers am ersten
Osterntage zur Lithurgie die große Doxologie
und dann eine Motette sang, da fühlte jeder=
mann, welch eine Bereicherung durch diesen
Kunstgesang in die Gottesdienste gekommen, und
noch mehr wuchs ihr Besuch.

Kaum ein halbes Jahr nach seinem Bestehen
verließ der Domchor bereits die Mauern der
Kirche, um in einem Wohltätigkeitskonzert im
großen Saale des „Europäischen Hofes" mitzu=
wirken. Und hierbei errang er einen Erfolg,
der ihn und den Namen seines Begründers

bald über die Grenzen der Stadt hinaus bekannt machte.

Eines Tages erhielt Martin ein Schreiben von dem Vorstande des Deutschen Kirchgesangvereins, das die Aufforderung erhielt, der jährlichen Generalversammlung im kommenden Herbste als Deputierter seines Chors beizuwohnen und hier zugleich an dem Haupttage der festlichen Veranstaltung einen Vortrag zu halten. Diese Versammlung sollte in Mannheim stattfinden, das gestellte Thema: „Religion und Kunst in ihren Beziehungen zueinander" reizte ihn. Dazu war ihm die Gelegenheit willkommen, einmal eine erfrischende Reise zu machen, andere Gegenden und andere Verhältnisse kennen zu lernen. So schrieb er zu und freute sich schon jetzt auf diese Herbsttage.

Und nun kamen mit einemmal auch bewegtere Zeiten. Ein äußerer Anlaß führte sie herbei.

Pfarrer Bulcke, dem seine Gicht wiederum zu schaffen machte, mußte dem Rate seines Arztes folgen und gerade in der Zeit, in der es in der Gemeinde am meisten zu tun gab, eine längere Badereise nach Karlsbald antreten.

Nun standen die Trauer- und die Hochzeitskutschen vor dem alten Pfarrhause, und Martin stieg in sie ein und aus, und sie führten ihn zu freudigen und traurigen Ereignissen, zu einer Hochzeit die eine und zu einem Begräbnisse die andere.

Die aufsprießende Tätigkeit bereitete ihm ein um so größeres Glück, je länger er brach gelegen. Indem er sich bei seinen Reden von jeder Schablone lossagte, strömten ihm die Gedanken in kaum geahnter Fülle zu, und überall griff er in die Tiefe des menschlichen Empfindens und Suchens.

Nur eine Art von Amtshandlungen fiel ihm schwer: die Grabreden. Wenn er so in einem Hause oder einer Kapelle einem Sarge gegenüberstand, wenn er ihn auf dem Friedhofe in die dunkle, kalte Gruft senken sah, dann packte ihn die Majestät des Todes wie kaum einen der Beteiligten. Das unerforschliche Geheimnis des Sterbens lastete auf seiner fein empfindenden Seele und hallte in seinen Worten wieder, die vom Einzelfall abgehend in das Allgemeine, in die Rätsel des menschlichen Lebens und Sterbens sich versenkte und sie in dem Lichte des göttlichen Wortes zu klären suchte.

Das aber war das einzige, was den Leuten nicht gefiel. Sie wollten von dem Entschlafenen hören, wollten seine Taten gepriesen, seine Tugenden in einen recht hellen Schein gerückt sehen; sie wollten sentimentale Trostworte für die

Hinterbliebenen und mehr bedauert und gerührt als innerlich erfaßt werden.

Er lernte allmählich auch in dieser Beziehung Zugeständnisse machen. Sie fielen ihm nicht leicht. Aber er hatte sich zu fest vorgenommen, den Trutz seines Widerstandes aufzugeben. Und wenn er sich doch einmal wieder in ihm regte, dann stand warnend das Gespenst seiner früheren Verlassenheit vor ihm.

So wuchs seine Tätigkeit von Tag zu Tag. Man berief ihn zu allen Amtshandlungen, man pries ihn allerorten, man liebte ihn als Gesellschafter und lud ihn in die Häuser, bis er vor lauter Arbeit und Geselligkeit kaum noch zum Bewußtsein seiner selber kam.

Aber ihm war unendlich wohl in dieser nie rastenden Tätigkeit, diesem Ausnützen jeder Sekunde seines im Wirken und Schaffen fast besinnungslos dahinrauschenden Lebens. Und wenn seine alte Mutter bedenklich den Kopf schüttelte über dies aufzehrende Dasein, das den Sohn erst in später Nacht ausspannen ließ, um ihn in früher Morgenstunde wieder an den Schreibtisch zu ziehen, dann scheuchte er mit einem Lachen, wie sie es so hell und froh in all den Plantikoer Jahren nicht ein einziges Mal gehört, ihre Angst und Sorge hinweg.

„Sieh Mutter, jetzt weiß ich doch endlich,

wozu ich da bin," sagte er. „Und glaube mir, das ist die Hauptsache im Leben des Mannes. Solange er auf diese Frage keine bestimmte Antwort geben kann, ist er krank, wie ich es lange genug gewesen. Aber nun bin ich genesen und freue mich des Lebens und der Kräfte, die Gott mir gegeben. Und danke ihm, indem ich sie rühre, wo ich nur irgend kann." . . . . .

„Sehen Sie, es ist genau so gekommen, wie ich Ihnen damals auf Ihrer stillen Pfarrstube prophezeite," sagte gelegentlich einer seiner häufigen Besuche Bonin zu Martin. „Sie geben den Leuten das Brot, nach dem sie hungerten. Sie packen den Menschen da, wo er sterblich ist: an dem halbseelischen Zwiespalt unserer Tage und führen ihn aus dem Dunkel in das Wesen und den Wert seines Seins. Und Sie sehen, wir Menschen des zwanzigsten Jahrhunderts, wir Kinder der Großstadt und all ihrer Errungenschaften sind durchaus nicht so unreligiös und kirchenfeindlich, wie man es uns immer einreden möchte. Selbst das sonst wenig kirchliche Oberhaupt unserer Stadt war schon etliche Male in Ihrer Predigt. . . . Übrigens Sie sind doch Freitag auch bei ihm in kleinem Kreise?"

„Seine Frau lud mich ein."

„Und bei der Lerche haben Sie doch auch Besuch gemacht?"

„Und bin bereits durch eine Einladung zu einem musikalischen Abend beglückt worden."

„Natürlich, sie wird sich eine Kraft wie die Ihre nicht entgehen lassen. Es ist immer sehr nett auf ihren Abenden, die Morelli wird singen, und in unserem Pianisten Gebhardt werden Sie einen ebenbürtigen Rivalen begrüßen. Zuletzt wird es einen kleinen Ball geben, die Lerche hat nun einmal den Ehrgeiz, die Saison mit einem Feste zu eröffnen, das für die folgenden Essen ein wenig Gesprächsstoff bietet."

* * *

Die Diener waren eifrig an der Arbeit, die zahllosen Kerzen der alten Kronleuchter und eine Reihe verschleierter Lampen anzuzünden. In Frau Lerches Salons gab es kein elektrisches Licht, nicht einmal Gasbeleuchtung. Sie gehörte zu den wenigen Damen der Gesellschaft, die noch in der Altstadt ihr Heim behalten hatten. Sonst wohnte man in den neuen Stadtteilen vor den Toren, im Westender oder Bernburger Villen=
viertel, in dem die neugebauten Häuser und Wohnungen alle denkbare Behaglichkeit und An=
nehmlichkeit boten. Sie aber hatte das alte Pa=
trizierhaus am hohen Markte nicht verlassen, in dem sie eine so glückliche Zeit mit ihrem heim=
gegangenen Gatten verlebt, dessen Pforten sie

nach drei Jahre langer Trauer dem Leben und ihren Freunden wieder geöffnet hatte.

Eben war sie mit ihrer Toilette fertig geworden und hielt im Eßzimmer Musterung. An ihrem Halse prangte der einzige Schmuck, den sie zu tragen pflegte, eine von Diamanten eingefaßte Perlenbrosche von freilich unermeßlichem Werte, das letzte Geschenk ihres verstorbenen Gatten.

Die Gäste kamen. Auf dem Flure bereits traf Martin mit Marie Busekist zusammen, die heute in Begleitung ihres Vaters erschienen war. Kühl und befangen war die Begrüßung zwischen den beiden Männern. Der Amtsrat konnte sich über die Bedeutung, zu der sich sein ehemaliger Pfarrer hier in der Großstadt und ihrer Gesellschaft in verhältnismäßig kurzer Zeit emporgeschwungen hatte, nicht so ohne weiteres hinwegsetzen. Er sah, wie freundschaftlich und herzlich ihm Reichenbach und andere Herren seiner Bekanntschaft begegneten. Er aber trug noch den alten Groll im Herzen und gönnte jenem seine Erfolge nicht, die ihm unbegreiflich erschienen.

Auch zwischen seiner Tochter und Martin lag heute etwas ansteckend Fremdes. Als hätten sie niemals eine Berührung gefunden, wie jene damals auf dem Essen bei Reichenbachs, als lebten auch in ihnen lediglich die Plantikoer

Jahre fort mit ihrem geflissentlichen Auseinandergehen, ihrer eisigen Unnahbarkeit.

Nun kam auch Bonin und Konsul Robinson mit seiner blonden Frau, die so unbefangen und herzlich zu lachen verstand und mit so unschuldigen Kinderaugen in die Welt blickte.

Frau Lerche wußte ihren Gesellschaften eine gewisse Eigenart zu geben. Sie würfelte die Menschen nicht blindlings zusammen wie die Lose einer Lotterie, sondern traf bei ihren Einladungen sehr sorgsame Auswahl. Trotz der Freiheit ihrer Anschauungen, die jeden nach seinem Geschmack und Willen gewähren ließ, wachte sie doch darüber, daß die Unterhaltung in ihrem Hause nicht in den banalen Bahnen fader Komplimente, boshafter Stichelei und leichten Klatsches versandete, oder auf der seichten Oberfläche pikanter Scherze dahintrieb, sondern daß sie ihre Bestimmung erfüllte: ein persönlicher Austausch geistiger Interessen zu werden.

Die ganze Wohligkeit gastlicher Behaglichkeit umfing einen vollends, wenn man zu Tische ging. Kein Kunstgärtner hatte diese Tafel mit verblüffendem Blumenschmuck geziert, die Wirtin selber hatte diese entzückende Anordnung von dunkelblauen Veilchen und hellblauen Orchideen entworfen und sie in immer neuen Gestaltungen und Figuren über die ganze Tafel ausgeführt, daß das Auge lachte, wenn es über diese Flora von wundervoller Farbe und Einheit schaute. Ein Silberschatz aus alter Zeit, schimmernde Schalen von Kristall, kunstreiche Kandelaber ragten aus dieser Blütenpracht hervor, nichts prunkend oder drückend, nichts gehäuft oder sich aufdrängend, alles gleichsam nachlässig und ungewollt. Und doch über das alles die liebende Hand so fühlbar gebreitet, als schwebte sie unsichtbar noch jetzt über ihre Gebilde dahin. Vor jedem Gedecke stand eine Reihe von Gläsern kostbaren, funkelnden Schliffes, kein einziges unter ihnen modern, alle antiken Gepräges, so alt wie das kostbare Meißner Geschirr, von dem man aß. Etwas Patriarchales sprach aus der ganzen Einrichtung dieses Eßzimmers, der Anordnung dieses Tisches, als säße man mitten unter der Tafelrunde eines Fürsten oder großen Handelsherrn aus vergangenen Jahrhunderten. Und um diesen Eindruck zu erhöhen, stand vor dem Gedecke der Gastgeberin eine große Terrine, aus der sie jedem Gaste selber die Suppe auf den Teller tat, den die Diener ihr reichten. In der Anordnung der Speisen kein schwelgender Überfluß, kein Kaviar im Eisblock zur Eröffnung, nicht einmal die Hummern, die Frau Lerche nicht liebte, kein einziges Gericht, das nicht im Hause von der Köchin bereitet war, das Mittagessen eines Festtages in einer vornehmen Häuslichkeit. Ein Luxus wurde nur in den Weinen entfaltet, die fast ausnahmslos noch aus dem Keller des Kommerzienrats stammten und von auserlesener Güte waren.

Martin, der heute zum erstenmal an Frau Lerches Tische saß, hatte den Ehrenplatz zu ihrer Linken. Er hatte längst gelernt, sich in den Reichtum solcher Aufnahme, in die freie und doch fein disziplinierte Umgangsform, der er hier begegnete, wie in etwas Selbstverständliches zu finden. Als wäre er es von seiner Kindheit an nicht anders gewohnt gewesen. Er fühlte sich auch gar nicht mehr als Fremder in diesen Kreisen, sondern als ein zu ihnen Gehörender, ja, das durfte er sich ohne Selbsttäuschung sagen, als ein Mann, der durch sein öffentliches Wirken und seine Reden, der zugleich durch seine künstlerischen Gaben das Interesse dieser Menschen in besonderem Maße zu erregen befähigt war. Von vielen Seiten bekam er Angenehmes über sich und seine Tätigkeit zu hören, manche Dame, die neben ihm oder in seiner Nähe ihren Platz erhalten hatte, sagte ihm, wie lange es ihr größter Wunsch gewesen, ihn persönlich kennen zu lernen und zeigte ihm in jeder Weise, wie wertvoll ihr ein Gespräch mit ihm war.

Alles das blieb nicht ohne Eindruck

auf ihn, wenn es auch an den ernsten Kern seines Lebens nicht rührte. Aber er empfand ein gesteigertes Lebensgefühl, eine heißblütige Freude an einem Dasein, das ihm so reich und lebenswert noch nie erschienen.

Und mehr als je schwangen diese Gefühle heute durch seine Seele, denn für den nächsten Morgen schon lag die kurze Erholungsreise vor ihm, die ihn zuerst zu seinem Vortrage nach Mannheim, dann für mehrere Tage an die Ufer des Rheins führen sollte, an all die schönen Orte, von denen er soviel gehört, die er aber in seiner anspruchslosen Jugend noch nicht kennen gelernt. Nicht einmal in seinen Universitätsjahren, die er nur in Halle und Greifswald verlebt hatte.

„Werden wir heute wieder zusammen musizieren, Herr Pastor?" rief ihm die Morelli von der gegenüberliegenden Seite des Tisches zu.

„Diesmal nicht. Gebhardt ist ja da."

„Der spielt seinen eigenen Part. Begleiten dürfen Sie mich nur, kein anderer, ich habe es ihm schon gesagt."

„Und er wurde eifersüchtig —?"

„Ein wenig," gab sie mit leiser Koketterie zurück.

„Was werden Sie uns singen?" fragte die Lerche.

„Einige schlichte Stücke, Schumann, Schubert — was Sie wollen."

Das Konzert war beendet. Martin hatte nicht geglaubt, daß eine Künstlerin von so ausgesprochen dramatischer Art, eine Sängerin des Theaters, das einfache Lied gestalten könnte.

Und nun hatte sie ihn ganz in ihren Bann getan — gerade hier. Sie hatte eine wunderbare Art zu singen: als prägte erst die Sekunde Wort und Ton. Manchmal sprach sie den Vers ganz leise, träumerisch, gewissermaßen in sich selbst hinein, als dürfte ihn niemand hören, dann trillerte und jauchzte sie ihn hinaus über Felder und Wälder fort in den blauenden Himmel hinein wie Lerchenflug und Nachtigallengesang. Dann wieder ein gelähmtes Verzichten, ein müdes Abschließen mit Leben und Lust, eine Todestraurigkeit, so ernst und unmittelbar, daß alle Kunst aufhörte und nur eine zerrissene Seele hörbar war.

„Zu träumen den törichten Traum,
Daß es ewig, ja ewig so bliebe,"

immer noch hallte ihr Ton und Wort in seiner Seele fort. „Es muß etwas in diesem Weibe stecken," sagte er sich, „ganz tief drinnen, etwas Verborgenes und Großes dazu, das ihre komö=

dienhaften Allüren dem Sehenden doch nicht verhüllen können."

Er mußte über sich lächeln. Da spann er wieder seine alten Jeale und Träume, die dem Leben so gar nicht standhielten, da erdichtete er sich eine Welt der Seele, die mit der wirklichen vielleicht nicht die geringste Gemeinschaft hatte, da trug er aus seinem eigenen Innern in die Menschen hinein, was am Ende gar nicht in ihnen war.

Wieder klangen die Töne des Flügels an sein Ohr, eine Geige, wohl auch ein Cello begleiteten sie. Aber es waren jetzt lustige, sprühende Weisen, und in sie mischte sich das Schlürfen und Hüpfen von Füßen — ach ja, es sollte zum Schlusse einen kleinen Ball geben, Frau Lerche hatte erst vor einem Jahre in dem Hintergebäude ihres großen Hauses einen neuen Saal einbauen lassen, und ihm zu Liebe hatte sie den altväterlichen Grundsatz durchbrochen und elektrisches Licht in seine hellgetönten Räume führen lassen, das eine reiche Zahl gläserner Birnen von der Decke warfen. Nun, diesen Freuden hatte er entsagt von dem Augenblicke an, da er Geistlicher wurde, sie berührten ihn nicht mehr.

„Endlich also — den ganzen Abend habe ich Sie gesucht!"

Mit fröhlichen, heißen Augen lachte ihn die Morelli an.

„Sie haben der sündigen Welt den Rücken gekehrt, und sie kommt doch zu Ihnen, wie zu dem heiligen Antonius in der Einöde."

Der Vergleich war nicht so schlecht gewählt. In dem hellgrünen Kleid, das wie fließendes Wasser den geschmeidigen Leib umfloß, den schönen Nacken freiließ und einen Teil der wunderbar geformten Brust, erschien sie wirklich wie die Verkörperung der sündigen Welt.

„Sie haben mir heute noch kein liebes Wort über unsere Musik gesagt, ich habe es vermißt, — glauben Sie es mir?"

Seine Art war immer schüchtern und befangen, wenn man in dieser Weise zu ihm sprach; über den leichten Ton der Gesellschaft verfügte er nicht, er wollte ihn auch gar nicht lernen. Sie aber argwöhnte in seiner Befangenheit absichtliche Zurückhaltung.

„Von heiliger Warte herab müssen wir Kinder der Welt allerdings sehr klein erscheinen, und besonders wir Leute vom Bau. Aber manchmal ist die Kluft gar nicht so groß, die Bühne und Kanzel trennt. Und eins ist sicher allen gemein, wer sie sind und wo sie leben: Sie sind alle schließlich Menschen und spielen alle Theater, der eine hier und der andere dort."

Ihre Worte ärgerten ihn, und er widersprach, heftig sogar. Das hatte sie gewollt, sein Eifer gefiel ihr, und es wurde ihr leicht, seine Einwände zu widerlegen. Das reizte ihn. Und nun merkte sie, daß seine Zurückhaltung nichts als Schüchternheit gewesen; das ergötzte sie noch mehr. Ihre Sprache wurde lebhafter, sie erzählte von sich, ihrem langsamen Werden, ihren Kämpfen mit Eltern und Familie, ihrer künstlerischen Unbefriedigung, einige Male schimmerte es feucht in ihren Augen, dann lachte und scherzte sie ausgelassen wie ein Kind.

Von dem Saale her riefen die Töne eines rauschenden Walzers. Ihre Füße trippelten den Takt auf dem weichen Perser, ihre Lippen spitzten sich, ihr Oberkörper wiegte sich leicht hin und her — plötzlich legte sie die weiche, warme Hand auf die seine.

„Ein einziges Mal, Herr Pfarrer!"

„Ich tanze nicht," gab er kurz zurück. Aber er fühlte, wie sein Blut in Wallung kam, wie etwas nie Gekanntes, nie Geahntes in seiner Seele sich regte.

„Aber ein einziges Mal doch mit mir — hier im kleinen Kreise. Sie glauben nicht, was ich darum gäbe, einmal mit Ihnen tanzen zu können, Sie tragen soviel Musik in sich."

Er lachte, hell und belustigt sogar. Aber

dies Lachen klang ihm so fremd. Es war mit einem Male alles fremd um ihn und in ihm. Er wollte aufstehen, er konnte es nicht, er wollte wenigstens seine Hand von der ihren lösen, die immer noch heiß und schwer auf der seinen lag, auch dazu war er nicht imstande.

„Es gibt nichts Größeres in der Kunst als die Musik in körperlichen Rhytmus ausgelöst, den Tanz von zwei Menschen, die voller Musik sind. Ein einziges Mal!"

Mit süßem Locken senkten sich ihre Augen in die seinen, auf ihren dunklen, von roten Nelken geschmückten Flechten lag das Licht der vielen Wandkerzen und gab ihnen einen metallenen Glanz. Und all das leuchtete und duftete ihm entgegen. Da ermannte er sich. Mit heftigem, fast unsanftem Druck zog er seine Hand unter der ihren fort und sagte: „Ich habe nie getanzt, solange ich Geistlicher bin, ich werde es auch heute nicht tun."

„Gut," gab sie zurück, indem sie den Kopf ein wenig in den Nacken warf, „dann bleibe ich bei Ihnen, zur Strafe, und Sie sollen mich unterhalten. Aber von Ihnen verlange ich mehr als von denen da drinnen, kein gepreßtes Gesellschaftsgespräch. Reden Sie einmal von anderen, von besseren und tieferen Dingen zu mir. Ich kann Sie vertragen und verstehen." —

Und er sprach wirklich zu ihr von Dingen, die fernab vom Alltag lagen. Er berührte sogar religiöse Fragen. Nicht gleich, er war in dieser Beziehung sehr zurückhaltend, ängstlich beinahe. Aber allmählich doch und ungewollt im Verlaufe des lebendig sich entwickelnden Gespräches. Und sie hörte ihm zu mit einer Hingebung, die aus jedem Blicke, jedem kurz hingeworfenen Worte sprach.

Laut war es um sie und doch ganz still. Die allmählich in einen Lärm übergehende Tanzmusik war wie ein Wall zwischen ihnen und der Außenwelt. Aber sie wiegte den Körper nicht mehr, und ihre Füße tänzelten nicht mehr über den Fußboden, sie war ganz bei der Sache.

„Hätte ich Sie früher kennen gelernt!"

So impulsiv, so warmherzig kam es aus ihrem Inneren, daß er sie voll erwachten Mitgefühls ansah.

„Früher? — wann?"

„Als ich so jung und so empfänglich noch war wie, — nun wie eine Ihrer Konfirmandinnen jetzt."

„Dann wären Sie doch zum Theater gegangen, und sein Staub hätte die Saat bald verweht."

„Sängerin wäre ich geworden, das ist klar, das mußte ich, es war mein vom Schicksal gewiejener Beruf; ober glauben Sie nicht? Aber vielleicht hätte ich ihm mit reinerem Herzen gedient."

Sie sah das leise Erschrecken in seinen Zügen, es war ja auch eine recht seltsame Beichte, die sie ihm hier ablegte.

„Das Große in der Kunst kann nur aus der reinen Seele geboren werden, — aber lassen wir das," unterbrach sie sich selber, „es ist zwecklos."

Und nun wieder in dem gesellschaftlich tändelnden Tone, in dem sie zu sprechen pflegte: „Sie reisen morgen, nicht wahr? Schade, daß Sie nicht ein paar Tage später fahren, dann reisten wir zusammen — aber nein, nein, das täten Sie ja doch nicht, so gerne ich auch dabei wäre. Ich habe in Frankfurt ein Gastspiel zugesagt, so eine Art Aushülfe, die Primadonna ist erkrankt, man drahtete an mich, ob ich als Brunhild und Vallentine einspringen könnte, vielleicht singe ich auch die Senta. Nun wenn das Glück günstig ist, treffen wir uns unterwegs. Wie lange gedenken Sie fort zu bleiben?"

Er wollte ihr antworten, da trat ein Rittmeister von den Ulanen ein, Konsul Robinson und einige andere Herren folgten.

„Sehen Sie, wir waren auf richtiger Fährte," sagte der Offizier, „die Diva ruht sich aus von ihrer Kunst — eine kurze Quadrille, gnädiges

Fräulein, ich wollte um die Ehre bitten — aber ich störe —"

"Durchaus nicht, Herr von Biebrach — aber den Tanz muß ich dankend ablehnen. Ich bin ermüdet, und unsereiner hat so selten Gelegenheit, einmal ein vernünftiges Gespräch zu führen."

Als Martin in den Saal trat, war die Quadrille in vollem Gange. Auch die älteren Herrschaften beteiligten sich an ihr: Reichenbach an Frau Lerches Seite, ihnen gegenüber der Amtsrat Busekist mit Frau Reichenbach. Sie tanzten mit größerer Grazie und wärmerem Eifer als die Jugend, die ihre Bewegungen mit einer Lässigkeit ausführte, als wären sie kein Selbstzweck, sondern nur Zubehör der laut und angeregt geführten Unterhaltung. In einem Karree dicht am Flügel sah er Marie Busekist, Bonin war ihr Partner. Auch sie bewegte sich mit einer gewissen Gleichgültigkeit, und wenn sie ihre vorschriftsmäßigen Verbeugungen machte, legte sie jedesmal eine Dosis von Schalk und Ironie in die altväterliche Art. In ihrer straffen Haltung, in dem ein wenig zurückgebogenen Oberkörper lag etwas Verschlossenes, etwas Herbstliches, trotz der jugendlichen Fülle und Schönheit ihrer Gestalt.

Die Musik verstummte, eine kurze Pause

trat ein. Ihr Partner sprach lebhaft auf sie ein, aus den klugen Augen, die mit sichtbarem Wohlgefallen auf ihrer anziehenden Erscheinung hafteten, schlug dann und wann eine Flamme. Aber sie zündete nicht, das Dämmernde auf den stillen Zügen wich keiner Sonnenhelle.

„Ich muß mich auf die Frauen schlecht verstehen," sagte Martin zu sich selber, „die Morelli mit ihrer Lustigkeit und Traurigkeit, mit ihrer Sünde und Reinheit ist mir ein Buch mit sieben Siegeln, ich weiß bis zum heutigen Tage nicht, ob sie tugendhaft oder lasterhaft, ob sie gut oder schlecht ist. Und hinter diese spröde Blüte vom Lande mit ihrer abweisenden Kälte komme ich erst recht nicht, ich weiß nicht einmal, ob unter alledem eine Seele steckt. Eine Seele — ja, was wissen wir überhaupt von der Seele des anderen? Was von unserer eigenen?"

Sie hatte ihn unter den Zuschauern entdeckt. Er erwiderte ihren Blick, ein leises Grüßen ging von Aug' zu Auge, ungewollt und von keinem anderen gemerkt.

Die Musik setzte ein, Bonin machte seiner Dame eine tiefe Reverenz. Zum ersten Male merkte Martin, wie gut sie tanzte. Etwas zu ernst vielleicht und nicht ganz leicht, aber mit einer königlichen Haltung und einer feinen weichen Art, sich in den Hüften zu wiegen, er mußte an das Wort der Morelli denken, daß die Musik, in körperlichem Rhytmus aufgelöst, das Höchste der Kunst bedeute.

"Für Sie ist Spiel und Tanz vorbei?"

Die Quadrille hatte sich aufgelöst. Marie Busekist, die Bonin gerade an die Stelle des Saales geführt, an der er als stiller Beobachter gestanden, fragte es mit einem leisen Anflug von Spott.

"Es mag wohl so sein."

"Aus mangelnder Neigung?"

"Ich habe in meiner Jugend sehr gerne getanzt."

Sie lächelte. "In Ihrer Jugend? Macht denn das Amt, dem Sie dienen, so früh alt?"

"Aber es legt gewisse Rücksichten auf."

"Es verbietet die Fröhlichkeit?"

"Sie haben mich doch schon oft froh gesehen."

"Bei uns auf dem Lande nie, hier in der Gesellschaft ja. Aber wäre es nun wirklich eine Sünde, wenn Sie im Kreise einiger harmlos vergnügter Menschen tanzten, eine Quadrille vollends, an der sich der Oberbürgermeister und mein Vater beteiligen?"

"Eine Sünde wäre es nicht. Aber es wäre für mich nicht geziemend."

„Ach so, Sie wollen eben den Menschen nicht von seinem Amte unterscheiden."

„Gewiß will ich das — aber nur innerhalb gewisser Grenzen."

„Sie haben doch sonst eine ganz wunderbare Metamorphose durchgemacht."

Und dann ziemlich schnell und unvermittelt:

„Wollen Sie mir auf eine offene Frage eine offene Antwort geben?"

„Wenn ich kann."

„Woran dachten Sie in der Minute, als wir uns in der Quadrille begrüßten?"

„Ich dachte, wie schwer es mir doch immer fällt, vermutlich wohl weil ich noch ein Neuling in der Gesellschaft bin, hinter das Wesen der Menschen zu kommen, mit denen ich hier zusammen bin."

„Dann haben sich nicht nur unsere Augen, sondern auch unsere Gedanken begegnet — etwas Ähnliches überlegte ich auch."

„Aber Sie haben in dieser Beziehung eine ganz andere Erfahrung."

„Alle Erfahrung bringt immer nur bis an die Oberfläche, in die Tiefe nie. Und wenn wir alle Schleier der Maja heben könnten, zu unserem Unglück gewiß, — ein letzter bliebe: der Mensch."

„Vor allem unser eigener Mensch."

„Das gerade wollte ich sagen. Unser Innenleben, so vertraut und zu uns gehörig es auch erscheinen mag, im Grunde ist es ein uns fremdes Schauspiel, und wir sind die staunenden Zuschauer. Und wissen nie, woher das Spiel kommt, und welchen Ausgang es nimmt."

Er fühlte ihr Auge auf sich haften, ganz kurz, aber zufassend, als wollte es in sein Innerstes dringen. Ihre Lippen bewegten sich. Aber sie drängte das impulsive Wort zurück.

„Und am wenigsten lernen wir uns in der Gesellschaft kennen," gab sie leichthin zurück. Sie wußte, daß es eine Phrase war. Aber sie wollte auch nichts anderes.

„Warum gerade dort?" gab er zurück, auch nur, um etwas zu sagen. Denn ihr Gespräch, das empfanden sie beide, begann sich jenen Sphären zu nähern, in denen die künstlichen Hüllen sich lüften, welche die Seelen vor einander verbergen, wo man diese Hüllen noch einmal mit entschlossener Hand packt, sie fester und dichter um sich zu schließen, bis eine andere unsichtbare Hand sie haltlos zerreißt.

„Weil niemand auf den Karneval geht, ohne seine Maske mitzunehmen," erwiderte sie.

„Dann wäre ich verraten und verkauft," gab er treuherzig zurück. „Ich bin bisher immer ohne solche Maske ausgegangen."

„Sie äußerten vorhin selber, daß man in sein eigenes Sein am allerschwersten eindringt."

„Gewiß — aber was wollen Sie in diesem Zusammenhang damit sagen?"

Die unsichtbare Hand reckte sich über den beiden aus und packte in die dünnen, leise gewobenen Schleier.

„Daß Sie sich irren, Herr Pfarrer," sagte sie sehr schnell und nicht ohne Schärfe. „Einmal haben Sie sicher eine Maske getragen: entweder bei uns auf dem Lande oder hier in der Stadt."

„Weshalb?"

„Weil Sie dort der weltflüchtige Asket waren, der unbeugsam seiner Sache lebte. Und hier —"

„Und hier?"

„Nun, an Zugeständnissen aller Art lassen Sie es hier nicht fehlen. Sie entwickeln ein bewundernswertes Geschick, Kompromisse zu schließen, die Ihnen dort unmöglich erschienen — und die Ihnen hier recht leicht fallen."

Er war betroffen, eine heiße Röte stieg in sein Antlitz. Aber er wollte es um keinen Preis merken lassen, daß ihn ihr Wort verwundet hatte.

„Gerade Sie äußerten bei einer anderen Gelegenheit, daß ein Mensch erst durch viele Entwickelungsphasen, ja durch Strömungen hindurch

müsse, die seinem tiefsten Wesen fremd und rät=
selhaft sind, um er selbst zu werden."

Er sprach mit einer Ruhe, die ihn selbst in
Erstaunen setzte.

„Ganz recht. Aber ich dachte mir diesen Weg
stets langsam und sehr steil und mühevoll —
insbesondere für einen Charakter wie Ihren.
Daß Sie ihn mit so spielender Leichtigkeit und
ohne merkbare Kämpfe zurücklegen würden, das
nur hat mich überrascht."

Es lag etwas beinahe Gereiztes in ihrer
Stimme, etwas, das herausforderte und heraus=
fordern wollte.

„Nun haben Sie den Höhepunkt Ihres Auf=
stiegs erreicht. Sie sind eine sehr interessante
Persönlichkeit, der Herrgott der Großstadt sind
Sie geworden."

„Wie nannten Sie mich?"

„Nun den Herrgott der Großstadt, den all=
gemein gesuchten, geliebten Pfarrer, dessen Rede
man hingegeben lauscht, dessen Wort Evangelium
ist, dessen Kunst die Salons und Konzertsäle
schmückt. Und daß diese schnelle Entwickelung
für den, der Sie in Plantiko gekannt und beob=
achtet —"

Was sie hinzufügen wollte, hat er nie er=
fahren. Ihre Unterhaltung wurde unterbrochen,
die Diener reichten Brötchen und Bier, und einige

junge Mädchen traten auf Fräulein Busekist zu und sagten, daß noch ein Schlußwalzer in Aussicht stehe. Als sie aber merkten, daß sie in einem Gespräch störten, zogen sie sich zurück.

Nun waren sie wieder allein. Und sie fühlten beide ein Etwas zwischen sich aufgerichtet, das sie bisher nicht gekannt: etwas Trennendes und doch etwas, das sie einer zum anderen trieb in dem Begehr, Kunde zu erhalten von dem, was in des anderen Seele war.

„Ich will nicht auf die sehr gütige Überschätzung eingehen," nahm Martin das Gespräch auf, „die Sie meiner amtlichen und gesellschaftlichen Stellung haben zuteil werden lassen. Sie haben die Wandlung, die sich in mir zweifellos vollzogen, klar beobachtet und scharf, ein wenig hart vielleicht in Worte gekleidet. Nur in einem muß ich Ihnen widersprechen: Sie meinten, meine Entwickelung hätte ihren Höhepunkt erreicht. Wer sagt Ihnen, was mir selber noch dunkel ist? Woher wissen Sie, ob die Bahn, die ich zu gehen habe, abgeschlossen ist? Vielleicht sind mir noch ganz andere Wege vorbehalten. Und vielleicht führen sie nicht in Licht und auf Höhen."

Er sprach so ernst, bei aller Einfachheit mit einem unbewußten und ungewollten prophetischen Tone.

Sie fühlte, daß sie zu impulsiv gewesen,

daß sie zu einem so schnell fertigen Urteil über ihn und sein Wirken keine Berechtigung besaß. Die feine und doch entschiedene Art, in der er sie zurückwies, war nicht ohne Eindruck auf sie geblieben. Sie kämpfte einen Augenblick, sie schien nach einem mildernden Worte zu suchen. Aber sie fand keins.

Bonin kam, sie zum Tanze zu holen. Sie folgte, aber nach der ersten Runde ließ sie sich auf ihren Platz zurückführen. Immer noch schien es, als läge ein Wort auf ihren Lippen, das sie sprechen wollte und nicht zu sprechen vermochte. Und als Bonin nun ein Gespräch begann, antwortete sie einsilbig und zerstreut. Der ließ sich nicht das Geringste merken — nur einmal verirrte sich sein Blick, den er nicht ganz in der Gewalt hatte, zu Martin hinüber.

Und aus dem einen Blick las Martin das lange und ängstlich behütete Geheimnis des Freundes. Von dieser Stunde an wußte er, daß er die keimende Neigung, die er seit der ersten Begegnung für dieses Mädchen empfunden, der gerade der heutige Abend und sein eingehendes Gespräch neue Nahrung gegeben, zu ersticken habe. Noch war es vielleicht nicht schwer, sie war erst im scheuen, ihm selber kaum bewußten Werben. Aber gut war es doch, daß er morgen auf Reisen ging.

7. Kapitel.

„Mannheim!"

Die endlose Fahrt und die Hitze in dem vollgepferchten Wagen hatten Martin so ermüdet, daß er in seiner Ecke fest eingeschlafen war und erst aufwachte, als der Zug hielt.

Ein großer Menschenstrom ergoß sich auf den Bahnhof und flutete dem Ausgange zu, er ließ sich von ihm, ein wenig verschlafen noch, treiben, er war fremd in der großen Stadt, er kannte nicht einen Menschen. Aber da stürzte schon, nachdem er kaum einige Schritte getan, eine Anzahl von Jünglingen, anscheinend Schülern höherer Lehranstalten, mit großen bunten Schleifen an der Brust auf ihn zu und fragten ihn, ob er zu dem Kongreß des Deutschen Kirchenchors gekommen, wanden ihm den kleinen Koffer aus der Hand und erkundigten sich, wohin sie ihn geleiten sollten.

Er konnte darauf keine Antwort geben, denn er hatte sich kein Hotelzimmer bestellt, sondern um eine der von den Bürgern der Stadt zur Verfügung gestellten Privatwohnungen gebeten. Er dachte es sich interessant, in ein Haus als Gast zu kommen, zu dem er nicht die geringsten Beziehungen hatte, und in dem keiner etwas von ihm wußte. Man könne es auch recht schlecht treffen, hatten ihm einige Kollegen gesagt, die oft solche Kongresse besuchten, das Hotel sei immer das sicherste und angenehmste. — Nun, er wollte es darauf ankommen lassen, romantischer war es so auf jeden Fall.

„Herr Pfarrer Steppenreiter — — Herr Pfarrer Steppenreiter."

Er blieb erstaunt stehen. War es nicht sein Name, der jetzt über den ganzen Bahnsteig klang und mit dröhnender monotoner Stimme von den Wänden widerhallte?

„Der Portier," sagten seine jungen Begleiter, „er hat vielleicht ein Bahntelegramm."

Martin stutzte. Sollte sich daheim etwas ereignet haben? Gar seine alte Mutter? Oder ein wichtiger Fall in seiner Gemeinde?

Der Portier war näher gekommen, er eilte ihm entgegen.

„Ich heiße Steppenreiter, haben Sie eine Depesche für mich?"

„Nee, ich soll nur Ihren Namen rufen — immerzu. Ein Herr hat mich beauftragt, weshalb, weiß ich nicht. Ich soll Sie zu ihm hinführen."

„Das einfachste Verfahren," sagte ein mit dickem, grauem Mantel und geschirmter Mütze gekleideter Herr, der inzwischen näher gekommen war und Martin die Hand entgegenstreckte. „Sie kannten mich nicht, ich Sie nicht. Wie hätte ich Sie unter dem großen Gewühl finden sollen? Da ließ ich den Portier unausgesetzt mit seiner Stentorstimme Ihren Namen rufen. Und nun gestatten Sie, ich heiße Fellner, bin Fabrikant und werde die Freude haben, Sie während des Kongresses in meinem Hause aufzunehmen, — — ich danke Ihnen, meine jungen Herren, geben Sie bitte den kleinen Koffer dem Portier, er kennt mein Auto. — Und Ihr übriges Gepäck? Darf ich vielleicht um Ihren Schein bitten?"

Nun war es Martin doch ein wenig peinlich, sagen zu müssen, daß dies sein ganzes Gepäck sei. Aber er hatte sich die anspruchslose Art des Reisens von seinen Studentenjahren her bewahrt und wollte auch diesmal nicht von ihr abweichen.

Sie waren durch den Ausgang auf die Straße getreten.

„Ich bin mein eigener Chauffeur," sagte Herr Fellner „und steuere immer selber; wenn es Ihnen gefällig ist, kommen Sie zu mir auf den Vordersitz."

Mit sicherer Hand lenkte er das elegante Auto durch das Gewoge der Wagen, Droschken,

Trambahnen, die vor dem Bahnhof hin und her=
kreuzten, und durch die flutende Menschenmenge,
die Ankunft und Abgang mehrerer belebter Züge
um diese Stunde zusammengetrieben hatte. Sie
waren in den Kaiserring eingebogen; vornehme
Villenquadrate mit Sandsteinfassaden und Gar=
tenanlagen flimmerten in elektrischer Beleuchtung
an ihnen vorüber, ein Denkmal mit Bismarcks
granitener Figur trat aus den Baumgruppen.
Viele Häuser waren geflaggt, hier und da war
auch eine Guirlande gezogen, mit leuchtendem
Transparent, zu Ehren des tagenden Kongresses.
Jetzt tauchte der Friedrichsplatz vor ihnen auf,
die herbstlichen Lüfte trugen starken Blumenduft
hinüber, ein gewaltiger Koloß hob sich aus dem
Halbdunkel, trutzend und gigantisch.

„Der Wasserturm," erklärte Herr Fellner,
„und da drüben das Gebäude in rotem Main=
sandstein mit dem grünen Ziegeldach und den
Kupfertürmen unser Rosengarten, in dem Ihre
Versammlungen stattfinden, wohl die schönste
Festhalle, die Deutschland hat."

Der Stolz auf seine Vaterstadt sprach aus
seinen Worten. Laut und mehrere Male hinter=
einander ließ er die Hupe ertönen.

„Aufpassen muß man, besonders in diesen
Abendstunden; aber das ist gerade das Gute. Ich
habe eine sehr schwere und aufreibende Tätigkeit.

Meine Nerven versagten schon einmal gänzlich, ich konsultierte mehrere Autoritäten hier und in Heidelberg. Sie schickten mich in den Oberengadin, dann in den Weißen Hirsch und andere Sanatorien, es half mir nichts. Da sagte mir ein vernünftiger Arzt: schaffen Sie sich ein Auto an und steuern es täglich in Ihren Mußestunden selber. Das half mir; die stete Anspannung aller Aufmerksamkeit lenkte mich von meinen geschäftlichen Sorgen ab, ich lernte wieder schlafen und fühle mich seit dieser Stunde wie neu geboren. Das und die Jagd — he holla — hup-hup — hup."

Ein schwerfälliger Lastwagen mit trübe flimmernden Laternen war eben einer Reihe von Droschken und Equipagen ausgebogen und drohte mit dem Auto zusammenzustoßen. Aber mit einem gewaltigen Ruck warf es Herr Fellner seitwärts, und Wagen wie Auto waren der Gefahr entgangen. Noch einige Male warnte und rief die Hupe, dann bogen sie in stillere Gegenden ein. Pfeilschnell ging es dahin durch Straßen, die nur wenige Fußgänger und hier und da ein elegantes Gefährt belebten, an großzügigen Bau-blöcken in weißem oder rotem Sandstein vorbei, deren reiche Skulpturen in allen Stilarten des Barock wechselten. Jetzt hielten sie vor einer neu aufgeführten Villa, die mit ihren Rundbögen, ihren spitzen Türmchen und Loggien auf den ersten Blick einen verwirrenden Eindruck machte, bald aber eine um so wundervollere Stilgeschlossenheit offenbarte.

Der Chauffeur, der auf dem Hintersitze Platz genommen, war mit einem Satze auf der Erde und half den Herren beim Aussteigen, ein Diener und ein Mädchen kamen aus dem Inneren des Hauses und nahmen die Sachen in Empfang.

Wohliges Behagen empfing Martin beim Eintreten in das Treppenhaus. Ganz in weiß und gold war es gehalten, die freistehenden Pfeiler und Wandpilaster mit reich geädertem hellen Marmor verkleidet, auch die Treppen, die in gewundenen Linien in die oberen Stockwerke führten, waren von Marmor. Aber die dicken Teppiche von gesättigtem Rot, die, hier und da noch einmal von einem kleinen, kostbaren Perser belegt, über den Boden liefen, die kunstvollen Gobelins, die von den Wänden herabhingen, die molligen Ecken und Winkel mit eichengeschnitzten hohen Armstühlen, gepolsterten Sesseln und lederüberzogenen Hockern, die antiken Truhen und die ganz altmodische gewaltige Stutzuhr mit ihrem behaglichen Gependel, alles das kam dem Eintretenden mit so warm ausgebreiteten Armen entgegen, daß er sofort hier zu Hause war und die reiche Pracht ihn nur harmonisch anmutete.

Und über sie verbreiteten ganz oben von den hohen kassettierten Deckfriesen herniederhängende Glühbirnen in Metallfassung ihren gedämpften, stillen Glanz.

Aus einem der Zimmer, die auf die viereckige Diele mündeten, trat eine Dame in einfachem leichten Hauskleide, vielleicht in der Mitte der Dreißiger, mit bräunlich-blassem Antlitz und weichen, sympathischen Zügen. Sie ging auf Martin zu, der noch nicht einmal abgelegt hatte, und reichte ihm die feine, schmale Hand entgegen. „Ich wollte Sie nur begrüßen und wünschen, daß Sie sich bei uns wohl fühlen möchten."

Der Diener geleitete ihn auf sein Zimmer; er mußte lächeln — in solch einer Stube hatte er noch nie gewohnt, in solch ein Bett sich noch nicht gelegt. Es herrschte hier in dem Lande der Industrie doch ein ganz anderer Reichtum als da oben bei ihnen im Norden, und was ihm dort schon üppig erschien, das verblaßte gegen die Fülle, die sich hier auftat. Er gedachte des einfachen Apothekerhauses, in dem er groß geworden war, und seiner elenden Behausung in der Diaspora, die früher ein Stall gewesen, und auch der einfachen Amtsstube im alten Pfarrhause, in dem er jetzt wohnte.

Der Diener zauderte. „Das Gepäck des Herrn —" sagte er endlich.

Wieder die alte, dumme Frage! Aber vor einem Bediensteten wollte er sich keine Blöße geben. „Es kommt nach," erwiderte er kurz.

Und er sprach keine Unwahrheit, wenn es auch nur ein einfaches Postpaket war, das er erwartete.

Des Abends saß er mit Herrn Fellner und seiner Frau bei einem Butterbrode und einem Glase kühlen Münchner Bieres in angeregter Unterhaltung zusammen. Und als er des Morgens nach ununterbrochenem neunstündigen Schlummer erwachte, begab er sich in sein Badezimmer, das, ganz in Kacheln und Marmor ausgeführt, von hellem Oberlichte erfüllt war, und nahm ein erfrischendes Bad; dann kleidete er sich langsam und sorgfältig an.

Wie ein verwunschener Prinz kam er sich vor — ab und zu wanderten seine Gedanken in die Heimat, das Gespräch wurde vor seinem Geiste lebendig, das er vorgestern mit Marie Busekist geführt.

„Der Herrgott der Großstadt," sie hatte ihn mit diesem Worte doch nachhaltiger getroffen, als er sich zugestehen wollte. Aber wozu sich jetzt müßigen, ärgerlichen Gedanken hingeben, wo draußen die helle Herbstesmorgensonne lachte und er in eine Umgebung hineingestellt war, die ihn wie ein fröhliches Märchen aus „Tausend und eine Nacht" anmutete.

Am Frühstückstische empfing ihn Frau Fellner, die nicht früher aufgestanden war als er, während ihr Gatte bereits vor drei Stunden mit dem Auto in seine auswärts gelegene Fabrik gefahren war.

Nun begab er sich in den Rosengarten, in dessen Sälen der Kongreß des Deutschen Kirchgesangvereins heute vormittag eröffnet werden sollte. Aber die Versammlung, zu der er mit großen Erwartungen gekommen war, bereitete ihm eine Enttäuschung. Die vielen Begrüßungsansprachen seitens aller möglichen Behörden und Korporationen und ihre regelmäßige Erwiderung durch den Vorsitzenden, in denen man sich gegenseitig in Komplimenten und Lobeserhebungen erschöpfte, fingen bald an, ihn zu ermüden, und nicht minder die nun folgende langatmige und monotone Verlesung des Jahres- und Geschäftsberichtes, den man vorher schon im Drucke erhalten hatte. Ein gedankenvoller Vortrag über Bach als Schöpfer der Kirchenmusik schloß sich wohl daran, aber die Debatte, die er auslöste, erschien ihm wieder unnötig und fruchtlos. Als sie kein Ende nehmen wollte, verließ er nach dreistündigem Aufenthalt den Saal und promenierte in den schönen Anlagen und Straßen der östlichen

Stadterweiterung umher. Da fiel sein Auge auf eine Plakatsäule: „Hoftheater" las er: „Der fliegende Holländer".

Er hatte noch nie den Holländer gesehen. Ein übermächtiges Verlangen ergriff ihn, heute endlich dies Musikdrama als Ganzes kennen zu lernen, aus dem er so manches Stück selber schon gespielt hatte. Aber wenn sein eigener Vortrag auch erst für morgen angesetzt war, heute abend gerade fand eine Kommissionssitzung statt, bei der er kaum fehlen konnte.

„Trotz alledem würde ich in den Holländer gehen, zumal wenn Sie ihn noch nie gehört haben," sagte Frau Fellner, als er mit ihr und ihren drei blühenden Kindern zu Mittag aß. „Es ist eine wundervolle Aufführung, in einem Zuge, ohne jede Pause und Illusionsstörung. Sie werden etwas Ähnliches nicht leicht hören."

„Aber ich werde keine Karte mehr bekommen," erwiderte er, zum Gehen bereits entschlossen.

„Darüber brauchen Sie sich keine Sorge zu machen. Wir haben mit meiner Mutter zusammen unsere Loge im Hoftheater, sie steht zu Ihrer Verfügung."

* * *

Der Kapellmeister klopft mit dem Taktstock auf. Der große Zuschauerraum verdunkelt sich, die Ouvertüre beginnt: Zuckende Blitze, Schiffe, die durch die hungrigen Wogen kämpfen, hochsteigen wie wilde Rosse und wieder sinken in brandende Gräber — ein unheimlicher Segler — ganz ferne taucht er auf, er steigt nicht, er sinkt nicht — hohl und still schleicht er über die Wasser. Hinein in die rasenden Elemente klingt der Chor der Matrosen des Holländers wie Stimmen des Wassers aus der Tiefe, düster, schwer, traurig. Manchmal übertönt er die heulenden Wogen, dann geht er in ihnen unter, hilflos, mit kurzem Aufschrei wie ein ertrinkendes Kind.

Die ganze Außenwelt mit allem, was sie bewegt, ist vor Martins Auge versunken, er sitzt in einer kleinen, verborgenen Loge des Parketts, ganz allein, die anderen Stühle sind leer. Um ihn ist alles Finsternis, kein langweiliges Menschenantlitz, kein protzender Aufputz stört die Weihe, die ihn umgibt, die heilige Zwiesprache des Schöpfenden mit dem Empfangenden. Es bedarf für ihn keines Wortes, keiner Handlung, auch ohne sie versteht er, was der große Meister in dieser wunderbaren Symphonie, die er Ouvertüre nennt, ihm sagen will, jeder Ton wird ihm zum Erlebnis, jeder Klang zaubert ihm eine Welt hervor. Wie Rufe aus der Höhe singt es in die dumpfe Molltonart hinein: das Erlösungsmotiv, im zartesten Piano von den Holzbläsern angestimmt, schwellend wie Frühlingswind, still und schwer verhauchend wie Blütenduft in der Sommernacht. Noch einmal der Matrosenruf der Holländer in D-dur, dann geht der Vorhang auf.

Und was bis jetzt nur vor dem Auge der Seele gestanden, erhält plastische Gestalt und Wirklichkeit. Das Gespensterschiff mit den blutroten Segeln und schwarzen Masten kommt gefahren und sucht am steilragenden, felsigen Ufer der norwegischen Küste Landung. Drei Paukenschläge wie ein rasselnder Krach, der schwere Anker senkt sich in den Grund. Nun Posaunen, hell, schmetternd, als riefen sie zum Tage des Gerichts und der Verdammung. Martin ist jetzt nicht nur im Banne der Musik, auch die Handlung, die er bis dahin kaum kannte, nimmt sein Herz gefangen. Trotz des sagenhaften Stoffes und der gespenstigen Vorgänge ist sie von so schlichter Menschlichkeit, so tiefer Innerlichkeit: dies Mitleiden mit der geängstigten Kreatur, die heiße Sehnsucht der Erlösung und diese Treue bis in den Tod — religiöse Motive beinahe, — die lebendig in seiner Seele widerklingen. Und das alles getragen von einer fortreißend wuchtigen Handlung, und der Darsteller des Holländers nicht nur ein bedeutender Sänger, sondern ein Schauspieler mit einer Seele.

„Ewige Vernichtung nimm uns auf," wiederholt vom Gespensterschiffe her der Chor seiner schwarzen Matrosen.

Das ein wenig mattere Duett zwischen dem Holländer und dem habsüchtigen Daland ist zu Ende. Weiches, lindes Wehen klingt vom unsichtbaren Orchester her, das Steuermannslied setzt ein
>„Ach lieber Südwind, blas noch mehr,
>Mein Mädel verlangt nach mir" —

da öffnet sich ganz leise die Tür der Loge, aus seiner tiefen Andacht unliebsam aufgestört, blickt Martin sich unwillig um. Ein seidenes Frauenkleid rauscht an ihm vorüber, eine junge Dame setzt sich auf einen der vorderen Stühle, lehnt sich in ihm zurück, nimmt das Opernglas vor das Gesicht und folgt nun den Vorgängen auf der Bühne ebenso gespannt und anteilnehmend wie er.

Die Szene hat sich verändert, in Dalands Hause sitzen die wartenden Mädchen, die Spinnräder schnurren:
>„Summ und brumm du gutes Rädchen,
>Munter, munter dreh' dich um!"

Senta singt ihre große Ballade, wieder klingt das Erlösungsmotiv: „Ach wann wirst du bleicher Seemann sie finden."

Die Darstellerin ist eine junge Anfängerin, sie steht nicht auf gleicher Höhe mit den anderen, man merkt ihr die Befangenheit, das Gebundensein an den Text zu deutlich an. Er muß an die Morelli denken. Wenn sie auf dieser Bühne stünde, diese Ballade sänge! Sie müßte ihr wunderbar liegen, ihre reife Kunst gehörte in diesen Rahmen. Oder wenn sie hier mit ihm unter den Zuschauern wäre und er nachher Eindrücke mit ihr tauschen könnte. Sie mußte in der Nähe weilen, sie sang vielleicht an einem der nächsten Abende dieselbe Rolle in Frankfurt.

Ohne sich zu rühren, sitzt vor ihm die junge Dame, nichts als die Umrisse ihrer Gestalt kann er im Dunkel erkennen. Nur wenn ab und zu durch eine schnell geöffnete und wieder geschlossene Tür ein blitzartiges Licht in die Loge huscht, oder sich ein kurzer Strahl von den Beleuchtungseffekten der Bühne in sie verirrt, sieht er einen Streifen ihres Profils, der sich klar und rein aus dem Schatten hebt, und die schlanke Hand im weißen Leder, die fest auf der roten Logenbrüstung ruht.

Senta und der Holländer stehen sich im wortlosen Schweigen gegenüber, nur die Musik redet und malt in heißen Schwingungen die Erregung der Seelen. Der Bund ist geschlossen. Ohne jede Pause setzt der dritte Akt ein. Tot liegt das schwarze Holländerschiff da, in schneidendem Gegensatz befehden sich die Chöre. Grell kreischt des Holländers Schiffspfeife, er hat Eriks heißfordernde Mahnung an Sentas Treuschwur belauscht. In einer Sekunde ist alles klar an Bord seines Gespensterschiffes, genarrt und betrogen verläßt er den Strand. Da stürzt Senta ihm nach ins Meer:

„Preis deinen Engel und sein Gebot,
Hier sieh mich, treu dir bis zum Tod!"

— — — Der Vorhang senkt sich, langsam entleert sich das Theater. Martin hat der Dame den Vortritt gelassen, ein Diener hält draußen Abendmantel und Kopftuch für sie bereit.

„Herr Pfarrer Steppenreiter — nicht wahr?" sagt sie, als er mit stummer Verneigung an ihr vorüber will, „darf ich Ihnen einen Platz in meinem Auto anbieten? Mein Schwager hat es mir zur Pflicht gemacht, Sie ihm ins Parkhotel zu bringen."

Sie spricht mit der Gewandtheit der Dame der Welt, aber doch mit mädchenhafter Schüchternheit. Sie muß noch sehr jung sein, auch jetzt kann er nicht viel von ihrem Gesicht und ihrer Gestalt sehen, sie ist zu dicht verhüllt.

In einer lauschigen Ecke des vornehmen Hotelsaales erwarten sie Herr und Frau Fellner, mit ihnen sitzt eine ältere Dame mit sorgfältig frisiertem graumelierten Haar und noch frischen Farben in dem fein geschnittenen Antlitz an dem gedeckten Tische: Frau Wedekind, die Mutter der beiden Damen. Herr Fellner ist seiner Schwägerin beim Ablegen behilflich, jetzt setzt sie sich an die Seite ihrer Mutter, Martin gegen= über, und aus rosigen Schleiern fällt das Licht der Stehlampe des Tisches auf ihre Erscheinung. Sie ist leicht aufgebaut mit Formen, die etwas Knospendes noch haben, weichen, manchmal ein wenig müden Bewegungen und braunen Augen, in denen sich eine wunderbare Mischung von stiller Schwärmerei mit sonnenhaftem Frohsinn zeigt.

Sie nippt nur von den Speisen, die auf= getragen werden, auch den Wein berührt sie kaum. Aber sie spricht lebhaft, jede Befangen= heit ist von ihr gewichen. Martin hört ihr voller Freude zu, alles, was sie sagt, klingt kindlich und zeugt doch von feinem, manchmal tiefdrin= gendem Verständnis. Der „Holländer" ist ihre Lieblingsoper, sie hört ihn jedesmal, wenigstens einen Akt.

Sie sind die einzigen Gäste im Hotel. Mar= tin, der bis dahin fast gar nicht gesprochen und immer noch den Eindruck dieses unvergeßlichen Abends auf sich hat wirken lassen, setzt sich an den Bechsteinflügel, der dort steht, und spielt,

nur nach dem Gehör, die Motive des großen
Musikdrama — eins nach dem anderen. Ab und
zu singt er einige Hauptstellen dazu, nach der
Erinnerung, mit wenig geschulter, aber schöner,
sonorer Baritonstimme.

Wieder liegt die alte träumende Weltver=
gessenheit über seinem Wesen und Tun. Als
säße er allein in seinem stillen Pfarrhause da=
heim an dem Klavier, das er vom Vater geerbt,
und phantasierte in die Nacht hinaus.

Als er auf seinen Platz zurückkehrt, sieht
er das Auge des jungen Mädchens mit einem
großen, fremden Erstaunen auf sich gerichtet.

„Du solltest etwas genießen, Ursel,
wenigstens von den Früchten," sagt Herr Fellner
und legt ihr einen Pfirsich auf den Teller. Sie
schält ihn langsam und taucht ihn in den Zucker.
Aber nur eine Hälfte ißt sie, die andere läßt
sie unberührt.

„So ist sie immer, wenn sie aus ihrem ‚Hol=
länder' kommt," bemerkt Frau Wedekind ein
wenig verdrießlich zu ihrem Schwiegersohn,
„nein, bitte Otto, schenke ihr nicht so viel Cham=
pagner ein, dann schreit sie wieder in der Nacht."

„Aber ich schreie doch nicht, Mama," sagt
das junge Mädchen mit abwehrendem Lächeln.

„Davon weiß sie nie nachher. Mit großen,
aufgerissenen Augen sitzt sie aufrecht in ihrem

Bette und schreit herzzerbrechend. Und wenn man sie weckt, dann lacht sie, daß man nicht mehr einschlafen kann."

„Du siehst also, daß es so tragisch nicht ist."

„Aber es erschreckt mich jedesmal und bringt uns beide um die Ruhe."

„Du wandelst ja auch in der Nacht, nicht wahr Ursel?" neckt ihre Schwester.

„Und singe dabei die schönsten Sachen, wie ich's im Wachen nie fertig bekäme."

„Und am liebsten Sentas Ballade."

„Mama erzählt es. Dabei kann ich sie nicht einmal auswendig, und wenn ich sie Euch jetzt zum besten gäbe, würdet ihr hinauslaufen, und der Herr Pfarrer zu allererst."

„Aber beim Nachtwandeln singt sie sie wunderbar schön."

„Schade, daß ich sie da nicht einmal hören kann," scherzt ihr Schwager. Sie aber wendet sich zu Martin: „Haben Sie schon einmal eine gute Senta gehört, Herr Pastor?"

„Ich hörte den ‚Holländer' heute zum ersten Male."

„Und ich schon so oft, und immer sah ich einen guten Holländer und einen vorzüglichen Erik. Aber niemals eine Senta, wie ich sie mir denke."

„Sie verkörpert die Erlösung, die nur von der Reinheit ausgehen kann," gibt er zurück, „und solche Schlichtheitt ist wohl nicht immer die Sache einer gefeierten Primadonna."

„Ganz recht, so mag es sein; deshalb kann ich sie auch nur träumen. Wie ich das Schönste und Beste des Lebens immer nur träumen kann."

Herr Fellner, der als praktischer Geschäftsmann für das Theater wenig Sinn und Zeit hat, unterbricht sie und beginnt mit Martin eine Unterhaltung über realere Dinge, er erzählt ihm von Mannheims Industrie, von seiner Arbeit, von seiner einzigen Erholung auf der Jagd, die er unmittelbar an seine Fabrik anstoßend gepachtet habe, und der er fast täglich auf zwei Mittagsstunden obliege.

Es ist Mitternacht, als man aufbricht. Das Auto ist nach Hause geschickt, man will den erfrischenden Heimweg zu Fuß machen.

Auf den Straßen liegt das Mondlicht und hüllt sie in silberne Schleier. Buntschillernde Bänder ziehen sich über die Häuser und die Monumente, die glänzend wie bläulich blankes Silber aus der Dämmerung hervortreten. Schwarz und schwerragend heben sich die Bäume des Parks ab von der fließenden, flimmernden Mondeshelle. Die Luft ist feucht und würzig, und von den Anlagen jenseits des Wasserturmes strömt eine Welle starken, heißen Blumenduftes hinüber.

Martin geht an Ursulas Seite. Sowie sie die anderen ein wenig hinter sich gelassen, stellt er eine Frage an sie, die ihm den ganzen Abend auf den Lippen gelegen: warum sie ihn mit so großem fremden Erstaunen angesehen, als er vom Flügel auf seinen Platz zurückkehrte?

„Weil Sie ein Pastor sind," antwortete sie schlicht.

„Und das erscheint Ihnen so wunderbar?"

„Ja," erwidert sie, „unbegreiflich beinahe."

„Weshalb?"

„Weil ich mir einen solchen Pastor nie habe vorstellen können, einen, der spielt und singt und fröhlich ist — und in die Oper geht. Und ins Parkhotel."

„Warum soll denn ein Pfarrer nicht fröhlich sein?"

„Weil er immer mit so ernsten Dingen zu tun hat, mit Kranken und Unglücklichen und mit Begräbnissen. Und weil er so strenge Sachen predigt: daß wir die Welt nicht lieb haben sollen und was in der Welt ist."

„Aber das Große und Edle in ihr dürfen wir lieben."

„Auch das nicht. Als ich zum Konfirmandenunterricht ging und die Mutter mich eines Tages mit in den „Fidelio" nahm, war mein Prediger sehr böse darüber."

„Dann hatten Sie einen sehr strengdenkenden Pfarrer."

„Er ist alt und schneeweiß. Und sieht aus, gerade wie ich mir die Propheten denke: Elias und Jesaias und wie sie heißen. Und er spricht genau, wie sie gesprochen haben werden: sehr ernst und traurig. Aber auch wieder gütig und versöhnend."

„Sie haben ihn gerne —?"

„Gerne haben?" Sie lächelt. „Ich verehre ihn und fürchte ihn, denn er ist groß und gut. Aber die Welt und die Menschen, die nicht in die Kirche gehen, kennt er nicht. Ich glaube auch nicht, daß er je eine Sünde getan — eine bewußte auf keinen Fall."

Wieder lächelt sie und fügt hinzu: „Sie könnte ich nie verehren und nie fürchten, auch wenn Sie noch so alt und ich Ihre Konfirmandin wäre. Sie sind ja gerade so wie jeder andere Mensch."

„Soll denn ein Geistlicher nicht auch Mensch sein?"

Einen Augenblick denkt sie nach. „Gewiß. Aber doch nicht genau so wie die anderen."

„Sie kennen sonst wenige Prediger?"

„Gar keinen. Mein Schwager geht nie in

die Kirche und meine Schwester auch nicht. Wir haben so viel gelacht, daß gerade er einen Herrn Geistlichen ins Haus bekam. Freilich wir haben ihn uns ganz anders gedacht —"

„Aber Ihre Frau Mutter und Sie?"

„Wir sind die fünf Jahre, seitdem ich eingesegnet bin, regelmäßig zur Beichte gegangen. Und dann kommt immer Herr Oberpfarrer Wilhelmi nachher zu uns. Die Mutter ruft mich hinein. Und wir sprechen nur von der Kirche und heiligen Dingen. Und er ermahnt mich — — Sie haben heute den ganzen Abend nicht ein Wort von der Religion geredet. Und meine Schwester sagt, zu Hause hätten Sie es auch nie getan, weder gestern noch heute zu Mittag."

„Ich tue es auch nicht so leicht."

„Warum denn nicht?"

„Würden Sie gerne und oft von dem sprechen, was Ihnen das Heiligste ist? Würden Sie es tun Menschen gegenüber, bei denen Sie kein Verständnis dafür voraussetzen? Vielleicht nicht einmal die geringste Liebe?"

Wieder ein nachdenklicher Zug in dem hübschen Gesichte. „Nein, ich würde es nie tun," erwidert sie dann entschlossen und sieht ihn an, als verstehe sie ihn jetzt zum ersten Male. „Aber das Heiligste?" fragt sie dann ein wenig zagend, „noch heiliger als die Kunst, die Sie so lieben?"

„Ja," antwortet er lebhaft. Auch die größte Kunst ist nur ein schwacher Abglanz der Religion. Was wir heute zusammen sahen: das Motiv der Erlösung durch die Reinheit und durch die Treue, welch ein matter Schatten ist es nur gegen jene Erlösung, die unsere Religion uns verkörpert!"

„Aber Sie sind ein Künstler," sagt sie hartnäckig.

„Ein musikalischer Dilettant — so ganz nebenbei. Vor allem bin ich ein Prediger und möchte nichts anderes sein."

Sie läßt nicht von ihrer Meinung. „Dann ist es die Kunst, die Sie so fröhlich macht."

„Ja, aber auch meine Religion macht mich froh. Und mein Amt."

„Das kann ich mir nicht vorstellen. Ein solches Amt könnte mich nicht froh, sondern nur ernst und traurig machen, ich käme aus dem Mitleiden nie heraus mit allen den gebrochenen Menschen."

„Ich will sie aufrichten."

„Dann sind Sie stark und fest. Ich wäre es nicht."

Sie sind dicht vor ihrem Hause angelangt, sie geht langsamer, um die anderen, die weit hinter ihnen geblieben sind, näher kommen zu lassen.

„Wenn Sie morgen abend meinen Vortrag

hören, werden Sie manche Anklänge an unser Gespräch vernehmen, besonders was die Beziehungen von Religion und Kunst betrifft."

„Ich freue mich auf ihn."

Sie reicht ihm die Hand, Herr Fellner schließt das schwere Portal auf, Martin verabschiedet sich von Frau Wedekind. Ein Abend ist für ihn zu Ende mit einer Reihe von Eindrücken, die still durch seine Seele ziehen, während er mit dem Ehepaar in gleichgültigem Gespräch der naheliegenden Villa zugeht.

* * *

In dem Nibelungensaal des Rosengartens brennen die gewaltigen Beleuchtungskörper und werfen ihr Licht auf die satten Holztönungen der Wände, lassen es über die Friesfiguren Siegfrieds und der Walküren im Saale gleiten, die über Lebensgröße zu beiden Seiten der Orgel thronen, und einen es mit der weißgrauen Naturfarbe des gekörnten Mörtelbewurfs zu ruhigem Glanze.

Schon vor Beginn der großen Festversammlung sind sämtliche Plätze besetzt, in den Gängen und an den Seiten stehen die Menschen Kopf an Kopf.

Ein Orgelpräludium von Meisterhand gespielt. Tiefe Weihe senkt sich auf die still sich sammelnden Hörer. Dann beginnt der große Chor die einleitende Motette. Er ist vorbildlich zusammengestellt und sorgfältig gesichtet, die führenden Stimmen sind künstlerisch geschult, der Zusammenklang der gewaltigen Massen brandet wie das Meer, wie ein Hymnus aus der Höhe klingt sein jauchzendes: „Die Himmel rühmen des Ewigen Ehre".

Eine kurze Pause, ein Rednerpult wird auf das Podium gesetzt, der Hauptvortrag des Abends steht auf dem Programm: „Herr Pfarrer Steppenreiter: Religion und Kunst in ihren Beziehungen zueinander."

Ein unbekannter Name, ein homo novus, irgendein Pastor im Norden oder Osten wirkend — wie kam man auf diese Wahl? Gab es im Rheinland oder Westfalen, gab es in Berlin oder Dresden keinen Universitätsprofessor, keinen fachmännischen Redner für dieses Thema: Was wird er sagen? Man tuschelt miteinander, man reckt die Köpfe.

Ursula Wedekind, die an der Seite ihrer Mutter in einer der ersten Reihen Platz genommen, hebt das fragende Auge voller Spannung auf das Podium. Und wieder liegt das helle Erstaunen in ihm. Denn der es jetzt betritt, ist ein ganz anderer als der fröhliche Mann, der gestern im Parkhotel spielte und sang, an dessen Seite sie durch die mondbeschienenen Straßen ging.

Aus dem enganliegenden, oben geschlossenen, schwarzen Rock wächst der sehnige, etwas magere Hals mit dem markanten Kopfe, der breiten, ein wenig gewölbten Stirne, den tiefliegenden Augen mit dem gesammelten Blicke und dem festen Kinne scharf und stark hervor. Die dunklen Haare schimmern unter dem elektrischen Kerzenglanz in bläulichem Scheine; aber an ihren Schläfen zeigt das unerbittliche Licht bereits das beginnende Ergrauen. Um seinen Mund ist jener beinahe harte Zug gegraben, wie er denen leicht eignet, die viel zu reden haben.

Martin ist an eine sehr große Kirche gewöhnt.

Aber diese unübersehbare Menschenmenge in einem Saale ist ihm etwas Neues, sie scheint ihn zu verwirren, er spricht erst zagend und stockend, er blickt mehrere Male in das Manuskript, das vor ihm liegt. Dann wird das Wort fester und sicherer, der Vortrag wächst, eigene Wärme fängt an zu leuchten und andere zu entzünden.

Mit feinem Geschicke weiß er sofort Fäden zwischen sich und all den Unbekannten ihm gegenüber zu spinnen, indem er von der gestrigen

„Holländer"-Aufführung in ihrer Stadt ausgeht, die ihm zum unauslöschlichen Lebenseindruck geworden; von ihr aus kommt er ungesucht und ungezwungen auf sein Thema. Er entwickelt den Begriff der Kunst, insbesondere der Musik, er spricht von ihr nicht wie ein Fremder, sondern wie einer, der vertrautes Gastrecht in ihrem Reiche genießt, und der dennoch, ein Empfangender, von ferne steht, denn ihres Wesens Tiefe ist Offenbarung. Aber es gibt eine noch höhere Offenbarung, fährt er fort, eine Krone über aller Musik und aller Kunst. Sie heißt Religion. Er zeigt, wie der religiöse Keim in jedem Menschen ruht, gerade so wie der künstlerische, viele wissen es nur nicht; nun läßt er mit bewegendem Worte manche lange nicht gehörte Saite im Innern seiner Zuhörer anklingen, er behandelt das ausgiebige Thema nicht nur nach der ästhetischen Richtung, er weiß das Psychische in ihm zur Geltung zu bringen, ohne jede Aufdringlichkeit greift er in die Tiefe der Seele.

Als er schließt, ist es still und feiernd, wie in einer Kirche. Kein Wort, keine Regung des Beifalls; nur als er das Podium verläßt, viele Hände, die sich warm und dankend ihm entgegenstrecken. Er hat diese Menschen, die ihm fremd waren bis zu dieser Stunde wie er ihnen, da gefaßt, wo sie sterblich sind: in dem unbewußten

Suchen und Sehnen ihres Herzens, — er ist ihnen kein Unbekannter mehr.

Nach dem Vortrag bleibt man in den kleinen Nebensälen zusammen. An der Seite eines jungen Vetters, der bereits der Leiter eines großen kaufmännischen Betriebes ist, sitzt Ursula.

„Wer sind Sie heute, wenn ich fragen darf?" ruft sie zu Martin hinüber. „Zwei Menschen habe ich bis jetzt in Ihnen kennen gelernt. Kommt heute abend vielleicht ein dritter hinzu? Dann bitte ich um gütige Vorstellung."

Sie hat in neckendem Tone gesprochen. Aber ihn berühren ihre Worte wunderbar und nicht angenehm. Eine andere, an die er inmitten all dieses Festtrubels, dieses neuen Erfolges oft denken muß, hat erst vor kurzem etwas ähnliches zu ihm gesagt. Er wird nachdenklich. Ist er sich bis jetzt nicht immer ganz einheitlich erschienen? Sind ihm alle die Phasen, durch die sein innerer Mensch in dieser letzten Zeit hindurchging, je etwas anderes gewesen als die verschiedenen Ausstrahlungen eines und desselben Wesens? Schlummert vielleicht, ihm selber noch verborgen, etwas Neues in der Tiefe seiner Seele, das sich, allmählich wachsend, die Bahn bricht? In diesen letzten Wochen und Monaten sind ihm manches Mal Gedanken und Empfindungen gekommen, die er, kaum daß sie an die Schwelle

seines Bewußtseins getreten, mit aller Kraft zu=
rückgewiesen. Er will es auch jetzt tun. Aber er
fühlt, wie er ernster und in sich gekehrter wird
inmitten der hellen Lustigkeit, die ihn hier um=
gibt. Sein Gegenüber scheint es zu merken, er
spürt dann und wann Ursulas vorsichtig beob=
achtenden Blick.

„Der dritte Mensch scheint sich zu ent=
wickeln," sagt sie halb scherzend, aber auch mit
einem gewissen Anflug von Ernst. „Vielleicht
wird es erst der wahre."

„Es ist möglich," gibt er ebenso zurück, „aber
vielleicht findet dieser dritte und wahre Mensch
keine Gnade mehr vor Ihren Augen."

„Es käme auf eine Probe an."

Sie fragt ihn nach einer Stelle aus seinem
Vortrage, die ihr nicht ganz klar geworden. Er
ist froh, seinen Gedanken entrissen zu sein und
geht eifrig auf ein Thema ein, dessen Behandlung
ihm in seiner augenblicklichen Gemütsstimmung
willkommen ist. Er spricht sehr ernst, er vergißt
die Menschen um sich her und ist allein mit ihr
und mit seinen Gedanken.

Aber nun hält sie ihm nicht mehr stand. Sie
hat die Frage, die ihr auf dem Herzen lag, auf=
geworfen, er hat sie in klärender Weise beant=
wortet, ihr ist Genüge getan. Nun will sie von
anderen, fröhlichen Dingen reden.

Als sie bei ihm keinen rechten Widerhall findet, wendet sie sich ihrem Nachbar zu. Sie sprechen von ihren Sommerreisen und von dem Winter, den sie gleich nach Weihnachten mit ihrer Mutter in St. Moritz zubringen will, wie sie es schon im vorigen Jahre getan. Sie ist begeisterte Anhängerin des Eissportes, auch von den Bällen und gesellschaftlichen Veranstaltungen dort erzählt sie mit Entzücken. Blühende Farben steigen in ihr hübsches Gesichtchen, das helle Oberlicht fällt auf ihre blonden Haare, die sie schlicht und echt, nicht nach der Mode des Tages trägt, es gleitet über ihre feine Haut, in der eine leise Spur von Gold ist. Ab und zu späht ihr Auge zu Martin hinüber, fragend, neugierig beinahe. Sie hat eine eigentümliche Gewohnheit: mitten in der lebhaften Unterhaltung schließt sie das linke Auge zu, dann leuchtet das rechte in doppeltem Glanze. Oder sie kneift auch beide zu, daß die Augen wie schmale Streifen unter den dunklen Wimpern schillern. Wenn sie so unbefangen plaudert und herzlich lacht, erscheint sie wie das rechte Kind der Welt, voll von der Frische des quellenden Lebens. Dann wieder liegt eine nachdenkliche Traurigkeit auf ihren Zügen, und das Lachen ihrer Stimme scheint mit Tränen zu kämpfen.

„Sie wollen morgen nachmittag schon fort?"

ruft Herr Fellner zu Martin herüber. Und als
er bejaht: „Aber des Abends ist doch das große
Festessen —"

„Das mich wenig reizt."

„Ich bin ganz Ihrer Meinung; wer diese
Festessen kennt mit ihren endlosen Gängen und
Reden, meidet sie. Aber fort dürfen Sie noch
nicht, daran ist kein Gedanke. Ich mache einen
Vorschlag. Während sie hier tafeln und toasten,
setzen wir uns aufs Auto und fahren nach Heidel=
berg, in Weinheim essen wir dann zum Abend —
Sie kennen Heidelberg noch gar nicht? Nun, da=
mit ist die Sache ja erledigt."

* * *

Herr Fellner führt sein Auto wieder selber.
Es liegt eine Fülle jungmännlicher Kraft in
dieser sehnigen Gestalt, alles an ihr erscheint
Wille. Auch in dem Gesichte, in das sehr frühe
und sehr scharfe Furchen gegraben sind, tritt der
energische Zug hervor, besonders wenn er am
Steuer des Autos sitzt und jede Muskel in ihm
gespannt ist. Die eben noch in hellem Grün leuch=
tende Iris seiner Augen ist mit einem Male grau
und stumpf, er ist der Typ des stets kalkulieren=
den Großindustriellen.

Neben ihm sitzt der Chauffeur, im Fond
haben auf dem roten Lederpolster seine Frau und

Schwägerin mit Martin Platz genommen. Drei
andere Autos folgen, die Fellners sind eine aus=
gebreitete Familie in Mannheim und halten fest
zusammen, auch ihre Vergnügungen unterneh=
men sie gern gemeinsam.

Sowie man die Stadt verlassen und die
Chaussee erreicht hat, schaltet Herr Fellner volle
Kraft ein, das Auto saust dahin, als jagten es
die Dämonen der Luft, die Bäume und Telegra=
phenstangen tanzen und fliegen an ihnen vor=
über.

Frau Fellner ist dieses forcierte Tempo un=
behaglich. Aber ihr Einfluß versagt hier. Sie
nimmt Ursulas Arm, diese legt den ihren in
Martins, so stützen sie sich gegen die Schwankun=
gen und Stöße der rasenden Fahrt. Ein Ge=
spräch läßt sie nicht aufkommen, aber ein wunder=
bares Empfinden durchzuckt Martin bei dieser
steten, nahen Berührung mit dem reizenden Ge=
schöpf an seiner Seite, ihm ist, als fühle er ihr
warmes junges Blut an seinem Arme pochen und
fließen. Warum ist er nicht zehn Jahre jünger?
Heute empfindet er zum ersten Male sein Alter
als etwas Hemmendes.

Herr Fellner hebt die Hand und weist gerade
aus. Vor ihnen liegt Heidelberg in sonnengol=
dener Abendstimmung und träumerisch ver=

schwommenen Linien, die manchmal dunkelblau, dann wieder, mehr dem Horizonte zu, in mattem Rosa schimmern. Und aus dem leuchtenden Far=
benmeer ragen die Türme hervor, und hoch über ihnen empor reckt sich in trutziger Einsamkeit die Schloßruine.

Das Auto hat seine Eile gemäßigt, sie fahren am Bahnhof vorüber, die Leopoldstraße entlang, den Weg zum Schlosse empor, dann steigen sie aus. Martin geht an Frau Fellners Seite; sie ist eine temperamentvolle Frau, deren sorgenloses Dasein kein Hauch von den Kämpfen und Mühen ihres Gatten getrübt hat, die lustvoll in das Leben noch hineinplaudern und hinein=
lachen kann wie ein junges Mädchen.

Aber er ist in dieser Stunde kein sehr auf=
merksamer Zuhörer. Durch herbstlich duftende Blumenanlagen sind sie in sanfter Steigung zum Schloß emporgelangt, und das Bild, dem er sich jetzt gegenüber sieht, von dem er soviel gelesen und gehört, das er aber zum ersten Male mit seinen Augen erblickt, nimmt seine ganze Seele gefangen. Immer wieder muß er auf diese Welt von Ruinen schauen, auf diese klaffenden Wun=
den und Narben, welche die Wetter und Stürme von Jahrhunderten ihr geschlagen, und die heilend nun der durchsonnte Efeu deckt, indes der sinkende Tag ihr mit seinen letzten Strahlen eine

Märthrerkrone aus tausend funkelnden Steinen um das geschlagene Haupt flicht.

Aber solche Eindrücke kann er nur schweigend genießen, und Frau Fellners lebhafte Art liebt es, fortwährend zu erklären:

„Sehen Sie dort den großen Burggraben? Da lustwandelten einst Löwen, die Kurfürsten zähmten sie als ihre Wappentiere. Und dort — nein, mehr nach links und viel höher hinauf — der gesprengte Turm mit der vorspringenden Plattform, aus dessen Ritzen die Blumen sprießen, da empfing in tiefer Nachtstunde die Kurfürstin Melchtilde ihren Pagen Blondfink, der so schön zur Laute sang. Und als sie einmal im stillen Mondlicht zusammenwandelten, überraschte sie der Fürst und stürzte den Pagen in die Tiefe, und seine schöne Gattin mauerte er in jenes Verlies dort oben im alten Ruprechts=bau ein —"

Und nun mit einemmal mit veränderter Stimme, durch die bei allem Scherz eine leise Er=regung zittert: „Und doch haben die beiden das Beste vom Leben genossen. Denn was ist aller Reichtum und alle Behaglichkeit, in der man groß geworden, als könnte es nie anders sein? Es gibt nur ein Glück: jung sein und liebefähig und irgendwo, gleichviel in welcher Gegend und in welchem Stande der Welt eine Seele wissen,

die uns lieb hat. Und sie wieder lieben in Ge=
fahr und Not und Entbehrung, und eines Tages
in ihren Armen sein Leben lassen, wie dieser
Page Blondfink —"

„Aber Amely, was erzählst du dem Herrn
Pastor für Räubergeschichten?"

Ursula steht neben ihnen, heiterer Spott
schürzt ihre Lippen, aus den fröhlichen Augen
gleitet ein Blick über die Schwester, die ärger=
lich errötet. „Bist du überall, Ursel? Ich sah
dich doch eben noch am Brückenhaus an Fritzens
Seite. Und ich verbitte mir deine naseweise Kritik
an meiner Erzählung, sie ist verbrieft und ver=
bürgt, mein Schatz."

„In deinem Gehirn, Liebste! Sie hat eine
rege Phantasie, Herr Pastor, und erzählt ihre
Märchen so oft und mit solcher Freude, daß sie
selber schließlich fest daran glaubt. Der Page
Blondfink ist ihr ausgesprochener Liebling, ich
fürchte, sie bestellt ihn manchmal selber zu einem
heimlichen Rendezvous, wenn sie ihre einsamen
Morgenspaziergänge hier macht. Aber einge=
mauert zu werden, wie die schöne Kurfürstin
für ihre Liebe, glaube ich, gehörte doch nicht ganz
zu ihrer Passion, obwohl sie manchmal so tut.

„Ich bin eingemauert mein ganzes Leben
lang."

"Jawohl, in einem goldenen Käfig — nicht wahr, das wollteſt du doch ſagen? In dem ſie ſich aber im Grunde ihres Herzens recht wohl fühlt, glauben Sie mir, Herr Steppenreiter."

Die übrige Geſellſchaft kommt näher, Frau Fellner reicht ihrer Mutter den Arm, die der Aufſtieg angegriffen hat. Martin geht an Urſulas Seite. Der ſtille Zauber der Umgebung ſpricht zu ihm, und alles, was er in dieſen Tagen erlebt hat, wird ihm zum Gedicht, aus lauter Traum und Glück hineingewebt in die arme Welt des Alltags und der Plage. Auch ſeine Gefährtin geht ſtumm und in ſich gekehrt.

"Warum ſprechen Sie denn heute gar nicht?" kann er ſich nicht enthalten zu fragen.

"Weil ich ſehr gut gemerkt habe, daß Sie lieber ohne Worte genießen. Sie zuckten einmal ja förmlich zuſammen, als Sie in die Betrachtung des Schloſſes verſunken waren und meine Schweſter Ihnen eine ihrer Geſchichten erzählte."

"Aber Sie, Sie können reden, führen Sie mich doch bitte!"

"Mit großer Freude, kommen Sie!"

Sie eilt ihm ſo ſchnell voraus, daß er Mühe hat, zu folgen. Und als er ſie vor ſich ſo dahinwandeln ſieht, erſcheint ſie ihm als die Verkörpe=

rung alles Lieblichen und Schönen auf der Welt. Es liegt soviel Jugendkraft und Gesundheit in der schlanken Fülle ihrer Gestalt, in dem sicheren, festen Gang.

Sie spricht immer noch nicht viel, aber sie zeigt ihm alles, wie es der kundigste Führer nicht besser tun könnte. Er merkt, ein wie geübtes Auge sie für die Schönheiten des Stils und der Ornamentik hat, mit wie ungekünstelter Begeisterung ihr Herz an diesem Juwel ihrer Heimat hängt.

Die Sonne sinkt tiefer, der rote Sandstein der Fassade glüht wie ein heiliges Feuer, das Abendrot zündet langsam die ersten Fackeln an. Und der Widerschein all dieses stillen Leuchtens und Glimmens schwimmt unten auf den Fluten des Neckar, die so langsam, so träumerisch träge rauschen, als fürchten sie, der Glut und Pracht dieses Herbstabends zu schnell zu enteilen.

Es ist leer geworden auf den Gängen und Promenaden, auch die anderen sind nicht mehr zu sehen. Von der Stadt her läuten einige Glocken, ein Vogel, dem der Abend zu herrlich erscheint, um ihn zu verschlafen, singt leise und weich aus den Bäumen des alten Burggrabens heraus, die sich schwer und schwarz aus der rosig flimmernden Abendstimmung heben.

„Und morgen in aller Frühe geht mein Zug," sagt er, „und führt mich fort aus diesem Zauberlande in den ernsten, nüchternen Norden. Und wenn ich in aller Arbeit daheim erwache, dann werde ich mich an die Stirn fassen und fragen: ob dies alles hier ein wirkliches Erlebnis gewesen oder ein Traum, und ob Sie —"

„So ein Kobold sind aus dem Neckartale oder ein Schloßgeist von der dämmernden Ruine da drüben, vielleicht Blondfinks nachtwandelnder Geist, der keine Ruhe findet, und hochehrwürdige Leute nasführt."

Sie hat es in heiterem Scherz gesprochen, mit einem Male wird sie ernst, ihr Auge, das eine Sekunde auf seinem Antlitz ruht, ist voller Fragen.

„Ich habe gut lachen," sagt sie langsam, „und vielleicht wird es mir gerade so gehen wie Ihnen, wenn ich morgen, hoffentlich nicht zu früh, aufwache."

„Ihnen ist dies alles, was ich zum ersten Male sehe, etwas Altgewohntes."

„Aber heute war es mir etwas Neues — ganz etwas Neues. Ich sah vieles, das ich sonst nie gesehen. Ich bin vielleicht noch nie an einem so späten Abend hier gewesen. — Oder Sie waren schuld."

„Ich?"

„Ja, Sie," fährt sie lebhaft fort, „jetzt weiß ich es genau. Sie mit den zwei Menschen, die in Ihnen umhergehen — aber nein, ich weiß, Sie mögen das nicht hören, und ich tue Ihnen weh, verzeihen Sie mir."

Er sieht sie mit leisem Erstaunen an. Woher hat dies Kind das feine Gefühl für alles, was ihm nicht angenehm ist, diese stille Anpassung an sein Wesen und Denken?"

„Nein, Sie dürfen kein so ernstes Gesicht machen, das alles liegt ja nur an mir. Sie waren mir etwas so ganz Neues, ich sagte Ihnen ja schon, daß ich mir die Pfarrer, auch die jungen, so ganz anders vorgestellt hatte. Und daß es — nein, das darf ich wieder nicht sagen. Aber einen großen Wunsch habe ich noch —"

„Welchen?"

„Ich möchte einmal Ihre schöne Kirche sehen, von der Sie mir gestern erzählten, die so groß sein soll wie unser Kölner Dom, mit den alten Spitzbogenfenstern und den vielen Kapellen und den Heiligenbildern und den hohen Säulen, die wie Marmor funkeln. Und vollends das alte Kruzifix in der dunklen Nische möchte ich sehen, von dem Sie mir gestern erzählten: daß der alte Bildhauer den treulosen Bräutigam

seiner Tochter an das Kreuz genagelt, um ein
gutes Modell zu haben. Und dann — —"

Sie hält inne und wird einen Schein blasser.
"Dann möchte ich Sie sehen inmitten der alten
Kirche im Talar auf der Kanzel. Und die Men=
schen scharen sich um Sie in dichten Haufen. Und
Sie predigen ihnen Kraft und Freude, daß sie
wieder froh werden und frei von ihren Lasten.
Und wenn ich Sie dann höre, — vielleicht werde
ich auch etwas anders."

Es liegt soviel Kindliches in ihrer Art zu
sprechen, und doch kommen die Worte langsam
und zögernd und schwer von den blühenden
Lippen.

"So ein wenig tiefer und innerlicher," fährt
sie mit gesenkter Stimme fort, "wie ich es früher
einmal war — nicht ganz so in der Welt auf=
gehend und ihren Freuden, die mir meine
Mutter nicht reich genug bescheren kann, und die
ich gern habe und nicht missen möchte. Aber
manchmal — so im Zusammensein mit Ihnen
und an einem Abend wie diesem, dann fühle ich
es, wie sie im letzten Grunde doch leer lassen, wie
es etwas Größeres und Schöneres geben müßte.
— Sie gehen zurück an Ihre Arbeit und haben
Ihre Pflicht, und ich — aber nein, nein, diese
letzte schöne Stunde wollen wir uns nicht durch
Grillen trüben — sehen Sie nur!"

Auf leisen Füßen ist die Nacht gekommen, feierndes Schweigen ist um sie, selbst der Wind hält seinen Atem an, die Luft ist klar und blank, und der Mond steigt aus den Hügeln empor und blickt mit großen, hellen Augen auf die Welt, die wie ein verschleiertes Geheimnis vor ihnen liegt. Sie stehen in schweigender Andacht; erst nach längerer Pause nimmt er das Gespräch wieder auf: "Wenn Sie unsere alte Kirchen sehen wollen, dann müssen Sie einmal Ihren Reisen eine andere Richtung geben und statt zum Süden zu uns in den Norden kommen."

"Ich fürchte," erwidert sie leise, "ich passe nicht zu Ihnen da in den hohen Norden."

"Warum nicht?"

"Ein unbestimmtes Gefühl sagt es mir. Wir Pfälzer sind so ganz andere Menschen, unsere Schultern sind elastischer, wir tragen das Leben leicht und sicher, über das die Leute da oben grübeln und es sich schwer machen, wie ich es auch an Ihnen beobachtet habe — gestern abend erst, als Sie in unsere harmlose Lustigkeit gar nicht einstimmen wollten — ja, ein norddeutscher Grübler sind Sie auch."

"Aber Sie haben eben erst —"

"Nein, nein," unterbricht sie ihn, und die lustige Lebhaftigkeit sprüht wieder durch ihre

Stimme, „das dürfen Sie so ernst und tragisch nicht nehmen. Das sind Augenblicksstimmungen, an denen dieser Abend wieder schuld ist und Sie. Im ganzen bin ich recht zufrieden mit meinem Lose und tausche mit keiner Fürstin und Königin, auch mit der nicht, die mit Blondfink hier im Mondenscheine lustwandelte und dafür starb. Und das Grübeln kann ich ganz und gar nicht leiden."

„Dann werden wir uns also nicht wiedersehen?"

„— — Nicht wiedersehen — nie?"

Sie blickt ihn erschreckt an, ein tiefer Glanz bricht aus ihren Augen, als habe sich ihre Seele gelöst aus ihrer körperlichen Hülle und teile ihm ihre tiefste Bewegung mit. Und in der zitternden Stimme klingt das Pochen ihres Herzens wieder. Er merkt es, seine Hand greift nach der ihren. —

„Ursel!" tönt es da über die Terrasse. Frau Fellner sieht bestürzt erst ihre Schwester an, die ihr Erröten nicht zu verbergen weiß, dann ihren Begleiter, sie errät sofort, faßt sich und sagt:

„Mama hat der Aufstieg doch ein wenig mitgenommen, sie will mit ihrem Auto nach Hause, du wirst sie nicht allein lassen können, der Herr Pfarrer fährt mit uns zum Essen nach Weinheim."

Sie spricht es mit der Ruhe und Sicherheit der Dame der Welt, die ihren Entschluß zu fassen weiß, die tändelnde, scherzende Frau von vorher ist nicht wiederzuerkennen. Unbefangen und ohne die geringste Absicht fühlen zu lassen, nimmt sie den Arm der Schwester. Doch sie läßt ihn nicht mehr.

Mit einem stummen Händedruck trennen sich die beiden. Aber als Ursula in das geschlossene Coupé zu ihrer Mutter einsteigt und das Auto sie ihm wie ein fauchendes Raubtier entführt, da krampft sich einen Augenblick sein Herz zusammen. Jetzt weiß er, daß der schöne, kurze Traum zu Ende geträumt ist.

„Wir wollen unsere Forellen nicht kalt werden lassen, Sie lieben sie doch, Herr Pfarrer? So vorzügliche wie in Weinheim werden Sie noch nicht gegessen haben."

* * *

In der Frühe des nächsten Morgens fuhr Martin nach Mainz und begab sich dort aufs Schiff.

Er war noch nie den Rhein entlang gefahren. So viel hatte er von seinen Burgen und Tälern voller Wein und Sonne gehört, sich so auf ihre Bekanntschaft gefreut! Und die Sonne schien über die Berge und Hügel, und der Wein glühte in den goldenen, reifen Trauben, aber wenn seine Augen über sie hinwegschauten, weilte seine gefesselte Seele ganz wo anders.

Mit Singen und Schalmeien zogen tausend Lieder durch seine Brust, die Geister des Neckar riefen und lockten, und aus der dunklen Tiefe hob sich die Sehnsucht und breitete die Schwingen über die Wasser.

Schneller als er sich vorgenommen, hatte er seine Rheinfahrt beendet. Da ihm noch einige Urlaubstage blieben, beschloß er sie in Köln zu verleben. Den Abend wäre er gern ins Theater gegangen, aber da war der „Fliegende Holländer". Den konnte er nie wieder sehen, der Mannheimer Eindruck durfte nicht verlöscht werden.

Langsam schlenderte er durch die Straßen, ein Gefühl der Verlassenheit überkam ihn in der großen Stadt, in dem Gewühl der Menschen, von denen er nicht einen einzigen kannte. Ein milchig=grauer Nebel lag auf dem Pflaster und stieg langsam höher, es war feucht und zugig, ihn fröstelte in dem dünnen Sommermantel. Der Herbst, den er bis jetzt nur in seiner Glorie und Schönheit kennengelernt, zeigte plötzlich sein unwirsches Gesicht.

Er kehrte in das Café Bauer ein, um

etwas Wärmendes zu trinken, der Kellner reichte ihm die Kölnische Fremdenliste. „Konsul Robinson," las er, „und Frau Gemahlin."

Er hatte sich nie zu dem Manne hingezogen gefühlt. Nicht der Gerüchte wegen, die über ihn im Gange waren, denn die hielt er für gesellschaftlichen Klatsch; aber es war manches andere, das zwischen ihnen stand, vor allem das erste Gespräch an jenem Abend bei Reichenbachs. Doch hier in der Fremde, an diesem trüben, öden Abend mit dem fallenden Nebel und der drückenden Einsamkeit war es ihm nicht unangenehm, auf einen bekannten Namen zu stoßen. Und dann hatte Frau Robinson, die stattliche Blondine mit dem lachenden Frohsinn und den sonnigen Kinderaugen, stets eine stille Anziehung auf ihn geübt. Sie war die erste Kraft seines Kirchenchors, und er wußte, daß sie ihn gerne in ihrem geselligen Hause hätte verkehren sehen. Die Aussicht, diesen müßigen Abend mit ihr zu verbringen, erschien ihm jetzt beinahe verlockend. Er begab sich in das Hotel, in dem sie abgestiegen waren.

„Die Herrschaften sind ins Theater gefahren. Aber das dauert heute nicht lange. Und nach dem Schlusse werden die Herrschaften hier zur Nacht speisen, sie haben telephonisch bestellt, dort in der Nische drüben —"

Martin schenkte sich eben das letzte Glas von dem vorzüglichen Rheinwein ein, den er sich hatte auftragen lassen, als sich die große Glastür des Speisesaales öffnete und er durch einen ihm gegenüberhängenden Spiegel die geschmeidige Gestalt und das vergnügte Gesicht von Herrn Robinson erkannte. Aber die hochgewachsene Dame, die im eleganten Reformgesellschaftskleide an seiner Seite ging — täuschen ihm die Spiegel dort ein Blendwerk vor — oder? — nein, jeder Irrtum war ausgeschlossen, die Dame, die Herr Robinson jetzt an dem sich verneigenden Oberkellner vorüber in die lauschige Nische an den von Blumen und Kerzen leuchtenden Tisch führte, war nicht seine Frau, es war die Morelli.

„Die Herrschaften sind eben angekommen," beeilte sich der Oberkellner zu melden, „darf ich vielleicht —"

„Kein Wort, auch nicht, daß ich nach den Herrschaften gefragt habe —" Er drückte dem Verduzten ein Trinkgeld in die Hand und verließ ungesehen von den beiden durch eine andere Tür den Saal.

Seine Seele war voller Ekel und Bitternis. Er wußte nicht, wem seine Empörung mehr galt: dieser gleißnerischen Frau, die erst vor kurzem sein Herz durch einen wohlberechneten Komödiantentrick zu gewinnen suchte, oder dem Manne, der das Vertrauen seiner ihm blindlings ergebenen Gattin in so niedriger Weise täuschte.

Aber mehr als gegen diese beiden erhob sich sein heißhabernder Unwille wider die Gesellschaft, die alles das wußte und duldete.

War diese Gesellschaft, so fragte er sich, die äußerlich so streng zu scheiden wußte und über innerliche Gebrechen so gleichgültig und lax zur Tagesordnung überging, das letzte und das endgültige Forum für jede Art von Wertmessung? Baute sie über alle Abgründe von Sein und Schein ihre leichten, bequemen Brücken, die jede Grenze verwischten?

Und er, der selber heimisch geworden in dieser Gesellschaft, der zu ihrem sittlichen und religiösen Führer berufen, dessen Aufgabe es war, Recht und Unrecht bei ihrem Namen zu nennen, blieb auch ihm zuletzt nichts übrig, als die Augen zuzudrücken, wo er nichts ändern konnte? ja, mit lächelndem Munde und gefälligem Worte an dem falschen und ungerechten Spiele sich zu beteiligen, das man rings um ihn trieb — genau so wie die anderen? Auch jetzt noch, wo er ein Wissender geworden war? Fürchtete er die ungeheuren Konsequenzen, die ein offenes Wort von ihm hervorrufen würde? Fehlte ihm der Mut? —

Er wußte vorläufig keine Antwort auf diese Fragen. Aber frei ließen sie ihn nicht mehr. Es war ein dunkler Abschluß, der in lauter Licht begonnenen Reise.

Zweites Buch

8. Kapitel.

Superintendent Bodenburg reichte seinem Besucher die Kiste starker Zigarren, die er zu rauchen pflegte.

„Ich danke Ihnen für Ihre gütige Nachfrage, lieber Herr Bruder," sagte er mit sehr gedrückter Stimme, „aber es steht nicht gut mit meiner Frau. Sie kann sich von ihrem letzten Anfalle nicht erholen, und der Arzt eröffnete mir eben, daß eine Reise nach dem Süden vielleicht — aber eben nur vielleicht, Sie wissen ja, was ein Arzt in einem solchen Falle zu sagen pflegt."

„Das tut mir von ganzer Seele weh." Keine konventionelle Teilnahme, sondern wirkliche Traurigkeit klang aus Buldes Worten.

„Und nun gar für Sie, Herr Superintendent, erst vor einigen Wochen, kurz vor ihrem letzten schweren Anfall sprach sich Ihre Gemahlin bei uns noch so besorgt über Sie aus, über die vielen Arbeiten und Aufregungen, die Ihr Amt jetzt mit sich brächten. Mit keiner Silbe gedachte sie ihres eigenen Zustandes."

Der Superintendent erhob sich. In den Zügen, die dem Besucher so kühl und ledern, so gar keiner Bewegung fähig erschienen, arbeitete es. „Sie ist von einer unendlichen Güte," sagte er langsam, „wie ich sie nie bei einem anderen Menschen gesehen habe. Auch jetzt auf ihrem schweren Krankenlager kennt sie keine andere Sorge."

„So sollten Sie ihr die Liebe tun und sich ein wenig mehr schonen."

„Wie soll ich das anfangen? Die Zeit, in der wir leben, ist böse, überall bröckelt es. Ich war auf dem Lande glücklich. Hier ist mir manchmal inmitten aller schonungslosen Tätigkeit, als arbeitete ich vergeblich. Kennen Sie es auch, dieses lähmende Empfinden, das einen dann überkommt: daß man auf sehr gefährdetem Posten hier steht — nicht auf verlorenem, ich gebe ihn ganz und gar nicht verloren, ich werde ihn halten bis zum letzten Augenblick —"

„Früher, als ich noch jünger war und auch so voll rastloser Schaffenslust, da quälten mich sehr ähnliche Gedanken. Ich bin nun alt geworden und ruhiger, ich sehe, wie die Sache unseres Gottes auch im stillen wirkt, daß wir für sie wohl arbeiten und uns mühen, aber das Gelingen in seine Hand stellen sollen."

„Ich sage mir ähnliches — aber nur, um

mich selbst zu beruhigen; denn es ist falsch, sage ich Ihnen, grundfalsch. Der Eifer um dein Haus hat mich gefressen! sehen Sie, das ist es. Wer in die Tiefe dieses Wortes nicht eindringt, es sich nicht zur Losung seines Amtes macht, der wird ein müßiger Knecht bleiben im Weinberge seines Herrn, immer, ja immer!"

Ein wehmütig mildes Lächeln glitt über Bulckes Lippen.

„Sie sind sehr hart in Ihrem Urteil."

„Aber gerecht — doch nein, ich wollte Ihnen nicht wehe tun, wirklich nicht. Sie sind von so ganz anderem Schlage, viel weltgeklärter und abwartender als ich. Und — Sie sind hier alt geworden, Sie haben dem Treiben und Rennen jetzt bald über dreißig Jahre zugeschaut und haben — nun, Sie haben eben resigniert, daran liegt es. Mir aber, sehen Sie, wäre die Resignation unmöglich. Ich will nicht zuschauen und dem da oben den Kampfplatz allein überlassen, wirken will ich, solange es Tag ist, und je weniger man mich hört, um so lauter werde ich rufen. Doch ich möchte noch zu meiner Frau hinüber, und Sie hatten ein bestimmtes Anliegen — ach ja, wegen des christlichen Volksabends, den der Gustav-Adolf-Verein zu Luthers Geburtstag veranstalten will. Haben Sie das Programm entworfen?"

„In den Grundlinien ja, genau konnte ich es noch nicht, weil ich die Rückkehr von Pfarrer Steppenreiter dazu abwarten muß."

„Was hat er damit zu tun? Soll er reden? Oder vielleicht musizieren?"

„Nicht er, aber sein Chor, der auf bedeutender Höhe ist und überall starke Anziehungskraft übt. Ich wollte ihn auch um eine gute Solosängerin bitten, vielleicht tut uns Frau Konsul Robinson den Gefallen. Sie hat einen glockenreinen Sopran, das Getragene, vollends das Kirchliche, liegt ihr freilich nicht sehr, aber im zweiten Teile nach dem Hauptvortrag kann sie einige gute weltliche Lieder singen. Wenn ihr Name auf dem Programm steht und Steppenreiters Chor, dann haben wir den großen Saal des Vereinshauses mit Sicherheit gefüllt."

Bodenburg hatte bereits einige Zeit an sich gehalten, jetzt war seine Geduld erschöpft. Er legte dem anderen die starke Hand auf den Arm, als wollte er ihn mit Gewalt zum Aufhören bringen und sagte, indem ein schlecht verborgenes Wetterleuchten über seine hohe Stirn leuchtete:

„Wir geben doch keine Theatervorstellung, mein Lieber. Ich hasse und verachte diese christlichen Abende, die nur der Vergnügungs=

sucht der Leute fröhnden. Eine Dame der Welt weltliche Lieder singen lassen, einen Geistlichen zum Kapellmeister und Klaviervirtuosen machen, nur damit uns die Leute zulaufen — nennen Sie das noch Reichgottesarbeit?"

„Aber es handelt sich doch nur um eine Zugabe. Der Vortrag über Luthers Reformation und ihre Geltung für unser heutiges Leben, sowie Ihre Ansprache, Herr Superintendent, bleiben doch der Kern der Veranstaltung, um das sich das andere wie ein wenig Beiwerk rankt."

„Das andere soll fallen, ganz fallen, es gehört nicht zu uns und unserer Sache."

„Aber die Leute lieben es."

„Dann sollen sie es im Spezialitätentheater suchen."

„Und selbst wenn einer oder der andere nur dieser Zugaben halber kommt, es kann doch ein gutes Samenkörnlein aus Vortrag und Ansprache in sein Herz fallen."

„Mit unlauteren Lockmitteln wollen wir ihn nicht zu uns ziehen, es ist der Kirche nicht würdig."

Pastor Bulcke sah, daß er gegen den hartnäckigen Eiferer nicht ankonnte, er strich die Sängerin, um den Chor durchzusetzen.

„Aber er darf nur Motetten singen und geistliche Gesänge," schärfte der Superintendent ein, „nicht weltliche Lieder, wie er es unter der Leitung des Herrn Pfarrer Steppenreiter in dem großen Wohltätigkeitskonzert damals im Kaiserhof getan, es war mir sehr wider den Strich."

„Er sang zum Schlusse zwei unserer schönsten Volkslieder."

„Schön oder nicht — wir müssen reinlich scheiden und grundsätzlich."

Er merkte, daß er erregt war, er pflegte sonst über amtliche Dinge mit ruhiger Sachlichkeit zu verhandeln. Aber er hatte in den letzten Wochen und Tagen sehr viel durchgemacht.

„Es gefällt mir überhaupt nicht an ihm," fuhr er jetzt mit harter, doch leidenschaftsloser Stimme fort, mehr zu sich als zu seinem Besuche sprechend.

„An wem nicht, Herr Superintendent?"

„An Ihrem Freunde, dem Steppenreiter. Er kam mit so schönen Anlagen hierher, ich versprach mir soviel von ihm, und jetzt ist mir keiner fremder und ferner wie er."

„Er ist ein tüchtiger Mensch, und die ganze Schloßgemeinde geht für ihn durchs Feuer."

„Das ist es gerade, was mir an ihm mißfällt. Ich habe stets einen Argwohn gegen die allgemein beliebten Männer gehabt, besonders wenn sie Pfarrer sind. Er ist auch einer jener

Modernen, die das Widerstrebende verbinden wollen, die den Bund zu schließen suchen zwischen dem alten Gott und einer Menschheit, die sich von ihm abgewandt hat. Er will die harte, aber allein sättigende Speise diesen Leuten verdaulich und genießbar machen durch allerlei zeitgemäße Zutaten und Zugeständnisse, Gottes klares festes Wort will er ihnen näher bringen, indem er es ihren Bedürfnissen, dem Suchen ihrer Tage anpaßt."

„Ist das ein Unrecht?"

„Ja, es ist ein Unrecht. Er ordnet das unter, was zu herrschen berufen ist, setzt an zweite Stelle, was nur an erster gedeihen und wirken kann. Er will den verhängnisvollen Kompromiß zwischen Glauben und Unglauben, will sich und seine Lehre den Menschen anpassen und hinkt so auf beiden Seiten."

„Er ist wahr und aufrichtig, und kein Falsch ist an ihm," sagte Pastor Bulcke mit warmer Entschiedenheit.

„Aber er vergreift sich in den Mitteln, er treibt das Werk der Menschen und nicht Gottes. Er geht auf die Gesellschaften der Feinde unserer Kirche, ißt ihre Leckerbissen und macht sich mit ihnen gemein."

„Auch Christus aß mit den Zöllnern."

„Er hatte seinen heiligen Zweck dabei."

„Wer sagt Ihnen, daß Pastor Steppenreiter keinen Zweck hat?"

„Ich merke nichts von ihm, ich höre nur, wie er sich feiern läßt — es ist gut und vornehm von Ihnen, daß Sie Ihren Amtsbruder verteidigen. Ich aber sehe seinem Tun und Treiben mit Bedenken zu."

„Er ist noch in der Entwickelung begriffen, alles, was ihn hier umgibt, ist ihm etwas Neues. Er wird die Menschen kennen lernen, wird seine Stellung zu ihnen nehmen."

„Er wird erwachen, wenn es zu spät ist. Es gibt hier nur ein Entweder—Oder, ein Drinnen oder Draußen. Wer nicht für mich ist, der ist wider mich. Wir können nicht Gott dienen und zugleich der Gesellschaft, ihrem materiellen und geistigen Luxus, mag er sich Kunst nennen oder wie er will. Alle diese Kompromisse sind vom Übel, sie richten sich und den, der sie schließt."

Ein Mädchen kam: Die Frau Superintendent verlange nach dem Herrn, es stehe schlecht mit ihr.

Als der Superintendent das Krankenzimmer seiner Frau betrat, fand er sie in Tränen aufgelöst. Die Farbe ihres Gesichtes, die bisher bleich gewesen, hatte einen gelblichen, durchsichtigen Ton angenommen, die Stimme, die sich ihm verständ=

lich zu machen suchte, brach bei jedem Worte. Eine tötliche Angst packte ihn; aber er beherrschte sich und ging mit einer fast heiteren Ruhe an ihr Bett.

„Ich hatte solche Sehnsucht nach dir, verzeih, daß ich das Mädchen schickte. Du mußt mir versprechen, Christoph . . . ."

Er setzte sich zu ihr, damit sie sich nicht so anzustrengen brauchte. Mit Mühe las er von ihrem Munde den matten Hauch ihrer Worte, die sich mit ihm und seinem Wohle beschäftigten wie immer. Nur daß sie heute so viel angsterfüllter und eindringlicher sprach.

„Mir ist," rang es sich von ihren blutlosen Lippen, „als ob ich nicht oft mehr mit dir reden werde —"

„Mathilde!"

Die Hand, die sich auf die ihre legte, flog. Aber nur für eine Sekunde, dann hatte er seine Schwäche überwunden.

„Ich werde dir aus der Bibel vorlesen, oder wollen wir beten?"

„Nein, Christoph, nein, ich muß mit dir sprechen — von dir und von den Kindern."

„Laß das, Mathilde, das sind menschliche Sorgen. Nur Gottes Wort kann uns Kraft und Trost verleihen."

„Mir liegt noch manches auf dem Herzen, das du wissen mußt."

„Wir wollen uns dem Einen zuwenden, was ewig ist, alles andere ist nebensächlich."

Sie seufzte tief. „Soviel hätte ich noch —" murmelte sie, ergab sich aber seinem Willen und lehnte sich in die Kissen zurück.

Er nahm die Bibel und las. Die Trost= psalmen las er, einen nach dem anderen, ganz ruhig, mit lauter, klarer Stimme, ohne je von dem Buche aufzusehen. Mit einem Male hielt er inne.

Hörte sie ihn nicht? Schlief sie? Er sah sie an, ein tötliches Erschrecken faßte ihn. Marmor= blaß und marmorkalt lag sie in ihrem Bette. Er beugte sich zu ihr herab, er rief ihren Namen, sie antwortete nicht, er belauschte ihren Atem, kein Hauch drang an sein Ohr.

„Mathilde!" schrie er aus gequälter Seele, und noch einmal aber leise jetzt, mit bangender Frage auf den bebenden Lippen: „Mathilde?!"

Die Bibel entglitt seinen Händen, ein harter Fall, dann tiefe, tiefe Stille. Neben dem Bette der Toten lag ein gebrochener Mann.

Aber er richtete sich noch einmal empor, er faltete die Hände, er rang mit seinem Gotte, heiß und andauernd, Schweißtropfen perlten von seiner Stirn, sein ganzer Körper war in Wallung. Dann trat er an ihr Lager, leise und behutsam, drückte ihr die Augen zu und hob mit sichtbarer

Kraftaufwendung die Bibel vom Boden auf. Er wußte, daß sie ihn nicht mehr hörte. Und dennoch las er den Psalm zu Ende, in dem ihn eben der Tod so jäh unterbrochen hatte.

* * *

Martin fand viel Arbeit vor, als er von seiner Reise zurückgekehrt war. Man hatte mit einigen Amtshandlungen auf ihn gewartet, weil man einen anderen Pfarrer nicht wollte, man suchte seinen Rat in den Sprechstunden, die sich weit über die festgesetzte Zeit ausdehnten, man bestürmte ihn von seiten der Vereine mit Bitten um Vorträge, oder noch öfter um seine musikalische Mitwirkung. Ihm schien die rastlose Tätigkeit recht zu sein, er gab sich ihr mit neuer Kraft hin, die keiner ausruhenden Muße bedurfte.

Dazu legte ihm sein Amt gesellige Pflichten auf. In der Schloßgemeinde war es Herkommen, den bei einer Taufe oder Trauung amtierenden Geistlichen auch zu dem sich anschließenden Festessen zu laden. Seine Obliegenheiten dabei waren: dem Brautpaare gegenüberzusitzen, die älteste Dame, die in der Gesellschaft aufzutreiben war, zu Tische zu führen und den ersten Toast nach dem Fische auszubringen. Selbst die sich sonst um den Geistlichen und sein Tun wenig kümmerten, auf sein Erscheinen an der Festtafel legten sie Wert.

„Ich machte vor einigen Wochen eine Hochzeit in Berlin mit," sagte eine Dame zu ihm, deren ganz unkirchlicher Sinn ihm bekannt war, „da war der Geistliche nicht erschienen. Aber ich versichere Sie, mir fehlte etwas, und allen anderen ging es ebenso, es war gar nicht recht feierlich. Der Pastor gehört nun einmal dazu."

Ja, er gehörte dazu. Als so eine Art Festinventar, eine Tafeldekoration!

Bei solch einer Gelegenheit war es, wo er nach längerer Zeit wieder mit Marie Busekist zusammentraf.

Er taufte das Kind einer jungen Frau, die von einem Nachbargute Storkows stammte, und mit der Marie von den Kinderjahren an befreundet war. Sie saß nicht weit entfernt von ihm. Aber es kam zu keiner Unterhaltung, nur einige flüchtige und gleichgültige Worte flogen zwischen ihnen hin und her. Dennoch mußte er oft zu ihr hinüberblicken es lag soviel Anziehendes in der schwermütigen Grazie ihrer Haltung, in ihren ruhigen, edlen Bewegungen, die wie ihre Augen sprachen — diese dunklen, schwer zu ergründenden Augen, in denen beständig eine Frage lag und die Sehnsucht nach einer Antwort.

Auch nachdem die Tafel aufgehoben war, konnte er nicht zu ihr gelangen. Einige jüngere Damen, die viel von ihm gehört und sich freuten, endlich einmal mit ihm zusammenzutreffen, nahmen ihn ganz in Beschlag. Sie wollten alles mögliche von ihm wissen, und er mußte ihnen geduldig Rede und Antwort stehen. Sehr bald gesellten sich andere dazu, ungewollt war er der Mittelpunkt eines großen Kreises, der sich um ihn gruppierte und voller Vergnügen seiner frischen, anregenden Unterhaltung zuhörte. Etwas Wunderbares ging dabei in seinem Innern vor: er war aufgelegt und froh wie kein anderer, diese spontane Huldigung bereitete ihm eine zweifellose Freude; aber während er bald ernst, bald scherzend mit lauter gleichgültigen Menschen sprach, waren seine Gedanken fortwährend bei Marie Busekist. Das Gefühl, in einem Raume mit ihr zusammen zu sein, auch wenn er nicht mit ihr sprach, ja sie kaum hörte, gab ihm etwas wunderbar Beruhigendes. Mitten in all der lauten Fröhlichkeit war ihm zumute, als müßte er aufstehen, zu ihr treten und sagen: „Wozu ist dies nun alles hier? Wozu treibe ich Kurzweil mit mir und den andern und rede allerlei wesenloses Zeug, während ich mit dir so ganz anders sprechen könnte und geben und empfangen, was für uns beide Wert und Gewinn wäre?"

Und dieser Gedanke fand einen ungewollten Ausdruck in seinem Auge, das plötzlich mit einer gewissen Sehnsucht zu ihr hinüberirrte, die abseits von dem großen Kreise mit ihrer Freundin, der jungen Taufmutter, in einem von mattem Ampellicht beleuchteten Erker saß.

Aber in dem kurz aufblitzenden Blick, der ihm antwortete, lag nichts als jenes Etwas, das ihn einmal schon so tief verletzt hatte. „Du hast es erreicht. Der Herrgott der Großstadt!" sagte dieser Blick. Nun türmte sich das Fremde wieder zwischen ihnen.

Er mußte einer anderen gedenken, deren liebes Kinderantlitz und leichtgebaute Mädchengestalt wie ein sonniger Traum vor ihm aufstieg.

„Dann möchte ich Sie sehen inmitten der alten Kirche im Talar auf der Kanzel. Und die Menschen scharen sich um Sie in dichten Haufen. Und Sie predigen ihnen Kraft und Freude, daß sie wieder froh werden und frei von ihren Lasten." Der Klang ihrer Stimme lebte in ihm auf, als hörte er ihn dicht neben sich wie damals in jener dämmernden Abendstunde im Heidelberger Schloß.

Marie Busekist pflegte nicht viel zu tanzen, obwohl sie die am stärksten begehrte der Damen war, — eine Stunde, dann zog sie sich zurück. Ob es mangelnde Lust am Tanze war, ob körperliche

Schwäche, die man ihr freilich nicht ansah, oder der Wunsch nach einer ernsteren, ihrem Wesen mehr angepaßten Zerstreuung, das wußte niemand. Man ließ sie gewähren und nahm ihre Absage als etwas von ihr Gewohntes ohne Empfindlichkeit hin.

Als sie ein junger Gutsbesitzer aus dem Ballsaal führte, traf sie mit Martin zusammen. Sie fragte ihn nach seiner Reise.

Aber als er, noch schwelgend in der Erinnerung, unbefangenen Herzens und mit leuchtenden Farben seine Aufnahme in dem vornehmen Mannheimer Hause malte, sah er zum zweiten Male ihre Lippen sich schürzen.

„Da waren Sie ja ganz in Ihrem Elemente!" sagte sie kurz und brachte das Gespräch auf andere Dinge. Ihre abweisende Kälte hatte ihn aufs neue zurückgestoßen, und er fand den warmen Ton nicht mehr, der früher durch ihre Unterhaltung geschwungen hatte. Zu ihrer beider Erlösung trat der junge Gutsbesitzer wieder an sie heran und bat sie zu einem neuen Tanze. Und Martin hatte den Eindruck, daß sie ihn weniger aus Neigung gewährte, als aus dem Wunsche, von einem Gespräche befreit zu werden, das sich mühsam und gezwungen zwischen ihnen hinquälte.

* * *

Der Morelli war Martin bis jetzt geflissentlich ausgewichen. Aber einmal kreuzten sich ihre Wege doch.

Sie hatte eine kleine Partie in der Undine gesungen und erschien, als er bei Reichenbachs im kleinen Kreise zum Abend aß.

„Das ist recht von Ihnen, daß Sie mit Ihrer Harfe noch ein bischen hergekommen sind, einem alten und sorgenschweren Manne die bösen Schatten zu scheuchen, wie David dem Saul," scherzte der Oberbürgermeister, bei dem die Morelli in hohem Ansehen stand, und der gerne in seiner harmlosen Art mit ihr schäkerte. „Denn singen, liebe Diva, müssen Sie mir heute noch etwas. Die Berthalda, der Wüterich, wird Sie weder stimmlich noch seelisch zu sehr angegriffen haben, und ich schmachte nach der langen Stadtverordnetensitzung, in der mich meine Freunde von der anderen Fakultät gehörig wieder unter das Messer genommen haben, nach ein bißchen süßerer Speise."

Die Morelli wiegte leise das Haupt und lächelte ihr graziöses, bezauberndes Lächeln. Und doch hatte sie nur mit halbem Ohr auf seine Worte gehört. Unter den langen Wimpern hatten die dunklen Augen einen forschenden Pfeil auf den Pastor gesandt, der ihr heute so fremd und kühl, so ganz anders als sonst entgegengetreten war. Und indem sie den Blick immer noch auf ihm haften ließ, als wollte sie ihm bis ins Innerste bringen, warf sie in ihrer leicht koketten Weise hin: „All' Ihre Lieblingslieder will ich Ihnen singen, Herr Oberbürgermeister, von Anfang bis zu Ende, Herr Pastor Steppenreiter ist ja hier und wird mich gerne begleiten."

„Was ihr Frauensleute nur alle an dem Pastor habt! Hat der nicht genug an seinen Finken und Drosseln im Domchor? Wollen jetzt sogar die Nachtigallen auf den Brettern nur schlagen, wenn er pfeift? Meine Tochter Marie hat er mir schon abspenstig gemacht, und nun hebt er mich auch bei meiner Freundin aus dem Sattel, es ist wirklich nicht so leicht, alt zu werden, wie es aussieht."

„Alles, was Sie auch können, Herr Oberbürgermeister, aber mit der Begleitung auf dem Flügel —"

„Nein, damit würde es nicht gehen; also man los, Herr Pastor!"

„Es tut mir leid, Herr Oberbürgermeister, ich kann Fräulein Morelli heute nicht begleiten."

„Nanu, welch ein tückischer Geist ist denn mit einemmal in Sie gefahren? Sie nicht begleiten?"

Martin kämpfte um eine Antwort. Die

Wahrheit durfte er nicht sagen, und eine Lüge zu sprechen, war ihm unmöglich.

Bonin war der einzige, dem er von jenem Vorfalle im Kölner Hotel, über den er nicht hinwegkonnte, in streng vertraulicher Weise Mitteilung gemacht. Der stand dabei und sah sofort das Kritische der Lage, er wußte, daß Martin, wenn er jetzt den Mund öffnete, ein Ärgernis heraufbeschwören würde, das nicht wieder gutzumachen wäre. So sagte er ganz ruhig:

„Die Schuld, Herr Oberbürgermeister, muß ich diesmal auf mich nehmen. Herr Steppenreiter ist von seinen vielen Amtshandlungen und den Proben mit seinem Chor zur Haydnschen Schöpfung ein wenig überarbeitet, ich habe ihn deshalb eben auf dem Wege hierher inständig gebeten, auf keinen Fall heute bis in die Nacht hinein zu musizieren, denn das wissen wir doch alle: wenn die beiden Herrschaften erst einmal am Flügel sind, dann gibt er sie sobald nicht wieder los."

„Dann also nicht!" sagte der Oberbürgermeister ein wenig verstimmt und begann mit Bonin ein Gespräch über Verwaltungssachen.

In dem Musikzimmer standen sich Martin und die Morelli gegenüber.

„Herr Oberregierungsrat Bonin ist ein sehr gewandter Mann — finden Sie nicht auch?"

sagte sie, den Blick ein wenig von einem Pack Noten hebend, in dem sie mit lässiger Hand geblättert hatte.

„Und ein guter Freund dazu, der einem über Verlegenheiten hinwegzuhelfen weiß," setzte sie hinzu. Und da er in seinem Schweigen verharrte, mehr trauernd als verwundert oder verstimmt:

„Wir werden nun nie mehr zusammen musizieren?"

„Nein."

„Also Absicht?"

„Ja."

„Und der Grund?"

„Eine unliebsame Begegnung auf meiner Reise."

Sie legte die Hefte auf den Flügel, ein leises Zittern war dabei in ihrer Hand.

„Wo, wenn ich fragen darf?"

„In Köln," gab er zurück.

Ein kurzes schnelles Besinnen, ein Zucken des Kopfes. Dann schlug eine jähe Flamme in ihr Gesicht, das heute nur flüchtig abgeschminkt war.

„Also das ist es," sagte sie mit mattem, erzwungenem Lächeln, „diese harmlose, zufällige Begegnung! Nun halten Sie es damit, wie Sie wollen. Aber der Oberbürgermeister soll dar=

unter nicht leiden und auch ohne Ihre gütige
Assistenz seine Lieblingslieder hören, und das
schönste singe ich ihm zuerst."

Sie setzte sich an den Flügel und schlug
einige Akkorde an, jede Unterhaltung verstummte.

„Die Liebe vom Zigeuner stammet,
Fragt nach Rechte nicht, Gesetz und Macht."

klang es hell und heiß durch den Raum.

Nie spendete sie so freigiebig, nie sang sie so
berückend wie an diesem Abend, nie tat sie ihre
Hörer so völlig in den Bann.

Martin war in das Nebenzimmer getreten,
in dem Frau Reichenbach einigen Damen und
jüngeren Herren künstlerische Blätter aus einer
Mappe zeigte und diese herumgehen ließ, woran
sich eine gesuchte ästhetische Unterhaltung knüpfte.
Auch er versuchte hier und da ein Gespräch anzu=
fangen, aber es wollte nie in Fluß kommen und
erstarb meist in den Anfängen. — Zum
ersten Male fühlte er sich fremd und vereinsamt
in einer Gesellschaft, in der er sich bisher so hei=
misch geglaubt hatte.

* * *

Es kamen Zeiten, in denen der alte Frohmut
nicht mehr in Martin war. Aber niemanden fiel
es auf, er hatte eine große Kraft, jede Uneinigkeit

seines Innern zu beherrschen, seine Tätigkeit gab ihm das entflohene Gleichgewicht bald zurück.

Nur einer entging auch nicht der leiseste Wechsel seiner Stimmung, die liebte ihn zu sehr, um ihm nicht bis in den Grund seiner Seele zu schauen: seine Mutter.

So unscheinbar auch das Wesen und Gebaren dieser alten Frau den Fernerstehenden anmutete, hier kannte sie sich aus. Es gibt keinen stärkeren Instinkt als den der Mutter ihrem Kinde gegenüber. Da ist kein Wissen, nicht einmal ein Erfahren, das nie in den Grund des Menschen bringt, da ist alles Gefühl und sicheres Ergreifen. Nur eine rechte Mutter muß es sein. Und das war Frau Steppenreiter, eine aus der alten Schule, die fernab von jener Eitelkeit und Äußerlichkeit, wie sie manchen Müttern in hohen Jahren noch eigen, die Seele ihres Kindes suchte. Und wenn sie auch zurückhaltend in ihrem Urteil und sparsam in ihren Worten war, sie war eine kluge Frau, die als fromme Pastorstochter und Pastorsmutter keineswegs nur entzückt zum Himmel und seinen Engeln emporschaute, sondern die mit dem Wesen dieser Welt und der Unzuverlässigkeit der Menschen zu rechnen wußte.

„Du kommst jetzt langsam in die Jahre, wo man anfangen muß, mit seiner Kraft ein wenig haushälterisch umzugehen, du solltest dich mehr schonen," sagte sie eines Tages zu Martin.

„Aber du weißt doch, welche Anforderungen gerade jetzt die Gemeinde an mich stellt."

„Es sind weniger die Anforderungen deiner Gemeinde als deine eigenen."

„Wie meinst du das?"

„Ich meine, es ist ein großer Unterschied, ob man der anderen oder seiner selbst wegen arbeitet. Man selber merkt das gar nicht, aber die anderen sehen es, besonders bei einem Pfarrer."

„Du meinst, Mutter, mich trieben in meinem Wirken selbstsüchtige Interessen? Wenn das ein Feind oder ein Neider von mir sagte, dann ließe es mich kalt. Aber von dir schmerzt es."

Er sprach voller Erstaunen und Traurigkeit. Sie strich ihm begütigend mit der Hand über den Kopf.

„Ich denke gar nicht daran, deine Tätigkeit zu verdächtigen, mein guter Junge; ich meine nur eins gespürt zu haben: Dein Tun jetzt, so hingebend es auch erscheint, ist kein frisches, frohes Emporarbeiten zu den anderen, zu deiner Gemeinde, wie früher wohl. Du arbeitest vielmehr etwas in dir selber nieder, etwas, das dich quält und dich drückt, und das du nicht in die Höhe kommen lassen willst."

Er schwieg, und auch sie sprach kein Wort weiter. Sie hatte getan, was ihre Sache war. Nun mochte er sich aussprechen, wenn er wollte.

Und er tat es, erst langsam und zaudernd, dann immer lebendiger, als bedeute sein Bekenntnis eine Selbstbefreiung für ihn.

„Wie wahr du gesprochen hast, Mutter!" Kein frisches, frohes Emporarbeiten zu den anderen, ganz recht. Vielmehr ein beflissenes Niederhämmern, das den anderen aufbauende Tätigkeit erscheint, das aber für den Sehenden kein Leben ist. Weshalb? Ich weiß es nicht. Ich habe eigentlich nur das Beste erfahren, und wenn ich auch manchmal getäuscht worden bin, mein Glaube an die Menschen und das Gute in ihnen ist noch lebendig. Und muß es bleiben, sonst könnte ich nicht mehr wirken, als Geistlicher gewiß nicht. — Aber manchmal, gar nicht nur in der Stille, nein, mitten in der regsten Tätigkeit, in der lautesten Geselligkeit ist mir, als brenne etwas in mir, oder vielmehr als glimme es, ganz verborgen, ganz unter der Asche. So etwas, das zum Lichte will und nicht kann, etwas Himmelgeborenes und doch am Staube Haftendes. Es ist wirklich geradezu komisch manchmal, ich fühle mich dann so unsagbar müde, so gefesselt, als trüge ich Eisengewichte an den Füßen, und vor allem so unzufrieden mit mir, mit meiner ganzen

Tätigkeit. Und meine Erfolge, und die Freund=
lichkeiten, die man mir sagt, die Feste, in deren
Mittelpunkt ich jetzt oft genug stehe, die kommen
mir, ja, wie soll ich dir das nur sagen? — eitel
und nichtig ist nicht das rechte Wort, so unwahr, —
ja, das ist es, so vollkommen unwahr vor. Und
obwohl ich mich an ihnen vergnüge, ist mir oft,
als klaffte zwischen ihnen und meinem eigent=
lichen Sein ein Abgrund und würde weiter,
immer weiter. Es ist mir ganz vor kurzem erst
von zwei Seiten gesagt, ich wäre nicht ein Mensch,
sondern zwei. Ich habe darüber gelacht, weil ich
mir bis dahin immer einheitlich vorgekommen
bin; aber manchmal finde ich etwas Wahres an
diesen Worten."

Sie hatte ihn ruhig zu Ende reden lassen,
nicht einmal ihren Strickstrumpf hatte sie ge=
rührt. Und dieser Unterlassung machte sie sich
selten schuldig.

„Zwei Menschen, lieber Sohn," sagte sie mit
ihrem milden Lächeln, „sind wir mehr oder min=
der wohl alle. Aber daß dir, und, ich muß es ge=
stehen, auch mir, dies Doppelsein zum Bewußt=
sein gekommen ist, das ist doch erst von deiner
Mannheimer Fahrt her."

Es war das erste Mal, daß sie in solcher Be=
ziehung von seiner Reise sprach. Er hatte ihr nie

einen Einblick in die Empfindungen gegeben, die er vor sich selber nicht aufkommen lassen wollte, nun hatte sie auch in dieser Hinsicht tiefer gesehen als er geahnt.

„Du hast recht, diese Reise hat auf mich eingewirkt: das fremde Land, die ungewohnte Umgebung, in die ich kam, die so ganz anders gearteten Menschen. Vor allem aber hat einer einen Eindruck auf mich gemacht, mit dem ich jetzt fortwährend kämpfe."

Und da sich kein Zug ihres Antlitzes bewegte: „Ich habe mir alles selber gesagt, wohl an die hundert Mal: der klaffende Unterschied in unserer Erziehung, in unseren von Kindheit an eingeimpften Lebensgewohnheiten. Sie ist in lauter Licht groß geworden, sie kennt nichts von der Unbill des Daseins, nicht einmal von seinem Kampfe. Wenn ich an sie denke, steht sie immer vor mir als das echte Sonnenkind, das gar nicht bestimmt ist, in das Grau des Alltags hinunterzusteigen und eigentlich nur dazu geschaffen erscheint, daß man's anschaut mit lachendem Herzen und in der frohgewordenen Seele seiner sich freut. — Auch unser Altersunterschied gibt mir zu denken; ich werde jetzt achtunddreißig Jahre, sie ist höchstens zweiundzwanzig. Und ist noch viel jünger als ihre Jahre."

„Und vor allem," sagte jetzt die alte Frau in

ihrer freundlich stillen Art, aber doch auf jedes Wort Nachdruck legend, „bist du der Zuversicht, daß sie eine rechte Pfarrfrau werden wird? Hat sie einen christlichen, kirchlichen Sinn?" Und beruhigend setzte sie hinzu: „Die äußeren Verhältnisse machen es hier nicht, die sind untergeordnet. Ich habe junge Mädchen kennen gelernt von hoher Geburt und großem Reichtum, die in ihrem ganzen Leben nie mit dem geistlichen Amte in Berührung gekommen waren. Sie wurden viel bessere Pfarrfrauen als andere, die aus gleichartigen Verhältnissen, ja aus dem geistlichen Stande selber hervorgegangen waren. Die innerliche Anlage allein gibt hier den Ausschlag; bist du dir in dieser Beziehung jenes jungen Mädchens gewiß?"

„Ein bestimmtes Ja kann ich darauf nicht sagen. Aber das Gefühl, daß sie innerlich genug ist, um eine rechte Pfarrfrau zu werden, das habe ich. Ein Gespräch, das wir in dieser Hinsicht an der Heidelberger Schloßruine führten, befestigte mich in meinem Glauben."

„Soweit ich denken kann, ist diese Fremde das erste weibliche Wesen, das auf dich einen tieferen Eindruck gemacht hat. Sonst hast du noch keine, weder hier noch früher in Plantiko gefunden trotz deines Vaters und meinem Wunsche, deren Besitz dir begehrenswert erschienen wäre.

— Oder doch? du bist mit einem Male nach=
denklich geworden —"

„Ich glaube nicht, Mutter."

Er sagte es zögernd, wie uneins mit sich
selber.

„Hast du öfter Nachrichten aus Mannheim
erhalten?" fragte die alte Frau.

„Nur einmal eine kurze Karte von Frau
Fellner, eine sehr kühle Erwiderung eines warm=
herzigen und begeisterten Dankesbriefes von mir.
Seitdem sie gemerkt hat, daß mir ihre kleine
Schwester nicht gleichgültig geblieben, ist sie wie
ausgetauscht."

Die alte Tine erschien im Zimmer. Bereits
zwanzig Jahre hatte sie beim Apotheker Steppen=
reiter gedient, um von dort in das Pfarrhaus
zur Großstadt zu ziehen, in dem sie bald einen
geschworenen Feind fand: die steilen Treppen.
Sie nahm den Kampf mit ihnen auf, ihrer Her=
rin zu Liebe, Tag für Tag aufs neue, mit boh=
render Erbitterung, mit tausend leisen und lauten
Seufzern, mit erbostem Scheltwort.

Heute aber war ihr breites Gesicht, auf dessen
niedrige, gerunzelte Stirn die grauen Haar=
strähnen fielen, nicht vom Steigen und nicht von
der Feuerglut der Küche allein gerötet.

Sie gaben am heutigen Sonntag ein
Abendessen. Es war das erste, das im Pfarr=

hause veranstaltet wurde; Pastor Bulcke von drüben war mit seiner Frau geladen und dazu eine Anzahl von Amtsbrüdern mit ihren Gattinnen. Sie wußte aus Erfahrung, daß die Herren Geistlichen keine geringe Anforderung an die Küche stellten und einen gesegneten Appetit mitzubringen pflegten. Und sie hatte nur ein Mädchen zur Hilfe bei der Bedienung und mußte das ganze Essen selber bereiten. Unten kochte der Zander, die Pute brobelte, und auch der Schokoladenpudding war im Werden. Aber die alte Madam, auf die in diesen Dingen sonst der beste Verlaß war, die saß hier oben mit dem Herrn und redete mit ihm bald eine geschlagene Stunde lang, als ob nicht die Gäste in kurzer Zeit hier sein konnten, und sie unten in der engen Küche unter all den Töpfen und Kasserollen nicht aus noch ein wußte.

Frau Steppenreiter nahm die Philippika ihrer Tine mit Ruhe hin, gab ihrer Empörung im stillen recht und eilte auf behenden Füßen in die Küche, um das Versäumte in doppelter Arbeit nachzuholen. Da ging unten die Haustür — sollten es schon die ersten Gäste sein? Nein, ein Mann nach dem Herrn Pfarrer.

Tine machte einige Schwierigkeiten: jetzt am Sonntag in so später Abendstunde — in welcher Angelegenheit man den Herrn Pfarrer zu sprechen wünsche?

„In einer persönlichen und sehr dringlichen."

Der Mann, der die Dienstmütze des Straßenbahnbeamten trug, machte einen vertrauenerweckenden Eindruck. Aber Martin war schon zu oft getäuscht worden, heute wollte er klüger sein.

„Wer sind Sie?" fragte er den Eintretenden mit einer Stimme, die den Entschluß kundgab, sich gegen jedes Mitleid zu wappnen.

Der Fremde war eingeschüchtert, er schlug die traurigen Augen zu Boden, drehte seine Dienstmütze in den schwieligen Händen und konnte vor Angst und Befangenheit kein Wort hervorbringen.

„Wollen Sie mir nicht antworten?" Es klang noch barscher und abweisender als das erstemal.

„Ach Jott, Herr Pfarrer — ich — ich bin wirklich nich jewohnt — —"

Was er weiter sagte, ging in einem hilflosen Stammeln unter. Martin fühlte, daß er vielleicht doch zu hart gewesen und lenkte mit etwas freundlicherer Stimme ein:

„Aber nun sagen Sie mir wenigstens, wer Sie sind."

„Ich heiße Melzer — Gottfried Melzer und wohne hier in des Herrn Pfarrers seiner Gemeinde, Domstraße 6, parterre, hinten — ich bin Angestellter der Elektrischen."

„Und was führt Sie zu mir?"

„Dies Telegramm, Herr Pfarrer, das ich eben an meinem freien Sonntag nachmittag erhalten habe: meine Mutter ist an einem Schlaganfall schwer erkrankt — der Arzt gibt keine Hoffnung nich — nu will se mich noch einmal sehen, schreibt die Schwester — und nu —"

Ein Hinunterschlucken des Wortes, ein hilflos verlegenes Lächeln, dann nach heftiger Überwindung mit stockender Stimme:

„Und nu — nu — habe ich das Reisegeld nich zu Hause."

In der Tat, dem Manne wurde das Bitten nicht leicht. Aber Martin hatte sich zu fest vorgenommen, sich nicht sobald gefangen zu geben.

„Warum wenden Sie sich dann nicht an irgendeinen Ihrer Vorgesetzten? Da würden Sie doch ohne weiteres einen Vorschuß erhalten."

„Ach Jott, Herr Pfarrer," erwiderte der andere mit einem verzagten Achselzucken, „das habe ich natürlich sofort getan. Bei drei der Herren, die mich persönlich kennen, bin ich schon in der Privatwohnung gewesen, aber heute am Sonntag traf ich keinen zu Hause."

„Wer waren diese drei Herren?"

Der Mann nannte die Namen eines Direktors und zweier Inspektoren der elektrischen Bahn, die Martin alle drei persönlich bekannt waren.

„Ich werde mich erkundigen."

„Ach Jott, Herr Pfarrer, bis Sie sich erkundigt haben, kann meine Mutter zehnmal tot sein. Und morgen in der Frühe bekomme ich das Geld ja ohne weiteres. Ich muß es aber heute abend haben, damit ich den Nachtzug noch benutzen kann. Sie war eine so gute Mutter, ich bin ihr einziger Sohn —"

Er unterdrückte mit Mühe die heftige Bewegung, die bei diesen Worten in ihm aufstieg. Nur einer Träne konnte er nicht wehren, die langsam und schwer über seine bleichen, abgemagerten Wangen lief. Der Mann fing an, ihm in der Seele weh zu tun, alles, was er sagte, die männliche Art, in der er seinen Schmerz beherrschte, anstatt ihn zur Erregung des Mitleids auszunutzen, wie es sonst die Bittenden taten, gefiel ihm.

„Wieviel brauchen Sie?"

„Eine Fahrkarte vierter Klasse kostet 9,40 Mark — einiges Geld habe ich noch."

Er nahm eine schmutzige und durchlöcherte Börse aus der Tasche und zählte: eins, zwei, drei, vier Mark und achtzig Pfennige, fehlen nur noch vier Mark und sechzig Pfennige — wenn der Herr Pfarrer so gütig sein wollen, sie mir vorzuschießen, ich will sie nur geborgt haben; sofort nach meiner Ankunft schicke ich sie dem Herrn Pfarrer zurück."

Martin zauderte — hier sollte er seinen Argwohn doch begraben — aber nein, nein, man hatte zuviel Spott mit seiner Gutmütigkeit getrieben, ihn zu oft betrogen und genarrt! Um den Mann los zu werden, reichte er ihm ein kleines Almosen.

Aber diesmal war er an den Unrichtigen gekommen. Die derbe, rote Hand, in die er sein Geld gelegt, zuckte zusammen, wie unter einer giftigen Berührung, der Mann legte die Nickelmünze auf die Kante des Schreibtisches, nahm seine Mütze und verließ, ohne eine Silbe zu erwidern, ja ohne jeden Abschiedsgruß, in kerzengerader Haltung das Zimmer.

Mit den unangenehmsten Empfindungen blieb Martin zurück — plötzlich ein dumpfer, polternder Krach unten auf der Diele. Als er aus dem Zimmer stürzte, sah er auf der Treppe einen Ohnmächtigen liegen, um ihn seine Mutter und Tine beschäftigt.

Es dauerte eine geraume Zeit, bis der Bewußtlose, dem man mit Wasser Kopf und Brust netzte, die Augen aufschlug. Martin erzählte seiner Mutter den Vorfall.

„Der arme Kerl!" sagte diese. „Aber so ist es immer im Leben, hundert Unwürdigen gibt man, und wenn dann einmal der Rechte kommt, so muß er darunter leiden."

Und Martin war es, als vernehme er einen Vorwurf aus den Worten der Mutter.

Mit seiner und Tines Hilfe hatte sich der Fremde emporgerichtet.

„Daß mir der Herr Pfarrer das antun konnte!" murmelte er vor sich hin und wollte das Haus verlassen.

„Zeigen Sie mir doch noch einmal Ihre Papiere und die Depesche," sagte da Martin.

Widerstrebend nur wurde seiner Aufforderung Folge geleistet.

„Mutter schwer krank — verlangt dringend nach dir — komm so schnell als möglich Bertha" las Martin.

„Hier haben Sie das Geld."

Ein warmes Aufleuchten ging über die abgezehrten Züge, müde dankend und mit immer noch schleppendem Gang verließ jener das Haus. Martin aber fühlte sich von einem schweren Druck befreit.

„Du hast recht, Mutter," sagte er, „Grund=

sätze sind gut, aber sie sind dazu da, um durchbrochen zu werden."

Die ersten Gäste kamen. Pfarrer Bethe von der Michaelkirche, ein hartnäckiger Schweiger mit einer um so lebhafteren Frau, an der alles sprach; die mandelförmigen Augen, die nervösen Hände, die stets sich bewegenden Nasenflügel.

Gleich nach ihnen erschien der alte Keil, der erste Geistliche an St. Gertrud, der seines gewaltigen Organs halber und weil er ein strenger Bußprediger war, der „Donnerkeil" hieß. Hart an den Sechzigern war er des Junggesellenlebens überdrüssig geworden und nannte seine blutjunge Frau, die bei jedem Worte, das sie sprach, ängstlich zu ihm hinüberäugte, ob sie auch nichts Törichtes gesagt, nie anders als „Mein Tochting".

„Um der Meinung vorzubeugen, daß sie seine Enkelin wäre," wie Dr. Manteltasch, sein zweiter Geistlicher, boshaft zu erklären pflegte.

Dieser hatte ein von Güte überquellendes Herz, wurde aber wegen seiner Vorliebe für spöttelnde Witze und eines bärbeißigen Zuges um seinen Mund, der auf unerklärliche Weise in sein gutmütiges Gesicht geraten war, überall verkannt. So konnte er auch in seiner einfachen Vorstadtgemeinde keinen Boden fassen, denn man hielt ihn für kalt und höhnisch. Dabei war sein Idealismus so rührender Art, daß er nach dem

Gebote des Johannes keinen zweiten Rock in seinem Hause geduldet, ja, den einzigen, den er trug, zweifellos für den ersten Bettler ausgezogen hätte, wenn ihn nicht seine klügere Frau, die Tochter eines angesehenen Kaufmanns, vor solchen Extravaganzen geschützt hätte.

Mit diesen beiden zusammen erschien der „Goethemoser", ein Professor am Mädchengymnasium, so genannt, weil er seine geringen Fähigkeiten dadurch in ein günstiges Licht zu setzen suchte, daß er seinen Schülerinnen gegenüber, die für ihn schwärmten, ja in jeder gesellschaftlichen Unterhaltung und auch bei gelegentlichen Vertretungspredigten auf der Kanzel unausgesetzt Goethe zitierte; denn er war von Haus aus Theologe und hatte die Literatur nur als sein Steckenpferd ausersehen. Mit den anderen Klassikern verfuhr er zwar zurückhaltender, weil ihm Schiller literarisch nicht ganz so vornehm erschien und er die übrigen noch weniger kannte als Goethe.

Seine Frau, eine geborene Adlige aus altem Geschlecht, überragte ihn in jeder Beziehung. Da sie sich aber in Wort und Urteil zurückhielt, galt sie als die „weniger Bedeutende", neben welcher der Gatte als der „große Unverstandene" einherging.

Als die Letzten kamen nach dem Rechte der

Nächstwohnenden Pfarrer Bulcke und seine Frau, und kurz vor ihnen Stephan Moldenhauer, der Vereinsgeistliche für innere Mission, ein noch junger Mann von kindlichem Buchstabenglauben, der in dieser Hinsicht nie ein Zugeständnis machte, aber bei seinen Amtsbrüdern und besonders bei Martin in hohem Ansehen stand. Denn alles an ihm war Aufrichtigkeit, und durch die Wärme des Eifers, mit dem er sich seiner inneren Mission hingab, stiftete er viel Gutes.

Frau Steppenreiter empfing ihre Gäste mit einem dunklen, von lila Bändchen durchzogenen Häubchen aus der alten Zeit und in einem braunen Seidenkleide, dem sie zu dieser Gesellschaft von ihrer Plantikoer Modistin, der sie auch in der großen Stadt treu geblieben, merklich hatte aufhelfen lassen. Ihre schlichte, herzliche Art, an der alles echt war, bis zu dem unverfälschten Plantikoer Platt, das sich dann und wann in ihre Worte stahl, stand so recht im Einklang zu dem alten Pfarrhause und den einfachen Räumen, in denen sie die Wirtin machte. Jetzt ließ sie das musternde Auge über ihre Gäste gleiten, ob sie vollzählig wären und man zu Tische gehen könnte.

„Erwarten Sie den Herrn Superintendenten?" fragte Frau Bethe.

„Der geht noch nicht aus."

„Aber in einen so kleinen Kreis von Brüdern und Schwestern —"

„Auch dorthin nicht," warf Pastor Bulcke ein, „er kann den Tod seiner Frau gar nicht überwinden. Zwar läßt er es nicht merken und arbeitet den ganzen Tag. Wer ihm aber näher steht —"

„Wird sich auch trösten müssen," meinte der alte Keil, „wie so mancher andere."

„Der nimmt nie eine zweite Frau," entgegnete mit Entschiedenheit Frau Moldenhauer, die mit dem feinen, ovalen Gesicht und dem madonnenhaften Ausdruck der sanften, stillen Züge die ideale Ergänzung zu ihrem Gatten bildete, ein Pfarrerpaar, wie es im Buche steht.

„Darüber ist gar nichts zu sagen, meine Herrschaften," legte sich Professor Moser ins Mittel, indem er die sorgfältig gebundene lila Krawatte zurechtzupfte, ‚Lieben heißt leiden' äußert einmal Goethe, ich glaube, es ist zu Riemer, man kann sich nur gezwungen dazu entschließen, das heißt, man muß es nur, man will es nicht."

„Und er wird müssen, schon seiner Kinder wegen," meinte Frau Manteltasch, die eine vorbildliche Mutter für ihre fünf Jungens war.

„Auf wen wartest du eigentlich noch?" fragte Martin seine Mutter.

„Auf Herrn und Frau Niemeyer vom Diakonissenhaus."

„Na, auf die warten Sie nur nicht," rief Frau Bethe von der anderen Seite des Zimmers her, wo sie mit Frau Moser im Gespräche stand, „die kommen überall zu spät. Er entschuldigt sich mit ihr, daß sie nicht fertig war, und sie sich mit ihm, daß er im letzten Augenblicke noch zu einer Kranken gerufen wurde. Und indessen wird einem regelmäßig der Tisch kalt."

„Ich meine auch, Mutter, wir fangen an."

Donnerkeil, als der Älteste, reichte Frau Steppenreiter den Arm, Moldenhauer, der Jüngste, führte das „Tochting". Professor Moser fühlte sich sehr wohl an Frau Moldenhauers Seite, deren poetische Erscheinung eine starke Anziehungskraft auf ihn übte, obwohl sie von Goethe wenig verstand, und Bethe, der Schweiger, war weniger glücklich neben die zurückhaltende Gattin des Ästhetikers gesetzt.

Der Zander au four, eine Spezialität der alten Steppenreiter, kam zu Frau Bethes Beruhigung ganz heiß auf den Tisch. Obwohl man ihm alle Ehre erwies, ging die Unterhaltung von Anfang an auf starken Wogen

Martin war nicht bei der Sache. Während ihm seine gesprächige Nachbarin, Frau Manteltasch, eine Geschichte nach der anderen von ihren

Fünf zu Hause erzählte, gingen seine Gedanken ganz andere Wege. Zuerst war es immer noch die Szene, die er eben mit dem armen Hilfesuchenden erlebt, und die ihm nicht aus dem Sinne wollte. Und dann war es etwas anderes: Seine Mutter hatte sich so redliche Mühe mit dieser Gesellschaft gegeben, die Tafel war mit den zartesten, weißen Linnen gedeckt, die ihr in dieser Beziehung reicher Hausschatz aufzuweisen hatte, frische, blühende Blumen waren über sie verteilt, die Speisen hatte sie in ihrer Küche besser zubereitet, als es einer der gesuchtesten Stadtköche vermocht hätte, sie schienen sich alle behaglich und froh zu fühlen, die hier an seinem Tische saßen — warum nur er nicht?

Weil er unwillkürlich an die Gesellschaften denken mußte, die er sonst mitmachte, und nun ohne Ende Vergleiche anstellte. Es hatte dort auch alles einen ganz anderen, einen freieren und vornehmeren Anstrich. Das Servieren ging soviel schneller von statten, niemand rühmte die Güte der Speisen oder Weine, sondern nahm auch das Beste als das Selbstverständliche hin. Zum ersten Male fiel es ihm auf, daß die Einrichtung dieses Zimmers eigentlich in gar keinem Zusammenhange mit dem Zwecke stand, dem es diente. Diese altbiederen Polstermöbel, die heute an die Seite gerückt waren, diese Schränke mit den Glastüren, diese Bilder aus der Heiligen- oder Profangeschichte, diese Familienporträts, sie muteten ihn so wunderlich an. Er sah sonst nur Speisezimmer, die leer und kühl eingerichtet waren, nichts als ein großer Anrichte- oder Kredenztisch, ein schön gearbeitetes Büfett und allenfalls, wo man nicht zu streng auf den Stil hielt, an den einfarbig-getäfelten oder gestrichenen Wänden einige Stilleben, die mit dem, was man aß, in irgendeinen Einklang zu bringen waren. Er ging mit dem Gedanken um, auch einige der anderen seiner Bekannten, bei denen er aus und einging, einmal bei sich aufzunehmen, den Oberbürgermeister und Frau Lerche und seinen Freund Bonin. Aber freilich, dazu mußte noch manche Änderung vorgenommen werden.

Um ihn her schwirrten die Stimmen der immer lebhafter und allgemeiner gewordenen Unterhaltung. Man sprach über die Schwierigkeit des rechten Wohltuns, gerade für den Geistlichen, der soviel angegangen würde. Und die Ansichten platzten aufeinander.

„Ich gebe niemals, ohne die Angaben, die man mir macht, durch die Gemeindeschwester nachprüfen zu lassen," sagte Donnerkeil, „meistens stimmt schon die Wohnung nicht."

„Das habe ich mir auch zum Grundsatz gemacht," bestätigte Pastor Bulcke, „aber ich befolge ihn schlecht. Solch armer Kerl oder solch elendes Frauenzimmer rühren mich meist so, daß ich ihnen wenigstens eine Kleinigkeit schenke."

„Wohltaten still und rein gegeben — sind Tote, die im Grabe leben," zitierte Professor Moser.

„Aber die meisten sind an ihrer Notlage selber schuld."

„Was heißt in solchen Fällen verschuldet?" fragte Manteltasch unwirsch. „Schließlich sind wir Pastoren doch auch dazu da, der Schuld aufzuhelfen."

„Bis es ihm dann so geht wie erst vor zwei Wochen mit dem entlassenen Zuchthäusler," rief seine Frau von der anderen Seite des Tisches herüber.

„Laß doch die dumme Geschichte! Deshalb mache ich's in Zukunft nicht anders."

„Nein, du wirst nie klug werden, Liebster."

Wenn sie ärgerlich war, nannte sie ihn „Liebster".

„Was war denn da? Erzählen Sie doch die Geschichte, wenn sie spaßhaft ist," bat Frau Bethe.

„Außerordentlich spaßhaft! Da kommt ein Kerl zu meinem Manne, dem man den Strolch auf hundert Schritt Entfernung ansieht; heute morgen aus dem Zuchthaus entlassen, noch keinen Bissen im Munde. Natürlich muß ich von unserer Erbsensuppe die Hälfte abgeben. Aber das war nicht das Schlimmste. Er klagte meinem Manne so die Ohren voll, daß er dessen ganzes Herz gewann."

„Er zeigte Reue —"

„Und als du dich hinsetztest, um ihm einen Empfehlungsbrief an den Verein für strafentlassene Gefangene mitzugeben, da stahl er dir während des Schreibens dein Portemonnaie mit einigen zwanzig Mark aus der Tasche."

Ein dröhnendes Gelächter, das nicht aufhören wollte.

„Bekamen Sie das Geld denn wenigstens wieder?" brach sich endlich Donnerkeils gewaltige Stimme Bahn.

„Kein Gedanke. Mein Mann merkte den Verlust erst am Abend, und da war der Hallunke über alle Berge. Einen Sommermantel, der im Flure hing, hatte er noch mit auf die Reise genommen."

Wieder dasselbe endlose Gelächter.

„Es ist die alte Sache," griff Pastor Bethe zum ersten Male in die Unterhaltung ein, „man wird immer, immer betrogen."

Er schien noch etwas hinzufügen zu wollen, glaubte aber wohl sich genügend ausgesprochen zu haben und versank in sein altes Schweigen.

„Das ist es," nahm Moldenhauer seine Bemerkung auf, „man macht so viel böse Erfahrungen, daß man jedem Bittenden gegenüber förmlich darum ringen muß, sich seinen Glauben an die Menschen zu erhalten."

„Und wenn man noch so oft getäuscht wird, das Bewußtsein, unter hundert Unwürdigen einen Würdigen trostlos fortgeschickt zu haben, denke ich mir unerträglich — besonders in einem Pfarrhause," warf die junge Frau Keil ein, erschrak aber in demselben Augenblicke über ihre impulsiven Worte und blickte mit einer gewissen Ängstlichkeit zu ihrem Gatten hinüber, ob sie nicht eine törichte Bemerkung gemacht. Doch der nickte ihr mit billigendem Blicke zu und zauberte dadurch ein stolzes Erröten auf ihr liebliches Antlitz.

„Ich bin derselben Ansicht," stimmte ihr jetzt auch Martin zu. „Und wenn ich Ihnen, lieber Bruder Bethe, die Geschichte erzähle, die sich eben erst kurz vor Ihrem Kommen hier in meinem Hause ereignet hat, dann werden Sie mir zustimmen."

Er schickte sich gerade an, sein Erlebnis zu berichten, als eine Bewegung an der Tafel entstand. Das vergeblich erwartete Ehepaar Niemeyer vom Diakonissenhaus war in das Zimmer getreten und wurde von der Gesellschaft mit scherzenden Entrüstungsrufen über ihr spätes Eintreffen empfangen.

„Wir bitten tausendmal um Entschuldigung, verehrte Frau Steppenreiter, lieber Herr Bruder — aber diesmal sind wir wirklich unschuldig, ja wir hoffen, durch das Verdienst, das wir uns um die Menschheit erworben, von unseren lieben Wirten und von der ganzen hochehrwürdigen Tafelrunde gnädige Absolution zu erhalten."

Pastor Niemeyer, ein herkulisch gebauter Mann mit hoher Diskantstimme und energischen, aber zugleich gütigen Gesichtszügen, nahm von dem Zander, den man ihm reichte. Aber man ließ ihn nicht zum Essen kommen.

„Vergessen Sie Ihr Wort nicht, Verehrtester," rief Professor Moser, „Ihr Verdienst um die Menschheit —"

„Ja, Ihr Verdienst um die Menschheit!" schwirrte es von allen Seiten auf ihn ein.

„Es ist nicht gering," erwiderte Pastor Niemeyer, indem er die Gabel fortlegte. „Ich habe eben mit einiger List und Mühe einen abgefeimten Spitzbuben hinter Schloß und Riegel gebracht. Einen der schwersten Jungen, wie der Schutzmann mir sagte, erst seit kurzer Zeit aus dem Zuchthause entlassen und schon in voller Tätigkeit. Arbeitet mit dem Trick einer totkranken Mutter, die ihn telegraphisch an ihr Sterbebett ruft, bricht ohnmächtig auf der Treppe zusammen, wenn man ihm das Reisegeld in den entfernten

Heimatsort abschlägt oder zu wenig gibt. Bereist an allen Sonntagabenden die Pfarrhäuser der ganzen Provinz und wollte auch bei mir seine Gastrolle geben. Er war aber an den Rechten gekommen, ich tat sehr mitleidsvoll mit dem Zusammengebrochenen, rief zwei Wärter aus dem Hause, ließ ihn in eine Krankenstube sperren, schloß ab und benachrichtige die Polizei, die mir für den guten Fang sehr dankbar war."

Als Frau Steppenreiter inmitten der heiteren Zustimmung, die diese Worte auslösten, einen Blick traurigen Erstaunens zu ihrem Sohne hinübersandte, erschrak sie, so nachdenklich, so ganz in sich gekehrt saß er auf seinem Platze, ein so tiefer Ernst umschattete seine Züge. Also auch diesmal, wo er wirklich geglaubt —

Er verstand nicht, wie man über so etwas lachen konnte, ihn drückte es tief danieder, nicht seinet-, aber der Menschheit halber, an die er den Glauben nicht verlieren durfte, wenn er wirken wollte.

„Was sagen Sie denn zu der Geschichte, Herr Bruder Steppenreiter?" fragte Pastor Manteltasch, dem seine Versunkenheit aufgefallen war.

„Nichts, als daß es manchmal doch sehr schwer ist, in einem praktischen Amte zu wirken und zugleich ein starker Idealist zu sein."

9. Kapitel.

Die Sprechstunde am Montag morgen war immer besonders belebt. Aus allen Kreisen und mit allerlei Anliegen kamen die Leute zu Martin.

Eben glaubte er fertig zu sein und sich für einen Augenblick nach drüben ins Eßzimmer begeben zu können, wo seine Mutter mit dem Frühstück auf ihn wartete, als ein Herr bei ihm eintrat, der in seinem ganzen Wesen wie in jedem der atemlos hervorgebrachten Worte eine heftige Bewegung verriet.

Martin kannte ihn, Herr Dorenbom war es, ein reichgewordener Fabrikbesitzer, dessen großtuerisches Gebaren ihm wenig sympatisch war. Heute aber hatte ihn das Leid gebeugt, es machte ihn kaum fähig, sein Anliegen in zusammenhängenden Sätzen hervorzubringen.

„Mein Sohn! Mein ältester, bester Sohn, meine arme, arme Frau!" stieß er hervor und sank auf einen Stuhl nieder. „Ein plötzlicher Unglücksfall, Herr Pfarrer, eben war er noch in fröhlichster Stimmung bei uns zum Abendessen, wir hatten einige gute Bekannte geladen, für den nächsten Tag hatte er eine Jagd vor, auf die er sich schon lange freute, und beim Reinigen der Flinte — —"

Seine Kraft war erschöpft, unverwandt starrte das stumpfe Auge auf denselben Punkt des Schreibtisches.

Es war Martin immer unmöglich gewesen, einem so schweren Leid mit irgendwelchen frommen oder tröstenden Redensarten zu begegnen. So strich er auch jetzt nur einige Male mit seiner Hand über die eiskalte, schlaff herabhängende des gebeugten Mannes.

Plötzlich aber tauchte ein Gedanke in ihm auf, den er nicht zurückzudrängen vermochte.

"Ich kann Ihnen eine Frage nicht ersparen, lieber Herr Dorenbom, wenn sie Ihnen auch wehe tun sollte. Könnte man bei diesem unvermuteten Todesfalle vielleicht an — — nun an irgendeine Absicht seitens Ihres Sohnes denken?"

Der Fabrikant sah ihn mit einem verständnislosen Blicke an.

"Auch der leiseste Gedanke daran ist ausgeschlossen," sagte er dann, "völlig ausgeschlossen, Herr Pfarrer. Glücklichere Lebensverhältnisse als die meines Sohnes kann es nicht geben, er hing an Vater und Mutter mit seinem ganzen Herzen und wir an ihm. Er war die Säule

meines Geschäftes und sollte es in wenigen
Wochen ganz übernehmen, dazu war er mit einem
der reizendsten Mädchen unserer Stadt verlobt,
einer Jugendliebe von ihm. Und auch dieser
Schritt fand unsere Billigung."

„Trotzdem kann man hier nie etwas Be=
stimmtes sagen," erwiderte Martin nachdenklich,
„die Motive, die zu einer solchen Tat treiben, sind
gerade bei jungen Leuten so problematischer Art,
daß wir hier vor unerforschlichen Rätseln der
Seele stehen. Ich könnte Ihnen viel aus meiner
Erfahrung erzählen."

Als er aber sah, wie seine Worte den Vater
folterten und dieser mit stummer Gebärde nur
um so energischer protestierte:

„Ich glaube Ihrer Versicherung. Aber Sie
wissen, daß es meine Pflicht war, diese Frage an
Sie zu stellen, denn läge solch ein Fall vor, so
würden mir die Satzungen meiner Kirche ein Am=
tieren am Grabe nicht möglich machen."

„Das ist mir bekannt, Herr Pfarrer." — —

* * *

Mit einem Pompe sondergleichen wurde das
Begräbnis des jungen Dorenbom begangen. Ein
gewaltiger Menschenstrom begleitete den Toten
zum Friedhofe, eine Regimentskapelle blies Cho=
räle, in den Straßen bildete die Menge Spalier,

und an der mit Tannenzweigen überdeckten Gruft sang ein Männerchor seine Trauerlieder.

Martin aber, ergriffen von der Macht des Augenblicks und dem tiefen Weh der Eltern, fand die rechten Worte, die besonders da warm und anbringend klangen, als er von den festen und seltenen Banden der Familie sprach, die dieser Unglücksfall so jäh durchrissen hatte.

Gegen Abend las er die Zeitung und fand dort einen ausführlichen Bericht der Begräbnisfeier. Er flog ihn durch, ohne ihm irgendeine Aufmerksamkeit zu schenken.

Mit einem Male aber — — ja, was las er denn da?

"Aufrichtige Bewunderung müssen wir bei dieser Gelegenheit unserem allverehrten Schloßpfarrer, Herrn Steppenreiter, aussprechen. Wahrlich, hier haben wir den Geistlichen, dem nichts Menschliches fremd ist. Seine Handlung an diesem Grabe war eine Tat; sie zeugte von großem Mut und noch größerer Liebe —"

Was sollte das heißen: "aufrichtige Bewunderung ... der Geistliche, dem nichts Menschliches fremd war ... seine Handlung eine Tat —? was war der Sinn dieser wunderlichen Worte?

Er verfolgte den Bericht weiter, da fand er die Erklärung.

Also seine Ahnung hatte ihn doch nicht betrogen! Klar und deutlich stand es da, daß der junge Dorenbom selber Hand an sich gelegt. Und keineswegs als eine Neuigkeit, als etwas Stadtbekanntes, ganz Selbstverständliches wurde es berichtet: Einige Stunden vor der unseligen Tat habe ein heftiges Zerwürfnis zwischen den Eltern und dem Sohne stattgefunden, der Anlaß sei ein langjähriges Verhältnis des jungen Mannes mit einer Verkäuferin gewesen, die er um jeden Preis heiraten wollte, während ihm die Eltern ein junges Mädchen ihres Verkehrs zur Ehe bestimmt hatten. Der Sohn habe sich standhaft geweigert, ebenso entschieden sei der Vater bei seinem Willen geblieben; die Beziehungen zwischen beiden seien so schon immer recht mißliche gewesen, diesmal sei es zu einer besonders bösen Szene gekommen. Wenige Minuten, nachdem der Sohn das Haus seiner Eltern verlassen, sei der verhängnisvolle Schuß gefallen.

Und er, er hatte sich an die offene Gruft gestellt und hatte den Toten gepriesen und seine Eltern, hatte von der seltenen Familienliebe in diesem Hause gesprochen, von den innigen Banden zwischen Vater und Sohn, von dem verständnisvollen Eingehen der Eltern auf jeden leisen Wunsch ihres Kindes, das mit so warmer Verehrung an ihnen hing!

Welch ein furchtbarer Hohn lag in diesen Worten! Welch einen Eindruck mußten sie auf die Trauerversammlung machen, deren größter Teil in diese unerquicklichen Vorgänge genau eingeweiht war? Würden sie ihn für einen bewußten Lügner halten, oder, was ebenso schlimm war, für einen gefälligen Schönredner, der dem Reichtum seine Reverenz machte, der alles kaufen konnte, auch das Urteil eines Geistlichen? In dem großen Theater, das man dort auf dem Kirchhof aufgemacht, hatte er die Hauptrolle gespielt, seine Rede war eine Komödie gewesen, gegen die alle gleißenden Gesänge, alle Tränen und Worte da draußen verblaßten. Wiederum hatte man sein Vertrauen und sein Mitleid auf das schändlichste getäuscht. Und während die heiße Empörung gegen sich und die anderen in ihm arbeitete, die ihn zu einer so schamlosen Prostituierung seiner Persönlichkeit und seines Amtes gezwungen, las er in der Zeitung weiter:

"Nicht nur, daß Herr Pfarrer Steppenreiter alle Vorurteile und alle mittelalterliche Überlieferung stark und frei über Bord warf und bei diesem leider nicht zu beschönigendem Falle im vollen Ornate amtierte, die Wärme seiner Rede, der vornehme Takt, der über alles Mißliche schweigend hinwegging oder es in den Schleier verzeihender Liebe hüllte, mußte auf alle Be=

teiligten den angenehmsten Eindruck hinterlassen."

Schwarz und weiß also hatte er es, daß er ein Lügner war! Was er sich selber mit innerem Entsetzen zugestanden, das posaunte die gelesenste Zeitung durch die ganze Stadt. Natürlich hatte er alles gewußt! Wie sollte er auch nicht? Aber er hatte geschwiegen, verhüllt, vertuschelt — mit dem Mantel der Liebe hatte er Lug und Trug gedeckt.

Er war außer sich, er fühlte sich in seinem innersten Empfinden, in der Schamhaftigkeit seiner Seele auf das tiefste verletzt, er sah seine Ehre als Mann, seine Würde als Geistlicher in den Schlamm gezerrt.

Er setzte sich an den Schreibtisch und verfaßte eine energische Richtigstellung an die Zeitung, er schrieb einen Brief voll brennender Empörung an Herrn Dorenbom, der ganzen Welt hätte er den Fehdehandschuh hinwerfen mögen ob ihrer Heuchelei und Falschheit — und mußte sich fein säuberlich in seinen Gesellschaftsrock stecken und Frau Lerche einige artige Worte sagen, die ihn im kleinen Kreise zum Mittagessen eingeladen hatte.

„Man darf Ihnen zu immer neuen Erfolgen gratulieren," sagte über den Tisch hinüber Amtsrat Busekist, der zur Tagung des Provinzial=

ausschusses in die Stadt gekommen war und mit seiner Tochter an dem Essen teilnahm.

Martin fühlte sofort die Spitze, die in diesen Worten des alten Gegners lag. Die Gelegenheit dem tiefgewurzelten Groll gegen seinen früheren Pfarrer Luft zu machen, wollte er sich nicht entgehen lassen.

So scharf und zurückweisend klang Martins Antwort, daß es für einen Augenblick totenstill an der Tafel wurde und nur der ruhige Humor Reichenbachs, der sich nie aus der Fassung bringen ließ, Öl auf die erregten Wogen goß.

Unglücklicherweise erwähnte nun aber Frau Lerche, die, mit dem Auftun der Suppe beschäftigt, den peinlichen Vorgang nicht beachtet hatte und lediglich von dem Wunsche getrieben war, ihrem verstimmten Gaste etwas Angenehmes zu sagen, jenen Zeitungsartikel und verschärfte so die kaum überwundene Spannung.

Was Martin am meisten schmerzte, war die Beobachtung, daß man seine ehrliche Empörung über diese plumpe und unwahre Lobeserhebung nicht für ganz ernst, ja von mancher Seite mehr für eine Art sich zierender Bescheidenheit nahm. Vollends seine Versicherung, daß er von dem wirklichen Tatbestande in dem Augenblicke, als er seine Rede hielt, nicht die leiseste Ahnung gehabt, begegnete einem Zweifel, den natürlich nie=

mand äußerte, den ihm aber das Schweigen um ihn her beredt genug verriet.

War er denn wirklich so wenig verstanden in diesen Kreisen, in denen er sich ganz zu Hause gefühlt? Galt selbst hier, wo Männer von innerlichem Adel wie dieser Reichenbach, wo Frauen von soviel Geist und Gemüt wie Frau Lerche, den Ton angaben, die Redlichkeit nur in bedingter Form? War der Schein auch hier mächtiger als das Sein und blieb die Diplomatie die Göttin, die keine andere neben sich duldete?

Mit tief verwundeter Seele stand er plötzlich im Lande des Unbegreiflichen. Eine Kluft tat sich auf zwischen der Welt seines Inneren, die rein geblieben war und unberührt inmitten aller Erfolge und Errungenschaften, und der Welt der Äußerlichkeit, die der Strenge des Maßstabes keine Berechtigung zuerkannte, den er an sich und sein Handeln zu stellen gewohnt war. Wollte diese Gesellschaft auch ihn in die feinen, weichen Maschen des Netzes einfangen, das sie mit leisen, unmerkbaren Händen früher oder später über die Häupter aller derer zog, die zu ihren allein selig machenden Kreisen sich bekannten?

Wiederum stieg das Gefühl der Verein= samung in ihm auf, dessen Bitterkeit er schon einmal an einem Abend wie diesem gekostet hatte.

War denn niemand hier, der für seine Art, die Menschen und Dinge zu schauen, den mitfühlenden Blick besaß?

Sein Auge begegnete dem von Marie Busekist. Warum war die Brücke so schwer zu bauen, die zu diesem in sich geschlossenen Menschen hinüberführte? Warum traf er auch hier in letzter Zeit nur auf Verkennung seines Wollens und Suchens? Und warum war ihm trotz alledem immer wieder und gerade heute, als schliefe im Grunde ihrer beiden Seelen etwas tief Gemeinsames, etwas wesenhaft Innerliches, vor dem alle Scheidewände fallen mußten, wenn einer von ihnen einmal Kunde empfinge von dem wirklichen Leben des anderen?

Sie standen in einer Fensternische in Frau Lerches mit kostbaren Antiquitäten in Porzellan und Bronze geschmückten Boudoir, das an den großen Salon anstieß.

„Glauben Sie mir auch so wenig wie die anderen alle," sagte er mit einer vor Bewegung zitternden Stimme, „daß ich ganz ahnungslos in diesen Zusammenhang der Dinge hineingekommen bin, und daß ich von der falschen Auffassung meiner Handlungsweise auf das schmerzlichste betroffen bin?"

„Ich glaube Ihnen."

Sie sagte es mit leiser, ruhiger und doch beinahe feierlicher Stimme. Wie eine Befreiung von einer schweren Last wirkten ihre Worte auf ihn. Ihm war, als müßte er ihre Hand ergreifen, als müßte er ihr wenigstens sagen, wie glücklich ihn ihr Wort machte. Aber er hielt an sich, und nur sein aufleuchtendes Antlitz sprach stummen Dank.

„Und mehr noch," setzte sie nach einer Pause hinzu, „Sie haben mir in dieser Verquickung der Dinge, die Ihr fein empfindendes Gewissen doppelt schwer trägt, von ganzer Seele leid getan."

Er hatte das Gleichgewicht seiner Seele wiedergefunden und bewegte sich mit jener unbefangenen Heiterkeit unter den Gästen, die man an ihm gewohnt war und heute um so mehr vermißt hatte.

Und gerade an diesem Abend mußte es geschehen!

Es war Mitternacht geworden, als er sich verabschiedete und nach altem Herkommen mit Bonin zusammen nach Hause ging. Ein kalter aber schöner, sternklarer Dezemberabend empfing sie draußen. Sie hatten nicht die nächste Richtung eingeschlagen, sondern einen Umweg durch einige stille, leere Straßen gemacht, in die der Mond seine weißen, bleichen Lichter schob und verworrene Bilder auf die Giebel der schmalen Häuser malte.

Bonin war ein wunderlicher Mensch: bei aller Lebhaftigkeit von geradezu ängstlicher Zurückhaltung, sowie es sich um seine eigenen Angelegenheiten handelte. Er beschäftigte sich gern mit allem, was Martin anging, erteilte ihm manchen guten Rat, der Kunde gab von seiner Kenntnis der Menschen und seinem Eindringen auch in Verhältnisse, die ihm naturgemäß ferner liegen mußten. Aber die Hülle von der eigenen Seele lüftete er nie; dort war er allein zu Hause und gestattete keinem anderen den Zutritt.

Heute machte er zum ersten Male eine Ausnahme. Was Martin seit längerer Zeit wie ahnendes Empfinden in sich gespürt, das machten jetzt die kurzen, andeutenden Sätze, die schwer und zögernd von Bonins Lippen kamen, zur Gewißheit: Wie er seit dem ersten Tage, da er sie als Landrat auf dem väterlichen Gute kennen gelernt, eine tiefe Zuneigung zu Marie Busekist im Herzen getragen. Und wie nur seine spröde Natur und der Zweifel, ob seine Liebe einen Widerhall fand, ihn bis jetzt zurückgehalten habe, sich zu offenbaren.

Martin hörte seine Worte wie im Traume, und bange Fragen gingen ihm durch den Sinn. Wird er sie glücklich machen? war sein erster Gedanke. Wird seine Art und Anlage ihren tiefer grabenden Bedürfnissen Genüge tun? Klug ist er, ohne jede Frage, sehr klug sogar, und dabei mutig und weitschauend und von männlichem Sinne. Aber in ihr lebt so etwas anderes, etwas, das dem Leben nicht in gerader Linie zu Leibe geht, wie es Bonins Weise ist, sondern durch verborgene Gänge suchend und bohrend seinem Sinne, seinen letzten Fragen und Rätseln nachgrübelt — vielleicht ergänzen sie sich deshalb um so besser, und als Freund sollte ich mich freuen.

Und er versuchte es zu tun, und es gelang ihm auch.

Aber als er nach dieser Unterredung in später Nachtstunde auf sein Zimmer trat, da kam stärker als je das Empfinden der Vereinsamung über ihn, und diesmal mit so drückender, quälender Gewalt, daß es ihn nicht zum Einschlafen kommen ließ, obwohl er sich noch nie einen Abend so todmüde gefühlt wie diesen.

* * *

Am nächsten Morgen fand Martin auf seinem Frühstückstische ein Schreiben des Superintendenten, das ihn zu einer Unterredung in seiner Amtswohnung bat.

Bodenburg saß an seinem Schreibtische in der dumpfen, muffigen Arbeitsstube mit den vielen Büchergestellen und den verirrten Sonnenlichtern, die melancholisch über die verstaubten Folianten dahinhuschten.

Es hatte alles mit einem Male einen so traurigen Anstrich in dieser Stube, eine unendliche Leere und Nüchternheit gähnte durch den großen schmalen Raum, und auf den Gardinen lag, selbst dem Männerauge sofort sichtbar, fingerdicker Ruß und Staub.

Und wie dies Zimmer, so machte auch sein Bewohner den Eindruck der Verlassenheit. Die strenge Sorgfalt, die Bodenburg einmal auf seinen äußeren Menschen zu verwenden pflegte, war einer auffallenden Vernachlässigung gewichen. Der Überrock zeigte wohl noch den alten tadellosen Stoff und Schnitt, aber er war stark vertragen und glänzend am Kragen und Ellbogen, und das Gesicht war seit mehreren Tagen nicht rasiert. Unter den keimenden Bartstoppeln trat seine graue Farbe besonders hervor und gab ihm im Verein mit dem unbeweglichen Ausdruck der strengen Züge etwas Pergamentenes, so daß es ganz in die Gesellschaft der Bücher und Folianten um ihn her zu passen schien. Man merkte diesem Antlitz, hörte es der wunden, gepreßten Stimme an, daß dieser Mann an einem schweren Leid krankte. Aber keiner, auch der Nächststehende nicht, durfte daran rühren, er machte alles mit sich allein ab und mit seinem

Gotte. Ganz seiner Arbeit hingegeben lebte er doch wie ein Toter in der Welt und unter seinen Mitmenschen und sperrte der Stimme des Lebens jeden Zugang in seine klösterliche Zelle.

Mit amtlicher Kühle empfing er Martin, dessen irdischer Sinn und gesellschaftliches Verhalten ihn gerade in seiner jetzigen Verfassung unverständlich, ja verächtlich erschien.

„Ich muß Sie bitten, sich wegen Ihres Verhaltens in der Angelegenheit Dorenbom zu verantworten, mündlich oder schriftlich, wie Sie wollen."

Martin fühlte sich durch seine Art verletzt, er gestand ihm das Recht nicht zu, in dieser wenig brüderlichen Weise mit ihm zu verhandeln.

„Ich glaubte mich einer solchen Verantwortung überhoben, ich habe nach bestem Wissen und Gewissen gehandelt."

„Aber immerhin nicht mit der genügend ruhigen Überlegung," erwiderte der andere eisig. „Sie hätten sich nicht mit dem zufrieden geben dürfen, was der Vater Ihnen erzählte, der selbstverständlich ein Interesse hatte, die Sache zu vertuschen und zu beschönigen. Die Angelegenheit hat einen ungeheueren Staub aufgewirbelt."

„Von dem ich nichts gespürt habe, ich habe nur anerkennende Urteile gehört, die mir freilich sehr wenig angenehm waren."

Er sprach mit beinahe trotziger Zurückhaltung.

Der Superintendent nahm ein Zeitungsblatt, das neben ihm lag, und reichte es Martin.

„Wollen Sie bitte lesen — hier auf der ersten Seite das rot Angestrichene."

Martin erbleichte. So haßerfüllte Worte hatte er noch nie vernommen, solange er hier wirkte. Es waren die Auslassungen eines sozialistischen Organs, die seine amtliche Handlung auf das schärfste angriffen und die Kirche und ihre unwürdigen Einrichtungen für sie verantwortlich machten. Hier sehe man es endlich mit verblüffender Deutlichkeit, hieß es zum Schluß, daß die Kirche, die sich gerne als unparteiisch, ja als den liebevollen Hort für die Bedrückten und Mühseligen aufspiele, mit zweierlei Maß messe. An demselben Morgen, an dem man einen verirrten Sohn des reichen Mannes mit Pomp und Lüge feierlich bestattet, sei ein Arbeiter, der seine Kinder vor dem Hungertode zu bewahren, eine geringfügige Unterschlagung verbrochen habe und bei ihrer Entdeckung ins Wasser gegangen sei, auf dem Armenkirchhofe wie ein Hund verscharrt worden.

Und, was das Schlimmste war, das allerdings sehr hohe Honorar, das der alte Dorenbom dem Pfarrer gesandt, und das dieser ihm durch denselben Boten zurückgeschickt hatte, war — durch welche Indiskretion, das blieb unerfindlich — ganz genau in dem Artikel angegeben.

Die Schamröte war Martin ins Antlitz gestiegen, aber gegen das förmliche Verhör, das der Superintendent jetzt mit ihm anstellte, bäumte er sich auf.

„Ich werde eine Untersuchung gegen mich beantragen."

„Das Konsistorium hat mich bereits mit Ihrer Vernehmung betraut."

Da war er machtlos. „So kann ich nur wiederholen, daß ich nach bestem Ermessen gehandelt habe; um so tiefer schmerzt es mich, daß selbst meine Behörde, die mich schützen sollte, meinen guten Glauben in Zweifel zieht und meine Ehre kränkt."

Um die dichten Brauen des Superintendenten zuckte es, seine schmalen Hände griffen um die Lehne seines Stuhles, er konnte nicht mehr an sich halten.

„Sie sprechen das rechte Wort aus, das ist das A und O Ihres Denkens und Handelns: Ihre Stellung, Ihre Ehre! Aber daß es ein anderes Schild noch gibt, das wir zu bewahren haben vor dem leisesten Staubfleck, daß wir berufen sind, einer Sache zu dienen, die viel größer und heiliger ist als unsere Person, das vergessen Sie so leicht."

„Herr Superintendent!"

„Lassen Sie mich zu Ende reden. Schon lange habe ich auf den Augenblick gewartet, dies Ihnen sagen zu können. Sie erinnern sich Ihres ersten Besuches bei mir; damals sprach ich von den Erwartungen, die sich an Ihren Amtsantritt in der Schloßgemeinde knüpften, ich wies zugleich auf die Gefahren hin, die mit dieser Stellung verbunden wären. Nun, Sie haben mit erstaunlichem Geschick den rechten Weg gefunden, das muß man sagen, Sie sind ein großer Mann geworden. Ob das aber, was Sie hier sind und tun, mit dem hohen Zweckgedanken unseres Berufes in Einklang zu bringen ist, ob es in demselben Maße wie hier auch einmal vor den Augen eines unbestechlicheren Richters bestehen wird, das ist eine Frage, die Sie allein zu beantworten haben."

Wiederum lehnte sich alles in Martins Inneren gegen diese priesterliche Bevormundung auf. Aber der Mann ihm gegenüber sah ihn mit den strengen grauen Augen so tieftraurig an, sprach so durchdrungen von seinem guten Rechte und mit so zweifelloser Überzeugung, daß er nicht das passende Wort zu einer Entgegnung fand.

„Ich will meine Lebensauffassung und Amtsführung vor Ihnen nicht verteidigen," sagte er deshalb nach einem gegenseitigen Schweigen. „Sie mag ihre Schattenseiten, mag ihre Irrtümer haben, umsomehr drängt sie mich zu der Frage: ob Ihre entgegengesetzte Art, sich von jeder Berührung mit der Welt da draußen ängstlich abzuschließen, dem evangelischen Prinzip entspricht, ob es solche klösterliche Abgeschlossenheit ist, die für die Gemeinde, der wir dienen sollen, die rechte Frucht bringt?"

Eine matte Blutwelle stieg in das gelbe Gesicht Bodenburgs, die Lippen wollten sich zu einer raschen Erwiderung öffnen, dann aber schüttelte er den Kopf und faltete die Hände so fest, daß die Knöchel der Gelenke unter den schwarzen Rockärmeln schneeweiß erschienen.

„Herr," sagte er mit tonloser Stimme, „Sie haben noch nichts erlebt, nichts Innerliches, Umwälzendes, Sie haben noch niemand verloren, der — —," er brach ab und würgte den Satz hinunter, „Gott bewahre Sie davor. Mich aber lassen Sie getrost die Brücken zu der Welt da draußen abbrechen und höherführende und dauerhaftere bauen."

Martin sah den verhaltenen Schmerz durch die ehernen Züge zucken, sein Wort tat ihm leid, er hätte es gern gemildert. Aber die abwehrende Art des anderen machte jedes Einlenken unmöglich, sie zeigte ihm nichts als die bodenlose

Kluft, die sich von dieser Stunde an zwischen ihnen beiden auftat. — — — — —

Die Behörde forderte Martin zum Berichte auf. Man schenkte zwar ohne jede Weiterung seiner Versicherung Glauben, daß er nach bestem Wissen gehandelt, aber man ersparte ihm nicht den Vorwurf einer mangelnden Vorsicht, die in solchen Fällen gar nicht ängstlich genug beobachtet werden könnte.

* * *

„Ich habe heute etwas mit dir zu besprechen, was dir vielleicht nicht ganz recht sein wird," sagte Martin eines Morgens zu seiner Mutter, als sie zusammen frühstückten. „Ich fühle mich körperlich und geistig nicht mehr frisch, ich bedarf dringend einer Ausspannung und Aufmunterung und habe deshalb einen längeren Urlaub nachgesucht."

„Und das sollte mir nicht recht sein? Etwas Angenehmeres konntest du mir gar nicht sagen."

„Wir werden dann aber das Fest nicht zusammen verleben."

„Du wolltest schon vor Weihnachten —?"

„Sobald als möglich; sowie meine nicht ganz leichte Vertretung geordnet ist, — ich fühle, daß es Zeit ist."

Nun stahl sich doch ein Schatten in ihr Antlitz, es würde das erstemal sein, daß sie ohne ihren Martin unter dem Weihnachtsbaume stand.

„Wohin gehst du?" fragte sie.

„Nach St. Moritz, ich will ein wenig Wintersport treiben, der im Verein mit der Höhenluft meine Nerven wieder elastischer machen soll."

„Nach St. Moritz?" wiederholte sie, „Du triffst dort Bekannte?"

„Die Mannheimer; sie verbringen regelmäßig einige Winterwochen dort."

Die alte Frau tat keine Frage weiter. Zwei Tage später reiste Martin ab.

Als Frau Steppenreiter am ersten Weihnachtstage bei Buldes unter dem brennenden Tannenbaume saß, erhielt sie eine Depesche aus St. Moritz, die ihr die Nachricht von der Verlobung ihres Sohnes brachte. Bald darauf traf ein langer, von Licht und Freude erfüllter Brief bei ihr ein, in dem er schrieb, wie er nicht ohne harten Kampf mit der Mutter und der Familie sein höchstes Glück sich errungen; an der Entschiedenheit Ursulas sei jeder Widerstand gebrochen.

Im Anfang des neuen Jahres kehrte er selber zurück: ein anderer, als er gegangen war. Jene Unsicherheit in seinem Wollen und Handeln, jenes tastende Suchen nach dem rechten, seiner

Eigenart entsprechenden Weg hatte einer frohen Harmonie, einer hochgestimmten Geschlossenheit seines ganzen Wesens Platz gemacht.

„Ich möchte poetisch werden und mich mit einer Pflanze vergleichen," sagte er, „die endlich den Boden gefunden, auf dem sie gedeihen kann. Früher hat man sie da und dort hingesetzt, und sie hat geblüht und den Menschen vielleicht auch einige Früchte getragen. Aber sie allein fühlte, daß ihre Wurzeln nicht verankert waren in ihrer Erde, jetzt erst ist die Gewißheit einer großen Lebensfreudigkeit über mich gekommen."

Und er wußte nicht genug von der Lieblichkeit und dem reichen Innenleben seiner Braut zu erzählen, so daß in der alten Frau der Wunsch immer stärker ward, die künftige Tochter selber von Antlitz zu Antlitz zu sehen.

Schneller als sie gedacht, sollte er in Erfüllung gehen. Eines Morgens überraschte Martin sie mit der Nachricht, daß Ursula und ihre Mutter ihren Besuch zum Frühjahr angekündigt hätten.

„Und bei dieser Gelegenheit," fügte er hinzu, „muß ich dir einen Plan unterbreiten, der mich schon einige Wochen beschäftigt, und zu dessen Ausführung ich deiner Hilfe bedarf. Wir müssen uns hier neu einrichten, müssen uns gewissermaßen ganz umbauen. In diesem Urväterhausrat können wir Ursula und ihre Mutter nicht empfangen."

„Aber das hätte doch Zeit bis nach deiner Hochzeit, deine Braut wird alles nach ihrem Geschmacke und ihren Gewohnheiten wählen."

„Sie wird genug Spielraum behalten, ich möchte nur dies alte Pfarrhaus einigermaßen wohnlich und würdig zu ihrem Empfange herrichten. Die Diele unten will ich mit ein paar antiken Truhen und Schränken ausstatten, ich habe mir mehrere bei Kunsthändlern angesehen, meine Arbeitsstube soll den Anstrich eines behaglichen Herrenzimmers erhalten, auch im alten Stile, nicht so leer und nüchtern wie bisher, für das Empfangszimmer werde ich einige echte Teppiche und Bronzen kaufen, alles Sachen, die der Mode nicht unterworfen sind, und die Ursula gefallen werden."

„Das sind Anschaffungen, die ein kleines Vermögen kosten werden."

„Mögen sie! Wir haben bis jetzt wenig genug gebraucht. Und wenn wir diesmal mit den Zinsen nicht ausreichen, sondern von dem Kapital nehmen, das der Vater uns hinterlassen —"

„Ob diese Art der Ausgabe ganz in seinem Sinne sein wird?"

„Wozu anders hätte er mir durch seine Arbeit und Mühe ein so schönes Erbteil erworben, als daß ich es auch einmal zu meiner Freude verwenden sollte?! Ich will keinen Luxus treiben, nur würdig und künstlerisch möchte ich die Stätte schaffen, an der ich wirke. Schon lange ist es mein geheimer Wunsch gewesen. Wenn ich so in die Häuser meiner Bekannten geladen war und die Behaglichkeit dort sah und den Geschmack — und dann in meine spießbürgerliche Häuslichkeit kam —"

"Ich habe es dir manchesmal angemerkt."

"Und jetzt vollends, Mutter, der Gedanke, daß Ursula, der bei aller Anspruchslosigkeit eine gewisse Lebensbehaglichkeit selbstverständlich geworden, meinen sollte, ihr Verlobter habe immer in so einfachen, ja, nimm es mir nicht übel, beinahe ärmlichen Verhältnissen zugebracht, dieser Gedanke würde mir die Freude ihres Besuches ein wenig verkümmern."

Ein ernster, nachdenklicher Zug schattete über das Gesicht der alten Frau, das Falten und Furchen noch wenig heimgesucht hatten.

* * *

Die ersten Frühlingsboten. Scheu und schüchtern suchten sie den Weg in das große, graue, tote Einerlei der Steine und Mauern. Vom Winde gejagt flatterte ein weißer Schmetterling über die staubdurchwirbelten Straßen, und da er nirgends einen Ruheplatz fand, auf dem es ihm wohl war, wurde sein Flug immer müder und verirrter. Die Sonne zwängte einen ihrer verheißenden Lichtgrüße zwischen die engen langgestreckten Häuserreihen, der suchte sich gegen die feindliche Phalanx von Rauch und Ruß zu behaupten und durchbrach sie schließlich als Sieger. Aber als sterbender Sieger, denn lange war seines Bleibens in solcher Welt nicht. Hier und da zwitscherte ein Star, doch der Lärm der knatternden, dröhnenden Räder, der pustenden dampfenden Autos, der schrillenden Hupen erstickte den zaghaften Ruf.

Nur einer vernahm ihn durch all das Surren und Poltern hindurch: Martin, der sich auf dem Wege zum Bahnhof befand, um die sehnsuchtsvoll erwarteten Gäste abzuholen. Und er weckte einen Widerhall in seiner Seele, dem kein Schatten und kein Dunkel mehr wehrte.

Als er in die Bahnhalle einbog, kam ihm Bonin entgegen. Etwas Angenehmes mußte sich ereignet haben, seine grauen Augen, die gewöhnlich so ernst blickten, leuchteten, seine sonst so ruhige Sprache überhastete die Worte.

„Ich komme eben aus Storkow. Ich habe mich mit Marie Busekist verlobt. Sie sind der Erste, dem ich es sage." — —

Endlich lief der Zug ein, und eilenden

Schrittes entstieg einem Abteil erster Klasse eine leicht und lieblich gebaute Gestalt, nach der er sich gebangt im Wachen und im Träumen alle diese Wochen und Monate hindurch, und schlang selig in der Freude des Wiederfindens die Arme um seinen Hals. Und ihm erschien ihre Berührung so warm und weich wie der erste Frühlingssonnenschein da draußen, der sich zu ihrer Begrüßung sogar einen Eintritt in diese dumpf gedeckte Perronhalle erzwungen und in einer hellen Lichtsäule von Millionen feiner, glimmender, sich suchender und umkreisender Staubperlen durch das große Oberfenster der Kuppel hinunterstieg.

Aber nur eine Sekunde durfte dieser glückerfüllten Begrüßung gehören, denn Frau Wedekind war eine anspruchsvolle, noch sehr gut aussehende Dame, der es gar nicht einfiel, hinter ihrer Tochter zurückzustehen, und die um keinen Preis vernachlässigt werden durfte. Ein leiser Augenwink von Ursula, und Martin war ihr beim Aussteigen behilflich, ließ aus der Fülle seines von Freude und Glück geschwellten Herzens einige dankbare Worte auch für sie ausströmen und saß nun den beiden gegenüber in dem mit Koffern und Schachteln gefüllten Auto, sie in das Hotel zu geleiten, in dem er die Zimmer für sie ausgesucht und mit duftenden Frühlingsblumen geschmückt hatte.

Zum Abend erwartete Frau Steppenreiter ihre Gäste. Sie war heute nicht so ruhig wie sonst, wenn sie ihr Haus für Besuch bereitete, manche stille Frage ging ihr durch Kopf und Herz, mancher Gedanke folgte ihr in alle ihre wirtschaftlichen Arbeiten und Verrichtungen, und die alte Tine schüttelte einige Male nicht ohne Grund ihr wuschiges Haupt. Die neue Umgebung mochte wohl auch ein Teil der Schuld an ihrer Unruhe haben: diese Teppiche, so weich und kostbar, wie sie früher nicht ihr bestes Zimmer geschmückt hatten, und die hier im Hausflur lagen, diese wunderlichen Bilder und die braunen, nackten Leute, die ihr Sohn Bronzen nannte, und auf die er besonders stolz war, diese zierlichen kleinen Möbel, die an die Stelle der altmodischen mit den hohen geschnitzten Lehnen und den verschossenen Seidenbezügen getreten waren, die Martin moderner und schöner fand, und die ihr immer ein Lächeln abnötigten, weil sie ihr wie die Einrichtung einer Puppenstube vorkamen.

Eben war sie noch zu Tine in die Küche hinabgestiegen, um diese zum wer weiß wievielten Male zur ängstlichen Schließung der Tür zu ermahnen, denn der Duft der Speisen erfüllte bereits das ganze Haus und tat seiner neuen Vornehmheit bedenklichen Abbruch, da fuhr draußen ein Wagen vor.

Mit einer Liebenswürdigkeit, so natürlich und aus tiefstem Herzen kommend und so ehrfurchtsvoll und kindlich dazu, daß ihr gar nicht zu widerstehen war, hatte Ursula die Mutter ihres Verlobten begrüßt. Nun legte sie ihren jugendlichen Arm in den der alten Frau und ließ sich noch vor dem Essen das ganze Haus zeigen. Und alles fand sie entzückend und romantisch und vornehm wie in einer alten Ritterburg, lief die Treppen hinauf und herunter wie eine Gazelle, ließ weder den geräumigen Boden noch den tiefen, kühlen Keller unbesichtigt und mäßigte nur den geflügelten Schritt, wenn sie merkte, daß Frau Steppenreiter trotz ihrer Behendigkeit ihr nicht zu folgen vermochte. Und bei alledem scherzte und lachte sie, wie in diesem alten Pfarrhause wohl seit langer Zeit nicht gescherzt und gelacht worden war.

Auch ihre Mutter war sichtbar bemüht, das Neue, das ihr hier entgegentrat, mit Wohlwollen zu betrachten. Allein sie war zu lange Zeit ihres Lebens an die Behaglichkeit moderner Räume gewöhnt, um nicht dann und wann einen ungewollten, doch nicht zu hemmenden Seufzer über die Unbequemlichkeit eines so alten Hauses laut werden zu lassen und ihre Tochter mit einem Blicke stillen Mitleids zu betrachten, in dem Gedanken, daß sie auch einmal auf diesen gewundenen, vielstufigen Treppen heimisch werden sollte, sie, die Verhätschelte und in jeder denkbaren Annehmlichkeit des Lebens Großgewordene!

Selbst die neue Einrichtung, die Martin unter Hinzuziehung manches sachverständigen Bekannten mit unendlicher Sorgfalt ausgesucht hatte, und die er jetzt mit so sichtbarem Stolze vorführte, löste Kritik in ihr aus, und für das eben erst mit beträchtlichen Kosten Geänderte hatte sie schon manche neue Änderung bereit.

Nach dem Essen tauschte man die Rollen. Martin setzte sich mit Ursula in eine mit echten Stoffen drapierte Nische im Wohnzimmer, die für lauschige Zwiegespräche wie geschaffen erschien, seine Mutter nahm mit Frau Wedekind ihnen gegenüber auf einem ganz neuen, aber weniger behaglichen Sofa Platz, auf dem sich die alte Frau nur mit einiger Mühe zu behaupten wußte.

Mitten in der sorglos fröhlichen Unterhaltung, die er mit seiner Braut führte, mußte er dennoch öfters zu den beiden anderen hinüberblicken. Mit wieviel Zwange sah er sie nach Anknüpfungspunkten suchen, die sie einander näher führen könnten! Und dabei kam ihm der starke Gegensatz zwischen diesen beiden Frauen so recht zum Bewußtsein: die eine die große Dame der Welt mit aller Gewandtheit und unfehlbaren Form, die ihr zur Natur geworden, die andere eine schlichte, einfache Frau, die gar nicht wußte, daß es neben dem natürlichen Empfinden und Denken eine Form überhaupt noch gäbe, in die man jenes erst zu kleiden habe, die sprach wie sie dachte und schwieg, wenn sie nichts zu sagen hatte. Und niemals in seinem ganzen Leben hatte er ein so starkes Gefühl von Liebe und Verehrung für seine Mutter gehabt als in dieser Stunde.

10. Kapitel.

Martin machte mit seiner Braut Besuche. Nur in beschränkter Zahl, die notwendigsten nur, in den Kreisen, in denen er als Junggeselle aus und eingegangen war, und in denen man es als selbstverständlich ansah, daß er ihnen die Verlobte zuführte.

Aber als man erst angefangen, wuchsen diese Kreise in fast beängstigender Weise. Jetzt sah er, wie ganz vertraut und zugehörig er in der Stadt geworden war, die er einmal als ein Fremder betreten hatte.

Natürlich lud man ihn überall ein und veranstaltete festliche Aufnahmen für das Brautpaar, so daß sie kaum einen Abend hatten, der ihnen allein gehörte und inmitten der zahllosen fremden Menschen sich nacheinander sehnten, wie damals, als sie noch in Mannheim oder gar in St. Moritz und er hier allein weilte.

Nur Frau Wedekind sah diesen Verkehr, gegen den sie sich anfangs gesträubt hatte, nicht ungern. Er zeigte ihr, eine wie führende Stellung ihr künftiger Schwiegersohn überall ein-

nahm, und dieser für sie sehr wesentliche Um=
stand stimmte sie allmählich versöhnlicher gegen
eine Verbindung, die sie noch vor wenigen Mo=
naten für ihr Leben gern ungeschehen gemacht
hätte.

Ihre Briefe, die sie an ihre Kinder und Ver=
wandten nach Mannheim sandte, berichteten mit
froher Genugtuung von dem seligen Glück, in
dem Ursula an der Seite ihres Verlobten lebte,
von der Herzlichkeit, mit der man die Verehrung
für ihren Bräutigam auf sie beide übertrug.

Frau Wedekind schrieb durchaus richtig: sie
selber gefiel als die vornehme Frau in diesen
Kreisen, in denen man auf Geld und Ansehen
Gewicht legte, und ihre Tochter löste einfach Ent=
zücken aus. Man hatte schon auf sie gewartet;
einige Kaufleute der Stadt, die mit dem alten
Mannheimer Handelshause, dem sie entstammte,
in geschäftlicher Verbindung standen, hatten den
Reichtum gar nicht genug schildern können, der
sich mit ihrem Namen verknüpfte. Nun kam sie
selber, und wohin sie den Fuß setzte, war man sich
einig, daß etwas Lieblicheres kaum zu denken
war als diese zierliche Erscheinung im weißen,
fließenden Kleide mit den weichen, manchmal ein
wenig müden Bewegungen und den verträumten
Augen, die mit einem Male so hold lachen
konnten, als gehörten sie einem Kinde, das im

Sonnenschein spielt. Die jungen Männer um=
schwärmten sie, und die alten verließen den
Rauchtisch, wenn sie in der Quadrille tanzte, und
jeder ihrer Schritte eine Grazie offenbarte, die
mit ihr geboren schien.

Martin mußte es sich versagen, mit ihr zu
tanzen. Sie schien anfänglich darüber betrübt,
behauptete, nun gar keine Neigung mehr für dies
Vergnügen zu haben, dankte auch die ersten Male,
ließ sich dann aber gut zureden und tanzte mit
doppelter Lust. Und er sah ihr zu wie die an=
deren und freute sich ihres kindlichen Glücks und
war in tiefster Seele stolz, dies süße Geschöpf
sein eigen zu nennen.

Oft hatten sie auch ernste Gespräche mitein=
ander. Ursula redete dann wohl weniger als in
der scherzenden, tändelnden Unterhaltung, in der
sie voll sprühenden Lebens war. Aber in ihrem
Schweigen lag ein anschmiegendes Verständnis,
und eine hingeworfene Frage, ein kurzes Wort,
gab Kunde von ihrer Teilnahme.

Das Schönste aber war für sie, unter seiner
Kanzel zu sitzen. Wenn die alte Schloßkirche mit
der Schar der Andächtigen sich füllte, wenn wie
ein Sabbathgruß aus der Höhe von der Empore
der wundervolle Gesang des Chores hernieder=
schwebte, wenn dann der Gemeindegesang ein=
setzte, und sie von der ersten Strophe ab gar nicht

mehr den Augenblick erwarten konnte, in dem er die Kanzel bestieg, wenn endlich die ersten Worte seiner klangvoll gesättigten Sprache an ihr Ohr schlugen, und sie nun ganz Andacht, selbst- und weltvergessen ihm gegenüber saß, dann durchlebte sie Stunden so reiner Freude, wie sie in ihrem gedankenlosen Mädchendasein sie nie als möglich erträumt hätte.

* * *

Und doch war Martin bisweilen, als fehlte seiner Braut etwas an der Vollkommenheit ihres Glückes.

„Du hast ganz recht gesehen," sagte sie, als er in sie drang, „mir fehlt etwas."

„Was denn, Ursula?"

Zuerst wollte sie nicht antworten.

„Du führst manch ernstes Gespräch mit mir," kam es dann zögernd von ihren Lippen, „du schenkst mir jede Sekunde deiner freien Zeit, und ich bin dir dankbar dafür. Aber, sei mir nicht böse, ich kann bei alledem nicht die Empfindung loswerden, daß das weniger inneres Bedürfnis als Güte von dir ist."

„Welche Grille, Ursula!" rief er erstaunt, „ich lasse dich doch an meinem ganzen Leben und Denken teilnehmen, wovon hätte ich dich ausgeschlossen?"

„Gewiß, du bringst mich in die Kreise, in denen du heimisch bist und bist glücklich, wenn ich mich dort zurechtzufinden weiß. — Aber sieh, Martin, das alles ist doch nicht die Welt, in der ein Mann wie du lebst, das kann nicht der Boden sein, aus dem er seine Kräfte holt."

„Was wäre denn meine Welt?"

„Ein Pfarrer, so hatte ich es mir immer gedacht, ist für die Mühseligen, Armen und Kranken da. Von denen hast du noch nie zu mir gesprochen."

„Kind, warum soll ich in dein sonniges Leben so unnötige Schatten tragen? Die Welt des Elends und der Traurigkeit wirst du noch früh genug kennen lernen."

„Nein, nein," sagte sie, hartnäckig den Kopf schüttelnd, „nicht früh genug. Als deine Braut will ich sie kennen lernen und an deiner Hand."

Und nun die Arme um ihn schmiegend mit heißem Flehen, wie er es an ihr noch nicht kannte: „Nimm mich, bitte, mit auf deine Besuche in der Gemeinde, führe mich zu deinen Kranken und Armen und laß mich teilnehmen an ihrer Pflege."

Er machte einige Versuche, ihr diesen Gedanken auszureden, sie waren vergeblich. Nur um so inständiger bat sie ihn. Da gab er nach, und erst als sie seine feste Zusage hatte, war sie wieder froh und zufrieden. Er hielt sein Versprechen und führte sie in die Häuser einiger Armer und Kranker.

Aber bei allem redlichen Willen, den sie aufbot, versagte sie. Die Welt, die sich ihr auftat, war ihr eine so fremde und unbegreifliche, daß sie sich nicht in sie hineinzuversetzen vermochte. Schon die Luft, die ihr in diesen Stuben entgegenströmte, war ihrem zarten Organismus unerträglich, sie flößte ihr physisches Übelsein ein. Und den Armen und Kranken gegenüber hatte sie nichts als heiße Tränen, oder wenn sie sich zu einigen Worten zwang, wählte sie diese in dem aufrichtigen Bemühen, ihr Mitleid zu zeigen, denkbar ungeschickt.

Dennoch hätte sie die einmal begonnenen Versuche mit Aufbietung aller Kraft fortgesetzt, wenn ihre Mutter, die sie nach solchen Besuchen auffällig elend fand, nicht ein Machtwort gesprochen hätte. Diesem fügte sie sich, widerstrebend wohl, aber im Grunde ihrer Seele nicht ungern.

Über aller Freude, wie sie diese Zeit mit sich brachte, hatte sie die kleine Niederlage viel schneller vergessen, als Martin gefürchtet hatte.

Es gab ja hier immer neue Abwechselungen, die ihrem beweglichen Sinne Vergnügen bereiteten.

Auch in die Häuser der Amtsbrüder hatte Martin seine Braut eingeführt. Und wieder sah er zu seinem Entzücken, mit welchem Feingefühl und Herzenstakt sie sich in die verschiedenartigen Menschen, deren Interessen den ihren so fern lagen und in die einfachen Verhältnisse, die ihr nicht minder fremd geblieben, zu finden wußte.

Mit Bulckes war sie vom ersten Tage an auf vertrautem Fuße; der alte, weltkluge und doch so freundliche Mann gefiel ihr von allen am besten, und von seiner schlichten Frau ließ sie sich wirtschaftliche Anweisungen für ihre künftige Tätigkeit geben.

Mit Professor Moser aber unterhielt sie sich über Goethe, und da sie allzuviel von dem großen Dichter nicht wußte und tiefere Lektüre nicht gerade zu ihrer geistigen Erziehung gehört hatte, so ließ sie sich um so williger von dem beredten Manne unterrichten. Der aber fand für sie bald einen poetischen Namen, der ihr auf den Leib geschrieben wäre und nannte sie „Mignon".

Nur einen überwand auch Ursulas Liebreiz nicht: Superintendent Bodenburg. Ob er Martin sein Glück nicht gönnte? Ob es schmerzliche Erinnerungen in ihm wachrief? Ob er fürchtete, daß es jenen nun rettungslos in die weltlichen Bande verstricken würde?

„Der Herr Superintendent hat augenblick=

lich eine wichtige seelsorgerische Unterredung und bedauert, die Herrschaften nicht empfangen zu können," das war der einzige Bescheid gewesen, den das Mädchen an der Haustüre gegeben, als er ihm, als dem Ersten, mit seiner Braut einen Besuch machte, und kein freundliches schriftliches oder mündliches Wort hatte die Härte dieser Abweisung nachträglich gemildert. Nur seine Karte hatte er in Martins Pfarrhause abgegeben, und zwar zu einer Zeit, wo er mit Sicherheit darauf rechnen konnte, ihn nicht zu Hause zu treffen.

Das alles empfand Martin nicht ohne Schmerz; denn nun war ihm klar geworden, daß sein letzter Versuch einer Annäherung an diesen Mann gescheitert war, dessen zähes und selbstloses Wirken ihm trotz aller Verschiedenheit ihrer Anlagen Achtung abnötigte.

Zu Frau Wedekinds Liebhabereien gehörten die Aufnahmen in den Pfarrhäusern nicht. Da paßte sie doch sehr viel besser zu den Weltmenschen, mit denen Martin verkehrte. Und unter ihnen erfreute sich Reichenbach ihres besonderen Wohlgefallens. Der erschien ihr als der echte Norddeutsche, nicht so leicht zum Sprechen geneigt, zugeknöpft gegen den, den er noch nicht genauer kannte, mit dem er noch nicht "einen Scheffel Erbsen gegessen", wie sie hierzulande wenig geschmackvoll sich ausdrückten, ein wenig knorrig manchmal und nicht so chevaleresk und von leichter Zuvorkommenheit gegen eine Dame, wie sie es zu Hause von den Herren ihres Umganges gewohnt war. Aber wenn er erst aus seiner Zurückhaltung herauskam, dann konnte er eine lustige Geschichte nach der anderen mit derselben unverwüstlich trockenen Ruhe zum besten geben. Und was sie am meisten dabei amüsierte: daß sich auch nicht eine Miene in seinem Gesichte verzog, wenn die anderen um ihn her vor Lachen vergehen wollten.

Auch Ursula stand mit dem Oberbürgermeister auf bestem Fuße, aber größeren Eindruck hatte eine andere auf sie gemacht: Marie Busekist. Die war auch norddeutsch in jeder Bewegung und Äußerung ihres Wesens, norddeutsch in der Knappheit und Kargheit ihrer Worte, in der schlanken, dabei kräftig aufgebauten Erscheinung mit dem ernsten Gesicht, auf dem eine geborgene Ruhe und eine gewisse Unrast, die über Lebensfragen zu grübeln schien, so wunderbar sich begegneten, und über dem die vollen dunkelblonden Haare schimmerten wie herbstliches Laub im Abendlicht, norddeutsch schließlich in ihrem versonnenen Lächeln, bei dem sie nur ein wenig die Oberlippe hob, und das doch das ganze Antlitz so hell und still verklärte.

Gleich vom ersten Abend an, als Martin

sie ihr in einem Symphoniekonzert vorge=
stellt, suchte Ursula ihre Bekanntschaft. Ein un=
widerstehlicher Zug trieb sie zu der verschlossenen
nordischen Schönheit, die ihrem anschmiegenden
südlichen Temperament und ihrer jugendlichen
Schwärmerei stets mit derselben gemessenen Lie=
benswürdigkeit begegnete. Martin empfand sehr
wohl, wie glücklich es seine kleine Braut gemacht
hätte, dies Mädchen zu ihrer Freundin zu haben,
und nur mit Wehmut sah er, wie ihr Liebreiz
gerade da, wo er so gern erobert hätte, versagte.

„Sie ist so klug und so gütig zugleich,"
äußerte sich eines Tages Ursula, „aber bei aller
Freundlichkeit läßt sie sich nicht näher kommen,
nicht einen Schritt. Ihr Norddeutsche seid eben
alle wunderliche Leute. Auch dein Freund Bo=
nin. Männer, die immer ernst und immer klug
sind, fallen mir auf die Dauer ein wenig auf die
Nerven. Da lobe ich mir die Morelli, an der ist
alles Blut und Leben, und ich weiß wirklich nicht,
was du gegen sie hast."

*   *   *

Frau Wedekind hatte ihre Abreise oft ge=
plant und oft verschoben. Und als sie endlich mit
ihr Ernst machen wollte, kreuzte ein Ereignis
ihre Absicht, das in allen Kreisen der Stadt den
Gegenstand lebhafter Unterhaltung und eifriger

Vorbereitungen bildete: Marie Busekists Hochzeit.

Der Amtsrat hatte sich nach einem langen Hin und Wider entschlossen, sie in der Stadt zu feiern, obwohl eine stille ländliche Trauung mehr nach Maries Sinn gewesen wäre. — —

Der nicht versiegende Strudel von Zerstreuung und Lust, in den Martin durch den Besuch seiner Braut hineingezogen war, tat seinem Schaffen Abbruch. Erst ließ er es sich gern gefallen; als er aber nur noch die notwendigsten Amtshandlungen verrichten konnte und zu seinen wissenschaftlichen Studien, die er sonst mit so freudigem Eifer getrieben, oder zu einer stillen Stunde, die ihm in aller Lebhaftigkeit seines Daseins unentbehrlich erschien, gar nicht mehr kam, da fing er an beides zu entbehren.

Und dann geschah es, daß mitten in diesem Taumel plötzlich eine Frage vor ihm auftauchte, die wie leise Ahnung vielleicht manches Mal schon durch seine Seele gezogen war, die er in solcher Deutlichkeit jedoch sich bis jetzt nie gestellt: Ob diese Art des Daseins, dieses Eilen von Genuß zu Genuß mit dem Geiste und der Verantwortlichkeit seines Berufes in Einklang zu bringen wäre? Und nachdem diese Frage einmal wach geworden, ließ sie ihm keine Ruhe mehr.

Ein an sich geringfügiger Vorgang ließ sie vollends in ihm aufleben.

Es war an einem Sonntagmittag. Er hatte eben eine Predigt über die Nachfolge Christi gehalten und saß mit Ursula in seiner Arbeitsstube. Nach ihrer Gewohnheit sprachen sie die Gedanken noch einmal durch, die er in der Kirche entwickelt hatte. Plötzlich zuckte ein heiteres Lächeln um ihre frischen Lippen. Er fragte sie nach dem Grund ihrer Lustigkeit, den er sich mitten in dem ernsten Gespräch nicht zu erklären vermochte.

"Ach nein," wehrte sie ab, "es ist zu dumm, ich sage es gar nicht."

Nun wollte er es natürlich erst recht wissen und drang beinahe heftig in sie.

"Ich mußte während deiner Predigt immer daran denken, wie du doch auf der Kanzel ein so ganz anderer bist als im gewöhnlichen Leben."

"Das mag einem wohl leicht bei einem Geistlichen scheinen, den man als Mensch so genau kennt."

"Gewiß. Aber wenn man es so bei Lichte besieht, hat es doch einen leisen komischen Anstrich, wie du mit so viel Eifer und Begeisterung den Leuten Dinge predigst, die eigentlich gar nicht nach dir sind: daß sie die Welt fliehen sollen und ihre Luft. Und wer kann so lustig sein wie du gestern abend erst bei Frau Lerche; man erkennt dich dann wirklich nicht wieder. Und sieh, dann kommt mir immer mein altes Wort in den Sinn, über das du damals soviel lachen mußtest."

„Welches Wort?" fragte er zerstreut und mit belegter Stimme.

„Das von den zwei Menschen. Und nun komm einmal her, Liebster, und sage mir: Mit welchem von beiden bin ich denn eigentlich verlobt? Mit dem sprühenden, frohsinnigen Mann des Lebens, wie ich ihn in Mannheim kennen lernte, und wie ich ihn hier auf allen Gesellschaften sehe, oder mit dem ernsten Eiferer des Himmels, wie ich ihn im schwarzen Talar auf der Kanzel mit eindringendem Wort die Menschen zur Buße und Weltflucht rufen höre — aber was ist dir? Du bist ja ganz verändert. Nein, mit dem Gesichte mag ich dich nun wirklich nicht. Siehst du, ich wußte ja, daß ich etwas sehr Dummes sagen würde, das dich verdrießt und uns den schönen Sonntag von Grund auf verbirbt."

Er hörte sie gar nicht.

„Ich weiß nicht — weiß wirklich nicht," murmelte er einige Male vor sich hin, als spräche er ins Leere.

„Was weißt du nicht, Schatz?" fragte sie in beklommener Angst, ihre weichen Hände auf seinem Kopfe faltend, „um Gottes willen, sage es mir!"

„Mit wem du verlobt bist, wer ich bin — dieser hier oder jener dort auf der Kanzel?" Und dann schnell abbrechend:

„Ich bitte dich, gehe einen Augenblick zur Mutter nach oben. Du hast ihr noch gar nicht guten Tag gesagt, ich habe einige Amtshandlungen und muß mich sammeln."

11. Kapitel.

Vor dem Hauptportale der Schloßkirche fahren die Wagen vor — vornehme, festliche Karossen in hellen Farben lackiert, innen mit Seide gepolstert. Wertvolle Pferde ziehen sie, meist Rappen mit langen Schweifen, deren Glut kaum zu zügeln ist. Nichts hört man als ihr feuriges Getrappel, denn die Räder laufen auf Gummireifen. Und wenn sie halt machen oder vorher schon, schwingt sich mit einem Satze ein Bedienter vom Kutschersitz und reißt den Schlag des Wagens auf, vor dem er sich, den hohen Hut in der Hand, ehrerbietig aufstellt. Aus dem Portale stürzt zugleich ein Kirchendiener, und beide sind den Herrschaften behilflich, die dem Wagen entsteigen: fast alle, ob sie in Uniform oder im Frack erschienen sind, Träger bekannter Namen, Verwandte oder nähere Bekannte der alteingesessenen Familie Busekist; die Gewänder und Edelsteine und Federn der Damen zeugen von dem Reichtum, der hier seinen Glanz entwickelt.

Die älteren Herrschaften begeben sich in die große geheizte Sakristei, denn gerade, wenn draußen die ersten Sommerlüfte wehen, ist die

alte gewaltige Kirche am kältesten und gefähr=
lichsten. Als träte man in ein Grabgewölbe ein,
so feucht und schaudernd packt die eisige Luft
einen an, die in diesen undurchdringlichen
Mauern noch fest gefangen ist. Die jüngeren
aber stellen sich am Eingang des großen Seiten=
schiffes auf, sie sind Brautführer und Braut=
jungfer, haben das Paar zu empfangen und zum
Altar zu geleiten.

Über die zarten, entblößten Schultern, die
ein Spitzentuch oder ein leichter Schal nur not=
dürftig schützen, läuft ein Frösteln, die Kälte der
Kirche wirkt hier peinigend. Auch die Herren
frieren, aber sie lassen es nicht merken. Die
meisten unter ihnen sind junge Offiziere, denen
solche Empfindlichkeit schlecht anstehen würde,
und die Herren in Zivil geben ihnen nichts nach.
Man ist in diesen Kreisen gut erzogen, man ge=
steht sich und den anderen kein Recht zu, unan=
genehmen Empfindungen irgendeinen Ausdruck
zu geben.

Das Brautpaar läßt lange auf sich warten,
der Grabeshauch der Kirche senkt sich dunkler
und kühler herab. Vom Altar her schwelen die
Kerzen in die Dämmerung hinein, und die alten,
kostbaren Kronleuchter, die mit gelben Wachs=
lichtern besteckt sind, flimmern durch das Dunkel
wie Sterne an einem schwarzen Abendhimmel.

Frost und Langeweile tun sich zum Bunde zusammen, keiner wagt zu gähnen, jeder tut mit aller Kraftanwendung das äußerste, die mühsam sich hinquälende Unterhaltung vor dem völligen Versiegen zu bewahren, hier und da macht man, unbekümmert um die Heiligkeit des Ortes, einen Scherz und belächelt ihn müde, wunderbar klingt das Geflüster durch die einsamen, stillen Räume. Alles wartet, wartet. Dann und wann geht einer der Herren an das Portal oder spricht mit dem Küster, der in seinem schwarzen Kirchenrock und einer ganzen Kette von Medaillen und Auszeichnungen dahinschreitet, als gäbe es in diesem Dome keinen Herrn außer ihm.

„Wer traut eigentlich?" fragt Assessor v. Medebach die reizende Florentine Fahrenheid aus Köln, eine Cousine der Braut.

„Ich weiß nicht, wir sind gestern abend erst angekommen, Papa hatte nicht früher Zeit."

„Herr Pfarrer Steppenreiter," erläutert kurz und ein wenig herablassend der Küster, der beim Vorübergehen die Frage gehört.

„Ah — der," sagte der Assessor, „er ist überall, er traute vorgestern Fräulein v. Wolzogen mit dem Legationssekretär v. Wedel. Sie waren ja auch da, Lindequist."

„Ein älterer Herr?" fragte eine Brünette in Rosa mit reichem Perlenbesatz.

„Nein, ein junger, ein großer Redner und sehr musikalisch."

„Und ein Gesellschafter comme il faut, er sitzt in allen Sätteln," wirft ein Offizier von den Leibdragonern ein.

„Wie interessant!" sagt die Brünette. Sie will noch etwas hinzufügen, aber sie bricht bei dem ersten Worte ab, denn eine lebhafte Bewegung geht durch die Reihe. Der Kirchendiener, der draußen postiert ist, öffnet die beiden Flügel der alten, reichgeschnitzten Kirchentür, daß mit einem Male ein weicher, wohliger Luftzug durch die eisigen Gewölbe streift, dann erhebt er die Hand, ganz hoch. Und alle gemessene Würde bei Seite lassend schießt wie ein Pfeil der Küster dem Ausgang entgegen. Seine Rockschöße fliegen, und an seiner Brust klirren die Medaillen und Ehrenzeichen.

Eine elektrische Klingel läutet schrill durch die Stille, die Orgel setzt mit gewaltigen Akkorden ein, das Brautpaar betritt die Kirche.

Wie eine lichte Wolke schimmernd in schneeigem Weiß, das Haupt mit dem reichen Haar und dem Myrtenkranz tief zu Boden gesenkt, so daß nur ein blasser Streifen des schönen Profils sichtbar wird, schreitet die Braut dahin. Sie sieht niemand und erwidert keinen Gruß, alles an ihr ist stumm und leblos, als wisse sie nichts von der glänzenden Versammlung, die sie hier umgibt, nichts von der hochgewölbten Kirche, die sie jetzt in ihrem dämmernden Schatten aufnimmt, nichts einmal von sich selber. Eine Kette bunter Blumen folgt ihr die Schar der Brautjungfern, indes zu ihren Füßen kleine, weißgekleidete Mädchen, die Töchter einer verheirateten Schwester des Bräutigams, Rosen und Maiglöckchen aus silbernen Körben streuen.

Nun verlassen auch die älteren Herrschaften die Sakristei und begeben sich an den Altar, zu dessen beiden Seiten grüne Gruppen südländischer Blattpflanzen aufgestellt sind; wie strahlende Augen lugen aus ihnen blühende Gewächse hervor in üppiger, farbenglühender Pracht.

Die Orgel hat ihr jauchzendes Präludium beendet. „Lobe den Herrn, den mächtigen König der Ehren," stimmt die Gemeinde an. Sie singt zuerst mit schüchterner Zurückhaltung, man hört fast nur die begleitende Orgel, allmählich kämpfen sich einige hellere Stimmen durch

Als die erste Strophe beendet ist, betritt, vom Küster geleitet, der Pfarrer den Altar. Eine geistige Versunkenheit liegt auf Martins Antlitz, ein Zug des Nachdenkens, der die scharfe Linie um den Mund noch härter hervortreten läßt, das beginnende Ergrauen der Schläfen hat sichtbare Fortschritte gemacht. Als hätte er in der letzten Zeit Schweres durchlebt; nur die Lippen blühen in der alten Frische.

Gleichgültig schweift sein Auge über die ansehnliche Versammlung. Diese Männer, die sich müde von der Arbeit des Tages in ihren Bureaus und Kontors in die Sessel lehnen und es nicht der Mühe für wert halten, an dem Lobgesang der Gemeinde sich zu beteiligen, diese Damen und Mädchen, die in lässigem Selbstbewußtsein die kaum aufzuwiegende Pracht ihrer Toiletten und Geschmeide zur Schau tragen — wie ein Nichts dünkt ihn das alles in dem gewaltigen Raume, unter dessen himmelragenden Spitzbögen menschliche Größe und Herrlichkeit zu einem armseligen Häuflein zusammenschmilzt.

Fünf Jahre schon amtiert er in dieser Kirche, beinahe Tag für Tag. Aber immer wieder erscheint ihm alles an ihr neu, als hätte er es gerade so noch nie gesehen: diese barocke Pracht in ihrer trutzigen Eigenart, diese endlose Dämmerung, die sich jenseits des kleinen Menschenhäufleins in feierlichem Schweigen auftut, und aus der die schlanken, den gewaltigen Bau tragenden Pfeiler frei und stark in die Höhe wachsen. Sie sind aus einfachem alten Backstein, weiß getüncht. Wenn aber über ihr Weiß und den Staub und die Spinnengewebe, die der Lauf der Jahrhunderte in schwarzgrauen Adern auf sie gezeichnet, wie gerade jetzt, die Strahlen der sinkenden Sonne spielen, dann glitzern und funkeln sie, als wären sie von Marmor.

Der Gesang ist verstummt, eine Stille voller Geheimnis und Spannung ist an seine Stelle getreten. Martin beginnt seine Rede. Er spricht nicht so frei und ruhig wie sonst, es liegt etwas Fremdes und Gepreßtes in seiner Stimme, einige Male vergreift er sich auch in den Worten; der in der Form sonst so Sichere ringt heute nach ihrer rechten Prägung.

In tadelloser Haltung sitzt der Bräutigam ihm gegenüber. Aber durch sein Gesicht läuft ein Zucken, die klugen, grauen Augen schimmern feucht. Dann und wann suchen sie den Blick seiner Braut, einmal berührt seine Hand leise und innig die ihre.

Ruhig und ohne jede Regung ist allein Marie; kein Muskel bewegt sich in ihrem Antlitz. Sie hat nie in ihrer Seele lesen lassen, sie verrät auch heute nicht einen Hauch der Empfindungen, die ihr Inneres verschließt. Schleierlos und fest blickt ihr Auge auf den Redenden, aber ihre Andacht hat trotz aller Aufmerksamkeit etwas Sachliches, als gelten seine Worte nicht ihr, sondern irgendeiner anderen.

Martin hat seine Rede beendet, er gibt dem Brautpaar einen Wink, sie schreiten die beiden

Stufen bis dicht an den Altar hinan, und er stellt die vorgeschriebenen Fragen. Dann läßt er die Ringe wechseln. Langsam entblößt Marie die schlanke Rechte von dem enganschließenden weißen Handschuh, er streift ihr den goldenen Reif über den Finger, legt ihre Hand in die ihres Bräutigams — und in demselben Augenblicke tönt es von der kleinen Orgel, die in mäßiger Höhe rechts vom Altar liegt, ganz weich und leise, Klänge, die im Dunkel langsam erwachen, sich suchend, sehnend ans Licht emportasten, und sowie sie es gefunden, wachsen und schwellen wie wunderbar abgetönter Glockenton, der durch eine heitere Sonnenlandschaft schwimmt.

Martin hat sich genug gesträubt, die Morelli an dieser Stätte ein Gebet singen zu lassen, er wehrt sich auch jetzt mit aller Kraft gegen den Bann, der die Hörenden gefangen nimmt, der selbst die Gleichgültigen aus ihren Sesseln sich aufrichten läßt.

„Herr, den ich tief im Herzen trage,
Sei du mit mir — —"

Man kann die Sängerin nicht sehen, so wirkt ihr Gesang wie etwas von allem Leiblichen, Wirklichen Losgelöstes, etwas aus überirdischer Sphäre Kommendes; eine Inbrunst sondergleichen fleht und schreit aus ihren Worten.

Nur auf Marie bleibt auch diese wunderbare Kunst ohne Widerhall, ihre Züge haben genau denselben ehernen Ausdruck wie bisher.

Ein Gebet, das nach solchem Gesange mit wenig Andacht vernommen wird, der Segen, zu dem das Paar auf der rotsammetnen Randpolsterung des Altars niederkniet, ein kurzer Gemeindegesang: „So nimm nun meine Hände," an dem die wenigsten sich beteiligen, dann ist die Trauungszeremonie beendet. Bonin reicht seiner Braut den Arm und führt sie unter dem Nachspiel der Orgel, die das Motiv des letztgesungenen Liedes fortführt, dem Ausgang der Kirche zu. Der Amtsrat, dessen vornehme und männliche Erscheinung in einem meisterhaft geschnittenen Fracke mit Ordensband und Kette zu besonderer Geltung kommt, tritt auf seine Tochter zu und küßt ihre Stirn, andere Gratulanten folgen ihm. Der Küster bahnt mit einer Dienstbeflissenheit, die jedoch seine Grandezza nie außer acht läßt, dem Brautpaar den Weg durch das andrängende Publikum, das die zur Absperrung gezogenen Schranken über den Haufen geworfen hat und der schönen Braut seine Glückwünsche darbringen oder wenigstens einen Blick von ihr erhaschen will. Endlich hat Bonin Marie in den Wagen helfen können, der Schlag fällt zu, die feurigen, durch das lange Warten unruhig gewordenen Rappen ziehen mit einem Sprunge an, sie sind allein.

* * *

„Die Herrschaften sind vor einer halben Stunde zu Tische gegangen, darf ich nachservieren? ... nein, nein, ich weiß, der Herr Pfarrer lieben das Nachtafeln nicht, aber vielleicht ein wenig von Schildkrötensuppe, sie ist vorzüglich, wir haben wieder den alten Küchenchef, den Lattmann aus Genf, — Herr Pfarrer besinnen sich doch —"

Martin kannte den Oberkellner des Europäischen Hofs seit Jahren. Sie hatten hier so manche Hochzeit zusammen mitgemacht, und wenn er sich in der ihm oft ganz fremden Gesellschaft gar zu sehr langweilte, dann hatte er wohl zwischen den langausgedehnten Gängen ein Gespräch mit jenem geführt, der manches in der Welt gesehen hatte und ihre verschiedenen Sprachen mit derselben Gewandtheit behandelte wie seine vielen Obliegenheiten in dem großen Hotel. Er hatte längst gelernt, die Menschen nicht nach dem zu beurteilen, was sie nach Amt und Würden vorstellten, sondern nach der Tüchtigkeit ihres Charakters und ihrer Leistung. Bei mehreren festlichen Gelegenheiten schon war es ihm aufgefallen, wie von den geladenen, in ihrem Staate stolzierenden Gästen keiner von so feinem Taktempfinden war wie der Oberkellner, der hinter ihren Stühlen stand, sie zu bedienen. Der aber war dem angesehenen Geistlichen dankbar, daß er ihn ganz wie einen Menschen behandelte, sich gerne mit ihm unterhielt und ihm dann und wann auch ein gutes Buch zur Lektüre brachte.

„Geradeaus, dem jungen Paare gegenüber, neben dem Fräulein Braut des Herrn Pfarrer," wies er Martin in gewohnter Weise die Richtung. „Das gnädige Fräulein hat schon oft nach dem Herrn Pfarrer gefragt."

„Ich hatte noch zwei Trauungen."

„Der Herr Pfarrer sind gar zu sehr beschäftigt."

„So wie Sie, jeder in seiner Art."

Die Musik spielte gerade die Phantasie aus Carmen, aber das laute Geschwirr der Worte übertönte die Instrumente.

Ursula, die weder auf das eine noch auf das andere achtete, sondern unaufhörlich das Auge auf den Eingang des Saales gerichtet hielt, sprang auf und eilte ihm entgegen, ihn mit zärtlichen Vorwürfen wegen seines langen Ausbleibens überschüttend. Dann hing sie sich in seinen Arm und ging mit ihm auf ihren Platz zu.

Alle Augen waren auf die beiden gerichtet. Es war ein anziehendes Bild, dies dahinschreitende Paar: der hochgewachsene Mann mit dem ernsten Gesicht voller Geist und Leben und das junge, eben erst zu schöner Weiblichkeit erblühte Mädchen an seiner Seite, in dessen Augen das Glück wohnte.

Sowie er Martins ansichtig wurde, erhob sich der Bräutigam und begrüßte ihn mit warmen Dankesworten. Nun saß er an Ursulas Seite. Sie sprach auf ihn ein mit lieben Worten, er hatte noch keinen Sekt, sie reichte ihm ihr Glas, er mußte es auf ihrer beider Liebe leeren, genau an der Stelle, da ihre Lippen es berührt hatten, dann scherzte und lachte sie, daß es wie helles Lerchengezwitscher klang, bisweilen berührte dabei ihr kleiner Fuß in zärtlicher Vertraulichkeit den seinen.

Er nahm seine ganze Kraft zusammen, auf ihren Ton einzugehen, er wußte selbst nicht, was in ihm war. Hatten ihn die vielen Amtshandlungen so ermüdet? War es eine körperliche Indisposition? — er konnte heute in keine Stimmung kommen; zerstreut und unruhig schweifte sein Auge über die Tafel. Um ihn her war laute Fröhlichkeit, man war glücklich, dem kalten Grabeshauch der Kirche entronnen zu sein und genoß doppelt das Behagen des wohlig warmen

Raumes und der entzückend mit Marechal-Niel-Rosen und dunkelblauen Orchideen geschmückten Tafel.

„Hier bin ich Mensch, hier darf ich es sein," sagte Herr Robinson zu seiner Nachbarin, einer mit Perlen und Diamanten übersäten abligen Gutsbesitzersfrau aus dem Plantikoer Kreise, die im Hute und mit Handschuhen speiste. „Nee, so 'ne Kirche ist für mich 'ne unerträgliche Institution. Weiß Gott, ob sie da Hochzeiten machen oder Kindtaufen, mir kommt es immer wie 'n Begräbnis vor, und wenn ich endlich wieder rauskomme aus der verfluchten Moderluft ans Tageslicht, ist mir, als wäre ich meinem eigenen Grabe entstiegen."

„Aber Sie haben einen hervorragenden Redner hier, ich habe einige vorzügliche Predigten von ihm gehört."

„Mag sein, mir fehlt jedes Organ für solche Art von Ergüssen. Ich kann mich mit Schiller trösten, der einmal gesagt, Predigten seien nichts für gebildete Menschen; jedenfalls ist der Steppenreiter ein angenehmer Gesellschafter, ein Mann, der lebt und leben läßt, das ist für mich die Hauptsache."

„Gewiß, der junge Pfarrer spricht gut," bemerkte eine gegenübersitzende ältere Dame mit feistem Gesicht und sehr großem, mit einem Schnurrbart versehenen Mund, dessen Lippen unaufhörlich zitterten, wenn sie sprach, "aber seine Rede war nichts für mich gegen diesen wunderbollen Gesang, der packt ganz anders."

"Die Morelli ist keine Künstlerin, sie ist eine Göttin," sagte ein älteres Mädchen, die durch den jugendlichen Schnitt ihrer Kostüme und durch ihre backfischartige Schwärmerei ihre vierzig Jahre zu verleugnen suchte.

"Wir haben sie nur noch kurze Zeit, mit der nächsten Saison beginnt ihre Berliner Verpflichtung."

"Ist sie auch zur Tafel geladen?"

"Jawohl, dort an dem gegenüberliegenden Flügel, neben dem Ulanenrittmeister."

"Die Dame mit dem feisten Gesicht wandte sich an das jugendliche Fräulein: "Sagen Sie, ist es eigentlich wahr?"

Sie brach schnell ab, denn gerade als sie etwas sehr Geheimnisvolles fragen wollte, verstummte die bis dahin so lebhafte Unterhaltung um sie herum. Sie tat, als habe sie nichts gesagt und nahm zum zweiten Male von dem Wildschweinsrücken mit Cumberlandtunke, den die Diener reichten, indes ihre Lippen noch heftig zitterten.

Aber das Fräulein, das eben so himmelhoch von der Morelli geschwärmt, dachte ihren Satz zu Ende. „Leider ist es wahr," sagte sie.

„Ich verstehe nicht, Gnädigste, daß Ihnen die Rede in der Kirche gefallen hat," wandte sich ein Major von der Feldartillerie an die perlenschimmernde Gutsbesitzersfrau, „ich fand sie viel zu dunkel gefärbt, viel zu traurig."

„Eine Trauung ist eine ernste Sache."

„Gerade deshalb muß einem Mut gemacht werden. Ich würde meine Soldaten vor der Schlacht auch anfeuern. Der Ernst der Sache kommt immer noch früh genug, das braucht einem kein Pastor zu sagen."

„Und zumal einer, der selbst verlobt ist. Und mit dem reizendsten Geschöpf dazu, das ich je in meinem Leben gesehen habe — pst, es gibt eine Rede."

Martin hatte sich erhoben, um den Toast auf das Brautpaar auszubringen. Er streifte hier an der Tafel auch den letzten Hauch des Pastoralen ab, aber bei aller Leichtigkeit sprach er voll innerlicher Wärme. Und wenn man ihm gerade mit ganzer Seele und Anteilnahme folgte, dann löste er mit einer plötzlichen geschickten Wendung den Ernst durch den Humor ab; den aber wußte er mit so feiner Grazie zu brauchen, daß der Saal von frohem Lachen widerhallte.

Waren die Ansichten über seine kirchliche Rede geteilt, so löste dieser Toast einstimmige Bewunderung aus.

„Jetzt war er ganz in seinem Elemente," sagte Konsul Robinson zu seiner Tischdame, „in solchen Tafelreden tut es ihm keiner gleich. Und wie alles auf ihn zuströmt, mit ihm anstößt und ihm die Hand drückt, solch Pastor hat doch einen beneidenswerten Posten —"

„Ich muß auch auf sein Wohl trinken, er hat mich heute noch gar nicht bemerkt." Und das jugendliche Fräulein erhob sich und schritt dem Mittelpunkt der Tafel zu, wo man sich in dichtem Haufen um das Hochzeitspaar scharte und zugleich dem Pfarrer zutrank.

Ursula taten die Ovationen, die man ihrem Bräutigam brachte, sichtbar wohl. Jetzt wandte sich auch Marie ihr zu, hob das Glas gegen sie und äußerte mit ihrem stillen, feinen Lächeln:

„Sehen Sie, ich habe es Ihrem Herrn Bräutigam schon einmal gesagt: er ist der Herrgott der Großstadt."

„Wie nennen Sie ihn?"

„Den Herrgott der Großstadt. Alles baut ihm Altäre."

„Hörst du es, Liebster, wie man dich getauft hat?"

Aber das strahlende Lachen auf dem Antlitz des jungen Mädchens wich einem lebhaften Erschrecken.

„Laß das, Ursula!"

So scharf und so hart kam es aus seinem Munde, wie er bis zu dieser Stunde noch nicht ein einziges Mal zu ihr gesprochen hatte.

Und als er sah, wie sie nur mühsam die Tränen zurückdrängte, immer noch sehr ernst aber doch begütigend:

„Ich mag dies Wort nicht hören, es tut mir weh. Und Frau Bonin weiß das ganz genau und hätte es mir an einem Tage wie diesem wenigstens nicht zu sagen brauchen."

„An alles eher hat meine Frau wohl gedacht, als Sie an dem Tage kränken zu wollen, da Sie ihr soviel Gutes getan haben, lieber Steppenreiter," warf jetzt Bonin in seiner gewandten vermittelnden Art ein. „Und wenn dieser harmlose Ausspruch Ihnen irgendwie unangenehm gewesen, wird sie ihn gern zurücknehmen."

Eine Sekunde schwieg Marie.

„Ich habe niemand wehtun wollen," entgegnete sie dann langsam, „und nichts Kränkendes liegt in dieser Bezeichnung."

Der Oberpräsident klopfte an das Glas und brachte in wohlwollenden und wohlgesetzten Worten das Hoch auf den Brautvater aus, den

Amtsrat Busekist, den altangesehenen Landein=
gesessenen, den Besitzer eines der schönsten Güter
der Provinz, auf dem er amtlich und als Freund
so manches Mal geweilt, und von dem stolze
Jagdtrophäen sein Arbeitszimmer schmückten.

Die freundschaftlichen und warmen Worte,
die der erste Beamte der Provinz an ihn ge=
richtet, hatten den Amtsrat sehr angenehm be=
rührt, und als er sich jetzt von einem ganzen
Walle festlicher Menschen umzingelt sah, die ihm
sehr viel Schmeichelhaftes sagten und alle auf
sein Wohl trinken wollten, da wehrte er zwar
mit einer gewissen Bescheidenheit ab, man merkte
ihm aber doch an, wie sehr sich sein Selbstbewußt=
sein gehoben fühlte.

Nun kam auch Martin mit seiner Braut,
um mit ihm anzustoßen. Herr Busekist ging
ihnen einige Schritte entgegen, und als folgte
er wider seine Gepflogenheit einem impulsiven
Entschlusse, nahm er Martin am Arme und
sagte: „Ich bin Ihnen am heutigen Tage ein
offenes Wort schuldig, Herr Pfarrer Steppen=
reiter. Es hat manches zwischen uns gelegen,
wir sind beide eigene Menschen mit ausgepräg=
tem Wollen, die kommen leicht aneinander. Aber
heute haben Sie mich durch Ihre Worte an meine
Tochter zum Schuldner gemacht, lassen Sie mich
Ihnen danken."

Martin wußte, daß der Amtsrat Redens=
arten nie machte, und deshalb erfreuten ihn seine
Worte. Sie verwischten den peinlichen Eindruck,
den der Vorgang mit seiner Tochter in ihm
hinterlassen hatte. Und als sich jetzt der Ober=
bürgermeister erhob und auf ihn als den
amtierenden Pfarrer toastete, als er in seiner
trockenen Weise sagte, er kenne nur einen, der
ihm lieber sei als der Pfarrer Steppenreiter,
nämlich der Mensch Steppenreiter, aber dann
gäbe es noch einen, der ihm sogar lieber sei als
der Pfarrer und der Mensch Steppenreiter zu=
sammen, nämlich seine Braut, als er nun mit
entzückendem Humor von der jungen Mann=
heimerin sprach und sein Kommen nach Mann=
heim zur Hochzeit fest zusagte, vorausgesetzt, daß
man ihn einlüde, da ward es auch in Martins
Herzen wieder licht und froh. Er kam zur Er=
kenntnis, wieviel Liebe ihm hier überall entgegen=
gebracht wurde, wie er so gar keinen Grund
hatte, mit dem Schicksal zu hadern, das ihn in
jeder Beziehung so reich bedacht hatte. Mit neu=
erwachtem Vergnügen trank er von den aus=
erlesenen Weinen, die er bis dahin vernach=
lässigt hatte. Ursula brauchte sich nicht mehr über
ihn zu beklagen, und was einen kurzen Augenblick
zwischen ihnen gelegen, war gut und vergessen.

In den behaglichen Nebenräumen wurden

Kaffee und Zigarren gereicht, dann begann der Tanz.

An der Polonäse, die das Hochzeitspaar führte, nahm Martin mit seiner Braut teil. Und als er Ursula nach dem Rundgange auf ihren Platz zurückführen wollte und sie ihn mit einem halb schmollenden, halb flehenden Blicke ansah, da konnte er der Versuchung nicht widerstehen, er legte den Arm um ihren schlanken Leib und tanzte mit ihr, nicht einige kurze Walzertakte, wie er ihr zugeflüstert, sondern eine ganze Weile, eine Runde nach der anderen. Und mit heim= licher Freude empfand er die entzückende Leich= tigkeit, mit der sie sich bewegte, und die wunder= sam belebende Wärme, die von ihrer Berührung ausging.

An den weiteren Rundtänzen beteiligte er sich nicht, obwohl ihm heute zum ersten Male der Ver= zicht schwer wurde, den sein Amt ihm auferlegte.

Um so lebhafter tanzte Ursula, und wenn sie kein Auge von ihm ließ und ihm über die Schulter des Tänzers hinweg mit leuchtenden Blicken ihre Liebesgrüße sandte, wenn er daran dachte, daß er in kurzer Zeit dies süße Geschöpf für immer sein eigen nennen würde, dann stieg sein Glücksempfinden zu einer Seligkeit, die sein ganzes Herz erfüllte und ihn auf die Höhe eines Lustgefühls versetzte, das ihn nach der trüben Stimmung, mit der dies Fest für ihn begonnen, kaum begreiflich war.

„Ich bitte um Verzeihung," vernahm er mit einem Male die Stimme des Oberkellners hinter sich, „aber eine Frau wünscht den Herrn Pfarrer in einer sehr dringlichen Angelegenheit. Sie wartet unten —"

War es der krasse Gegensatz, der so auf ihn wirkte, war es eine Stimme seines Innern, die sich plötzlich und geheimnisvoll erhob? — ein leiser Schauer strich Martin mit kalter Hand über den Rücken, als ihm im Vestibül des Hotels ein dürftig gekleidetes Weib mit verhärmten Gesichtszügen und früh angegrautem Haare gegenüberstand.

„Ich möchte den Herrn Pfarrer sehr bitten, zu meinem Mann zu kommen; er wünscht das heilige Abendmahl. Er ist sehr krank — ein Blutsturz — ganz plötzlich — der Arzt gibt keine Hoffnung."

Sie schien zu Tränen keine Kraft mehr zu haben, nur ein leises Wimmern klang zu ihm hinüber.

„Ihre Wohnung?"

„Hörnergasse 17, hinten 3 Treppen."

„Ich werde kommen. Gehen Sie nur zum Küster und lassen Sie sich meinen Talar und die Abendmahlsgeräte geben."

Ursula fiel sofort sein ernstes Gesicht auf.

„Aber du bleibst nicht lange? Wenn du einen Wagen nimmst, kannst du in einer halben Stunde zurück sein, nicht wahr? — Und jetzt auf der Stelle willst du gehen? Nein, Liebster, das nicht, das darfst du mir nicht antun."

„Eine Krankenkommunion verträgt keine Zögerung, Ursula."

„Nein, nein, ich weiß. Aber auf zwei Minuten kann es nicht ankommen. Gerade jetzt wird der Brautschleier abgetanzt, siehst du, Fräulein Marie — an ihren Frauennamen kann ich mich noch nicht gewöhnen — steht schon in der Mitte, sie haben ihr die Augen verbunden, nun tanzen die Herren um sie herum, und wen sie greift, der heiratet noch in diesem Jahre, und ebenso machen sie es mit dem Bräutigam und den jungen Mädchen. Da muß ich mittanzen, nicht wahr, das siehst du doch ein?"

„Gewiß. Du kannst es ja auch, Ursel; dazu bin ich aber doch nicht nötig."

„Du mußt dabei sein, wirklich, du mußt, Schatz. Sonst kriegen wir uns nie im Leben oder es gibt ein anderes Unglück. Man kann nämlich nur mit einem Hochzeit machen, der im Saal ist, siehst du, man holt mich schon."

Die Morelli trat auf die beiden zu, streifte Martin mit einem kurzen, kecken Blick, nahm

Ursula bei der Hand und eilte mit ihr auf eine Gruppe junger Mädchen zu, die eben dabei war, um Bonin einen Kranz zu bilden. Die Morelli verband ihm mit ihrem seidenen Spitzentuch geschickt und fest die Augen. Mit einer flotten Marschweise setzte die Musik ein, und in fröhlicher Ausgelassenheit hüpfte und sprang der lichte Kreis um seinen schwarzen Mittelpunkt, den Bräutigam, umher, der sich weniger graziös und geschickt in seine Lage zu finden wußte als da drüben seine junge Frau.

Wie eine Elfe unter lauten Kobolden schwebte in ruhiger Gelassenheit, nur leise den Körper wiegend, Ursula durch all den wilden Wirrwarr dahin.

Die junge Frau tanzte längst mit dem auserwählten Herrn, einem viel angeschwärmten blauen Husaren, mit dem gar manche lieber heute als morgen zum Altar geschritten wäre. Aber ihr Gatte hatte von den behend auf ihn zuhüpfenden und noch behender entweichenden Mädchengestalten keine zu fassen vermocht, und während die immer dreister werdende Schar ihn an den Armen oder Rockschößen zupfte, und zu dem Takte der Musik ein lustiges Spottlied sang, griff er einmal nach dem anderen in die leere Luft, was dann stets ein helles Gelächter hervorrief.

Endlich — ein schnelles, glückliches Zufassen, ein einstimmiger Jubelruf und lautes Händeklatschen, Bonin hatte Ursula erwischt und hielt sie fest wie einen Raub. Die Morelli ließ einen jauchzenden Triller erschallen, flog im Walkürenschritt auf die beiden zu, befreite Bonin von seiner Binde und umarmte in ihrer impulsiven Art Ursula, die ein wenig verwirrt in seligem Erröten dastand.

Die Musik intonierte einen Walzer, die jungen Mädchen stellten sich zum großen, jetzt wohlgeformten Kreise auf, in ihm tanzte der Bräutigam mit Ursula.

* * *

Als Martin auf die Straße trat, war es bereits dunkel. Doppelt finster erschien es ihm, der eben aus all der Helligkeit herkam. Ein trüber Nebelschleier flatterte über den Erdboden, teilte sich in wunderliche Gebilde und kroch schwerfällig an den Häusern empor.

Je weiter er kam, um so sparsamer brannte das Gaslicht, das sich bläulichgelb im naßblanken Straßenpflaster spiegelte. Das Großstadtleben und Wagengerassel war in diesen Gassen verstummt, ab und zu eine schnell dahinhuschende männliche Gestalt oder eine ihrem traurigen Gewerbe nachgehende weibliche.

An die feuchte Wand eines düster aufragenden Hauses gelehnt stand ein Krüppel und hielt ihm mit vorgesunkenem Kopfe und starrer Hand den schmutzigen Hut entgegen. Als er seine Bitte unbeachtet ließ, zog jener den Kopf zurück, schüttelte die Krücke in der Hand und sandte ihm einige fluchende Worte nach.

Wunderbar umfing Martin diese dunkle Einsamkeit, die nur die Not und das Laster zu beleben schien, und die immer stiller und dunkler wurde, denn die Hörnergasse lag im ältesten Teile der Stadt, hart an der Grenze der Schloßgemeinde.

Er war nicht oft in diese Gegend gekommen, dennoch glaubte er des Weges sicher zu sein. Aber war es der zunehmende Nebel, dessen wirre Gebilde sich allmählich zu undurchdringlichem Knäul verdichteten, war es der unbegreifliche Druck, der seit der Begegnung mit jener vom Elend gezeichneten Frau auf ihm lastete und sich hier draußen wie ein eiserner, pressender Ring um seinen Kopf spannte? Immer tiefer geriet er in das Netz dieser dunklen Straßen, immer deutlicher kam ihm die Erkenntnis, daß er sich verirrt hatte.

Totenleer und totenstill war es um ihn, aus einem matterleuchteten Fenster lehnte sich einen Augenblick eine Frau im Nachtgewande

heraus, die fragte er nach der Hörner=
straße. Aber sie verstand ihn nicht und schloß
unwirsch das Fenster; nun wandte er sich an
einen einsamen Wanderer, der mit lauthallen=
dem Schritt durch die Straße ging. Der blieb
stehen, sah ihn groß an und zuckte die Achsel.

Noch einmal versuchte er es durch eigene
Kraft, aber nur um so tiefer verfing er sich in
diesem Labyrinthe der Gassen, in diesem Nebel,
der seine Maschen immer enger und dichter zog.

War es ein böser Geist, der sein Spiel mit
ihm trieb? War es eine feindliche Macht, die ihm
in dieser dunklen Stunde verderblich in den
Weg trat?

Eine peinigende Unruhe kam über ihn, er
beflügelte den Schritt, ohne zu wissen, wohin
er ihn trug, sein Herz hämmerte laut, der
Schweiß trat ihm unter dem Hute auf die Stirn.

Endlich fand er einen Menschen, der ihn
zurechtwies. Aber er war in eine ganz ent=
gegengesetzte Richtung geraten und hatte noch
einen weiten Weg bis zum Ziele. Der Mann
kannte ihn und erbot sich, ihn zu begleiten.
Martin nahm es dankbar an, das Gefühl, jetzt
nicht mehr allein durch dies Straßengewirr zu
tasten, beruhigte ihn. Und während er nun
neben jenem dahinging, fragte er sich wieder
und wieder, wie es nur möglich war, daß er, der

22*

sonst so leicht sich Zurechtfindende, in dieser Nacht so ganz und gar die richtige Fährte verloren hatte.

„Hier ist die Hörnergasse," sagte sein Begleiter, „und dies Haus ist, wenn ich nicht irre, Nr. 17."

Über einen schmalen, schmutzigen Flur, durch den eine flackernde Laterne irrende Lichter spielen ließ, kam er auf einen Hof, tastete sich drei steile Stiegen empor und stand nun inmitten einer mit einer qualmenden Petroleumlampe notdürftig erleuchteten Stube.

In dem Rauch und der dicken Luft, die das Zimmer erfüllten, vermochte er zuerst nichts zu sehen. Dann wurde er eines Bettes gewahr, das an der gegenüberliegenden Wand stand, und aus dessen bunten Kissen und Decken ein weißes Gesicht mit sehr spitzer Nase bewegungslos hervorragte. Nun erblickte er noch ein anderes Bettgestell und in ihm, in einem völligen Wirrwarr von Lumpen, Kissen und Stroh, eine Schar von Kindern — er zählte vier. Ein kleineres schlief, zwei größere sahen ihn mit neugierigen Augen an, ein viertes brütete in kniender Stellung stumpf und teilnahmslos vor sich hin.

Der Anblick dieses Elends, die unglaublichen Ausdünstungen in dem engen und niedrigen Raume hatten ihn benommen. Erst die müde, wimmernde Frauenstimme, die jetzt wieder an sein Ohr schlug, brachte ihn zum Bewußtsein.

„Ach Gott, Herr Pfaarer, er hat so lange gewartet und immer wieder gefragt — und nu, nu is er wieder benebelt — aber vorhin war er klar, janz klar."

Ein tödlicher Schreck packte Martin. Wenn er zu spät gekommen wäre?! Wenn der Kranke vergeblich seiner geharrt hätte und jetzt —?!

Es schwamm ihm schwarz und grün vor den Augen, er mußte sich an der Kante des Bettes halten, nein, so hart konnte der Himmel sein unbedachtes Zögern nicht strafen! Und zugleich sagte er sich, daß ihn doch nur ein Teil der Schuld träfe, daß dies planlose Umherirren in den Straßen eine viel größere Versäumnis verschuldet hätte als sein kurzes Verharren im Ballsaale. Als ob das alles so hätte sein sollen, als ob sich Schuld und Schicksal vereint hätten, ihn zu schlagen!

Er stand vor dem Unbegreiflichen. Aber zweifellos war es ihm, daß es eine böse Macht gewesen, die ihm da draußen den Weg versperrt hatte. Es war alles so geheimnisvoll und dunkel, er verstand es nicht mehr, verstand sich selber nicht. — —

Die Frau richtete sich aus ihrer kauernden Stellung am Fußende des Bettes empor, ging zu dem Kranken und faßte ihn nicht gerade sehr sanft beim Kopfe.

„Du Alter — Alter — du — der Herr Pfaarer — der Herr Pfaarer."

Einmal über das andere wiederholte sie es, der wimmernden Stimme mit aller Kraft Nachdruck gebend.

„Lassen Sie nur," unterbrach Martin ihre monotonen Versuche, „auf diese Weise richten wir nichts aus. Ich werde hierbleiben, bis sich das Bewußtsein vielleicht von selber einfindet."

„Hat der Herr Pfaarer denn soviel Zeit?"

„Gewiß, ich habe Zeit."

Er setzte sich auf den einzigen Stuhl, der im Zimmer stand, und den die Frau mit ihrem Rocke abwischte. Seinen Mantel zog er nicht aus, in seinem festlichen Gewande mochte er sich in dieser Umgebung nicht sehen lassen. Nun versuchte er mit den Kindern eine Unterhaltung, aber die gaben ihm keine Antwort, sondern blickten den fremden Mann mit großen Augen schlaftrunken und scheu an, nur jenes blöde rutschte auf den Knien zu ihm heran, betastete seinen Rock und ließ dazu einige unartikulierte Töne vernehmen. Mit einem Male klappte es wie ein Taschenmesser zusammen, steckte den Kopf unter die Kissen und war eingeschlafen. Auch die beiden anderen übermannte bald der Schlum=

mer — es war still im Zimmer, nur die Atemzüge der Schlafenden hörte man und das röchelnde Schnarchen des Kranken.

Da begann die Frau zu erzählen, mit stockender, gedämpfter Sprache, manchmal den Faden verlierend, ihn mühsam wiederfindend und dann die schwache, aber schrille Stimme für einige Sekunden zu einer ähnlichen Kraftanstrengung zwingend, wie vorhin dem Kranken gegenüber. Wie es ihnen früher leiblich gegangen — nicht gut, das war bei der Schwächlichkeit ihres Mannes, und da sie jedes Jahr mit einem Kinde niederkam, nicht möglich — fünf waren bereits gestorben, und es war das Beste für sie. Wie dann die schwere Krankheit kam und ihren Mann unfähig zu jeder Arbeit machte, wie sie von der Stadt und gelegentlich auch von einigen milbtätigen Menschen eine Unterstützung erhielten, die aber kaum für die Hälfte des Monats reichte — wie es dann immer tiefer bergab ging, immer tiefer — —

Nun verstummte sie auch, das erloschene Auge auf den Boden gerichtet verharrte sie in ihrer kauernden Haltung. Manchmal schien es, als wäre sie eingeschlafen, dann fuhr ein Ruck durch den vorgebeugten Körper, das eingesunkene Haupt schnellte in die Höhe und sah mit einem großen Erstaunen zu dem Pfarrer hinüber.

Der saß unbeweglich auf seinem Stuhle, die Petroleumlampe schwelte, die Luft wurde unerträglich — er merkte es nicht.

Sein ganzes Leben stieg wie in einem wachen Traume vor seiner Seele empor, das große Fest, das er eben inmitten jauchzenden Tanzens und Singens verlassen, zog mit seinem Licht und Glanz in grotesken Aufzügen und Gestalten durch diese Armseligkeit, dies nackte, bittere Elend hindurch.

Und die Gedanken, die ihn in letzter Zeit so manches Mal heimgesucht, die er mit zähem Willen von sich gewiesen, verdichteten sich in seinem Innern und wuchsen zu einer unerbittlichen Anklage wider ihn und das Leben, das er bisher geführt. Und ihm war, als schlügen in dieser Sekunde mit Krachen hinter ihm die Pforten zu jener Welt zu, in der er bisher gelebt und glücklich gewesen war. Und er wußte, daß es kein Zurück mehr für ihn gab.

Ein dumpfer Ton klang plötzlich in seine schweren Träume hinein, auch die Frau mußte ihn gehört haben, denn sie stand schnell auf und begab sich an das Bett ihres Mannes.

„Er ist aufgewacht," sagte sie, „vielleicht ist es jetzt Zeit."

Und nun wieder ihr monotones, aufrüttelndes: „Du, Alter, du — der Herr Pfaarer, der Herr Pfaarer."

Der Kranke ließ das verglaste Auge aus den tiefen Höhlen mit einiger Mühe erst auf seine Frau, dann auf den Geistlichen gleiten, schüttelte leise den Kopf, seufzte ganz tief auf und sank in sein Bett zurück.

„Tot!" rief die Frau mit so gellender Stimme, daß eins der Kinder von seinem Schlafe erwachte, mit stummem, stumpfem Entsetzen auf sie sah, dann den Kopf tief unter die Decke steckte und in dieser Lage wieder einschlummerte. „Tot," sagte die Frau noch einmal, aber nun in dem alten, wimmernden, gebrochenen Ton, „und das heilige Sakrament hat er doch nicht mehr bekommen." — — —

Martin befand sich auf dem Heimwege. Der Nebel war gewichen, dafür fiel ein dichter Regen, klatschte und hämmerte von den Dächern und gurgelte aus den Rinnen auf die Straße, die jetzt völlig menschenleer geworden. Er achtete weder auf Regen noch auf Dunkel. Das Gefühl einer unsagbaren Gleichgültigkeit gegen alle äußeren Eindrücke war über ihn gekommen, er empfand den eigenen Körper kaum. Etwas in ihm war zersprungen, zerrissen — er kam sich losgelöst von dem Boden vor, auf dem er bisher so fest gegründet sich glaubte.

Wohin nun? Und was tun?

Unwillkürlich hatte er die Richtung auf den „Europäischen Hof" genommen, jetzt stand er vor der gewaltigen Front des Hotels. Er sah, daß in den Sälen, in denen die Hochzeit gefeiert wurde, Licht brannte, er hörte durch den nachlassenden Regen die Klänge der Tanzmusik. Ursula schwebte gewiß unter ihnen dahin und sah alle Sekunden mit den sehnsuchtsvollen Augen nach der großen Eingangstür und wartete auf sein Kommen — ach ja, er hatte ihr versprechen müssen, sich zu beeilen.

Aber nein, jetzt da hinaufzugehen, aus der trostlosen Finsternis zurückzukehren in diese vom blendenden Licht erfüllten Räume, diese von ausgelassener Lustigkeit strahlenden Gesichter zu sehen, wo er eben dem Elend und dem Tod gegenübergestanden — es wäre ihm unmöglich gewesen.

Er schrieb einige Zeilen auf seine Visitenkarte: daß ihn ein schwerer Fall für längere Zeit in Anspruch genommen, und schickte diese durch den Portier hinauf, dann begab er sich in seine Wohnung. — — —

Als er in sein Arbeitszimmer trat, fiel der Widerschein einer gegenüber brennenden Straßenlaterne auf die marmorne Statue des segnenden Christus, die auf seinem Schreibtische stand, und umgoß sie mit bläulichem Schimmer.

So oft hatte er unter den ausgestreckten Händen seine stille Andacht abgehalten, hatte jeden Morgen zu dieser Gestalt voll Güte und Größe emporgeschaut, um Kraft und Freude für sein Tageswerk aus ihrem Anblick zu schöpfen. Aber heute, in der bleichen, fahlen Beleuchtung, schien ihm ein herber, abweisender Zug auf diesem Antlitz zu liegen, als wollte es ihm sagen: Was willst du von mir? Welche Gemeinschaft besteht zwischen uns beiden? Weit, weit gehen unsere Wege auseinander!

Er zündete kein Licht an, den Kopf auf die Arme gelegt saß er an seinem Schreibtisch. Die Laterne drüben wurde ausgelöscht, es war stockfinster um ihn her, er rührte sich nicht von seinem Platze. Eine ganze Welt versank in dieser Stunde vor seinem geistigen Blicke.

Nicht was er heute gefehlt, nicht sein Säumen und Zuspätkommen lastete als schwere Schuld auf seinem Gewissen. Über jeden Einzelfall hinausgehend, gewann der Vorgang des heutigen Abends eine für sein ganzes Leben entscheidende Bedeutung. Er hatte ihm die Augen geöffnet, hatte ihn endlich zu der Erkenntnis gebracht, daß er auf der betretenen Bahn nicht weitergehen konnte.

Was war dein Dasein bis zu dieser Stunde? fragte er sich.

Und die Antwort, die er unbestechlich sich gab, lautete: ein Betrug, ein unverzeihlicher Betrug gegen dich selber, gegen die Menschen, die auf dich angewiesen waren, gegen den Heiland da über dir, der dich zu seinem Dienst berufen hat! Eine Lebenslüge, in die er gedankenlos sich verstrickt hatte und der er nun ein Ende machen mußte — um jeden Preis!

Es war spät geworden. An Schlafengehn konnte er nicht denken, er zündete die Spirituslampe an, die er zum Arbeiten zu brauchen pflegte. Wunderlich und fremd mutete ihn plötzlich seine Stube an.

Da hing an den Wänden Bild an Bild. Fast alle stellten sie Christus dar: wie er auf dem Meere wandelte und seinen Jünger Petrus mit rettender Hand hielt, als er glaubensschwach, in den Wogen versinken wollte, wie er unmittelbar vor seiner Todesstunde im Kreise seiner Zwölf saß und das heilige Abendmahl einsetzte, dann wieder Christus mit der Dornenkrone, mit dem bleichen Dulderhaupte, und am Kreuze sterbend.

Wozu hatten diese Bilder hier gehangen? Was waren sie ihm gewesen? Was hatten sie ihm gesagt? Und die Sprüche aus der heiligen Schrift, die gestickt oder in Holz gebrannt zwischen ihnen an den Wänden entlangliefen, über die sein Auge so oft gedankenlos dahinge= lesen, eine wie unverständliche Sprache redeten sie hier!

Standen sie nicht allesamt mit seinem Denken und Treiben in einem schreienden Wider= spruch? Muteten sie ihn nicht an wie ein Hohn auf sein ganzes Leben? Hatte er sich selbst ver= leugnet? Hatte er sein Kreuz auf sich genom= men? War er seinem Meister nachgefolgt? War er treu gewesen bis in den Tod? Wem war er es gewesen? In welcher Beziehung hatte sich sein Dasein, das Dasein eines seinem Gotte und seiner Kirche geweihten Predigers, von dem irgendeines anderen weltlich gesinnten Men= schenkindes unterschieden?

War er Geistlicher geworden, um mit den Leuten zur Tafel zu gehen und ein interessanter Gesellschafter zu werden? Geistlicher, um ihre Feste zu feiern und dem Tanze ums goldene Kalb behaglich zuzuschauen, ja bei Gelegenheit sich an ihm zu beteiligen? War es sein Beruf, vieles, was ungerecht war und unwahr, mit dem Schleier gesellschaftlicher Lüge zu verhüllen? War er nicht zum Zeugen der Wahrheit berufen?

Freilich, um wahr gegen andere zu sein,

mußte er es zuerst gegen sich selber sein. War er es gewesen?

Ein entschiedenes Nein war seine Antwort.

Schwer und bitter wurde ihm diese Erkenntnis, denn bei allem, was er getan und versäumt, hatte ihn ein aufrichtiges Streben, ein inneres Ringen nie verlassen. Es war nicht alles Oberfläche und Schein, nicht alles Aufgehen in der Außenwelt, nicht alles Bloßstellung seiner heiligen Empfindungen gewesen. Aber freilich, von dem Lebensideale eines rechten Geistlichen war er himmelweit entfernt.

Einst hatte es vor seiner Seele gestanden, hell und hehr und begehrenswert. Dann hatte die Großstadt es erstickt; mit all den weichen Armen, die sie nach ihm ausstreckte, mit den süßen Liedern, die sie ihm sang, hatte sie sein Gewissen eingelullt. Und er hatte sich willig und gern fangen lassen und war mit seiner künstlerischen Anlage und den geselligen Gaben, die in ihm schlummerten, eine leichte Beute ihrer Lockungen geworden. Bis seine Erfolge und der Beifall, den er überall fand, ihn blind gemacht hatten, daß er eine ganze Welt voll Not und Elend und Schande um sich her nicht mehr sah, und er, der zum Dienen und Helfen berufen war, sich selbst zum Herrn gemacht hatte.

Wie ganz anders erschien ihm heute das

gleichmäßige Tacktack in den Wänden um ihn her, das ihn sonst in einer stillen Stunde wie dieser mit ruhigem Behagen erfüllt hatte. Eine Mahnung war es ihm an das schnellverrauschende Leben, dem nur der Ernst und die Treue selbstlosen Wirkens Wert verleiht, der monotone, warnende Pendelschlag einer Lebensuhr, die eine kurze Zeit noch geht und dann abgelaufen ist.

Schüchtern dämmerte draußen der junge Morgen, brach sich durch die dunkle Wolkenschicht, die schwer und drückend noch am Himmel hing, mühsam Bahn und sandte einen scheuen Gruß in sein Zimmer hinein. Und ihm war, als ob über allen verwirrenden Schleiern, die sein Leben bisher gedeckt hatten, ein neuer starker Tag empordämmerte. Und er grüßte ihn — ein Trauriger noch und Zagender, aber doch einer, der durch Schmerz und Kampf zum Erwachen gekommen war.

12. Kapitel.

Ursula war erst gegen Mittag aufgestanden. Sie hatte nach dem anstrengenden Feste und dem fast ununterbrochenen Tanze, der über Mitternacht hinaus gewährt, so fest geschlafen, daß ihre Mutter es nicht übers Herz bekam, sie zu wecken.

Ihre erste Frage beim Erwachen war nach Martin.

Wider seine Gewohnheit war er noch nicht im Hotel gewesen, sich nach ihr zu erkundigen und ihr den gewohnten Blumenstrauß zu bringen.

„Er wird gerade so müde gewesen sein wie ich und die Zeit verschlafen haben," tröstete sie sich.

Da fielen ihr die Vorgänge des gestrigen Abends ein.

„Ach nein, er hat es ja so schwer gehabt. Er wird viel Trauriges gesehen haben, das greift immer so tief in sein weiches Herz, vielleicht hat er auch Unangenehmes erlebt. Ich will sofort zu ihm."

„Wir haben uns um ein Uhr mit der Hochzeitsgesellschaft zum Essen im „Europäischen Hof" verabredet," wandte ihre Mutter ein.

„Gerade deshalb muß ich zu ihm. Wenn so viele Menschen beisammen sind, kommen wir nie recht zu einander. Jeder will ihn dann haben, und er spricht sich bei solcher Gelegenheit nie aus, ich kenne ihn. Ich frühstücke hier oben, mache mich gleich für den „Europäischen Hof" fertig und gehe zu ihm, wir treffen uns dann dort."

Sie war in solchen Dingen sehr selbständig, jeder Widerspruch hätte nur das Gegenteil bewirkt. Frau Wedekind wußte es und ließ sie als kluge Mutter gewähren. Aber sie nahm, während Ursula mit ihrer Toilette beschäftigt war, ihren kleinen Taschenkalender zur Hand und setzte den Tag ihrer Abreise fest. Und es war ihr ausgemachte Sache, daß sie ihn diesmal nicht um eine Sekunde hinausschieben würde.

„Weißt du, Mutter?" sagte Ursula, indem sie den Kamm durch ihr schönes aufgelöstes Haar zog, „ich komme mir heute recht schlecht, ja, wenn du es verstehst, geradezu untreu vor."

„Weshalb, Kind?"

„Nun, er hat einen so schweren Gang vor sich, eilt durch die dunkle Nacht zu einem Sterbenden, sitzt an seinem Lager und feiert mit ihm das letzte Abendmahl — und während alledem tanze und springe ich da in einem Ballsaal umher, lasse mich von jedem beliebigen Herrn lustig unterhalten und bin guter Dinge — nein, sehr nett finde ich das nicht von einer Braut."

„Solltest du dich für die Zeit vielleicht in Sack und Asche hüllen? Oder dich in einen Schmollwinkel zurückziehen?"

„Siehst du, Mutter, ich dachte, daß du das nicht verstehen würdest. Du bist sonst gut und lieb, aber in diesen Dingen — ach ja, ich habe es schon manchmal gespürt —"

„Du darfst von meinem reifen Alter nicht erwarten, daß ich dir in den krausen Wirrwarr deiner Grillen folgen soll."

„Das nicht — nein, nein."

Und dann nach einer Weile ganz in sich versunken: „Ich habe ihn immer lieb gehabt — vom ersten Augenblick an, da ich ihn in der Mannheimer Theaterloge traf, obwohl du mir es nie hast glauben wollen. Aber wenn ich ihn so ernst und nachdenklich sehe wie manches Mal jetzt, wenn ich merke, daß er mir in die Tiefe seiner Gedanken und Sorgen keinen Einblick gewähren will, um meinen Frohsinn nicht zu verscheuchen, dann fühle ich es doch erst ganz, was es heißt, solch einen Mann zu lieben."

„Du bist eben immer eine blindverliebte, kleine Närrin gewesen," erwiderte Frau Wedefind nicht unfreundlich, aber doch mit einer gewissen ablehnenden Kühle. „Und nun komm, ich will dir helfen, sonst wirst du bei all deiner Eile am Ende doch nicht fertig."

Ursula traf ihren Bräutigam in seinem Arbeitszimmer.

Sein übernächtiges Aussehen, die schwarzen Schatten unter seinen sonst so klar blickenden Augen fielen ihr sofort auf. Auch der tiefe Ernst, der, so sehr er sich ihr gegenüber zusammennahm, in verhaltener Trauer über seinem ganzen Wesen lag.

Erst wollte er ihrem Fragen und Drängen ausweichen, dann sah er, daß es nicht möglich war und erzählte. Aber das, was ihn am meisten getroffen: daß er nämlich zu spät gekommen war, verschwieg er ihr aus Zartgefühl. Sie hätte die ganze Schuld auf sich genommen und wäre sehr unglücklich geworden; auch so wirkte die schonungsvolle Schilderung des Elends, das er angetroffen, genug auf sie.

„Ich will heute noch zu der Frau gehen, ich will ihr Blumen bringen und den armen Kindern etwas zu essen — nein, heute geht es ja nicht. Aber morgen wirst du mich zu ihr führen, hörst du, Martin, du versprichst es mir?"

„Das kann ich nicht versprechen."

„Weshalb nicht?"

„Weil dieser Besuch nichts für dich ist."

„Ja, ja," erwiderte sie mit einem Anflug von Traurigkeit, „ich habe es längst gemerkt. Seitdem meine ersten Versuche damals nicht zu deiner Zufriedenheit ausgefallen sind, hast du jedes Vertrauen zu mir verloren, du glaubst nicht, daß ich die Fähigkeit zu einer rechten Pfarrfrau besitze."

„Woher solltest du sie auch haben, wo dir niemand ein Vorbild gibt, wo du nirgends eine Ahnung erhalten kannst, wie es in einem richtigen Pfarrhause aussieht."

„Ich habe dich."

„Zum Vorbilde?"

„Ja."

Er lachte bitter auf. „Da bist du schlecht beraten, armes Kind!"

Als er ihrem erschreckten Blick begegnete, fuhr er ruhiger, aber sehr ernst fort:

„Der Pfarrer, wie er sein sollte, bin ich bis zu dieser Stunde nicht gewesen — ich am allerwenigsten."

„Du wärst es nicht gewesen? Du nicht? Mit all deinen Gaben und deinem warmen Eifer? Mit deinem Herzen voller Liebe?"

„Ich bin es nicht gewesen," wiederholte er entschieden. „Aber lassen wir es für heute. Die Zeit wird bald genug da sein, wo wir über dies und

manches andere ausführlich miteinander sprechen müssen. Du bist ja wieder ganz festlich ange=
zogen."

„Die Hochzeitsgesellschaft von gestern wollte um ein Uhr im „Europäischen Hof" frühstücken."

„So? Ist das verabredet? Wohl, als ich fort war?"

„Nein, du warst noch dabei und sagtest für uns zu."

„Es mag sein — das war gestern, da war noch alles anders. Heute muß ich dich bitten, mit deiner Mutter allein an diesem Frühstück teilzunehmen."

„Hast du amtliche Abhaltung?"

„Keine bringende — aber das Erlebnis der Nacht liegt mir noch in den Gliedern, ich bin nicht in der Stimmung, in eine frohe Gesellschaft zu gehen."

„Dann wäre es dir gerade gut, wenn du dich ein wenig herausrissest. Tue es mir zu Liebe. Lange sind wir überdies nicht mehr zu= sammen, Mama studierte heute sehr eifrig das Kursbuch."

Er blieb bei seiner Weigerung.

„So gehe ich selbstverständlich auch nicht."

Sie sagte es sehr entschieden, aber er merkte, wie schwer ihr der Verzicht wurde. Als er sie so traurig sah, änderte er seinen Entschluß. Wer wußte, wie oft er noch in der Lage sein würde, dem süßen Geschöpf eine Freude zu bereiten?! Und was kam darauf an, ob er heute auf diese Gesellschaft ging, ob er es die wenigen Tage tat, die sie noch hier war? Den großen Strich, den er zu ziehen hatte, den berührten solche Kleinigkeiten nicht mehr.

Und er begleitete Ursula und ihre Mutter diesmal und auch bei einigen anderen Gelegenheiten, bei denen die beiden eine Absage für unmöglich hielten.

Aber er war ein anderer geworden — allen fiel es auf. Man sah ihm den Zwang an, den er sich antat, man fühlte, wie er gegen sich selber kämpfte, und wie er litt, wenn alle aufgewandte Kraft sich als vergeblich erwies.

Die Gesellschaft erging sich in allerlei Annahmen, die ihr stets um so wahrscheinlicher erschienen, je weiter sie von der leisesten Richtigkeit entfernt waren. Einige wenige sahen den Grund in einer Überreizung der Nerven durch die unmögliche Vereinigung von soviel Arbeit und nächtlichen Vergnügungen, die meisten aber sprachen erst leise, dann lauter von einer Entfremdung zwischen dem Pfarrer und seiner Braut.

Frau Wedekind, der durch einen unangenehmen Zufall dies Geschwätz zu Ohren kam,

stellte ihren künftigen Schwiegersohn in vorsich=
tiger Weise zur Rede und unternahm einen
fruchtlosen Versuch, in die Seele seines Kum=
mers einzudringen. Ursulas hübsches Gesicht war
den ganzen Tag in bleiche Schatten gehüllt, ihre
sonst so lebensprühenden Augen blickten mit
vielen gequälten Fragen auf den Geliebten.

Nein, es ging so nicht weiter, seine Lage
wurde unerträglich, nicht nur den anderen, auch
sich selber gegenüber, er konnte in dieser Ver=
stellung nicht fortleben. Vor allem aber hatte
Ursula ein Recht auf Offenheit.

Dennoch trieb ihn ein nicht recht begreif=
liches Empfinden, eine Aussprache so lange als
möglich hinauszuschieben. Und erst an dem ihrer
Abreise unmittelbar vorausgehenden Tage bat
er sie zu einer kurzen Unterredung.

Er saß an seinem Schreibtische, den Kopf in
die Hand gestützt, sie hatte ihm gegenüber auf
dem Stuhle Platz genommen, der sonst für seine
amtlichen Besucher bestimmt war.

„Wir dürfen nicht auseinander gehen, Ur=
sula," begann er zaudernd, „ohne daß du Kunde
erhältst von dem, was in mir vorgeht. Ich bin
der Mensch nicht mehr, dem du dich einmal freu=
dig anvertrautest. Ich muß dich heute aufs neue
fragen, ob du auch dem, der ich geworden und
der dir fremd ist, angehören kannst."

"Ich kenne nur einen Martin. Und den werde ich lieb behalten und ihm treu sein bis in den Tod — wie Senta ihrem Holländer."

Sie hatte es mit einem Anflug von Scherz hinzugefügt. Wie ihr plötzlich dieser Vergleich gekommen, das wußte sie selber nicht. Aber als sie ihn so bleich und düster in seinem schwarzen, bis an den Hals geschlossenen Rock, den er jetzt nicht mehr wie früher gegen einen freundlicheren, weltlichen Anzug vertauschte, an seinem Schreibtisch lehnen sah, da kam ihr jene „Holländer"-Aufführung in Erinnerung, die ihre Bekanntschaft vermittelt hatte, und an die sie seitdem so manches Mal hatte denken müssen.

Doch bei ihm fand der scherzhafte Ton, auf den sie ihre Bemerkung stimmte, keinen Widerhall.

„Sentas Seele gehörte Erick und mit ihm der Welt," erwiderte er. „Ihre Liebe zum Holländer war nur ein Wahn und später ein starres Pflichtgebot."

„Aber sie starb daran."

„Gewiß, es liegt eine Art von Richtigkeit in deinem Vergleich. Nur daß ich nicht planlos ins Dunkle irre wie der Holländer. In mir ist alles geklärt, ganz scharf und deutlich sehe ich den Weg vor mir, den ich zu gehen habe. Aber ob du mir auf ihm folgen willst, ob du es kannst nach deiner Erziehung, deiner Anlage — das, Ursula, ist die Frage, über die wir miteinander ins reine kommen müssen."

„Warum sollte ich es nicht können, wenn ich dich doch so über alles lieb habe?"

Er nahm ihre Hand und senkte sein Auge mit einem langen, forschenden Blick in das ihre.

„Ich will nicht in dich dringen, will nicht, wie der Holländer, dich an ein Versprechen binden, das du einmal unter ganz anderen Voraussetzungen gegeben. Unbeeinflußt sollst du dich entscheiden."

Sie wurde ein wenig ungeduldig. Was hatte sie noch zu wählen, zu entscheiden, nachdem sie völlig mit sich im klaren war?

„Ich verstehe dich hierin wirklich nicht ganz, Liebster," erwiderte sie ein wenig gedankenschwer und zugleich gedankenlos.

„Das tatest du damals auch nicht, als ich dir hier auf meinem Zimmer sagte, daß jenes Erlebnis der Nacht eine Wendung in meinem Leben herbeigeführt. Vielleicht lag das alles schon vorbereitet in mir, und das Erlebnis damals übernahm nur die Rolle des Weckers. Aber nun bin ich erweckt und zur Erkenntnis gekommen. Jede Rückkehr zu dem alten Leben ist unmöglich geworden, ein neues beginnt jetzt. Und darum laß mich sprechen, kurz aber unwiderleglich, ein für alle Male, Ursula."

Er merkte, daß sie durch die Entschiedenheit seiner Worte betroffen war. Aber er milderte nichts, sondern fuhr, ihre Hand freilassend, mit derselben leisen und doch gehobenen Stimme fort:

"Ich besuche fortan keine Gesellschaften mehr, gebe mich keiner Lustbarkeit hin, lebe nur meinem Amte und meiner Arbeit an den Geschlagenen und Traurigen. Und alles, was ich von mir selber fordere, soll die Frau mit mir tun, die ich liebe und die meine Lebensgefährtin wird. — Willst du das, kannst du es, Ursula?"

Er harrte mit einer Spannung, die sich in jedem Muskel seines Gesichts prägte, ihrer Antwort.

Aber sie schwieg, ihre Lippen waren fest zusammengepreßt, ihr Haupt gesenkt.

"Ich habe dir gesagt, daß ich nicht in dich bringen will, du brauchst mir heute noch nicht zu antworten. Überlege es dir reiflich und dann schreibe mir deinen Entschluß."

"Dem ganzen blühenden Leben willst du entsagen? Ist es wirklich dein Ernst?"

"Dem ganzen blühenden Leben — es ist mein heiliger Ernst."

"Und die schöne Stellung, die du dir hier erworben, Schatz, um die dich alle beneiden?"

„Gerade sie ist mir zum Fallstrick geworden."

„Wie kannst du so etwas nur sagen, Martin?"

„Gewiß wird der Verzicht auf alles das im Anfang nicht leicht sein. Aber viel schwerer und furchtbarer ist es, sich gestehen zu müssen, daß man die besten Jahre seines Lebens und Schaffens auf falschem Wege sich befunden."

„Sage mir eins nur, Martin, aber sage es mir ganz offen. Glaubst du, daß ein Mensch im Grunde seines Seins plötzlich ein ganz anderer werden kann? — Ich liebe das Leben!"

Es klang wie ein gequälter Aufschrei, ihr süßes Gesicht war in lauter Schatten gehüllt. Ein tiefes Mitleid faßte ihn mit dem unglücklichen Kinde.

„Ich helfe dir, Ursula," sagte er begütigend. „Wir leben ganz uns und unserem gemeinsamen Werke. Unsere Liebe ersetzt uns die laute Welt der Gesellschaften und der Freuden, und die innere Gemeinschaft, die uns bindet, worin sollte die sich schöner betätigen, als indem wir beide, jeder in seiner Art, still und treu die Aufgabe in unserer Gemeinde zu erfüllen suchen, zu der wir berufen sind?!"

„Jetzt sprichst du gerade so wie unser alter Pfarrer, der mich konfirmierte, gerade so, wie ich mir einen Pastor immer gedacht habe. Aber du — du warst so ganz anders wie sie alle. Dein freies Wesen, dein frisches Wort, dein Unbekümmertsein um das, was herkömmlich ist, das alles zog mich so unwiderstehlich hin zu dir."

„Und jetzt, Ursula, wo ich zu mir selbst gekommen, wo das bessere Ich in mir endlich aus dem langen Schlafe erwacht ist, jetzt bin ich dir dadurch weniger lieb und wertvoll geworden?"

Da sprang sie von ihrem Stuhle auf, stürzte, flog auf ihn zu, schlang die Arme um seinen Hals und küßte ihn. Und küßte ihn wieder und wieder mit einer so heißen Glut, einer so hingebenden Sinnlichkeit, wie ihre Lippen ihn bis zu dieser Stunde nie berührt hatten; ihr ganzer Körper zitterte und war in fieberhafter Erregung. Und diese Erregung teilte sich ihm mit, so daß er ihrer Leidenschaft weder wehren noch ein Wort hervorbringen konnte.

„Du mir weniger lieb und wertvoll geworden?" stammelte sie an seinem Halse mit einer Stimme, die bei jeder Silbe brach. „Nie habe ich es so gefühlt, was du mir bist, wie ich dich lieb habe in deinem tiefsten Sein, als in dieser fürchterlichen Stunde! — Ja, ich verstehe dich, ich will, ich muß dich verstehen! — Das ist es ja auch gar nicht, was so auf mir lastet, es ist etwas ganz anderes."

„Was denn? Sage es mir, Ursula!"

„Ob ich dem gewachsen sein werde, was du von mir forderst, ich unbedeutendes, bisher nur in der Welt und ihrer Nichtigkeit aufgehendes Geschöpf? Ob ich es bei allem heiligen Willen werde erfüllen können — auf die Dauer — auf die lange, lange Dauer eines Lebens, das ich bis jetzt nur in seinem rosigsten Lichte kennen gelernt habe?"

„Wenn du mich wirklich lieb hast, in meinem tiefsten Sein, wie du gesagt hast."

Sie legte ihren Kopf auf seine Schulter und weinte herzzerbrechend. Er ließ sie gewähren.

„Du mußt nur Mut haben und Vertrauen zu dir selber," fuhr er dann fort, indem er ihr beschwichtigend mit der Hand über das Haar strich.

„Und nicht ein einziges Mal mehr darf ich tanzen?" fragte sie mit einem Lachen, das mit Tränen kämpfte, und das etwas unendlich Rührendes hatte.

„Nein," erwiderte er hart.

„Und auf keine Gesellschaft mit dir gehen, und mich deiner gar nicht freuen und der Bewunderung, die die Leute dir entgegenbringen?"

„Nein."

„Ganz einsam wollen wir leben in dieser großen Stadt — wie die Toten?"

„Wie die lebendig Gewordenen."

„Wie du mich quälst, Martin. Wie furchtbar du mich quälst!" — —

Es waren die letzten Worte, die sie sprach. Jahrelang noch tönten sie ihm in der Erinnerung wieder. Mitten in der Nacht, wenn er keinen Schlaf fand oder aus dem ersten Schlummer emporschreckte, vernahm er sie mit dem leiderfüllten, gebrochenen Klang, der ihn bis in die tiefste Seele erschütterte. Jetzt verschloß sich ihr Antlitz wie eine junge, früh gestorbene Knospe, die sich keinem Sonnenstrahl mehr öffnet.

Und wie eine verblaßte Blüte erschien sie ihm die wenigen Stunden, die er noch, jetzt meist in Gegenwart ihrer Mutter, mit ihr zusammen war. Wie eine verblaßte Blüte sah er sie aus dem Fenster des Eisenbahnwagens lehnen, ohne Regung, ohne Tränen, ohne jeden Hauch des Lebens. Und er stand ihr gegenüber und sprach inmitten aller Geschäftigkeit und allen Lärms des zur Abfahrt sich rüstenden Zuges einige törichte, wirre, inhaltslose Worte.

Aber das eine Wort, auf das sie lauerte wie auf die Offenbarung des Lebens, das eine Wort, das diese welke, müde Knospe gesprengt hätte wie ein warmer Frühlingsstrahl, das eine Wort sprach er nicht.

Oft war es ihm, als drängte es sich gebie=

tend auf seine Lippen. Aber dann preßte er den
Mund hart und fest zusammen, als wollte er es
zurückdrängen mit der letzten, zähen Energie
seines Willens. Und als sich dann der Zug in
Bewegung setzte und sie, ohne einmal mit der
Hand zu winken, starr und abwesend immer noch
aus dem Fenster lehnte, da war ihm, als müßte
er dem Wagen nachlaufen und müßte es heraus=
schreien aus dem gefolterten Herzen durch all das
Fauchen und Knattern und Rasseln des abfah=
renden Zuges hindurch, das eine lösende, leben=
gebende Wort.

Und er rief wohl auch irgend etwas, wenig=
stens sah ihn der Stationsvorsteher und die auf
dem Bahnhof zurückbleibenden Menschen ganz
verwundert an, als er wie ein Taumelnder
einige Schritte vorwärts machte und dann wie
festgewurzelt auf derselben Stelle stehen blieb,
indes der Perron langsam sich entleerte und
einige der Vorübergehenden ehrfurchtsvoll ihn
grüßten, ohne daß er es sah oder erwiderte.

Nun war der letzte, schmale, dunkle Streifen
des Zuges entschwunden, und er ging selber
müden, schwankenden Fußes davon. Als er die
steile Steintreppe der Unterführung hinunter=
schritt, da packte ihn plötzlich der Gedanke, daß er
dies entzückende Geschöpf, diesen weichen, war=
men Sonnenschein seines Lebens zum letzten

Male könnte gesehen haben. Und es flimmerte und tanzte schwarz und schwer vor seinen Augen, und der Boden unter seinen Füßen wankte, er setzte sich auf eine Bank und stützte den Kopf in die heiße Hand und starrte lange vor sich hin ins Ungewisse, Dunkle.

Aber dann raffte er das Haupt mit einem gewaltsamen Ruck in die Höhe und ging festen Schrittes vom Bahnhof fort in sein einsames Arbeitszimmer und schloß sich darin ein, daß ihn auch seine Mutter erst am späten Abend zu sehen bekam. Die alte Frau schüttelte über sein völlig verändertes Aussehen den Kopf, und durch ihr bangendes Herz zuckte es wie eine dumpfe Ahnung: daß es nicht der Abschied von seiner Braut allein gewesen, der den starken, sonst so vernünftigen Sohn aus jedem Gleichgewicht gebracht.

* * *

Eine schwere Kette dunkler, trüber Tage zog sich jetzt das Leben hin. Martin stürzte sich mit fieberhaftem Eifer in eine nie unterbrochene Tätigkeit, er arbeitete in den frühen Morgenstunden auf seinem Zimmer und ging dann in die Häuser der Armen und Kranken.

Aus dem Druck ihrer Leiden und Sorgen suchte er ihre Seelen aufwärts zu führen in eine

anders organisierte Welt, die jenseits aller Müh=
sal und Beladenheit dieses Daseins liegt, deren
Quellen in der hellen Ewigkeit rauschen.

Aber er fand nicht den rechten Glauben an
diese Welt. Seine Verheißungen, so warm er sie
den Leuten ins Herz redete, begegneten einem
müden Achselzucken. Man hatte zuviel mit dieser
Welt zu tun, mit ihr hieß es erst fertig zu wer=
den, und je eifriger er seine Mission betrieb,
um so weniger konnte er sich der Tatsache ver=
schließen, daß das Evangelium, zu dessen Ver=
kündigung er ausersehen war, in den ganz an=
ders gearteten Interessen der Zeit ungehört ver=
hallte.

Er suchte dem Kern dieser Interessen auf
den Grund zu kommen und fand ihn in der so=
zialen Verschiedenheit der Menschen, die jeder
eine Welt in sich trugen und sie gegen die Welt
der anderen behaupten mußten. Er nahm sich
vor, nicht länger mehr müßig zuzusehen, wie
Not und Elend Hand in Hand mit Schwelgerei
und Laster gingen.

So kam auch in seine Predigt ein neuer
Zug. Die Frage, die früher im Vordergrunde
gestanden: welche Wirkung sie erzielen, wie sie
gefallen würde, schaltete er zu allererst aus. Da=
mit verließ er sein bisheriges verfeinertes psycho=
logisches Verfahren, das den Einzelnen in den

Mittelpunkt der Ausführungen gestellt; das soziale Element und die soziale Verkündigung wurde von nun an der Kern seiner Ausführung.

Aber sehr bald stellte es sich heraus, daß diese Änderung nicht nach dem Geschmacke der von all ihren Predigern und am meisten von ihm gehätschelten Schloßgemeinde war. Seine früheren Zuhörer zogen sich, die einen achselzuckend, die anderen erbittert von ihm zurück, seine Predigt gehörte nicht mehr zur Mode.

Alle Einladungen zu Gesellschaften, alle freundlichen Aufforderungen zu irgendeiner Art fröhlichen Zusammenseins lehnte er mit der Entschuldigung ab, daß die lange Besuchszeit seiner Braut und ihrer Mutter ihn von einer Reihe notwendiger Amtsarbeiten abgehalten hätte, die er jetzt nachholen müßte.

Im Anfang ließ man diese Gründe gelten. Als aber Wochen dahingegangen waren und er sich immer noch unter der gleichen Entschuldigung zurückzog, ward man erst verwundert, dann verletzt und unterließ zuletzt jede Einladung. Nun konnte er sich unbehelligt dem neuen Leben der Einsamkeit hingeben.

Ursula schrieb ihm dann und wann; aber ihre Sprache war gerade so welk und tot, wie sie selber in seiner Erinnerung lebte. Es war wunderbar, ihr altes Bild voller Lust und Glück konnte er sich bei aller Mühe nicht mehr vor sein geistiges Auge zaubern. Immer sah er sie nur, wie sie ihm in jener entscheidenden Unterredung hier in seinem Arbeitszimmer gegenüber gesessen, immer war es die bleiche, verschlossene Knospe, nie die frische, wundervolle Mädchenblüte voller Schelmerei und Feuer, von der man heute noch überall mit Entzücken sprach.

Eines Tages erhielt er einen Brief von Frau Wedekind. Sie benachrichtigte ihn mit wenigen Worten, aus denen es ihm wie ein stiller Vorwurf entgegenklang, daß sie auf Veranlassung ihres Hausarztes und eines hinzugezogenen Heidelberger Professors mit ihrer Tochter in ein Sanatorium in der Schweiz übergesiedelt sei, und daß Ursula auf die strengste Anordnung des dortigen Anstaltsleiters weder an ihn schreiben noch Briefe von ihm empfangen dürfe.

13. Kapitel.

Die Schloßkirche rüstete sich zu einem seltenen Feste. Sie feierte ihren fünfhundertjährigen Geburtstag. Eine alte Stiftungstafel, die über dem Eingange einer Sakristei angebracht war, tat in Mönchslatein kund, daß gerade vor 500 Jahren, am 10. Mai, der Grundstein zu ihrem Bau gelegt war.

Eine reiche Festordnung war für den bedeutsamen Tag getroffen: in der Morgenfrühe ein Choralblasen von sämtlichen Kirchtürmen der Stadt, dann ein Festgottesdienst in der Schloßkirche, bei dem der von Martin gegründete Chor unter seiner Leitung die große Doxologie und die Motette: „Großer Gott, wir loben dich" singen sollte, abends ein Festessen in dem Bankettsaale des Rathauses. Der Kaiser, der seine persönliche Teilnahme hatte hoffen lassen, sie aber durch eine Reise in Regierungsangelegenheiten in letzter Stunde absagen mußte, beauftragte den kommandierenden General, der zugleich sein Flügeladjutant war, mit seiner offiziellen Vertretung, alle Spitzen der geist=

lichen und weltlichen Behörden waren erschienen, die ganze Stadt, die auf ihre alte Schloßkirche mit den reichen Kunstschätzen stolz war, feierte den Tag mit. Reicher Fahnen- und Girlandenschmuck zog sich durch die der Kirche zunächst gelegenen Straßen, in Sonntagskleidern und mit dem Gesangbuch in der Hand wallfahrteten die Menschen zu dem alten Gotteshause, das im goldenen Morgensonnenschein so frisch und leuchtend aus dem umgebenden Häusermeer das Haupt erhob, als wären die fünf Jahrhunderte mit ihren Stürmen und Wettern wie ein flüchtiger Hauch über seine Türme und Mauern dahingegangen.

Die Festpredigt fiel Pfarrer Bulcke als dem Ersten Geistlichen zu. Aber Martin sprach nicht weniger eindrucksvoll durch den Mund seines Chors.

Der gleißende Prunk, mit dem auch dies Fest gefeiert wurde, die stark hervortretende Äußerlichkeit bei der Anordnung der Plätze, die ein weitgehende, unvermeidliche Sperrung eines ganzen Teiles der Kirche für die Ehrengäste und die Vertreter der verschiedenen Behörden notwendig machte, war wenig nach seinem Geschmacke.

Als aber die ersten Töne der großen Doxologie durch die in Licht gebadete Kirche fluteten,

als sein Freund Bulcke würdige und bei aller
Schlichtheit ernst durchdachte Worte von der
Kanzel an die Gemeinde richtete, da lösten sich
die engenden Bande, die seine Seele gefesselt
hielten, eine befreiende Empfindung kam über
ihn, als beginge er mit diesem Geburtstage
seiner Kirche eine Wiedergeburt zum neuen
Leben und Schaffen in dem eigenen Herzen. —

* * *

Wundervoll war das Gewand das bei
solchen Gelegenheiten der alte Bankettsaal des
Rathauses trug. Die mit kostbarer Seide be=
zogenen tiefroten Wände, die mit Gold und
reichem Stuck gezierte Decke, in deren einzelnen
Feldern wertvolle Abbildungen der alten Stadt
und ihrer Bauten angebracht waren, die seltenen,
antiken Kunstgegenstände, meist Geschenke von
Herrschern oder reichen Patriziern, welche die
Simse ringsumher trugen, alles das dämmerte
und funkelte in seiner bunten Pracht unter dem
Kerzenlichte, das zwei alte kostbare Kronleuchter
ein wenig matt, aber gerade hell genug für
diese eigenartige Umgebung verteilten.

Und inmitten dieser Pracht vergangener
Tage prangte heute im Flor leuchtender Früh=
lingsblumen die große Festtafel, um die sich eine
ausgewählte Gesellschaft zusammengefunden

hatte, Speisen, von der berühmten Küche des gegenüberliegenden Ratskellers vorzüglich bereitet, wurden gereicht, auserlesene Weine kredenzt; auch in dieser Beziehung durfte sich die reiche nordische Handelsstadt nicht verleugnen, die der alten Blüte längst eine neue zugefügt hatte.

Mit der Suppe bereits begannen die Toaste; sie waren wie auf Verabredung kurz und knapp gehalten, eine Pflicht, der man sich erledigte, ohne daß man sein oder der Gäste Behagen an diesem stimmungsvollen Bankette länger störte, als es die Umstände nun einmal geboten.

Das älteste Mitglied des Gemeindekirchenrats, ein angesehener Kaufmann, hatte auf den Ersten Geistlichen der Schloßkirche, Pfarrer Bulcke, sein Glas geleert, nach ihm erhob sich Oberbürgermeister Reichenbach, um als Patronatsvertreter den Zweiten zu begrüßen.

Seine Rede wich in Ton und Inhalt auffallend von den anderen ab, sie war kein Auftrag, keine konventionelle Erledigung einer gesellschaftlichen Pflicht, sie war erfüllt von Wärme und liebevoller Anerkennung für die Verdienste, die jener sich in einer verhältnismäßig kurzen Zeit um die Schloßkirche, ja durch seine künstlerischen Gaben und Taten um die ganze Stadt erworben. Aber mit feinem, nur dem Eingeweihten verständlichem Takt spielte sie zugleich auf die Veränderung an, die sich in dem Denken und Wirken des beliebten Predigers vollzogen, und auf seinen Rückzug von den altgewohnten Kreisen, machte ihn begreiflich durch das Fern= sein seiner Braut und schloß humoristisch mit dem Wolframmotiv aus dem ersten Akt des Tannhäuser: „O kehr zurück, du kühner Sänger, der unserem Kreise lange schon gefehlt!"

Eine kurze Pause, dann klopfte Martin an sein Glas. Sofort verstummte die Unterhaltung, die eben erst in der alten Lebhaftigkeit wieder eingesetzt hatte, in freudig gespannter Erwartung blickte man auf den Redner, der immer etwas Anregendes zu sagen wußte.

Allein in dem Gesichte, das früher so froh= gemut auf eine heitere Gesellschaft zu blicken pflegte, lag heute ein fast düsterer Schatten, und ein fremder Ton klang aus den Worten, mit denen er begann:

„Ich danke Ihnen, meine Herren, danke ganz besonders Ihnen, hochverehrter, mir stets freundlich gesinnter Herr Oberbürgermeister, für die warme Anerkennung, die Sie bei dieser Gelegenheit mir und meinem Wirken haben zu= teil werden lassen. Aber ich muß dieses Lob nicht nur als ein in jeder Beziehung unverdientes zurückweisen, ich darf nicht leugnen, daß es mich im Verhältnis zu dem, was ich Ihnen bis zum heutigen Tage gewesen und geleistet, beschämend, ja schmerzlich berührt. Und auch Ihr freundliches, abwehrendes Kopfschütteln, Ihr gutgemeinter Widerspruch, meine Damen und Herren, ändert nichts an diesem Bekenntnis und an meinem Leide."

Ein dumpfer Bann lag auf seiner Stimme, mühsam erst kämpfte sie sich zu der alten Freiheit durch, als er jetzt unter tiefem Schweigen fortfuhr:

„Meine Damen und Herrn! Ein so großer und mit allem denkbaren Glanz dieser herrlichen Stadt begangener kirchlicher Gedenktag führt einen Geistlichen als den zunächst Beteiligten von aller Äußerlichkeit fort in die stille Innerlichkeit seines Herzens, er wird ihm zu einem Tag ernster Einkehr, mahnender Rechenschaft.

So ist es mir ergangen. Und wenn ich die Verantwortlichkeit meines Amtes nie so lastend empfunden habe als heute und vor einem unbestechlichen Gewissen das Fazit meines Wirkens an dieser ehrwürdigen Kirche, an dieser zu hohen Forderungen berechtigten Gemeinde ziehe, so muß ich Ihnen bekennen, daß es ein sehr trauriges und niederdrückendes ist — ich bitte Sie, mich ausreden zu lassen, ich werde mich bemühen, kurz und klar zu sein."

Er ließ die aufsteigende Woge der Unruhe und Befremdung, die seine Worte hervorgerufen, einen Augenblick abdämmen und hub dann mit leiser, aber bis in die fernsten Winkel des Saales verständlicher Stimme von neuem an:

„Wer in unserer sozialzerrissenen, von Kulturneuerungen gehobenen, aber ebenso verwirrten Zeit das Amt eines Predigers übernimmt, dem erwächst eine schwere Aufgabe: Er soll die tiefgehenden Gegensätze vermöge der' Religion überbrücken, soll gerecht und ausgleichend wirken auf alle die Kreise, die auf ihn und sein Amt angewiesen sind.

Um das zu können, muß er sich stets vor Augen halten, daß das Evangelium nicht, wie man gerne sagt, die Angelegenheit eines Einzelnen ist, sondern vielmehr eine weltüberwindende Macht, die das Tun und Treiben der großen Welt, des Staates, des sozialen und wirtschaftlichen Lebens mit ihrem Sauerteig zu durchdringen berufen ist.

An dieser Durchdringung aber fehlt es bei uns. Und wenn Sie mich nun fragen: ja, wie kann das geschehen? Und was können wir dazu tun?, dann antworte ich: Wir müssen vor allem wieder anfangen, wahrhaftig zu werden gegen uns und andere, müssen der leisesten Unaufrichtigkeit, nur weil sie bequem und menschengefällig ist, die Pforte sperren. So allein können wir dem Evangelium wieder jenes tatkräftige Leben einhauchen, das es braucht, soll es seine Mission in der Welt erfüllen.

Und nun bekenne ich Ihnen offen: Mir, dem zuerst dazu Berufenen, hat es bis jetzt an dem Mute dieser Wahrheit, hat es zugleich an der selbstlosen Hingabe an meine Aufgabe gefehlt. Ich habe ihnen ein schlechtes Beispiel gegeben; das soll anders werden. Klar sehe ich mein Ziel vor mir, ein Ziel, das nicht in irgendeiner Äußerlichkeit erreicht werden kann, in irgendeiner Routine des Amtes oder des geselligen Umgangs mit Menschen, sondern nur in stiller, heißer Mühsal der Innerlichkeit, in dem Todesmut der Wahrheit, dem Todesgang der Selbstverleugnung. Ich weiß, daß man dazu brechen muß mit vertraut gewordenen Gewohnheiten, daß das Liebste, was man besitzt, dabei in die Brüche gehen kann, daß Banden zerrissen werden, die man für das Leben geknüpft meint; dennoch bin ich fest entschlossen, diese Aufgabe und ihr Kreuz auf mich zu nehmen. Sie haben bis heute einen schlechten, trägen, eitlen Pfarrer gehabt, lassen Sie mich Ihnen als Geburtstagsgabe dieses hohen Festes einen neuen geben, der gelobt, all dies zu halten und, soweit es seine schwachen Kräfte erlauben, in die Tat zu übersetzen.

Und so möchte ich mit Ihnen mein Glas erheben und trinken auf das Werden und Gedeihen einer neuen Kirche der Wahrheit und der Innerlichkeit, von der wir alle noch weit ferne stehen."

Eine Totenstille folgte diesen Worten, mechanisch griffen die einen an das Glas und erhoben es ebenso mechanisch, die andern sahen sich an, verständnis-, fassungslos, die eine Frage in den Augen und auf den Lippen: Was ist nun geschehen? Ist der gute, kluge Pfarrer nicht mehr bei Sinnen? Sind ihm die Ehren dieses Tages, sind ihm die schweren Weine zu Kopf gestiegen? Der Oberbürgermeister schüttelte den Kopf und tauschte einen schnellen, Aufklärung heischenden Blick mit Martins Freund, Bonin, der seine Hochzeitsreise um einige Tage gekürzt hatte, um an diesem Feste teilnehmen zu können.

Aber der vermochte das Rätsel auch nicht zu lösen und sandte den besorgten Blick weiter an seine junge Frau, die ihren Platz ihm gegenüber an der Seite eines höheren Offiziers hatte. Marie gab keine Antwort auf seine stumme Frage, sie hatte sie gar nicht bemerkt. Wie versteinert saß sie da, das große, starre Auge immer noch auf Martin gerichtet, der sich längst auf seinen Stuhl niedergelassen hatte und nun, von niemand angesprochen, ab und zu nur von einem schnellen, scheuen Blick gestreift, inmitten seiner Umgebung saß, die nicht wußte, wie ihr geschehen, und welche Stellung sie zu der unerhörten Rede nehmen sollte.

„Ach wir Armen!" seufzte Konsul Robinson, „aber wenn der gute Pastor sich unter allen Umständen einmal expektorieren mußte, hätte er wenigstens auf die Forellen Rücksicht nehmen können, sie sind ganz kalt geworden! Und ob er das vor seinem neuerwachten Gewissen wird verantworten können?"

„Ein Sonderling ist er mir stets erschienen, trotz seiner gesellschaftlichen Allüren."

„Und sich solche Gelegenheit auszusuchen! Teufel auch, wir sind hier zusammengekommen, um fröhlich zu sein, nicht um Predigten zu hören, dafür war in der Kirche Zeit genug."

„Es ist eine alte Erfahrung, daß solche Feste, besonders wenn sie einen kirchlichen Hintergrund haben, immer irgendeinen Mißklang auslösen."

„Es kitzelt ihn, den Reformator zu spielen. Eine neue Kirche und Pfarrer Steppenreiter ihr Stifter! Ich fürchte nur, seine Gemeinde wird ein wenig dünn gesät sein."

„Kein Wunder bei dem Hungerleben, das er hier in Aussicht stellt. Die Wahrheit ist ein hartes Brot."

„Der Oberbürgermeister und die Lerche, die überall ihre Flügel über ihn spannte, sitzen da wie die Nachtvögel im Regen, er hat sie auch tüchtig in die Klemme gebracht. Was ist nun das bessere: unstillbarer Wahrheitsdrang oder eine gute Kinderstube? Ich ziehe das letztere vor. Das vornehmste Gebot heißt für mich: ‚Tue, was du nicht lassen kannst — aber fall deinem Nächsten nicht auf die Nerven‘.“

„Ich kann die Sache nur vom komischen Standpunkt aus betrachten. Wenn der Pastor morgen wieder zur Nüchternheit gekommen ist, wird er nicht sehr erbaut sein von der Rolle, die er hier gespielt hat.“

„Aber was wollen Sie, meine Herrschaften? Der Mann will Karriere machen, er hat ja auch die Gaben dazu. Fehlte nur noch das richtige Sprungbrett, und das hat er sich heute gezimmert.“

So schwirrten, vom ersten lähmenden Schweigen gelöst, die Ansichten über die Tafel. Von all den Menschen, die bis zu dieser Stunde freundschaftlich mit Martin verkehrt, die ihn als Geistlichen verehrt und andachtsvoll zu seinen Füßen gesessen, wenn er predigte, die jedem seiner Worte und Taten Weihrauch gestreut, die den Künstler in ihm bewundert und den Menschen geliebt hatten, von allen diesen trat in dieser

Stunde der Scheidung nicht ein einziger zu ihm, sah ihm ins Auge und sprach: Ich glaube auch jetzt noch an dich, ich halte treu zu dir.

Nein, viel mehr noch: von allen diesen kam auch nicht ein einziger nur auf den Gedanken, daß das, was er eben hier geredet, einem unstillbaren Drange seiner Seele entsprang. Auch nicht einer hatte das Verständnis für den Riesenmut, der zu solchem Bekenntnis in einer Gesellschaft wie dieser gehörte.

Und wer es hatte und auch die Tapferkeit besessen hätte, unumwunden für den einst so Gesuchten, jetzt Gemiedenen einzutreten, wie Reichenbach, Bonin, Bulcke und, zur Ehre dieser Leute sei es geglaubt, vielleicht der eine oder andere noch, der schwieg dennoch.

Warum?

Weil er mit dem Pfarrer nicht mehr zusammengehen, weil er die Welt, die jenem in neuem Lichte aufgegangen war, nicht zu der eigenen machen konnte.

Das einzige, was man für ihn unternahm, war der schwache Versuch, ihn gegen seine kleinen Neider und Widersacher, die jetzt endlich ihre längst ersehnte Stunde gekommen wähnten, zu verteidigen, ihn zu entschuldigen mit der Arbeit der letzten Tage, der Subtilität seines Nervensystems, seinem überspannten Idealismus und seiner gar zu geringen Welterfahrung.

Die Geister des Frohsinns, die eben noch so unbestritten geherrscht, hatten den Saal verlassen, die alte Harmlosigkeit wollte sich nicht mehr einstellen. Die Worte Martins hallten noch in den Ohren und Herzen fort, und welche Stellung man auch zu ihnen nahm, sich gänzlich von ihnen zu befreien, war niemand möglich. So betrachtete man es als eine Erlösung, als der Oberpräsident endlich die Tafel aufhob und man sich in kleinere Gruppen auflösen konnte, um nun unbeobachtet wiederum über nichts anderes zu sprechen als über Martins unerhörte Offenbarung.

Er wollte den Leuten den Rückzug nicht schwer machen und studierte mit Geflissenheit die alten Bilder und Stiche an den Wänden des Saales, er wunderte sich selber über die tiefe Ruhe, die nach seinen befreienden Worten über ihn gekommen, indes um ihn her die Wogen der Erregung brandeten.

„Ich begrüße den Leidensgefährten," vernahm er da eine gedämpfte Stimme dicht neben sich, in der ein leiser Anflug von Spott war.

Nun mußte er doch lächeln. Die einzige in der großen Gesellschaft, die ihn suchte, war die Morelli.

„Leidensgefährtin?" gab er zerstreut zurück.

„Ja, von heute ab, Herr Pfarrer, das hilft Ihnen nun nichts mehr."

„Und wieso, wenn ich fragen darf?"

„Weil wir uns beide gegen die geheiligten Rechte der Gesellschaft vergangen haben — ich durch mein freies Leben, Sie durch Ihr freies Wort. Und ich fürchte, das letztere wird viel schwerer verziehen."

„Man war auf die Unterhaltung der beiden aufmerksam geworden, aber niemand trat an sie heran, ja man ging in so weitem Bogen um sie herum, daß sie inmitten der umwogenden Kreise allein standen wie auf einer Insel.

„Ich sah einmal vor Jahren in einem Berliner Theater ein Stück von Ibsen, ich glaube es hieß ‚die Kronprätendenten'. Es machte keinen allzu großen Eindruck auf mich, ich habe nicht viel von ihm behalten. Nur ein Wort ist mir unvergeßlich geblieben, da sagt eine Skalde zum König: ‚Ich entkleide mich nicht, wenn viele in der Halle sind.'"

Er sah sie mit erstaunten Augen an.

„Entkleiden?" gab er mechanisch zurück.

„Nun ja, haben Sie es nicht getan? Nackt bis auf die tiefste Seele — so standen Sie vor ihnen."

Sie nestelte mit der Hand an einem Maiblumenstrauß, der weiß und duftend auf ihrer

Bruſt ruhte und der ſich zu lockern ſchien. Als
ſie dann fortfuhr zu ſprechen, war jener weiche,
vibrierende Klang in ihrer Stimme, wie er ihn
manchmal gehört, wenn ſie Lieder voll Leiden=
ſchaft und Sehnſucht ſang:

„Sich entkleiden — gewiß, in Höhe=
punkten unſeres Lebens, die nie wieder=
kehren, da, wo wir willens ſind, alles zu
geben, das Beſte, das Letzte — in geweihter,
wundererfüllter Gemeinſchaft — — Aber ſich
entkleiden vor einer Menge, die alles das nicht
in uns ſucht, der unſere Nacktheit Spiel und
Senſation iſt — man kann ſich auch geiſtig
proſtituieren. Und daß Sie das fertig bekamen,
vor dieſer Geſellſchaft da, ſehen Sie, das iſt es,
was ich nicht an Ihnen verſtand.“

Er konnte nicht leugnen, daß ein Sinn in
ihren Worten lag.

„Es war eine Abrechnung, die ich mir ſchul=
dig war und den anderen,“ ſagte er.

„Und ihr Erfolg? Daß man Sie Ihre
unſelige Aufrichtigkeit jetzt überall wird fühlen
laſſen. Daß Sie unter dieſer allgemeinen Ab=
wendung leiden werden, viel mehr als ich. Denn
wenn es ihnen eines Tages gefiele, mir die
güldenen Pforten zu ihren Sälen zuzuſchlagen,
ich würde mein Lied da draußen ſingen und mich
auch außerhalb der Mauern ganz behaglich

fühlen. — Aber Sie, der Sie auf diese Menschen angewiesen sind, der Sie ein Amt unter ihnen bekleiden, Ihr Brot von ihnen empfangen —"

„Auch ich werde ohne sie leben können."

„Wo, wenn ich fragen darf?"

Und dann, schnell abbrechend. „Eins noch, Herr Pfarrer: Wenn ich bisher mit meinen Liebeserklärungen Ihnen gegenüber auch nicht sonderliches Glück gehabt habe: eine Freundin sollen Sie wenigstens behalten, auf die Sie sich verlassen können."

Sie reichte ihm die Hand; da trat Bonin auf die beiden zu.

„Ich fühle mich ein wenig abgespannt. Meine Frau ist bereits mit dem Wagen nach Hause gefahren, ich möchte meine rebellischen Nerven noch einen Augenblick durch die frische Luft führen. Begleiten Sie mich?"

Martin fühlte die Absicht des Freundes, aber er wußte zugleich, daß es kein leerer Vorwand war, zu dem jener geflüchtet, denn Bonin war in letzter Zeit mit seiner Gesundheit nicht immer zufrieden gewesen. — — —

Eine ganze Weile waren sie durch die im Frühlingsabendlicht dämmernden Straßen gegangen, ohne ein Wort zu tauschen. Endlich wurde Martin das Schweigen unerträglich.

„Sie stimmen dem nicht zu, was ich heute gesagt habe?" fragte er mit zaudernder Stimme.

„Nein."

„Nur in der Form nicht? Oder auch im Inhalt?"

„In beidem nicht."

„Und weshalb nicht?"

„Weil ich eine frohe Festtafel nicht für den geeigneten Ort halte, Dinge zu behandeln, die den anderen die unbefangene Freude nehmen."

„Ich habe etwas Ähnliches gedacht."

„Aber Sie handelten nicht danach."

„Nein, denn es kam mir darauf an, gerade dort eine unumwundene Beichte abzulegen, wo ich nach meiner Meinung am meisten gesündigt hatte: in der Gesellschaft. — Und weshalb, wenn ich fragen darf, erklären Sie sich mit dem Inhalt nicht einverstanden?"

„Weil er ein Ideal verkündet, das mir mönchisch und überwunden erscheint. Gott sei Dank, daß wir uns auch auf kirchlichem Boden zu einer gewissen Freiheit der Lebensauffassung und Lebensführung hindurchgerungen haben. Dem Pfarrer der Großstadt ist eine andere Tätigkeit vorgezeichnet als seinem Amtsbruder, der einem einfachen Kreise von Tagelöhnern und Bauern zu dienen hat. Ich habe es Ihnen schon einmal gesagt: Sie waren mit ihren Gaben und der Art ihrer Verwendung der rechte Mann für die Schloßgemeinde. Warum fallen Sie mit einem Male wie ein Rasender über sich her und zerfleischen sich mit Selbstvorwürfen über das weltliche Leben, dem Sie sich hingegeben, über die Gesellschaften, an denen Sie Gefallen gefunden?"

„Weil beides im Widerspruch steht mit meinem Amte. Ich tue ja gar nicht, was ich den anderen predige."

Und dann mit ausbrechender Heftigkeit: „Wie oft habe ich aus Klugheit oder Furcht geschwiegen, wo ich reden mußte. Wie oft nur an mich, an meine Stellung, meinen Vorteil gedacht, wo die Sache ein mannhaftes Eintreten forderte."

„Sie haben rastlos gearbeitet."

„Jawohl, mit tausend Dingen mich beschäftigt, einen wahren Feuereifer in allen Nebensachen entwickelt, nur um mir die eine Hauptsache nicht gestehen zu müssen. Darum war mir mein Amt ein Beruf wie jeder andere auch, eine mechanische Abwickelung notwendiger Geschäfte, darum kam diese furchtbare Leere über mich, wenn ich an eine Predigt ging, darum fügte ich wohl mit viele Mühe und Not einen künstlichen Bau zusammen, aber die Seele fehlte ihm. Denn wer kann über den lebendigen Gott predigen, ohne ihn zu besitzen?"

„Lieber Freund," erwiderte Bonin, indem er stehen blieb und ihm ruhig in das erregte Antlitz sah. „Wir alle, in welchem Berufe wir auch stehen, haben wohl ein ähnliches Bestreben, unserem Berufe, oder wie Sie es nennen, dem lebendigen Gotte, nach bestem Vermögen zu dienen. Aber wer von uns allen, und wäre er der ernsteste und der beste Mensch, möchte von sich behaupten, er habe den Gott, den er erkannt und den er im Busen trug, in seinem Leben zur Tat gemacht? — — Und nun antworten Sie mir einmal auf eine Frage, lieber Steppenreiter: Was wollen Sie denn fortan tun?"

„Das will ich Ihnen klipp und klar sagen: ich will fortan nicht mehr verkündigen, wovon mein eigenes Herz nicht brennt, will die Leute nicht lehren, was ich nicht selbst erfülle. Ich will nicht klug herumlavieren und schmeicheln und beschönigen, nur um den Leuten zu gefallen und meinen Einfluß nicht auf sie zu verlieren. Ich will brechen mit meinem bisherigen Leben, brechen mit meinem Verkehr und meiner Umgebung, wenn sie mich hindern, den für recht und wahr erkannten Weg zu gehen."

„Es wird ein schwerer Weg sein."

„Ich weiß es; aber ich muß ihn gehen."

„Und glauben Sie, daß die Leute Ihnen auf diesem Wege folgen werden?"

„Ich hoffe es zuversichtlich."

„Sie sind ein Idealist," antwortete Bonin langsam, „und betrachten das Leben von der hohen Warte Ihrer Ideen. Ich aber habe gefunden, daß dies mit so hochtönenden Namen und poetischen Vergleichen geschmückte Leben im Grunde etwas sehr Nüchternes und sehr Reales ist: eine Machtfrage, nichts weiter."

„Eine Machtfrage?"

„Jawohl, die sich sehr glatt und einfach erledigt. Wer leben will, muß Macht haben, Macht in irgendeiner Gestalt. Wer nicht die Fähigkeit besitzt, sich eine solche Macht zu erringen, der vegetiert nur unter den anderen, durch die anderen. Wer aber vollends seiner Macht freiwillig sich entäußert, der geht hin und gräbt sich sehend sein Grab."

Und als Martin nachdenklich schwieg:

„Durch Ihre Stellung und durch das Ansehen, das Sie überall genossen, waren Sie ein Machthaber, mit dem man rechnete. Jetzt begehen Sie den verhängnisvollsten Fehler des Idealisten, der die Welt und die Menschen nicht kennt: Sie entäußern sich Ihrer Macht. Was Sie heute abend getan, war das Schlimmste, was Sie je unternehmen konnten."

„Ich will den Menschen etwas Besseres predigen, als ich ihnen bisher geben konnte."

„Das ist es, Sie wollen sie durch eine Idee regieren. Aber die Menschen, diese große Herde unselbständiger Geschöpfe, lassen sich — auf die Dauer wenigstens — niemals durch eine Idee, und sei sie der höchsten eine, lenken. ‚Sei im Besitze, und du wohnst im Recht, und heilig wird's die Menge dir bewahren,' einen realeren Ausspruch hat nie ein Dichter getan."

„Nein, nein!" rief Martin mit starker Erregung, „zu einer so traurigen Lebensweisheit werden Sie mich nicht bekehren."

„Ich wünschte von ganzer Seele, daß die Erfahrung Ihnen und nicht mir recht gäbe. Aber freilich noch mehr wünschte ich, ich könnte diesen Abend und sein Bekenntnis aus Ihrem Leben herausstreichen. Doch das Geschehene ist nicht zu ändern — und nun Gute Nacht, Herr Pfarrer, und Gott befohlen." — — —

Als Martin auf sein Zimmer trat, fand er auf dem Schreibtische einen Brief, dessen Aufschrift Ursulas Züge trug.

Endlich, endlich, ein Wort von ihr, nach dem er inmitten all seiner Kämpfe und Leiden gehungert hatte!

Hastig erbrach er die Umhüllung und las mit fliegendem Atem:

„Mein Geliebter!

Es ist das erstemal, daß ich Dir nach langer Krankheit schreiben darf, und mein armes Herz kann es noch nicht fassen, daß es das letztemal sein soll!

Mein Körper, sagt mein Arzt, beginnt zu genesen, aber meine Seele ist krank. Martin, welch seliges, unvergeßliches Glück hast du in mein Leben hineingetragen und welch unseliges, unendliches Leid! Und das letzte ist doch größer und stärker als das erste, obwohl ich es früher nicht glauben wollte, daß es etwas Größeres und Stärkeres noch geben könnte als dieses namenlose Glück.

Aber Dich trifft kein Vorwurf, Geliebter, nicht der leiseste. Dein freigewordener Geist hat die Höhe erreicht, die er lange suchte und die ihm gebührt. Und ich stehe tief unten in der Niederung, blicke ihm sehnsuchtsvoll nach — und kann ihm doch nicht folgen.

Ich kann nicht, Martin, das ist das Furchtbare. Mir fehlen die Schwingen und die Kraft. Gerade die schwere Krankheit hat mir die Bestätigung gebracht; unwiderleglich klar und deutlich ist es mir geworden in diesen Stunden einsamer Selbstprüfung und Selbstqual. Ich kann die strengen Forderungen nicht erfüllen, die Du an mich und unsere Gemeinschaft stellst. Ich würde Dich und mich aufreiben, Dir ein Hindernis werden, eine Last, die an Deinen Adlerflug gebannt ist. Und das würde mich noch unglücklicher machen, als ich es jetzt schon bin.

Lebe wohl, Geliebter, habe Dank für alles, was du mir gewesen und getan. Ich werde Dich nie vergessen. Unverbrüchlich, ob du es willst oder nicht, werde ich Dich lieben als den besten und größten Menschen, mit dem mich je das unerbittliche Leben zusammengeführt. Still werde ich meine Straße ziehen, die reizlos geworden und leer, da ich sie an Deiner Hand nicht wandern darf. Lebe wohl. Deine Ursula."

Mit weitgeöffneten, leblosen Augen blickte er vor sich hin.

Nun war auch das geschehen, wovor er sich am meisten gefürchtet. Der schwerste Verlust war eingetreten, den er sich je hatte denken können. Das liebliche Kind, das ihm mit der ganzen Hingebung seiner reinen Seele gehört, das Sonnenglanz und Sonnenwärme in sein Leben getragen, es war irre geworden an der Härte seiner Forderung und zog sich krank und angsterfüllt von ihm zurück. Nun war er wirklich allein.

Er hörte die Tür gehen. Erst glaubte er, daß sein Ohr ihn getäuscht, denn es war spät in der Nacht. Dann aber sah er langsam und zaudernd seine Mutter näherkommen.

Sie fand keine Ruhe, weil sie ihn in Unruhe wußte, sie ahnte, daß der heißerwartete Brief, der da erbrochen und gelesen vor ihm lag, nichts Gutes gebracht hatte. Und als sie ihn so lange in seinem Zimmer weilen hörte, ließ sie es nicht mehr auf ihrem Lager, sie war aufgestanden, ihn zu trösten, ihm wenigstens in der bösen Stunde nahe zu sein. Sie sagte kein Wort, sie legte ihm nur die Hand aufs müde, tief auf die Brust gesunkene Haupt, sie setzte sich zu seiner Seite und verharrte bei ihm, stumm und ohne jede Bewegung.

Und sie verstanden sich wie so manches Mal im Leben. Und als er sich in der Morgendämmerung zum Schlafe niederlegte, da sagte er sich, daß er so völlig verlassen doch noch nicht wäre, denn er hatte diese Mutter, diese in Freud und Leid erprobte, stets selbstlose und verständnisreiche Gefährtin seiner Jünglings- und Mannesjahre.

Ihrem innerlich gerichteten Sinne, ihrer weltabgewandten Frömmigkeit war das Leben der Äußerlichkeit und Geselligkeit, das er geführt, seit jeher unbegreiflich gewesen. Manche ernste Frage hatte er in ihren treuen Augen gelesen, die auszusprechen ihre Bescheidenheit ihr verbot. Aber daß sie um ihn und sein seelisches Heil oft genug gerungen und gebangt hatte, das hatte ihr besorgtes Antlitz ihm gesagt. Sie durfte nicht von Bulcke oder gar einem Fremden hören, was sich heute an dem großen Festtage ereignet; durch ihn sollte sie erfahren, welch eine Macht in seinem Inneren gearbeitet und sich endlich zum Lichte hindurchgekämpft hatte.

Gleich nach dem Frühstück führte er seinen Vorsatz aus.

„Ich sagte dir gestern, daß Ursula von unserem Verlöbnis zurückgetreten ist," begann er, „aber ich gab dir nicht den Grund an, der sie zu diesem Schritt bewogen hat, ich bitte dich, selbst zu lesen."

Sie nahm die Brille aus dem Schlüsselkorb, der immer neben ihr stand, und setzte sie auf. Aber die einfache und gewohnte Handlung ging heute nicht so leicht vonstatten, denn ihre Hände zitterten, und der kleine Bogen Papier flatterte und knisterte in ihnen hin und her.

„Sie schreibt, daß sie die strengen Forderungen nicht erfüllen könne, die du an sie und eure Gemeinschaft stellen müßtest. Welche Forderungen sind das?"

„An dem Tage vor ihrer Abreise hatte ich eine sehr ernste Unterredung mit ihr. Ich sagte ihr, daß ich zu der Erkenntnis gekommen wäre, wie unwahr und unwürdig mein bisheriges Leben gewesen, daß ich entschlossen wäre, ein

ganz neues zu beginnen, ein Leben völliger Zu=
rückziehung von allem gesellschaftlichen Verkehr,
nur meinem Amte und seinen ernsten Aufgaben
gewidmet. Ich glaube, du verstehst mich,
Mutter."

„Und Ursula?"

„Du hast es ja gelesen."

Sie merkte, wie tief das Leid saß, das die
wenigen, mit scheinbarer Ruhe hingeworfenen
Worte zudecken sollten. Und niemand konnte es
mit ihm empfinden wie sie, denn Ursula mit
ihrer ursprünglichen Liebenswürdigkeit, ihrer
bestrickenden Anmut war ihr in der kurzen Zeit
ans Herz gewachsen wie ein eigenes Kind. Als
echte Mutter konnte sie zwar nicht begreifen, wie
irgend etwas in der Welt ein Weib von einem
Manne wie diesem abbringen konnte, aber der
ganze schwere Ernst der Lage, den sie bis dahin
nur geahnt hatte, ging ihr jetzt mit unwiderleg=
licher Gewißheit auf.

„Was wird deine Gemeinde zu dieser Wen=
dung sagen?"

„Wenn du meine Entlobung von Ursula
meinst, sie wird mich verlachen und sich abfinden,
weil einem Toren nicht zu helfen ist."

„Und all das andere?"

„Das weiß sie bereits. Ich habe gestern

beim Festessen ein unumwundenes Bekenntnis abgelegt."

„Wie nahmen sie es auf?"

„Sie betrachten mich seitdem als einen Kranken. Ich habe heute morgen darüber nach= denken müssen, wie wunderbar es doch ist, daß man den anderen gesund und natürlich erscheint, solange man innerlich krank ist, und daß man ihnen schwer leidend vorkommt von dem Augen= blicke an, wo man zu genesen beginnt."

„Manchmal sehen die anderen schärfer als wir selber."

„Ach, lassen wir die anderen, Mutter, sie werden sich noch in manches zu finden haben. Du ahnst nicht, wie stark und widerstandsfähig ich mir erscheine, seitdem ich mit mir selber ins klare gekommen bin. Diese Halbheit, dieser ewige Widerspruch in dem, was ich schien und war, hat mehr an mir gezehrt, als es jetzt Ver= kennung und Verachtung können."

„Du wirst sehr allein dastehen."

„Gewiß, manche Bande werden sich lockern. Reichenbach, dessen nüchtern gerichtetem Sinne ich jetzt schon als ein unheilbarer Schwärmer er= scheine, wird sich nach dieser Entlobung ganz von mir zurückziehen. Ursula war sein ausgesproche= ner Liebling."

„Und Bonin?"

"Er teilt meine Ansicht ebensowenig, aber als Freund wird er treu zu mir halten. Laß sie denken, was sie wollen. Ich habe ein neues Arbeitsfeld voller Licht und Luft, ich habe mich selber, — und ich habe dich, Mutter!"

Er machte eine Pause und sah sie voller Erwartung an.

"Ich habe es längst gemerkt: du hast diese Wendung meines Daseins kommen sehen. Die Gewißheit, daß ich einmal erwachen und ein anderer werden würde, hat dich hinweggetragen über manche Sorge, die du dir über mein Leben gemacht hast. Und jetzt, wo ich mich endlich selber gefunden, wirst du dich mit mir freuen."

Da schüttelte die alte Frau den Kopf.

"Nein, mein lieber Sohn," sagte sie mit fester, trauriger Stimme, "das kann ich nicht."

"Das kannst du nicht?! Du nicht?!"

"Ich kann es nicht, so gern ich möchte. Gewiß, dein Leben hier in der Großstadt mit seinen Vergnügungen, die nie aufhörten, der ganze Geist deiner Amtsführung mutete mich im Anfang befremdend an, manchmal war ich nahe daran, mit dir darüber zu sprechen. Als ich aber von Tag zu Tag mehr merkte, wieviel Gutes du stiftetest, wie die Herzen dir entgegenflogen, da sagte ich mir: Unser Herrgott braucht eben überall seine eigene Methode und seine eigenen Menschen. Er braucht dich in deiner Art, und hat dich auf den rechten Posten gestellt."

Er sah sie mit Erstaunen an.

„Das hattest du gedacht? Und jetzt — ?"

„Jetzt, lieber Sohn, möchte ich dir aus meiner Erfahrung sagen: daß es immer ein eigen und ein sehr bedenklich Ding ist, wenn ein Mensch eine Position seines Lebens aufgibt, in der er festgewurzelt ist — für ihn selber und für andere."

Er hatte immer noch den fragenden, verwunderten Blick auf sie gerichtet. Er traute seinen Ohren nicht, eine so praktische, so dem reinen Nutzen zugewandte Weisheit verkündete seine Mutter, auf deren Übereinstimmung mit seiner neugewonnenen Anschauung er Berge gebaut hatte? Was sie in ihrer schlichten Weise da sagte, lautete es nicht ganz ähnlich dem, was ihm gestern abend erst Bonin auseinandergesetzt hatte? — Also auch hier fand er kein Verständnis, keine innerliche Teilnahme. Dann freilich war er ganz allein."

Da legte sie ihm die Hand auf die Schulter. „Martin," sagte sie in eindringendem treuherzigen Tone, „ist es dein Ernst, dein wirklicher, unerschütterlicher Ernst, daß du eines solchen Wandels deiner Anschauung wegen ein Mädchen wie Ursula aufgeben willst?"

"Entweder sie geht mit mir, oder wir stimmen nicht zusammen."

"Du beraubst dich des größten Glücks."

"Besser als daß ich meiner Pflicht untreu werde."

Da versuchte die alte Frau ihr Letztes. "Eine weibliche Seele, mein Sohn, versteht sich besser auf ihresgleichen als ein Mann. Aus Ursulas Brief lese ich eine starke Liebe, und die Hoffnung auf ein erlösendes Wort von dir. Sprich es, Martin, wüte nicht wider dein eigenes Leben. Es ist ein Schatz, ein Herz wie dieses zu eigen zu haben."

Ihre Bitte schien nicht ohne Eindruck auf ihn zu bleiben, eine heftige Bewegung arbeitete in seinem Gesicht. Aber er überwand sie.

"Ich kann nicht," stieß er scharf, beinahe schroff hervor. "Ich sage jetzt dasselbe, was du vorhin, Mutter: ich kann nicht!"

"Gut, mein Sohn, das ist deine Sache, ich werde sie nicht mehr berühren. Und daß ich, was jetzt auch kommen mag, zu dir stehen werde, daß du dich auf mich verlassen kannst, das weißt du."

Er hörte ihre Worte nur wie im Traume. Er war in sein Arbeitszimmer gegangen, in das ihn ein amtlicher Besuch gerufen hatte, er blieb in ihm allein zurück, als jener längst gegangen war.

In ihm war es stille. Ihm war zumute, als wäre die Welt um ihn her gestorben, als dränge keine andere Stimme mehr an sein Ohr als die altgewohnte dort von den Wänden, in denen der Holzwurm seine zerstörende Arbeit im gleichmäßigen Ticktack verrichtete. Und sie sang ihm eine ernste Melodie: Ein Schattenspiel ist unser Leben, und die Macht, der wir uns beugen, ist Schaum und Schein. Diese Welt hat kein Glück und keinen Frieden zu vergeben, weil sie keine Wahrheit hat. In lauter Kleinlichkeit gehen die Menschen dahin wie ein Schemen und machen sich viel vergebliche Unruhe. Sie sammeln und wissen nicht, wer es ernten wird. Und leben kurze Zeit und fliehen wie die Schatten dahin, ohne einmal den Schleier der Maja gelüftet, einmal sich selber und dem Ernste ihres Daseins ins Antlitz geschaut zu haben. Und betrügen sich selber und ihre Nächsten. Wer aus der Wahrheit ist, und ihr Verkünder werden will, den betrachten sie als ihren Todfeind und laden ihm das Joch der Verlassenheit auf und jagen ihn unter ihm zu Tode, wie sie es getan haben mit den Besten und Edelsten ihres Geschlechtes, wie sie es tun würden mit ihm, nachdem er endlich die Fesseln des Lebens von sich gestreift und ein Freier, ein Erkennender geworden war.

Selbst seine Mutter wandte sich bei all ihrer

Liebe und Zärtlichkeit innerlich von ihm ab, sie dachte im Grunde ihres Herzens nicht anders als Ursula und die übrigen alle. Und er hatte niemand, niemand. —

Mit einem Male stutzte er: Niemand?

Ja, einen Menschen gäbe es, der würde ihn fassen und verstehen, wenn er je sich ihm offenbaren könnte. Aber der war für ihn gestorben und ging jetzt auch an ihm vorüber wie ein Schatten, der ihm nichts mehr war und sein durfte. Er war und blieb allein. Und wollte es sein und an sich selber die alte adelnde, aber jede Freude ertötende Gewißheit erleben, daß nur der ganz Einsame der ganz Starke ist.

14. Kapitel.

Während Martin so in sein Inneres sich zurückzog, nahm die Welt da draußen unbekümmert um seine Skrupel und Kämpfe ihren mechanischen Lauf.

Allerlei Änderungen bahnten sich an, welche die Gesellschaft eifrig beschäftigten und der Unterhaltung, der Martin und seine unverständliche Entwickelung lange genug die Nahrung geliehen, neue Wege wiesen. Schon seit geraumer Zeit hatte man davon gehört, daß Reichenbach seinen Oberbürgermeisterposten nicht für immer bekleiden würde, daß man in Berlin auf sein bedeutendes Verwaltungs- und Organisationstalent aufmerksam geworden wäre und ihn für ein hohes Staatsamt in Aussicht genommen hätte. Als nun der Oberpräsident der Provinz, dem die unentwegte Rolle der gesellschaftlichen Zurschaustellung auf die Dauer unerträglich geworden und der seinen Lebensabend als Mensch unter Menschen beschließen wollte, um seine Entlassung aus dem Staatsdienste einkam, fragte man bei Reichenbach an, ob er geneigt wäre, dessen Nachfolger zu werden.

Jedermann und Reichenbach selber wußte, daß es sich hierbei nur um einen Übergangsposten handelte, von dem aus man ihn in das nächste freiwerdende Ministerium berufen würde. Da er sich nach kurzem Zaudern bereit erklärte, sah sich die große Handelsstadt vor die schwere Aufgabe gestellt, ein neues Oberhaupt zu wählen.

Aber eine so hervorragende Kraft, wie die vor wichtigen Problemen stehende Stadt sie als Ersatz für Reichenbach sich wünschte, fand man nicht so leicht, und weder in dem eifrig arbeitenden Wahlausschuß noch in dem Plenum der Stadtverordnetenversammlung konnte man die Stimmen auf eine Persönlichkeit vereinen. Da wandte man sich an Reichenbach.

„Ich wüßte nur einen," lautete dessen bestimmte Antwort, „der für diesen Posten in Frage käme und ihn ganz ausfüllen würde, wenn es gelänge, ihn zu gewinnen: Bonin."

Bonin hatte sich weder gemeldet noch je den leisesten Wunsch, sein Arbeitsfeld zu wechseln, geäußert, deshalb war man gar nicht auf ihn gekommen. Jetzt aber wirkte Reichenbachs Vorschlag wie eine Erlösung aus allen Zweifeln. Bonin hatte als Landrat Hervorragendes geleistet und sich auch in dem wichtigen Dezernat, das er jetzt bei der Regierung innehatte, als ein Mann von großen Gaben bewährt, insbesondere ließ ihn sein kluger und geschickter Verkehr mit den verschiedensten Behörden und Körperschaften für die Leitung der städtischen Verwaltung geeignet erscheinen.

Man sandte eine Abordnung zu ihm, und diese kehrte mit seinem Bescheide zurück, daß ihn die interessanten Aufgaben, die, von Reichenbach begonnen, jetzt für die Stadt zu lösen wären, reizen würden, und er bereit wäre, die angebotene Stellung anzunehmen, wenn man sie ihm übertragen wollte.

So wählte man ihn in einer zu diesem Zwecke einberufenen Stadtverordnetensitzung einstimmig zum Oberbürgermeister und empfand es mit Genugtuung, daß man der Regierung, die der Stadt ein so hervorragendes Oberhaupt fortgekapert hatte, nunmehr Gleiches mit Gleichem vergolten . . .

Wesentliche Änderungen bereiteten sich zu derselben Zeit auch in Martins nächster Umgebung vor. Pfarrer Bulcke trug sich mit Abschiedsgedanken. Er hatte sich redliche Mühe gegeben, seinen jüngeren Kollegen zu einer gesunderen Amts- und Lebensanschauung zurückzubringen, hatte zugleich mit großem Geschick zwischen Martin und seinen alten, jetzt an ihm irre gewordenen Anhängern zu vermitteln gesucht. Als sich beides vergeblich erwies, und der Gegensatz ihrer Ansichten das frühere harmonische Zusammenwirken unmöglich machte, überkam Bulcke eine Amtsmüdigkeit, die sich mit jedem Tage verstärkte.

Martin sah den Mann, der ihn vom ersten bis zum letzten Augenblicke eine echt brüderliche und herzliche Gesinnung entgegengebracht, sehr ungern scheiden. Nur eins tröstete ihn: daß er dann in die erste Stelle hinaufrückte und mit ihr die Gelegenheit erhielt, seine Auffassung vom Pfarramte selbständiger und erfolgreicher zu verwirklichen.

* * *

Mit neu erwachten Kräften gab er sich seiner Arbeit hin. Jetzt erst erkannte er, wie groß das Feld war, auf das ihn sein Beruf gewiesen, wie gebietend die Anforderungen, die es an den ehrlich Wollenden stellte.

Superintendent Bodenburg hatte ihn für das Vereinswesen, in dem er aufging, gewinnen wollen. Martin aber kam nach einigen redlichen und eifrigen Versuchen zu der Erkenntnis, daß auch hier noch zu viel Äußerlichkeit und Schablone vorhanden war, um ihn zu befriedigen.

Er bedurfte der Aufgaben, die aus seinem Innern kamen, er hatte zudem noch zuviel mit sich selber zu tun, um mit jener Fertigkeit vor die Menschen zu treten, die gerade diese Tätigkeit erforderte.

Nur ein Gebiet sagte ihm zu und zog ihn um so mehr an, je ernster er sich in seine wuchtigen Probleme vertiefte: die innere Mission.

Der buchstabengläubige und doch so warmherzige Stephan Moldenhauer, derjenige unter den Geistlichen der Stadt, der ihm am nächsten stand, hatte ihn auf diese Arbeit gewiesen. Hier sah Martin eine glückliche Lösung der Ideale angebahnt, die ihm vorschwebten: die Überwindung der mammonistischen Wertung der Menschen, den tatkräftigen Versuch, die Macht des Evangeliums ohne Ansehen der Person in jene Kreise zu tragen, die sich von ihr durch Schuld oder Schicksal entfernt hatten.

Ein strenger, eifernder Zug kam in seine Verkündung; er stieß auch die letzten seiner alten Anhänger zurück, seine Gottesdienste wurden immer leerer.

Er setzte sich leicht darüber hinweg. Was kümmerte ihn Erfolg oder Mißerfolg, der sich nicht zur Märtyrerkrone drängte, sondern aus einem unstillbaren Müssen heraus dem Gotte diente, der ihm im Herzen brannte?! Was focht es ihn an, daß ihn eine arme Menge verachtete, die im Grunde nicht wußte, was sie wollte und heute dem, morgen jenem ihre Hosiannas entgegenjubelte? Er störte sie mit seinem Weckruf in ihrer behaglichen Ruhe, nun suchten sie, dem aus warmem Neste aufgescheuchten Vogel gleich, irgendwo wieder unterzukommen.

Und sie fanden bald ihren neuen Herrgott: einen jungen Militärpfarrer namens Kestner, der aus einer süddeutschen Garnison hierhergekommen war und durch seine Redegabe und mehr noch durch seine Persönlichkeit die ganze Stadt im Fluge erobert hatte.

Nur eine hatte ihr Wort wahrgemacht und stand trotz allem, was zwischen ihnen vorgefallen war, treu zu Martin: die Morelli.

Sie hatte sich vor Antritt ihrer Berliner Tätigkeit auf eine Erholungsreise begeben — an die Nordsee, wie es in der Stadt hieß.

Aber der lange Brief, den er eines Tages von ihr erhielt, kam aus der Schweiz. Sie habe, so schrieb sie ihm in der alten, halb natürlichvertraulichen, halb komödienhaften Weise, mit ihren Bekannten ein wenig Versteck gespielt und sie alle irregeführt, um vor Briefen und möglichen Besuchen sicher zu sein. Nur über einen Brief von ihm, wenn es ein Besuch nicht sein könnte, würde sie sich freuen, denn sie brenne darauf, Genaueres von ihm und seinem Ergehen zu hören.

* * *

Bonin war in sein Amt als erster Bürgermeister eingeführt worden. Den Tag über nahmen ihn allerlei Sitzungen und öffentliche Obliegenheiten, dazu die Besuche, die er machen oder empfangen mußte, vollauf in Anspruch; so mußte er die Nacht zu Hilfe nehmen, um sich in das neue Gebiet einzuarbeiten, das seiner Leitung anvertraut war.

Marie sah der aufreibenden Tätigkeit ihres Mannes, der seine körperlichen Kräfte nicht gewachsen waren, mit ernsten Bedenken zu.

Aber sie waren beide energische Persönlichkeiten, die genau wußten, was sie wollten, sich ein jeder für sich allein verantwortlich fühlten und jede Art gegenseitiger Beeinflussung in derlei Dingen von sich wiesen. Gleich beim Eingehen ihrer Ehe hatten sie sich vorgenommen, nie einander etwas vorzuklagen, körperliches Mißbehagen oder amtlichen und häuslichen Verdruß nicht zum Gegenstande kleinlicher Erörterungen zu machen und die kurze freie Zeit, die ihnen zum ungestörten Zusammensein gegönnt war, der gemeinsamen Lektüre eines guten

Buches oder fördernden Gesprächen geistigen und sachlichen Inhalts zu widmen.

Unter der stetig wachsenden Arbeitslast jedoch nahm Bonins Zustand bald einen so ernsten Charakter an, daß selbst seine unbeugsame Energie ihn dem Auge seiner Frau nicht verbergen konnte. Da ließ Marie alle Bedenken fallen und drang in ihn, etwas für seine Gesundheit zu tun.

Zu ihrer Verwunderung nahm er ihre Bitte günstig auf.

„Du hast vollkommen recht," sagte er. „Sowie die gröbste Arbeit hinter mir liegt, gehen wir auf Reisen — in den Süden oder in ein Bad, wie du willst."

„Aber jetzt schon solltest du eine Hemmung in deiner ununterbrochenen Tätigkeit eintreten lassen, die Abende wenigstens sollten uns bleiben."

„Auch das verspreche ich gern."

Er mußte sich wenig wohl fühlen, daß er sich so nachgiebig zeigte, das war ihr erster Gedanke.

„Und deshalb," fuhr er fort, „möchte ich dich bitten, jetzt öfter Pastor Steppenreiter des abends zu uns einzuladen. Der Mann kämpft einen schweren Kampf, und je sichtbarer die anderen sich von ihm zurückziehen, um so mehr wollen wir ihm zeigen, daß er sich auf uns verlassen kann."

„Er hat es mit all seinen Anhängern verdorben. Dich und die Lerche, vielleicht Reichenbachs ausgenommen, hat er keinen mehr, der zu ihm steht."

„Reichenbach will auch nicht mehr viel von ihm wissen. Aber du hast dich selber nicht mitgezählt."

Ein flüchtiges Rot stieg in Maries Antlitz. „Wir sind uns in der letzten Zeit nicht näher gekommen, ich finde aber, daß in der Entwickelung, die er genommen, viel Tapferkeit liegt."

„Du brauchst das rechte Wort: in der Entwickelung, die er genommen. Das ist der Fehlschluß, den dieser Mann macht, er glaubt sich am Ziele und ist noch mitten in der Entwickelung begriffen. Das, was er als Abschluß seines geistigen Werdens betrachtet, ist, wie ich glaube, nur ein Übergang."

„Er kam hier in fremde Bahnen und sucht den Weg zu seinem Selbst zurück."

„Und er tut es auf ehrliche Weise. Das freilich wollen die Menschen am wenigsten, Leute, die den anderen nichts vorzumachen verstehen, die das Sein wollen und nicht den Schein, sind dem Tod geweihte Seelen. Und ich fürchte, auch er trägt, wenn er so blindlings und ohne Rücksicht gegen sich und andere weiterwirtschaftet, schon die Schaufel in der Hand, mit der er sein Grab sich gräbt."

Marie sagte nichts mehr.

* * *

Wie in alter Zeit saßen die beiden alten Freunde wieder zusammen. Martin war glücklich, eine Stätte zu haben, an der man ihn gern weilen sah und seinen Ideen liebevolles Verständnis entgegenbrachte. So kam es schon vor dem Essen zu einem lebhaften Gespräch. Marie hatte die durch Martins Eintritt unterbrochene Handarbeit aufgenommen und hörte der Unterhaltung der Männer zu, ohne mit einem Worte in sie einzugreifen.

Bonin hatte es sich zur Aufgabe gemacht, den Freund zu einer milderen Auffassung in manchen Dingen und zu einigen Zugeständnissen zu bringen, die ihm unvermeidlich erschienen. Aber hier versagte sein Einfluß.

"Ich kann eben nicht mehr auf beiden Seiten hinken wie so lange. Ich muß die falsche Nachgiebigkeit von mir werfen und die Heuchelei bekämpfen, die mir von allen Seiten entgegentritt."

"Aber ob die Waffen, die Sie wählen, die richtigen sind?" warf Bonin ein.

"Die Halbheit ist jedenfalls die unfähigste

für den Entscheidungskampf, den wir alle einmal bestehen müssen, Zugeständnisse sind da nicht möglich."

„Ein jeder muß sie machen."

„Man mag es in einem anderen Amte eher können als in dem meinen."

„Aber auch Männer in Ihrer Stellung —"

„Gewiß, gebunden durch Rücksichten auf Weib und Kind, gefesselt von dem kärglichen Einkommen, ohne das sie die Ihren nicht ernähren können. Allein Leben ist nicht mehr in ihnen."

Bonin wollte erwidern, aber Marie hatte schon einige Male nach der Uhr gesehen.

„Jetzt werde ich doch den Tee machen," sagte sie und wollte das Zimmer verlassen.

„Sie erwarten noch Besuch?" fragte Martin ein wenig enttäuscht.

„Nur eine Dame, die Ihnen bekannt, und wie ich von früher weiß, auch angenehm ist, Frau Robinson. Sie ist Strohwitwe, da mußten wir ihr's mal sagen."

In demselben Augenblick trat die noch junge, blonde Frau ein.

„Ich bitte sehr um Verzeihung, daß ich warten ließ, aber mit der Abendpost erhielt ich einen Brief von meinem Manne mit einem wichtigen Anliegen, das ich umgehend erledigen mußte."

„Ihr Herr Gemahl befindet sich auf Reisen?" warf Martin ein.

„Er hatte infolge manchen geschäftlichen Verdrusses mit seinen Nerven zu tun und mußte deshalb eine längere Erholungsreise antreten."

„Wo ist Ihr Gatte eigentlich jetzt?" fragte Bonin.

„Er hat seine Kissinger Kur, die ihm gut bekommen zu sein scheint, beendet und sich zu einer Nachkur in die Schweiz begeben."

Einen Augenblick stutzte Martin. Der Brief der Morelli fiel ihm ein.

„Und wo hat er sich dort niedergelassen?"

„In Val Piora. Er liebt die höchsten Punkte."

Eine Blutwelle stieg in Martins Antlitz. Val Piora — hieß so nicht der Ort, aus dem die Morelli ihm geschrieben? Ganz gewiß, jeder Irrtum war ausgeschlossen. Die Erinnerung an jene unangenehme Begegnung damals in Köln stieg in ihm auf. Jetzt schien man das Spiel ungestört fortzusetzen, und nur seinen Schauplatz hatte man vorsichtigerweise etwas weiter verlegt. Und die Frau dieses Don Juan saß ihm hier in ihrer unberührten Vertrauensseligkeit gegenüber und sprach mit der größten Liebe und Sorge von ihrem kränkelnden Gatten und hoffte, daß er recht bald genesen in ihr

Haus und ihre Arme zurückkehren würde, indes er seine Schäferstunden mit der schönen Sängerin in den Bergen verlebte — ein Ekel packte ihn an.

Es war ihm nicht möglich, in der Gegenwart dieser Frau, deren Schicksal so offen und so traurig vor ihm lag, in der alten unbefangenen Weise weiterzureden. Die Unterhaltung hielt sich überhaupt nicht mehr auf der Höhe. Bonin schien angegriffen und kämpfte mit dem Gähnen, Marie, die stumm über ihre Arbeit gebeugt saß, warf ab und zu einen verstohlenen, besorgten Blick auf ihn, nur Frau Robinson sprach von ihrem Manne oder ihren Kindern.

— Mit einem Male ein heftiges Pochen da draußen, das die vier aus ihrer Müdigkeit emporschreckte, ein kurzes Gespräch auf dem Flur, dann wurde Bonin von dem Mädchen hinausgerufen.

Einige Minuten später trat er mit den deutlichen Spuren einer seelischen Erregung wieder ein, winkte seiner Frau und ging mit ihr ins Nebenzimmer, wo man sie beide leise miteinander reden hörte.

Frau Robinson wurde unruhig, eine Ahnung, als ob das alles sie angehen könnte, stieg in ihr auf.

„Haben Sie eine Nachricht von meinem

Manne? Um Gotteswillen verschweigen Sie mir nichts!"

„Leider trifft Ihre Vermutung zu, gnädige Frau," erwiderte Bonin, „Ihr Herr Gemahl —"

„Ist er krank — tot? Quälen Sie mich nicht so lange!"

„Er ist verwundet, gnädige Frau, hoffentlich nicht allzu schwer."

„Verwundet?"

„Ein Unglücksfall, ein Überfall — wir wissen es noch nicht genau."

Um die Kraft der zarten Frau war es geschehen, sie drohte zusammenzubrechen. Marie trat schnell auf sie zu, nahm ihren Arm und führte sie in ihre Schlafstube.

„Er ist tot," sagte Bonin, als er mit Martin allein blieb. „Erst war er schwer verwundet, dann starb er nach wenigen Stunden. Man hat die Frau schonen wollen und alles ausführlich an meine Adresse gedrahtet."

„Verwundet? Hat er Hand an sich gelegt?"

„Ein Duell — wegen einer Dame."

„Der Morelli!" rief Martin.

„Wie kommen Sie auf die Morelli?"

„Sie reist immer in seiner Begleitung."

„Sie ist an der Nordsee."

„Eine Finte, ich hatte erst vor wenigen Tagen einen Brief von ihr aus der Schweiz."

„Einen Augenblick war Bonin sprachlos, dann trat er auf Martin zu: „Sie geben mir Ihr Wort, Steppenreiter — nein, dessen bedarf ich nicht. Aber Ihr Versprechen geben Sie mir, daß die unglückliche Frau diesen furchtbaren Zusammenhang niemals erfährt."

„Das hatte ich mir in dieser Sekunde bereits selber vorgenommen."

„Ich glaube es. Sie werden der einzige der Gesellschaft sein, der die ganze Wahrheit kennt."

„Aber Sie wollen der Frau doch nicht gar zu viel verheimlichen?"

„Ich denke nicht daran. Nur das Schlimmste an der Sache: das beabsichtigte Zusammentreffen, das ehebrecherische Verhältnis muß ihr verborgen bleiben. Im übrigen kann ich ganz offen sein: ein Duell wegen einer Dame, die man in seiner Gegenwart beleidigt, diese Dame war die Morelli. Ihr war die Nordsee nicht bekommen, sie war in die Berge gereist und traf dort zufällig an einem bekannten Kurorte den Konsul, der als Kavalier ihre Sache zu der seinen machte."

„Frau Robinson wird Ihnen nicht glauben."

„Seien Sie versichert, eine so blindlings vertrauende Liebe glaubt alles."

„Aber die anderen werden den Zusammen= hang ahnen."

„Sowohl die Morelli wie der Konsul sind beliebt, das ist ein sicheres Mittel, sie vor ge= hässigen Reden zu schützen, ich habe es oft genug erfahren. Und selbst der Wissende wird soviel Mitleid haben, der Frau die nackte Tatsache nicht zu unterbreiten."

„Ich wünsche, daß Sie recht behalten; auf mich können Sie sich verlassen."

Marie trat ein. „Ich habe nach einem Arzt geschickt, es haben sich Herzkrämpfe eingestellt, die mir ängstlich erschienen."

* * *

Der frühe Morgen fand Martin bereits nach einer schlaflosen Nacht an seinem Schreib= tische. Bulcke hatte sein Wort wahr gemacht und einen langen Urlaub in das Ausland angetreten, von dem er nicht mehr in sein Amt zurückkehren wollte. So ruhte die Arbeit der beiden Stellen allein auf seinen Schultern und nahm seine ganze Kraft in Anspruch.

Als er gerade in die Ausarbeitung eines Vortrages vertieft war, den er heute im Evan= gelischen Arbeiterverein zu halten hatte, meldete ihm die alte Tine den Besuch Frau Robinsons

und eines Herrn, die ihn in wichtiger Ange=
legenheit sprechen wollten.

Er fand Frau Robinson, die sich von dem
furchtbaren Schlage des gestrigen Abends kaum
erholt hatte, in seinem Amtszimmer, und in
ihrer Begleitung einen Freund ihres ver=
storbenen Gatten, den Kommerzienrat Meer=
scheid, einen reichen Kaufmann, der sein blühen=
des Geschäft zugunsten aller möglichen philan=
thropischen Bestrebungen vernachlässigte, be=
sonders für die Aufklärungsidee wirkte und mit
dem Worte Toleranz, das er stets französisch
aussprach, bei jeder passenden und nicht passen=
den Gelegenheit kokettierte. Es war derselbe
Mann, der als unbesoldeter Stadtrat damals in
der Magistratssitzung seiner Wahl so scharf ent=
gegengetreten war, und der seine Abneigung
gegen ihn niemals überwunden hatte.

Frau Robinson wollte reden, aber die
Sprache versagte ihr. Der Kommerzienrat führte
für sie das Wort.

„Die gnädige Frau ist über alles unter=
richtet," sagte er, „wir haben es für richtig be=
funden, ihr den traurigen Sachverhalt nicht
länger zu verschweigen: daß ihr Gatte zufällig
in Val Piora mit der alten Freundin des
Hauses, Fräulein Morelli, zusammentraf, die
auf Anraten der Ärzte den zuerst gewählten Auf=

enthalt an der Nordsee mit dem hochgelegenen, stillen Gebirgsort vertauschen mußte, daß sich ein etwas vorlauter und dreister Geschäftsfreund des Konsuls aus Berlin, mit dem man gemeinsam speiste, in angeheiterter Stimmung eine Freiheit gegen die Sängerin herausnehmen zu dürfen glaubte, daß der Konsul als Kavalier für die Dame eintrat und die Folge ein unvermeidliches Duell war, das unter Zuhilfenahme zweier Zeugen unter sehr schweren Bedingungen sogleich ausgefochten wurde. Der Konsul fiel, wie Ihnen bekannt ist, und die gnädige Frau will es sich trotz meines Widerspruches und ihres leidenden Zustandes nicht nehmen lassen, mit mir gemeinsam heute nach Val Piora zu reisen, um die sterblichen Überreste ihres Gatten in die Heimat zu bringen."

Er warf einen kurzen, besorgten Blick auf die bleiche Frau, für die jedes seiner Worte eine Folter war, und fuhr dann fort:

„Der Anlaß, der uns heute zu Ihnen führt, ist das Begräbnis hier, bei dem wir Sie als den zuständigen Geistlichen um Ihr gütiges Amtieren bitten wollten."

Martin erhob sich von seinem Schreibtisch und trat an das Fenster. Deshalb waren sie hier! Deshalb! Und auf diesen so naheliegenden Gedanken war er in der Erregung der letzten Stunden, in aller Arbeit, mit der er sie beschwichtigen wollte, gar nicht verfallen.

Ein tiefes Mitleid erfaßte ihn mit der Frau, die ihm gebrochen, leblos fast, gegenübersaß, seine Lippen preßten sich zusammen, als wollte er das sich hervordrängende Wort gewaltsam verschließen — aber nun wieder Lüge um Lüge?! — Und er selber aus Mitleid und Erbarmen hineingezwungen in diesen ewigen Trug?! Nein, sein Entschluß war gefaßt, jede persönliche Regung mußte verstummen vor dem Ernste der Sache.

Noch einmal raffte sich Frau Robinson mit äußerster Anstrengung zu einigen Worten auf:

"Wir wollten wissen, Herr Pfarrer, welcher Tag Ihnen genehm wäre —"

So einfach war es doch nicht, dieser Frau, die ihn mit großen, entgeisterten Augen ansah, und die ihm wie die Verkörperung der Trostlosigkeit erschien, eine so erbarmungslose Antwort zu geben.

"Ich werde alles mit dem Herrn Kommerzienrat besprechen," sagte er.

Der wandte sich an Frau Robinson. "Ich bitte Sie, gnädige Frau, mein Auto zu benutzen. Sie haben noch mancherlei mit der Vorbereitung zur Reise zu tun, ich hole Sie zur rechten Zeit zum Bahnhofe ab." — — —

Die beiden Männer verstanden sich auf den ersten Blick.

„Sie haben Bedenken, die Rede bei der Beerdigung des verstorbenen Konsuls zu übernehmen."

„Jawohl."

„Weil er in einem Duelle fiel? Und Sie das als unchristlich verwerfen?"

„Über das Duell als solches würde ich mich hinwegsetzen, obwohl Sie recht haben, daß ich es mit den Geboten meiner Religion nicht in Einklang bringen kann."

„So liegt noch ein anderer Hinderungsgrund für Sie vor?"

„Der Anlaß, der zu diesem Duelle führte."

„Ich versuchte, Ihnen den Vorgang in aller Kürze darzulegen. Der Anlaß war das Eintreten eines Kavaliers für eine beleidigte Dame."

„Die seine Geliebte war."

„Herr Pfarrer —"

Der Kommerzienrat sagte es ruhig, ohne jede Leidenschaft. Er hatte während des ganzen Gespräches jene eisig abwartende Haltung angenommen, die ihm in seinem geschäftlichen Verkehr zur zweiten Natur geworden war.

„Ich darf Sie wohl bitten, Ihre Ausdrücke etwas vorsichtiger anzuwenden, ich fühle mich nicht in der Lage, Ihnen auf dies Gebiet zu folgen."

„Was in den Kreisen, in denen Sie verkehren, von Mund zu Mund geht, wird Ihnen als dem Freunde des Heimgegangenen, nicht verborgen sein."

„Soweit ich unterrichtet bin, legten Sie, Herr Pfarrer, seit jüngster Zeit doch kein allzu großes Gewicht auf diese Kreise und ihr in diesem Falle zum mindesten sehr müßiges Gerede."

„Zu meinem Leidwesen kam ich ungewollt selber in die Lage, mich davon zu überzeugen, daß dies Gerede nicht ganz so müßig ist."

Der Kommerzienrat zuckte die Achseln. „Dann sind Sie besser eingeweiht als ich. Meine Zeit erlaubt mir nicht, mich um die Privatangelegenheiten anderer Leute zu kümmern, und Sie werden mir zum mindestens erlauben, die Richtigkeit Ihrer Beobachtungen zu bezweifeln. Die Dame verkehrte freundschaftlich im Hause und mit der Frau des Verstorbenen, niemand nahm an diesen Beziehungen Anstoß."

„Das gerade ist es. Ein Mann, der glücklich verheiratet ist, eine liebenswerte, ihm blindvertrauende Frau und reizende Kinder hat, unternimmt in Gemeinschaft mit einer Opernsängerin große Reisen. Man weiß das, aber

man will es nicht wissen, man drückt ein Auge
zu, man empfängt diesen Mann überall, man
schätzt sich glücklich und ist stolz, mit ihm ver=
kehren zu dürfen. Er fällt in einem Zweikampf,
in den ihn dies Verhältnis getrieben. Und jetzt
soll die Kirche, die Hüterin der Wahrheit und
der Sitte, sich dazu hergeben, im Angesicht des
ernsten Todes diesen widerwärtigen Betrug
feierlich zu legitimieren, soll der Geistliche auch
so tun, als ob er nichts wisse von dem, was er
mit seinen eigenen Augen gesehen, soll den Ge=
storbenen als untadligen Ehrenmann, womög=
lich als treuen Gatten preisen. Das ist es doch,
was Sie von mir verlangen?! Oder soll ich
etwa an seinem Grabe die nackte Wahrheit ver=
künden?"

Er hatte sich in eine heiße Leidenschaft hin=
eingesprochen. Um so gemessener blieb der andere.

"Was Sie sagen und tun wollen, Herr
Pfarrer," erwiderte er kühl, "bleibt Ihnen
natürlich überlassen. Ich fürchte nur, daß es
Ihnen schwer fallen wird, Ihre sehr einseitige
Ansicht in unserer Stadt, die an ein etwas
toleranteres Denken gewohnt ist, zu vertreten.
Ein wie starkes Aufsehen Ihre Weigerung, sich an
dem Begräbnis eines unserer angesehendsten
Bürger zu beteiligen, nur weil seine Lebens=
anschauung nicht die Ihre ist, in allen Kreisen

hervorrufen wird, wie wenig barmherzig man sie gerade vom christlichen Standpunkt finden wird, das zu erwägen muß ich wiederum Ihnen allein anheimstellen."

„Ich nehme jede Konsequenz auf mich."

„Dann wären wir fertig, und ich habe die Ehre, mich Ihnen zu empfehlen. Mein Zug geht in wenigen Stunden."

Am nächsten Morgen kam Superintendent Bodenburg zu Martin.

„Das Konsistorium schickt mir eine Beschwerde, die in der Robinsonschen Sache wider Sie eingegangen ist, zur sofortigen persönlichen Rücksprache und möglichen Erledigung mit Ihnen. Das Beste ist, Sie nehmen zuerst selber Einblick."

Martin las das Schriftstück, das der Superintendent ihm reichte, langsam, Wort für Wort. Es enthielt eine vom Kommerzienrat Meerscheid sehr geschickt, ruhig und sachlich aufgesetzte Beschwerde.

„Haben Sie irgendwelche Einwendungen gegen das zu erheben, was Ihnen hier vorgeworfen wird?"

„Nicht eine einzige."

„Es entspricht alles den Tatsachen?"

„Jawohl."

Der Superintendent legte das Schriftstück

sorgsam in seine Aktenmappe zurück, räusperte sich und sagte:

„Der Dezernent in dieser Sache, Konsistorialrat Ritterling, war eben bei mir. Die kirchliche Behörde verwirft das Duell selbstverständlich in genau demselben Maße wie Sie; es liegt ihr daher fern, Sie zu einer amtlichen Handlung bestimmen zu wollen, die Sie mit Ihrem Gewissen nicht vereinen können. Andererseits muß in Betracht gezogen werden, daß der verstorbene Konsul sich einer großen Beliebtheit in der ganzen Stadt erfreute, daß er viele wohltätige Stiftungen, auch zu kirchlichen Zwecken, gemacht hat und auf eine Art starb, die, wie gesagt, nach christlichen Grundsätzen nicht zu billigen ist, nach den in der Gesellschaft nun einmal herrschenden Ansichten aber unvermeidlich erscheint. Sie hätten in Ihrer Begräbnisrede alles ganz offen und freimütig sagen, hätten den christlichen Standpunkt klar hervortreten lassen und die Gewissen bei dieser Gelegenheit schärfen können."

„Das hätte ich eben nicht gekonnt."

„Was nicht?"

„Alles ganz offen und freimütig sagen."

„Warum denn nicht?"

„Darüber, Herr Superintendent, möchte ich mich hier nicht aussprechen."

„Die Beschwerde weist nachdrücklich den Argwohn irgendeiner weitergehenden, gar strafwürdigen Beziehung des Verstorbenen zu der betreffenden Dame zurück. Die Andeutungen, die Sie nach dieser Richtung hin dem Kommerzienrat gemacht haben sollen, werden als einzig dastehend, ja als beleidigend bezeichnet."

Ein bitteres Lächeln spielte um Martins Lippen.

„Und wie wollen Sie das, was Sie mutmaßen, beweisen? Auf den Beweis käme es doch an, und Sie werden mir zugeben, daß er nicht ganz leicht zu führen wäre."

„Ich würde ihn auch nie versuchen, die Rücksicht auf die unglückliche und ahnungslose Frau würde mich binden."

„Sehen Sie! Wollen Sie sich deshalb die Sache vielleicht in aller Ruhe noch einmal überlegen? Sie haben einige Tage Zeit und kommen am Ende zu einer milderen Auffassung; viel Unannehmlichkeiten würden Ihnen und uns allen erspart bleiben."

„Jede Änderung meiner Ansicht ist ausgeschlossen, Herr Superintendent."

„Und in diesem Sinne soll ich der Behörde berichten?"

„Ich bitte Sie darum."

„Es ist gut."

„Eine Frage gestatten Sie mir, Herr Superintendent. Wenn sie Ihnen nicht recht ist, brauchen Sie mir ja nicht zu antworten."

„Jede Frage an mich steht Ihnen frei, und ich werde Ihnen gerne Rede stehen."

„Ist das alles, was Sie mir soeben eröffnet haben, lediglich die Meinung der vorgesetzten Behörde? Oder ist es auch die Ihre?"

„Die meine ist es nicht," erwiderte Bodenburg langsam und fest.

„Das wollte ich nur hören. Ich danke Ihnen."

„Geben Sie mir die Hand, Steppenreiter. Ich habe Sie im Anfang Ihrer Wirksamkeit verkannt, ich habe Ihnen viel abzubitten. Sie sind ein ganzer Mann!"

* * *

Militärpfarrer Kestner, der in der Schätzung und Verehrung der Stadt Martins so schnell erledigtes Erbe angetreten hatte, übernahm die Begräbnisrede für den verstorbenen Robinson. Er war in die Vorgänge nicht eingeweiht und hielt sich lediglich an das, was die Freunde des Heimgegangenen und seine Frau ihm gesagt hatten. Da er zudem mit Takt und Gewissenhaftigkeit seinen kirchlichen Standpunkt zu wahren und seine Gedanken formvollendet und mit großer Herzenswärme zu gestalten wußte, so übten seine Worte auf die Zuhörer der verschiedensten Stände und Richtungen einen gleich starken Eindruck. Hatte er bisher schon sehr viele und begeisterte Anhänger gehabt, so war er durch diese Amtshandlung ein gefeierter, beinahe populärer Mann, geworden.

Als Martin seine Rede in der Zeitung las, faßte ihn ein heißer Ingrimm. Nun war der Mann, der sich so offenbar gegen göttliche und menschliche Gebote vergangen hatte, glänzend gerechtfertigt und lebte in den Augen der Menschen fort als das unselige, aber mutige Opfer eines unheilvollen Ehrenkoder, dem er sich als Kavalier nicht hatte entziehen können. Mit der Märtyrerkrone schmückte sie den frivolen Skeptiker, dem nichts im Leben heilig gewesen!

Der Sturm aber, der jetzt gegen Martin losbrach, war doch stärker, als er selber je geahnt. Seine schroffe Absage war, mit Geflissenheit verbreitet und übertrieben, in der ganzen Stadt bekannt geworden. Und mehr als seine strenge Denkweise löste sein mitleidsloses Verhalten gegen die arme hinterbliebene Frau helle Empörung aus. In der Gesellschaft kannte man ihn nicht mehr, man vermied, ihn auf der Straße zu grüßen, ja es kam vor, daß man seinen Gruß nicht erwiderte.

* * *

An einem Nachmittage trat unvermutet Pfarrer Bulcke in Martins Arbeitszimmer.

Einen Augenblick sah er ihn schweigend an, schüttelte den Kopf und brach dann nach seiner lebhaften Art statt jedes begrüßenden Wortes in den halb zornigen, halb traurigen Ruf aus:

"Mann, Steppenreiter, was haben Sie hier angerichtet?!"

Und als Martin ob dieser seltsamen Einführung verwundert schwieg: "Ich bin auf kurze Zeit hergekommen, um unseren Hausstand aufzulösen und einige geschäftliche Dinge zu ordnen. Aber das hätte meine Frau ebenso gut tun können. Mich trieb etwas Wichtigeres: ein letztes, ernstes Wort mit Ihnen zu reden. Und Sie zu warnen! Beides tut not."

Er ließ den verdutzten Martin immer noch nicht zu Worte kommen, maß, wie er es bei wichtigen Unterredungen zu tun pflegte, in weit ausschreitendem Gange das Zimmer und fuhr fort:

"Sie wissen, daß die plötzliche Uneinigkeit, die durch Ihre Wesensverwandlung in unser bis dahin so harmonisches Verhältnis kam, dazu beitrug, mir meine Amtstätigkeit hier zu verleiden. Ich war einige Zeit in Italien und kehrte dann, als es mir da zu heiß wurde, an unsere Ostsee zurück. Allerlei wunderliche Gerüchte drangen bis in meinen stillen Winkel von den ganz veränderten Verhältnissen in unserer Schloßgemeinde, sie ließen mir keine Ruhe, ich mußte selber sehen. Und ich muß sagen: die Wirklichkeit übertrifft meine Erwartungen."

"Und alles kommt davon, wenn einer einmal das Unglaubliche unternimmt und die Dinge beim rechten Namen nennt!" fiel ihm Martin, dessen Geduld erschöpft war, ins Wort.

"Ich werde Ihnen etwas sagen," erwiderte Bulcke in seiner Wanderung haltmachend. "Gewiß gibt es eine Wahrheit, die befreiend und fruchtbar wirken kann. Doch das ist die Wahrheit nicht, deren Anwalt Sie neuerdings geworden. Die ist wie die Sichel, die alles niedermäht und nichts an seine Stelle setzt."

"Man reißt auch nieder, um Raum für Licht zu gewinnen".

Es war Bulckes Art nicht, eine Debatte logisch fortzupflanzen, seine Gesprächsweise, die meist von unmittelbaren Impulsen geleitet wurde, sprang gern von einem Gegenstand zum anderen über.

"Antworten Sie mir, bitte, auf eine Frage," sagte er deshalb ziemlich unvermittelt, "glauben Sie denn wirklich, daß es unsere Aufgabe ist, uns gegenseitig mit so problematischen Begriffen, wie es die Wahrheit ist, das Leben schwer und unerträglich zu machen?"

„Ich glaube, daß es unsere Pflicht ist, das, was wahr ist, zu erkennen zu suchen und unbedingt danach zu handeln."

„So .... ich war bisher der Meinung, daß die erste Forderung an uns Menschen hieße: uns einander zu tragen und zu fördern, zumal ein jeder die Stelle hat, an der er sterblich ist. Und zur Erfüllung dieser Aufgabe, meinte ich, wäre vor allem der Geistliche berufen. Kaum einem andern war hierzu ein so reiches Feld verliehen wie Ihnen."

Er holte tief und schwer Atem, denn er war in der letzten Zeit ein wenig asthmatisch geworden, trat hart an Martin heran und fuhr fort: „Sehen Sie, über eins komme ich bei alledem nicht hinweg: über das Wort, das Christus einmal von den verschiedenen Propheten, den falschen und den wahren, redet, Sie kennen es so gut wie ich: „An ihren Früchten sollt ihr sie erkennen! Welche Früchte, Verehrtester, hat bisher die neue Erkenntnis gebracht, die Sie verkündigen? Ihre Gemeinde hat sich zerstreut, Ihre einmal so blühenden Gottesdienste sind verödet, die Menschen, die mit ihrem ganzen Herzen an Ihnen gehangen, haben sich enttäuscht und verbittert von Ihnen zurückgezogen.

Ich komme auf etwas, das Sie schmerzlich berühren wird. Aber wir beide werden uns im Leben vielleicht nie wieder sprechen, und ich habe mir zu fest vorgenommen, mir heute alles vom Herzen herunterzureden. — Sie hatten eine Braut, ein reizendes, liebenswertes Geschöpf, das nur einen Wunsch hegte: Sie glücklich zu machen. Und sie hätte es getan. Auch sie scheuchte Ihr Fanatismus von sich. — Sie haben eine Mutter. Sie kennt nur einen Zweck und ein Glück des Lebens: ihren Sohn. Das Leid um ihn verzehrt die alte Frau, ich sah sie eben — — wie ist sie gealtert!"

Martin stützte die Hand fest auf den Tisch; sie zitterte. Er wollte etwas erwidern, aber er biß sich auf die Lippen und verharrte in seinem Schweigen.

"Und nun möchte ich nur das Eine wissen: Glauben Sie wirklich, Steppenreiter, daß eine Lehre, die solche handgreiflichen Früchte zeitigt, die beglückende ist?"

"Auf die Beglückung kommt es nicht an."

"Worauf denn?"

"Auf die Pflicht, der jedes persönliche Wünschen sich beugen muß."

„Aber gibt uns diese Pflicht auch das Recht, das Lebensglück derer zu zertreten, die uns lieben?"

„Ich fürchte, Ihre Bemühungen, mich von meiner Bahn abzubringen, werden vergeblich sein. Ich bin entschlossen, den als richtig erkannten Weg zu gehen, und fordert er auch seine Opfer."

„Gut, dann bin ich mit meiner Rede zu Ende. Nun kommt meine Warnung. Aber zuerst geben Sie mir eine Zigarre. Oder gilt vielleicht jetzt auch das Rauchen in Ihren Augen für sündhaft?"

Bulcke zündete sich die Zigarre, die Martin ihm bot, in seiner raschen, heftigen Art an, tat einige hastige Züge, die beinahe ein Viertel von ihr verzehrten, drehte sie zwischen Daumen und Finger der linken Hand lebhaft hin und her und sagte dann:

„Sie haben sich jetzt um die erste Stelle beworben, nicht wahr?"

„Ich erstrebe sie nicht meiner Person wegen, denn jeden persönlichen Ehrgeiz habe ich abgestreift, das glauben Sie mir; aber um meiner Sache willen ist sie mir von Wert. Ich erhalte mit ihr die Leitung des Pfarramts und des Gemeindekirchenrats und bin freier in meinen Bestrebungen. Im übrigen ist dies Aufrücken altes Herkommen, solange die Schloßkirche steht, und gilt als selbstverständlich."

„In diesem Falle nicht so ganz."

Bulcke stieß den Rauch in großen Wolken von den Lippen, und durch ihn hindurch blinzelten seine kleinen Augen zu Martin hinüber.

„Nicht so ganz? Was meinen Sie damit?" fragte der, indem eine fahle Blässe über sein Antlitz zog.

„Donnerkeil schrieb mir gestern, daß sich in Ihrer Gemeinde eine Strömung geltend mache, die mit allen möglichen Mitteln gegen Ihre Berufung agitiere und eine Protesteingabe an den Magistrat gesandt habe. Man hebt darin hervor, daß die Richtung, zu der Sie sich bekennen, daß insbesondere die Haltung, die Sie anläßlich des Robinsonschen Begräbnisses gezeigt haben, Sie nicht für die führende Stelle an einer Gemeinde befähigt, die zum großen Teil aus gebildeten und Ihrer Lebensauffassung scharf entgegengesetzten Elementen besteht. Dieser Protest hat sehr viele Unterschriften gefunden, die Träger angesehener Namen befinden sich unter ihnen. Ich wiederhole nur, was mir Donnerkeil geschrieben hat.

„Man will mir einen Fremden vorsetzen und meine Tätigkeit hier untergraben?"

„So scheint es. Der junge Militärpfarrer Kestner soll sich ja in kurzer Zeit eine fabelhafte Gunst in allen Kreisen erworben haben."

„Und den will man nun auf die erste Stelle bringen? Einen Mann, der um zehn Jahre jünger ist als ich, der meiner ganzen Art schroff entgegengesetzt ist, mit dem ein Zusammenarbeiten für mich unmöglich wäre?"

Eine so tiefe Niedergeschlagenheit zeigte sich in seiner Miene, seiner ganzen Haltung, wie Bulcke sie bisher nicht an ihm beobachtet hatte.

„Noch ist nichts verloren; nur Gefahr ist im Verzuge. Der Magistrat wählt ganz selbständig, wie Sie wissen."

„Was soll ich tun? Ich kann doch nicht zu den einzelnen Herren gehen und mir ihre Stimme erbetteln."

„Das sollen Sie nicht. Aber der Oberbürgermeister ist Ihr Freund; ich möchte Ihnen raten, sofort zu ihm zu eilen und auch zu Reichenbach, der in Ihrer Gemeinde wohnt und als Oberpräsident naturgemäß Einfluß besitzt. Wenn Sie die beiden für sich haben, brauchen Sie nichts zu fürchten."

Einen ganzen Tag noch schwankte Martin. Der Gang insbesondere zu Reichenbach dünkte ihm zu bitter. Jeder Versuch einer Beeinflußung zugunsten seiner Person, jede Bitte, wo es sich um sein gutes Recht handelte, widerstrebte seinem aufrechten Sinne. Aber der Gedanke daß ein Mann wie Kestner ihm vorgesetzt werden könnte, daß die mit so viel Mühe und Aufopferung begonnene neue Arbeit in seiner Gemeinde damit endgültig untergraben würde, ließ ihn seine Bedenken überwinden.

So machte er sich schweren Herzens auf den Weg.

15. Kapitel.

Der Oberpräsident hatte heute viele Empfänge zu erledigen, ein Besuch löste den anderen ab.

Als Martin dem Diener seine Karte gab, hatte er zwar nur noch einen Herrn vor sich, und der befand sich bereits seit einer Viertelstunde im Empfangszimmer. Dennoch mußte er eine ganze Weile in dem nur mit einem großen Kaiserbild geschmückten, sonst kahlen Vorraum warten. Ab und zu drangen durch die geschlossene Tür einige Töne der mit einer sichtbaren Erregung geführten Unterhaltung. Meist war es der Fremde, der sprach, Reichenbachs Stimme vernahm man fast gar nicht, der war ja immer wortkarg.

Endlich öffnete sich die Tür. Der Herr, der herauskam und, ohne ihn anzusehen, mit kühlem, etwas verlegenem Gruße an ihn vorüberschritt, war der Kommerzienrat Meerscheidt.

"Exzellenz lassen den Herrn Pfarrer bitten."

Reichenbach stand am Fenster, ihm den

Rücken zugekehrt. Bei dem Geräusch der sich schließenden Tür wandte er sich um und ging dem Besucher einige wenige Schritte entgegen. Er reichte ihm die Hand, er ließ ihn Platz nehmen — aber wie anders war das alles als früher, wenn er zu diesem Manne kam und sie miteinander wie vertraute Freunde über allerlei öffentliche und private Dinge sprachen. Wie förmlich und geschäftlich war die Handbewegung, mit der jener ihm einen Stuhl bot, wie kühl und gleichgültig blickten die frischen, klugen Augen, die ihm einst mit dem warmen Wohlwollen des Freundes entgegengeleuchtet, heute auf ihn. Wie amtlich ehern waren die Züge in dem blühenden Antlitz unter dem weißen Haare! Eine so völlige Veränderung hätte er bei diesem Manne, den er nie anders als gerecht und groß denkend gekannt, nicht für möglich gehalten.

Er trug sein Anliegen vor. Es wurde ihm nicht leicht, den förmlichen Ton zu finden, der jetzt hier angebracht erschien. Er sprach zuerst auch mit persönlicher Note. Er entwickelte den Umschwung, der sich in seinen Ansichten, der ganzen Auffassung von seinem Amte vollzogen, und suchte ihn zu begründen. Er wurde dabei warm, eine Innerlichkeit, die etwas Überzeugendes hatte, glühte durch seine Worte — Reichenbach schwieg. Er kam auf die Sache selber, auf die durch Bulckes Emeritierung freigewordene Erste Stelle, auf die alte Observanz, nach welcher der zweite Pfarrer, wie er, Reichenbach, es ja genau von seiner früheren Oberbürgermeister=stelle wisse, ohne weiteres diese Stelle erhalten habe — Reichenbach schwieg.

Ihm war, als stiege ihm ein Knäul vom Herzen auf in die Kehle, blieb dort stecken und drohte ihn zu ersticken. Aber er riß sich zusammen und fuhr fort zu reden. Er erwähnte die Agitation, die gegen ihn mit starker Mache eingeleitet sei und den Magistrat wider ihn zu beeinflussen suche, er wies auf die unerträgliche Beschämung und Demütigung hin, der man ihn durch die Berufung eines ganz jungen Geistlichen aussetzen würde, auf den zweifellosen Nieder=gang, der seiner Sache damit bereitet würde, er sagte, daß ihm jedes Verbleiben in seiner Stel=lung und Gemeinde unmöglich gemacht wäre — Reichenbach schwieg.

Nun war er am Ende seiner Kraft. Ein hilfloser Blick irrte aus seinen geängstigten Augen zu dem Oberpräsidenten hinüber, der Schweiß stand ihm auf der Stirn und perlte in großen, schweren Tropfen in sein Antlitz. Die ganze Unwürdigkeit seiner Lage drückte mit solcher Gewalt auf ihn, daß er kein Wort weiter sagte und sich erhob.

Reichenbach nötigte ihn mit derselben förmlichen Handbewegung Platz zu behalten.

„Ich bitte Sie, mir nun zu sagen, in welcher Weise ich Ihnen dienen soll."

„Ich hoffte, Sie würden mir in einer für mich so schwierigen Lage Ihre früher so gern erwiesene Unterstützung nicht versagen."

„Die Berufung eines Geistlichen ist Sache des Magistrats, die Bestätigung liegt Ihrer vorgesetzten Behörde, dem Konsistorium, ob."

„Ihr Einfluß auf die Gemeinde wie auf den Magistrat ist gleich groß."

„Ich muß es grundsätzlich ablehnen, mich in meiner amtlichen Stellung in die Obliegenheiten anderer Körperschaften einzumischen."

„Aber bei der Freundschaft, die Sie mir einst entgegenbrachten, über die ich glücklich war —"

Er hatte den Damm durchbrochen, ein herzandringender Ton flehte, bettelte zu dem anderen hinüber wie ein Mahnruf an vergangene Tage. Doch ohnmächtig prallte er an der Kälte ab, mit der Reichenbach seine Brust panzerte.

„Die früheren Beziehungen zwischen uns, die ich mit Freude gepflegt habe, sind nicht von meiner Seite gelockert worden."

„Und etwa von der meinen? Sollte ein Mann von Ihrer Sachlichkeit diesmal allein die

Sache nicht gelten lassen? Was habe ich denn getan, daß man mir mit solcher Nichtachtung begegnet, ist es denn ein Verbrechen, die Wahrheit zu wollen?"

Der Oberpräsident veränderte seine Haltung in keiner Weise. Ein Diener trat ein und überreichte einige Schreiben zur Abfertigung, er setzte seinen Namen unter sie, gab dem Diener einige Aufträge und wandte sich, nachdem dieser das Zimmer verlassen, wieder zu Martin.

„Ich möchte mich nicht gern auf grundsätzliche Erörterungen einlassen," sagte er, „nur auf Ihre Frage: Was Sie getan haben, um überall auf Entfremdung zu stoßen, will ich Ihnen kurz antworten. Sie haben sich gegen eine Einrichtung unseres Lebens vergangen, die, durch Alter und Gewohnheit geheiligt, viel realer ist als Ihre hochfliegenden Träume."

„Und diese Einrichtung?"

„Heißt die Gesellschaft und ihre Rechte."

„Ich wollte sie zu einer besseren Erkenntnis führen."

„Das heißt, Sie wollten Ihre ganz subjektive Ansicht, Ihre einseitige Überzeugung einer Mehrheit aufdrängen, deren Richtung und Gedanken ganz andere sind, wollten sie zwingen, die Dinge so zu sehen, wie sie Ihren Augen erschienen. In maßloser Überschätzung einer Wahrheit, die Ihnen aufgegangen, vergaßen Sie jede Rücksicht auf das, was Ihrer Umgebung durch Pietät lieb und geheiligt war."

"Es war meine Pflicht, das, was mir als wahr und richtig erschien, auch andere zu lehren."

"Und wundern sich, wenn diese anderen, deren Empfindungen und Rechte Sie bis in den Tod hinaus bekämpfen, sich gegen Sie auflehnen? Für die Reformatoren ist unsere Zeit nicht reif, und für Märtyrer fehlt ihr die rechte Bewunderung."

Martin merkte, daß Reichenbach auf sein Verhalten bei dem Begräbnisse Robinsons anspielte, aber er machte keine Versuche, mehr, es zu verteidigen."

"Ich habe jedes Ansinnen, das mir jetzt eben noch gestellt wurde, mich gegen Sie zu erklären, von der Hand gewiesen. Aber als der Vertreter gesellschaftlicher Ordnungen und Rechte kann ich die geistige Willkür des einzelnen nicht billigen. Sie werden verstehen, daß ich mich aus diesem Grunde für Sie nicht verwenden kann."

"Was soll ich denn aber tun?"

"Johannes ging in die Wüste."

An die Stelle des sonnigen Humors, den Reichenbach sonst so gern als Waffe benutzte, war bittere Satire getreten.

„Es liegt ein gewisser Ernst in diesem Vergleich," fuhr er fort, „Menschen, die in sich den unwiderstehlichen Drang zu einer so einseitigen, von allem Herkömmlichen abweichenden Lebensanschauung spüren, haben nach meiner Meinung die eine Aufgabe: sich zurückzuziehen. In der Abgeschlossenheit ihres Daseins können sie eine Welt sich aufbauen, wie sie ihnen beliebt. Andere aber mit ihr zu beunruhigen, die sich in den gegebenen Verhältnissen glücklich und geborgen fühlen, sollte man ihnen wehren."

Martin fühlte, daß seine Rolle hier ausgespielt war, er verabschiedete sich und ging.

Nun blieb ihm Bonin. Er wußte, was dessen Wort im Magistrat galt; es war ein Glück für ihn und seine Sache, daß Reichenbach nicht mehr an der Spitze der Stadt stand. Auf Bonin kam jetzt alles an, er hatte sein Schicksal in der Hand.

Er stand vor dem Rathause, er schritt die ihm seit so vielen Jahren wohlvertrauten Stufen zu der Amtswohnung des Oberbürgermeisters hinauf, er läutete, einmal, zweimal. Endlich wurde die Türe aufgetan, zwei Herren eilten an ihm vorüber und stiegen in einen draußen wartenden Wagen.

„Der Herr Oberbürgermeister ist nicht zu sprechen," sagte das Mädchen, das endlich erschien.

„Ist er zu Hause?"

„Ja, aber er ist krank und darf niemand empfangen, ich werde den Herrn Pfarrer der gnädigen Frau melden."

Und wieder mußte er eine lange Zeit warten, dann kam Marie.

Sie sah bleich und traurig aus und legte eine nervöse Eile an den Tag, wie er sie noch nie bei ihr beobachtet hatte.

„Mein Mann wünschte, daß ich Sie einen Augenblick spräche," sagte sie, „er ist schwer erkrankt. Ein Professor aus Greifswald und ein Spezialarzt haben eben sein Bett verlassen. Sie haben sich nicht ausgesprochen, aber aller Wahrscheinlichkeit nach wird es zu einer Operation kommen."

Martin vernahm alles, was sie ihm da in gehetzter Sprache sagte, wie im Traume. Bonin auf den Tod erkrankt! Der letzte Halt, an den er sich geklammert, zerrissen! Aber das waren nur die ersten flüchtigen Eindrücke, ernstere und tiefere lösten sie ab.

Was dieser Mann ihm gewesen, was er ihm Gutes erwiesen von dem ersten Plantikoer Tage bis zu dieser Stunde, seine klugen, welterfahrenen Ratschläge, die er ihm so oft zu seinem Heile gegeben, das treue Verständnis, das er ihm auch noch da entgegen=

gebracht, wo ihre Meinungen und Wege auseinandergingen, das alles stand in diesem Augenblicke vor seiner Seele. Jetzt erst war ihm so ganz klar, was dieser einzige für sein Leben bedeutet, wie lieb er ihn hatte!

Marie mußte trotz der eigenen Sorge die Bestürzung in seinen Zügen lesen, sie sah ihn mit einem ihrer tiefen, forschenden Blicke an und fuhr fort:

„Mein Mann hat heute morgen noch kurz vor dem Eintreffen der beiden Ärzte von Ihnen gesprochen Wenn er auch selber nicht mehr aufs Rathaus gehen kann, so wäre es vielleicht möglich, daß er mir an seinen Stellvertreter und den Dezernenten einige Briefe diktieren könnte. Ich nehme an, daß es sich um Ihre Berufung auf die erste Stelle handelt, er hat mir ausdrücklich gesagt, daß er Sie unter keinen Umständen im Stiche lassen will. Freilich, ob seine Kräfte selbst für solche Briefe reichen werden —"

Eine Sekunde ging es Martin durch den Kopf, wie sehr solch ein dringender Wunsch, vom Oberhaupt der Stadt auf schwerem Krankenbette geäußert, seiner Sache nützen würde — aber nein, diesen leidenden Mann, der der ernsten Ewigkeit bereits ins Auge schaute, mit seinen eigenen, nichtigen Angelegenheit zu kommen, es erschien ihm zu klein, zu unwürdig ihrer Freundschaft.

„Bestellen Sie Ihrem gütigen Gatten meinen Dank für alle seine Liebe," sagte er in einer Bewegung, die er vergeblich zu meistern suchte, „und reichen Sie ihm in meinem Namen diese Hand."

„Von einem, der auch einen schweren Weg geht."

Ein freudiges Erschrecken zuckte bei diesen Worten, die sie langsam und fest sagte, durch seine Glieder. Das war das alte Verständnis wieder, nach dem er so oft in seiner Einsamkeit gehungert, es war der weiche, warme Klang vergangener Tage, den er so schmerzlich entbehrte. Das große Leid, das sie im Herzen trug, hatte sie auch für das seine sehend gemacht. Er nahm seine Hand aus der ihren, verneigte sich stumm und wollte gehen.

„Und was soll ich meinem Mann in Ihrer Angelegenheit bestellen?" fragte sie.

„Daß er sich um sie nicht die geringsten Gedanken machen solle, und daß Gott ihn behüten möchte!"

Nun war alles vorbei, nun mußte das Schicksal seinen Lauf nehmen.

Wenige Tage später erhielt Martin zur selben Stunde zwei Nachrichten: die erste, daß Bonin im städtischen Krankenhause eine sehr schwere Operation überstanden habe, daß die

Ärzte Hoffnung gäben, seine Frau aber sofort an sein Krankenlager gerufen hätten, was sie nur in gefahrdrohenden Fällen zu tun pflegten, die zweite, daß der Magistrat in seiner letzten Sitzung mit bedeutender Stimmenmehrheit den bisherigen Divisionspfarrer Kestner zum Ersten Geistlichen der Schloßkirche berufen habe.

Die Sorge um den Freund ließ ihn das eigene Mißgeschick jetzt, wo es unwiderbringliches Ereignis geworden, mit einer Ruhe tragen, die ihm unter anderen Umständen kaum möglich erschienen wäre. Er konnte sich selber nicht genug über die Fassung wundern, mit der er seiner Mutter schonungsvoll seine Niederlage mitteilte. Auch die alte Frau zeigte ihm in keiner Weise ihren Schmerz, sie tat, als ob sie seiner Versicherung glaubte, daß ihn diese offenkundige Demütigung innerlich nicht mehr berühre. Als er aber des Abends von einem Gange in das Krankenhaus zurückkehrte, bemerkte er eine Veränderung an ihr, die ihn über den Ernst ihres Zustandes nicht länger hinwegtäuschen konnte.

An einem dunklen Oktobermorgen hatten alle öffentlichen Gebäude und die meisten Häuser der Stadt auf Halbmast geflaggt, ihr Oberbürgermeister war seinem Leiden erlegen.

Plötzlich und unvermutet hatte sich die Trauerkunde am frühen Morgen von Mund zu

Mund gepflanzt. Eben erst war eine merkbare Besserung in seinem Befinden eingetreten, die Ärzte hatten ihr bei einer freudigen Wendung beliebtes Bild von „über den Berg hinaus" gebraucht, der geschickte Chefarzt, der seine ganze Kunst und Kraft an die Erhaltung des tiefverehrten Mannes gewandt, hatte erleichtert aufgeatmet und die Gattin des Patienten des Abends getrost nach Hause geschickt, damit sie sich nach all der aufreibenden Pflege endlich einmal ungestört ausschlafen könnte — da eine um Mitternacht einsetzende, nicht vorher zu sehende Herzschwäche, ein unfaßbar schnelles Abnehmen der eben erst zu neuer Stärke erwachten Lebensenergie — und unter den Händen der mit Windesflügeln herbeigeeilten Ärzte erlosch das wertvolle Leben.

Martin, den die gute Botschaft, die er erst am Abend aus dem Lazarette nach Hause mitgenommen, mit unbeschreiblicher Freude erfüllt hatte, wollte seinen Ohren nicht trauen, als ihm irgendein gleichgültiger Besucher diese Kunde als interessante Stadtneuigkeit übermittelte, er ließ alles gehen und stehen und eilte auf das Rathaus, die stille Hoffnung im Herzen, es könne sich um eins jener leeren Gerüchte handeln, die die Stadt in solchem Falle so gern aufbringt und so willig glaubt.

Als er aber Marie gegenüberstand und in ihr stilles Antlitz sah, das den Schmerz so stark zu meistern verstand, da wußte er, daß ihn kein leeres Gerücht getäuscht hatte.

Beim Verlassen des Rathauses trat ein Bote auf ihn zu. „Ich sollte gerade zum Herrn Pfarrer hin," sagte er, „die Herren vom Magistrat lassen den Herrn Pfarrer zu einer Beratung bitten."

Es handelte sich um die Festsetzung der Trauerfeierlichkeit für den verstorbenen Oberbürgermeister. Man wollte seine sterblichen Überreste in der Schloßkirche aufbahren und dort eine Feier abhalten, zu welcher der Magistrat eine Reihe von Einladungen ergehen lassen wollte, die aber zugleich als öffentlich für die ganze Stadt gedacht war. Martin sollte die Gedächtnisrede halten.

Er fühlte sehr wohl, wieviel lieber man den neugewählten Ersten Pfarer dazu ausersehen hätte, aber angesichts der innigen Beziehungen, in denen er zu dem Heimgegangenen stand und des ausdrücklich geäußerten Wunsches seiner Gattin ließ sich seine Wahl nicht umgehen.

* * *

An dem Hochalter der alten Schloßkirche ward der Sarg aufbewahrt. Hochragende Blattpflanzen, blühende weiße Gewächse, Chrysantemum und Dahlien in lila und blauer Farbe umgaben ihn, die alten Kronleuchter waren mit schwarzem Flor umwunden, auch die weißen, staubbedeckten Pfeiler hatte man mit ihm bekleidet. Und hinein in diese feiernde Farbentönung fiel der dumpfe Glanz unzähliger Kerzen und ließ sie zu einer eigentümlich geheimnisvollen Wirkung gelangen. Wie der Hain des Todes sah das Ganze aus, es lag ein Etwas über ihm, für das es keinen Namen gab.

Und als der Tag der Bestattung gekommen war, ein regenschwerer Herbstnachmittag und Martin nur mit Mühe durch die dichtgedrängte Menge den Weg zum Altar sich bahnen konnte, da mußte er des Augenblicks gedenken, da er hier an derselben Stelle die Hand des Freundes in die eines Weibes legte, das er viele Jahre hindurch in seiner männlichen Weise treu und verborgen geliebt, das endlich die Seine geworden. Nun lag er ihm, ein stiller Mann, im schwarzen Sarge gegenüber, und zu seinem Haupte saß marmorbleich und unberührt von allem, was um sie her geschah, seine Frau.

Und wieder tat sich um diese beiden die nichtige Äußerlichkeit des Lebens auf, die sich mit ihren peinlich beobachteten Rangunterscheidungen, ihrer gesellschaftlichen Form und Etikette in großtuerischer Weise bis an die Pforte der Ewigkeit drängte.

Da stand im Vordergrund, so hart am Sarge, daß die strotzenden Uniformen ihn beinahe berührten, die Generalität und neben ihr der Oberpräsident mit dem Stabe der höheren Beamten. Dann folgte der Magistrat, dessen Vertreter die Honneurs machten, wie bei einem Feste, und die Subalternbeamten, die sich in gemessener Entfernung hielten. Und sie alle setzten eine mehr oder minder amtliche Miene auf und vertraten in ihrer Haltung ein jeder das Amt und den Rang, dem sie angehörten, und keiner war, der nicht die Höhergestellten gebührend gelten ließ und doch zugleich darauf bedacht war, den Platz zu erhalten, der ihm nach seiner Würde und Stufe zukam. Und nur die wenigsten hatten ein Gefühl davon, wie unsäglich arm und klein, wie widerspruchsvoll all dieser Prunk und Glanz im Angesichte des stillen Toten erschien, der, als er noch unter den Lebenden weilte, jedem Scheine abhold gewesen und schlicht und ohne alles Aufheben von sich und den anderen seinen Weg gegangen war.

In kurzen Zügen gab Martin ein Bild des Heimgegangenen, seines Wollens und Wirkens, wie er unbekümmert um Gunst und Ungunst der Menschen, nicht nach oben und nicht nach unten blickend, sein Leben geführt, wie er jede Meinung hätte gelten lassen, wenn er nur von ihrer Aufrichtigkeit überzeugt gewesen wäre, wie er den schwersten Kampf des in der großen Welt wirkenden Menschen, den zwischen Schein und Sein, nicht hatte zu kämpfen brauchen, weil er ihn innerlich bereits siegreich überwunden hatte durch den männlich geklärten Ernst seiner Lebensanschauung.

Als er schließlich von ihm als dem Freunde sprach, da wurden seine Worte zu einem letzten Zwiegespräche zwischen ihm und dem Heimgegangenen, das die meisten der Anwesenden herzlich zu langweilen schien, denn sie unterdrückten nur mit Mühe ein Gähnen und stellten sich von einem Fuß auf den anderen. Seine Rede fand überhaupt nur geteilte Billigung. Obwohl er im richtigen Taktempfinden alles vermieden hatte, was dieser Kreis als eine gegen seine Anschauungen gerichtete Spitze empfunden hätte, so meinten doch viele, er hätte tendenziös gesprochen.

Ihn focht das nicht an. Er wußte, daß er vor einer Versammlung wie der heutigen zum letzten Male in seinem Leben gesprochen hatte.

* * *

Wenige Monate später stand Martin abermals einem Sarge gegenüber. Es war ein einfacher Sarg, und einfach war das Geleite, das ihn zur letzten Ruhe brachte. Aber für ihn barg er das Letzte und Beste, das ihm in allem Abfallen und Vergehen geblieben war: seine Mutter.

Als er von ihrem Begräbnis in sein großes, leeres Haus und in sein Arbeitszimmer zurückkehrte, da packte ihn mit gewaltiger Hand die Erinnerung an die Worte, die hier an derselben Stelle sein scheidender Amtsgenosse gesprochen hatte.

Sie hatten sich alle von ihm losgesagt, freiwillig die einen, gezwungen die anderen. Der Tod hatte ihn einsam gemacht und noch mehr das Leben. Und alle, die von ihm gegangen, waren geschieden mit dem tiefen Leid um ihn im Herzen. Das hatte seiner Mutter, die sonst so gerne starb, den Abschied so bitter gemacht, daß sie bis zur letzten Sekunde seine Hand in der ihren hielt und nach Worten rang, die sie nicht mehr finden konnte, und die sich in einem langen, schweren Seufzer lösten.

Und in diesem Augenblicke der Einsamkeit fiel eine Frage über ihn her, wuchtig und schmerzend wie die Pranke eines Raubtieres, eine Frage, die er bis zu dieser Stunde geflissentlich von sich gewiesen, die sich aber jetzt nicht mehr

zurückdrängen ließ: Hatte Bulcke recht gehabt?
War eine Erkenntnis, die nur unglücklich und
verzagt machte, die einer gottergebenen Frau
das Sterben zur Qual geschaffen, keine große
und befreiende?

Er versank in brütendes Nachdenken, den
Kopf in beide Arme gestützt saß er an seinem
Schreibtisch. Und die Leere um ihn her füllte sich
mit Leben. Allerlei Gestalten zogen an ihm
vorüber und sahen ihn an mit fragenden, trau=
rigen Blicken. Ursulas liebreizendes Bild hob sich
aus dunklem Abgrunde, trat noch einmal ganz
nahe an ihn heran und grüßte ihn mit den von
Liebe und Glück leuchtenden Augen. Aber er
machte sich los von ihr und von den Zeiten, die
vergangen waren und nie wiederkehrten. Das
innere Verstehen seines Wollens und der Mut,
den steilen Pfad bergan mit ihm zu gehen, das
fehlte ihr, denn sie war ein süßes Geschöpf der
Welt, aber über sie hinaus trugen sie die müden
Schwingen nicht. Und Bonin ging an seinem
Auge vorüber, der ehrlich treue und doch so
kluge, und Reichenbach, der nüchtern wägende, der
fest mit den Füßen auf dem Boden stand und sich
kalt und verächtlich von dem Kämpfer um luft=
geborene Ideale gewandt hatte. Sein ganzes
Leben mit seinen sonnigen Höhen und seinen
Tiefen voll Dunkel und Leid stieg in dieser

Stunde stiller Versunkenheit vor ihm auf, und er reckte den Arm, als wollte er mit Gewalt die einstürmenden Regungen von sich weisen, die ihn bis aufs Blut zu peinigen begannen.

„Es ist der einzige Weg, der zum Ziele führt," sagte er ganz laut, „und kein Zagen darf dich an ihm irre machen!"

In ihrem Trauerkleide stand die alte Tine vor ihm, er hatte ihr Kommen gar nicht gehört. Sie war stumpfer und mürrischer geworden; sofort nach dem Ableben ihrer alten Herrin hatte sie ihm erklärt, daß sie in dem Hause mit den ewigen Treppen nicht bleiben könne.

„Ein Herr ist da, der ohne Anmeldung nicht 'raufkommen will," sagte sie ärgerlich. Sie war auf jeden ärgerlich, der ihr eine Anmeldung zumutete und kam diesem Verlangen auch nur in den seltensten Fällen nach.

Martin nahm die Karte und las: „Heinrich Kestner, Garnisonpfarrer".

Ein Ingrimm packte ihn bei diesem Namen. Jetzt kam er zu ihm, einen förmlichen Besuch ihm zu machen?! Jetzt, wo er eben von dem Begräbnisse seiner Mutter zurückkehrte und wahrlich nicht in der Stimmung war, ein gleichgültiges und gezwungenes Gespräch zu führen, dazu noch mit einem Menschen, der ihm völlig fremd, ja nach allem, was er von ihm gehört, im höchsten Grade unsympathisch war? Persönlich hatte er ihn noch nicht gesehen, er hatte es vermieden, seine Bekanntschaft zu machen.

„Soll er nun kommen oder nicht?" unterbrach Tine ungeduldig seinen Gedankengang. Einen Augenblick noch schwankte er.

„Er mag kommen," sagte er dann.

„Ich war eben auf dem Kirchhofe, als Sie Ihre Mutter begruben. Und ich dachte, wie allein Sie jetzt sein würden, und daß Sie einen Menschen brauchen könnten."

So schlicht war es gesagt, ohne alle Phrase der Einführung, mit einer Stimme von warmem Klang und unendlichem Wohllaut. Martin hatte eine ablehnende Haltung angenommen und wollte sie auch durchführen, nun brachte ihn diese Stimme doch ein wenig aus der Fassung. Zögernd legte er seine Hand in die ihm entgegengestreckte und bat mit gemessener Höflichkeit, Platz zu nehmen.

„Ich bin Ihnen fremd, und Sie können vielleicht meine Worte als eine Anmaßung betrachten. Aber ich meine, es gibt Augenblicke, wo man nur Mensch zu sein braucht, um einem anderen etwas zu sein. Und mehr als mitfühlen können wir ja alle nicht."

Wieder stutzte Martin. War das die geschickte Großmut eines Siegers, der den gebemütigten Gegner aufrichten wollte, war es gewandte Taktik, sein Mißtrauen zu besiegen? Er wußte nicht, wie er sich zu diesen Worten stellen sollte und schwieg. Dem anderen schien sich sein Empfinden mitzuteilen, auch er blieb eine Weile stumm.

„Ich verlor vor einem halben Jahre eine Mutter, die mir viel war, ich war ihr einziger Sohn, wir lebten zusammen. Ich glaubte, daß mir das ein Recht gibt, in dieser Stunde zu Ihnen zu kommen."

Er sprach es mit so natürlicher Wärme, es war überhaupt alles an ihm ungezwungene Natürlichkeit, jede Bewegung, sein männliches und doch bescheidenes Auftreten. Und nun hob Martin den Blick, der solange auf dem Boden geweilt und ließ ihn auf sein Gegenüber gleiten: eine schlanke, sehnige Gestalt von jugendlicher Spannkraft, ein Kopf mit noch ungelichtetem, dunklen Haar, bartlosem Gesicht mit frischen Zügen und einer von Furchen nicht berührten denkenden Stirn. Und auf dem ganzen Gesicht, aus den klugen, germanischen Augn hervorleuchtend, eine Reinheit der Gesinnung — Martin sagte sich, daß dieser Mann wie von Gott geschaffen erschien, die Herzen der Menschen zu gewinnen.

Aber vielleicht war es gerade das, was seine

Seele sich gegen ihn wappnen ließ, denn sie war verbittert und verschlossen geworden und glaubte nicht mehr an das Licht, das von den Menschen ausging.

„Bevor wir weiter sprechen, gestatten Sie mir wohl die kurze Bemerkung, daß ich mich damals selbstverständlich nicht um die erste, sondern nur um die zweite Stelle an der Schloßkirche beworben habe. Der ungerechte Ausgang der Wahl hat mich selber tief betroffen."

Auch das sagte er mit einer Offenherzigkeit, die jeden Zweifel ausschloß. Martin aber fühlte sich nur peinlich durch seine Worte berührt, sie machten nicht vernarbte Wunden aufs neue bluten.

„Lassen wir das, wenn es Ihnen recht ist," erwiderte er wenig freundlich.

„Gerne; nur möchte ich Sie schon heute versichern, daß ich das Recht des Älteren stets achten werde, obwohl unser Altersunterschied wohl nur ein sehr geringer sein wird."

„Wenn Sie ein Jahrzehnt gering nennen, dann freilich."

Der andere lächelte, eine Reihe schöner, starker Zähne kamen dabei zwischen den roten Lippen zum Vorschein.

„Es ist mein Schicksal," erwiderte er,

„immer so sehr viel jünger gehalten zu werden; ich bin nahe an den Vierzig."

„Das ist ja gar nicht möglich," rief Martin jetzt zum ersten Male lebhafter, „ich habe Sie, wie gesagt, für mindestens zehn Jahre jünger als mich gehalten, und wer von Ihnen zu mir sprach, war derselben Ansicht."

„Dann haben Sie und die anderen eben geirrt; nicht wahr, wir werden ungefähr im selben Alter sein?"

„Wie haben Sie es nur fertig bekommen, sich ein so jugendliches Aussehen zu erhalten?"

„Nicht durch Baden oder Turnen oder anderen Sport, sondern durch zwei innere Mächte, wie ich annehme: durch meinen frohen Mut, mit dem ich in die Welt blicke, und durch meinen Glauben an das Gute in ihr."

„Und wer beides nicht hat, wird vor der Zeit alt —"

„Jedenfalls zehrt nichts so an unserem Mark wie das Grübeln, besonders über Dinge, die wir nie ergründen werden."

„Aber Sie sind, wie mir erzählt wurde, neben Ihrem Amte auch Schriftsteller. Sie schreiben über religiöse und philosophische Gegenstände, Sie haben sogar einige Bücher verfaßt, die jetzt in der Stadt verschlungen werden."

Er legte auf die letzten Worte einen leise ironischen Ton, den der andere nicht beachtete.

„Aber was ich schreibe, ist nie die Frucht irgendeiner Grübelei. Nur was ganz unmittelbar mein Herz erfaßt, was mir innere Gewißheit, Erlebnis wird, bringe ich zu Papier. Und schließlich verfolgt doch alles, was unsereins veröffentlicht, einen bestimmten Zweck, der sich nicht aufdrängen wird und doch immer da ist."

„Was für einen Zweck?"

„Denselben, dem auch Sie dienen: die Sache des lebendigen Gottes."

Martin wurde nachdenklich. Er liebte die Kunst wie jener, mit ganzer Inbrunst hatte er sie lange Jahre hindurch gepflegt. Aber sie war ihm immer nur etwas neben seinem Amte Hergehendes gewesen, etwas, das im letzten Falle den Gottesdienst schmückte wie die Blume den Garten. Daß sie selber ein Gottesdienst sein, daß sie ein Mittel werden konnte für den großen Zweckgedanken, diese Auffassung hatte er nie von ihr gehabt. Deshalb war sie ihm in der letzten Zeit verleidet worden, und er hatte sich von ihr abgewandt als von etwas, das den Kern seines Wollens untergrub und störte.

Aber er ging auf die Worte des anderen nicht ein, und das Gespräch, das von dem Besucher auf Innerlichkeit angelegt

war, endete in ästhetischen und philo=
sophischen Erörterungen. Und als der neue
Kollege von ihm gegangen war, sagte sich Mar=
tin, daß er trotz des guten Willens, den jener ihm
entgegenbrachte, in seinem Amte einsam bleiben,
daß ein fruchtbares Zusammenarbeiten bei der
Verschiedenheit ihrer Richtungen sich nicht ermög=
lichen würde. Aber doch, ob er es sich nicht gleich
zugestehen mochte, lebte manches von dem Ein=
druck in ihm fort, den dieser Besuch und dieses
Gespräch auf ihn hervorgerufen hatte.

16. Kapitel.

Es war Winter geworden. Heinrich Kestner war längst in sein Amt als erster Pfarrer der Schloßkirche eingeführt und in Bulckes schönes Amtshaus gezogen. Und gleich vom ersten Tage an fand sich die in andere Gotteshäuser zerstreute Schloßgemeinde wieder und scharte sich begeistert um den neuen Geistlichen, der in seinen Predigten mit dem warmen Klang der Liebe zu ihr sprach und für jeden, der zu ihm kam, mochte sein Anliegen noch so gering erscheinen, ein offenes Herz hatte.

Nun sah Martin, wie früher Bulcke bei ihm, Wagen auf Wagen vor dem Hause nebenan vorfahren, und der neue Pfarrer stieg in sie ein. Und der eine führte ihn zu einer Trauung, der andere zu einem Begräbnisse, ein dritter zu einer Taufe und ein vierter zu einem opulenten Hochzeitsessen im Europäischen Hofe oder in einem anderen vornehmen Hotel der Stadt. Und während er sich vor lauter Amtshandlungen garnicht zu lassen wußte, blieb sein Gesicht jugendlich und froh, und wenn Marie Bonin, die zu ihrem

Vater nach Storkow zurückgegangen war, noch Neigung gehabt hätte, über solche Dinge Scherze zu machen, dann hätte sie ihn mit demselben Rechte wie früher Martin den „Herrgott der Großstadt" nennen können.

Was aber Martin mit Verwunderung erfüllte, das war der Umstand, daß die Menschen, die gesellschaftlich mit seinem Amtsbruder verkehrten, auch in seine Kirche kamen, selbst wenn sie es bis dahin garnicht gewohnt waren. Und daß andere, die sonst recht zugeknöpfte Taschen hatten, ihm Geld gaben für seine wohltätigen oder kirchlichen Zwecke, soviel er haben wollte, und meist, ohne daß er sie bat. Es war als rührte dieser Mensch irgendeinen geheimen Zauberstab, mit dem er die Herzen bezwang und selbst die gleichgültigen seinem Zwecke dienstbar machte . . .

Kestner kam öfter zu Martin. Immer war es ein bestimmter Anlaß, mit dem er sich einführte, ein Rat, den er brauchte, eine Erkundigung, die er einziehen, ein Buch, aus dem er sich über irgendwelche amtlichen Dinge unterrichten wollte. Aber Martin merkte bald, daß dies alles nur Vorwand war und eine andere Triebkraft diese Besuche veranlaßte: er tat dem Kollegen leid, seine Einsamkeit und Abgeschlossenheit dauerten jenen.

„Wenn ich so das Leben sehe, das Sie hier führen," sagte Martin bei solch einer Gelegenheit zu Kestner, „dann ist es, als stiege meine Vergangenheit wieder vor mir auf. Aber nicht als etwas, das einmal Ereignis und Wirklichkeit gewesen, sondern wie ein ferner, fremder Traum. Wie unmöglich wäre das jetzt alles für mich! Ich könnte mir gar nicht mehr vorstellen, daß ich solch ein Fest mitfeierte, an solch einer Tafel säße, an der ich mich früher einmal so heimisch gefühlt habe."

„Es ist eine unserer Aufgaben, und durchaus nicht die unwichtigste," gab der andere zurück.

Ein ironisches Lächeln spielte um Martins Lippen. „Das sagt er, um sich zu entschuldigen," dachte er bei sich, „gerade wie ich es früher tat."

Aber Kestner, als erriete er seine Gedanken, schüttelte den Kopf und fuhr fort: „Solch eine Tafel ist schon manchesmal für mich zur Kanzel geworden."

„Zur Kanzel?"

„Freilich nicht zu einer solchen, an der ich gravitätisch sitze und den Leuten, die zur Lust und Freude zusammengekommen sind, aufdringlich erbauliche Reden halte. Aber sehen Sie, so mitten in einem ganz weltlichen, ja heiteren Ge=

spräch, wie leicht läßt sich da ungewollt und un= gesucht ein ernsteres Wort einflechten, das dem anderen zu denken gibt und das Gespräch vom Seichten sacht in tieferes Fahrwasser lenkt."

„Und für solche Gespräche meinen Sie in Ihren Gesellschaften einen Boden zu finden?" fragte Martin ungläubig.

„Gewiß. Der kennt die Menschen nicht, der sie unempfänglich für ernste Anregungen hält. Zuerst zwar scheint es so. Aber wenn man ein wenig tiefer blickt, dann merkt man bald, daß sie im Grunde ihrer Seele alle unbefriedigt sind. Sie machen diese Art des Verkehrs mit, weil sie einmal die gegebene ist, sie kapseln sich in sich selber ein, sie wollen sich garnicht zeigen, wie sie wirklich sind. Aber wenn man das nun weiß und sich durch die Hülle nicht täuschen läßt, die sie dicht um sich ziehen, dann ist es so schwer nicht, den Zugang zu ihrem Herzen zu finden. Wie manches Mal habe ich schon neben einem Men= schen gesessen, der mir recht äußerlich und kleinlich erschien. Aber ich ließ mich doch die Mühe nicht verdrießen, zu sehen, ob er nicht auch so etwas wie eine Seele hatte. Und es dauerte nicht lange, und unser Gespräch zog inmitten des leichten Geplauders um uns her seine einsamen und tiefen Wege; er wurde mir später in mancher wichtigen Unternehmung ein treuer Helfer."

Er sagte das, ohne daß man je den Eindruck hatte, er wollte belehren oder gar sein Wirken in das rechte Licht stellen. Wie etwas, das ihm in Fleisch und Blut übergegangen war.

„Oder ich sitze auf solch einem Essen neben einer Dame, deren Haarschmuck allein das Lebensverdienst einer Familie aufweist. Und auch zu ihr baut sich eine stille Brücke hinüber, und wir sind plötzlich mitten in einer Unterhaltung, wie sie sie vielleicht bis jetzt noch nicht geführt hat. Wenn ich dann bei meinen Besuchen Menschen treffe, denen ein wenig Geld aus schwerer Lage helfen könnte, so weiß ich, zu wem ich zu gehen habe."

Martin war nachdenklich geworden. Von dieser Seite hatte er sein Leben bisher nicht betrachtet.

„In dem Einen hat er recht," sagte er zu sich selber, „es kommt darauf an, wo man auch ist, Wasser in Wein zu verwandeln. Vielleicht habe ich diese Kunst nie geübt. Aber noch ist es nicht zu spät; ich will sie lernen, wenn auch auf einem anderen Gebiete als auf dem seinen."

Und er schritt zur Tat.

Von seinem Vater hatte er ein beträchtliches Vermögen geerbt, der Tod seiner Mutter hatte es vermehrt. Durfte er den anderen predigen,

wenn er nicht selber mit dem guten Beispiel voran=
schritt? Was war ihm das Geld? So viele
ideelle Verluste hatte er überwinden müssen, was
kam es ihm jetzt auf die matriellen an?

Er ging zu Stephan Moldenhauer und hän=
digte ihm eine bedeutende Summe für seine
innere Mission ein. Dazu gab er selber jedem
Bittenden, der zu ihm kam. Freilich nicht ohne
weiteres. Auch hier stellte er seine strengen For=
derungen: seine Schützlinge mußten ein enthalt=
sames, arbeitsfreudiges Leben führen und
mußten sich auch kirchlich durch den regelmäßigen
Besuch seiner Gottesdienste und Bibelstunden be=
tätigen.

In den Herzen dieser Armen und Enterbten
hoffte er den rechten Nährboden für die Saat zu
finden, die er streute. Sie hinderte keine Be=
häbigkeit und kein Wohlstand, kein genußsüch=
tiges Sichklammern an die Freuden dieser Welt.

Und es schien wirklich, als sollte er richtig
vermutet haben. Die Großen und Gebildeten
hatten sich zurückgezogen, die Kleinen, die Armen,
die Verachteten kamen. Sie kamen in hellen
Haufen in seine Kirche, sie priesen unter Dank
und Tränen seinen Namen, sie grüßten ihn ehr=
furchtsvoll als ihren Wohltäter auf der Straße,
sie drängten sich zu ihm, seine Hände, seinen Rock

zu küssen Eine neue Sonne stieg über seinem Leben und Wirken auf, sein Name ging begeistert von Munde zu Mund. Er war der Helfer und der Held des Volkes geworden.

Aber da kam eines Tages der furchtbare Niederschlag.

Er hatte sein Vermögen bis zum letzten Heller ausgegeben und war lediglich auf sein Einkommen angewiesen. Er beschränkte sich auf das allergeringste, er aß nur das notwendigste, er wollte seiner Gemeinde das Vorbild der Entbehrung, der Entsagung geben; immer herber und unerbittlicher wurden die Forderungen, die er an sich und an die anderen stellte.

Aber sie hatten mit einmal ihre Kraft verloren. Jetzt, wo er die Bitten um Wohnungsmieten und Brot nicht schrankenlos mehr erfüllen, wo er in Krankheitsfällen nicht einspringen konnte, vollzog sich mit grausamer Sichtbarkeit der Abfall von ihm und seiner Lehre. Er fordere das Unmögliche, sagten sie von ihm, sein Christentum sei ein hartes, drückendes Joch, das das Leben nur noch schwerer und unerträglicher mache, er reiche den Stein denen, die ihn um Brot bäten.

Seine Gottesdienste vereinsamten aufs neue, sein Name wurde mit Geringschätzung oder Erbitterung genannt, er galt als Sonderling und Schwärmer, der sich und andere betrog.

Aber so schwer diese Enttäuschung an seiner Seele zehrte, beugen ließ er sich nicht von ihr. „Du bist immer noch nicht auf dem richtigen Wege," sagte er sich. „Es ist ein Irrtum, in der Kirche und von der Kanzel herab dein Evangelium Ohren zu predigen, die durch die Gewohnheit taub geworden sind. Auf den Markt des Lebens mußt du gehen, ins pulsierende Arbeiten und Schaffen hinein mußt du deine Verkündigung tragen."

Er veranstaltete christliche Volksversammlungen und hielt Vorträge. Aber sie waren nur mäßig besucht, und alle Bemühungen, ihnen zu einem Erfolge zu verhelfen, scheiterten. Schon drohte ihn dieser neue Fehlschlag zu entmutigen, da ließ sich nach solch einer Versammlung ein Arbeiter bei ihm melden.

„Ich heiße Kohlbinder," sagte der Mann, den ein ehrliches Gesicht und treue Augen beim ersten Anblicke empfahlen, „ich glaube dem Herrn Pfarrer bekannt zu sein."

Martin besann sich. Er hatte den schlichten Menschen öfter in seinem Gottesdienst und den Versammlungen gesehen, ganz vor kurzem noch; den allgemeinen Abfall von ihm schien er nicht mitgemacht, sondern sich, unbeirrt durch seine Berufsgenossen, zu ihm gehalten zu haben.

„Was führt Sie heute zu mir?"

„Ich habe dem Herrn Pfarrer ein offenes Bekenntnis abzulegen: Ich bin nämlich Sozialdemokrat."

„Sie sind Sozialdemokrat?"

„Ja, der Herr Pfarrer wundern sich, daß ich dann in die Kirche gehe. Ich hab's auch früher nicht getan; aber das kam so. Meine Frau, die von den Sozialen nichts wissen will, mit der ich aber sonst im guten Einvernehmen lebe, geht regelmäßig in die Kirche, wenn der Herr Pfarrer predigen.

„Vater," sagte sie dann jedesmal zu mir, „den sollst du man hören, der redet gar nicht anders wie du öfter, der bringt dich wieder noch zum lieben Gott zurück." Na, eines Sonntags kam ich denn auch wirklich in die Schloßkirche, und weiß Gott, meine Frau hat recht gehabt."

Eine stille aber große Freude ging durch Martins Seele. Also war doch nicht alles vergeblich gewesen, was er in heißer Arbeit gesät, also hatte es doch seine verborgene Frucht getragen!

„Aber es war noch etwas anderes, was mich heute zum Herrn Pfarrer trieb," sagte der Ar=

beiter, holte tief Atem, drehte die Mütze in den schwieligen Händen und fuhr fort: „Der Herr Pfarrer haben jetzt öfter in Volksversammlungen gesprochen, ich war jedesmal da und auch einige von meinen Genossen. Und da dachte ich bei mir: Wenn der Herr Steppenreiter doch auch einmal zu uns kommen wollte! Wir Sozialdemokraten sind garnicht so schlecht, wie man uns immer machen will, und ein Christentum, wie Sie es den Leuten bringen, so ein Christentum für die Armen und Unterdrückten, das könnten wir schon brauchen. Dann würde der Herr Pfarrer doch auch eine große Gemeinde finden, in diese Versammlungen kommen ja nur so wenige. Darum meinte ich, wenn Sie einmal zu uns so redeten, wie Sie es heute Abend und auch so manches Mal des Sonntags in der Kirche getan —"

Er hatte bis dahin sehr sicher und ruhig gesprochen, jetzt hielt er in einer aufsteigenden Verlegenheit plötzlich inne. Und nun war es eine ganze Weile still zwischen ihnen.

Wie eine Offenbarung war die Rede des einfachen Mannes in Martins Herz gedrungen. Was jener ihm sagte, das hatte er sich in der letzten Zeit selber so manchesmal gesagt: daß er, um die letzte Konsequenz seiner neugewonnenen Erkenntnis zu ziehen, sein Evangelium in jene Kreise tragen mußte, die sich in Unverständnis und Erbitterung von ihm entfernt hatten, obwohl zwischen ihnen und dem Kerne dieses Evangeliums soviel Verwandtes, ja Gemeinsames war. Sie einer wahren Auffassung des Christentums, wie Christus es verkündet und gewollt hatte, zurückzugewinnen, und wenn das auch nicht möglich war, ihr Herz wenigstens für das Große und Überwindende seiner Religion zu öffnen, das erschien ihm als das höchste und letzte Ziel, das ihm auf der Welt geblieben war.

Und wenn es einen noch so schweren Kampf kostete, weil er auch diesen Abtrünnigen gegenüber wahrhaft bleiben wollte, wenn seine Aufrichtigkeit ihn vielleicht in die größte Gefahr brachte, was kam es auf ihn an und auf sein Glück? Was hatte er auf dieser Welt, die keinen Platz mehr für ihn zu haben schien, noch zu verlieren? Wahrlich, wie ein Bote Gottes stand dieser schlichte Arbeiter und seine Bitte vor ihm.

"Ich werde zu Ihnen kommen und in Ihrer Versammlung reden," sagte er mit kurzem Entschlusse und reichte jenem wie zur Bekräftigung seines Wortes die Hand.

* * *

„Vortrag des Herrn Pfarrer Steppenreiter von der Schloßkirche: „„Sozialdemokratie und Christentum"", die Genossen werden gebeten, recht zahlreich zu erscheinen."

So stand es wenige Tage später in großer, in die Augen fallender Schrift auf allen Anschlagsäulen der Stadt zu lesen. Und die Leute, die vor diesen Plakaten halt machten, schüttelten den Kopf und tauschten abfällige oder spöttelnde Bemerkungen miteinander.

Kestner kam zu Martin.

„Sie sollten morgen abend nicht sprechen," drang er in ihn, „es ist die erste Bitte, die ich an Sie habe, Sie sollten sie mir, sich selber zuliebe erfüllen."

Er sprach so freundschaftlich warm, eine so ernste Besorgnis lag auf seinen Zügen.

„Es ist alles festgesetzt, ich werde mich nicht zum Gespötte machen."

„Es ist besser, Sie fordern einen Unwillen heraus, der in wenigen Tagen beschwichtigt ist, als daß Sie einen Sturm beschwören, den keine Zeit mehr besänftigt."

„Es ist mein wohlüberlegter, reiflich erwogener Entschluß."

„Sie leben in einem verhängnisvollen

Wahn, wenn Sie meinen, eine Brücke bauen zu können zwischen dem, was Ihnen heilig erscheint, und einer Partei, die das Christentum, auch in seiner sozialen Gestaltung, von Grund aus verwirft."

„Ich werde diese Brücke bauen."

„Sie wird unter Ihren Händen zusammenbrechen und Sie unter ihren Trümmern begraben. Und ob es dann noch ein Aufstehen für Sie geben wird —?"

Martin zuckte die Achseln. „Sie mögen es gut meinen, lieber Kollege," brach er das Gespräch ab, „aber Sie werden mich nicht abtrünnig machen. An Einem wenigstens hat es mir nie gefehlt: am Mute für das einzutreten, was ich als recht erkannt habe."

Nun kam auch Bodenburg, und auch er sprach wie ein wohlmeinender Freund, ja mit einer verständnisvollen Achtung, die er selbst diesem äußersten Schritte nicht versagen konnte. Erst als alle seine Worte in den Wind geredet waren, änderte er sein Verhalten.

„Dann, lieber Steppenreiter, muß ich den Freund einstweilen beiseite lassen und im Auftrage Ihrer Behörde sprechen. Sie untersagt Ihnen hiermit auf das strengste einen Vortrag in einer sozialdemokratischen Versammlung, sie

macht Sie zugleich auf die sehr ernsten Konse=
quenzen aufmerksam, die eine Nichtbeachtung
dieses strikten Verbotes für Sie zur Folge haben
würde."

Martin las das amtliche Schreiben durch,
das jener ihm überreichte.

„Es tut mir leid," sagte er dann ruhig und
bestimmt, „diesmal nicht gehorchen zu können.
Eine innere unwiderstehliche Nötigung meines
Herzens treibt mich, morgen Abend zu sprechen."

Da ging auch Bodenburg.

Die Dämmerung da draußen, die jetzt schon
am frühen Nachmittag begann, stieg wie ein
bleierner Traum in die Straßen hinab, ein
leichter Schnee, vom schwachen Winde müde ge=
trieben, fiel langsam zur Erde, fahl und schwer
lag das Wolkengrau über dem Häusermeer. Eine
schmale Mondessichel zeigte sich am Abendhim=
mel, aber nur für kurze Augenblicke, wenn die
Wolken sie freigaben und der Nebel die dichte
Hülle ein wenig lüftete; dann glänzte wohl auch
ein früher Stern irgendwo auf. Aber nur
wenige sahen ihn, und als die künstlichen Lichter
erst in der Stadt entzündet waren und wie
Feuerschein durch die Straßen lohten, da gab es
keinen Himmel mehr und keinen Mond und keine
Sterne.

In dem alten Pfarrhause an der Schloß=
kirche schien das Treiben der Großstadt er=
storben. Ihr Wagengerassel und Räderdonnern
drang in diese Sackgasse nicht, nur von weitem
brandete das Gewoge in ihre Abgeschlossenheit
wie fernes Meeresrauschen. Nirgends konnte
man mitten im Leben so einsam, so weltentrückt
sein als in diesem alten Pfarrhause. Wie man=
ches Mal, besonders in der letzten Zeit, hatte
Martin das empfunden, ein Eremit mitten in
der Großstadt war er sich erschienen.

Heute aber lastete die sonst wohltuend emp=
fundene Einsamkeit drückend auf ihn. Er ging
einen schweren, entscheidenden Gang, er wußte,
daß er ihn seine Stellung, sein Amt kosten
konnte, und daß dann seines Bleibens in dieser
Stadt nicht länger war.

Und nicht ein einziger Mensch war
bei ihm in dieser schweren Stunde, alle,
die sich einst so glaubensstark seinen zur
frohen Fahrt gestrafften Segeln anvertraut, sie
hatten jetzt sein sinkendes, totgeweihtes Schiff ver=
lassen, die letzten, die treu zu ihm gestanden,
Kestner und Bodenburg, waren traurig und ent=
täuscht von ihm gegangen.

Immer trüber wurden seine Gedanken, er
nahm ein Buch vor, um sich gewaltsam von ihnen

lozureißen; aber er las nur wenige Zeilen, dann legte er es beiseite, es bannte die Schatten doch nicht, die in seiner Seele aufstiegen wie da draußen die Nacht, die dunkel und schwer auf den Mauern der alten Kirche lag.

Da tönte leise durch die dumpflastende Stille der jetzt nur selten gehörte Klang der Hausglocke, ein schneller elastischer Schritt stieg die Treppe hinauf, eine freudige Ahnung zuckte durch seine Seele — Marie Bonin stand vor ihm. Sie in ihrer schwarzen Kleidung, die sie noch trug, obwohl mehr als ein Jahr über den Tod ihres Mannes dahingegangen war, die edlen Züge ein wenig geschärfter als sonst, aber ruhig und ohne merkbare Erregung, er abgehärmt und blaß, aus tiefliegenden Augen sie erstaunt und doch mit einem leichten Aufleuchten des Glücks anblickend, so standen sie sich eine Weile gegenüber, ohne das Wort zu finden, das ihnen auf den Lippen brannte.

„Ich kam eben aus Storkow in die Stadt," nahm endlich Marie das Wort. „Meinem Vater geht es schlecht, ich war beim Arzte. Da hörte ich von Ihnen, — nein, Sie brauchen mir nichts zu sagen, ich weiß alles."

„Und haben trotzdem den Glauben nicht an mich verloren, wie die anderen alle?"

„Wäre ich sonst zu Ihnen gekommen?"

Und ihre Augen begegneten sich, und eine wachsende Wärme klang durch ihre Worte, als sie fortfuhr:

"Wir sind uns mit einer gewissen Geflissenheit im Leben aus dem Wege gegangen — und hätten uns doch gewiß so manches zu sagen gehabt. Aber eine Stunde wie diese durchbricht aufgerichtete Schranken. Sie haben viel Schweres in der letzten Zeit durchgemacht und rüsten sich zu noch Schwererem."

"Ich will das Letzte wagen, nachdem mir alles fehlgeschlagen."

"Ich habe es immer gefürchtet, unausgesetzte Mißerfolge müssen auch den Stärksten mutlos machen."

"Nein," erwiderte er mit lebhafter Entschiedenheit, "die waren es nicht, die hätte ich überwunden, alle, wenn nur nicht etwas anderes gewesen wäre — verstehen Sie mich denn nicht, Sie, die Sie mir so manchesmal bis ins tiefste Herz gesehen haben? — Der Zweifel an mir selber, dieser fürchterliche, beugende Zweifel, das war es."

Ganz in sich versunken stand er da, er schien sie kaum zu sehen, sein Blick war nur in sich hineingerichtet.

"Ich habe mich gegen ihn gewehrt mit zäher Kraft," fuhr er leise fort, als spräche

er mit sich selber, „und mich nur um so ener=
gischer an meinen Glauben geklammert. Aber
als ich unter meiner Saat die Herzen welken
sah, deren Blüte ich wollte, als ich statt des
Glücks und Friedens überall hin das Unglück
und den Unfrieden trug, als die liebsten Men=
schen —", er brach schnell ab, „sehen Sie, da kam
die Frage über mich, die mir einmal ein anderer
wie einen schweren Stein auf den Lebensweg ge=
worfen, und die mich nun Tag und Nacht heim=
suchte: Kann das eine gute Wahrheit sein, die
solche Früchte zeitigt?"

Aber dann sich aufraffend, mit freigewor=
dener Stimme:

„Und doch — trotz all dieser Zweifel
und Fragen lebte etwas in mir auf, das
mir immer wieder zurief: Deine Sache ist die
gute, du darfst sie nie verlassen! Können Sie
diesen wunderlichen Zwiespalt verstehen? Oder
lachen Sie mich auch aus wie die anderen?"

Ein stiller Ernst schattete um ihre Züge, die
nachdenklich und in sich gekehrt erschienen.

„Erinnern Sie sich noch jenes Abends,"
sagte sie nach einer längeren Pause, „als wir
uns zum ersten Male in dieser Stadt auf dem
großen Feste bei Reichenbachs trafen? Die an=
deren rüsteten sich zum Heimgange, wir standen

in lebhafter Unterhaltung. „„Werden ist Leben, Gewordensein ist Tod,"" sagten sie damals. Und wir sprachen von der Treue gegen sich selber, die nie etwas Fertiges und Gegebenes wäre, sondern das Gesetz der inneren Entwickelung."

„Ganz recht," erwiderte er ein wenig zerstreut, als wüßte er nicht, worauf ihre Worte hinauswollten.

„Dies Gesetz der inneren Entwickelung hat sich in Ihnen vollzogen, naturnotwendig, solange ich Sie kannte. Denn seine Wandlungen sind unabweisbar und unerbittlich wie das Leben selber, mit dem es so schwer ist, fertig zu werden."

„Ich glaube," sagte er mit einem wehmütigen Lächeln, „mir ist es bis zum heutigen Tage nicht gelungen."

„Keinem, der es wirklich ernst mit ihm meint. Und es ist gut so; denn wer mit ihm fertig wird, bleibt immer in seinen Niederungen. Nur wer stetig sich entwickelt, kann auf seine Höhe gelangen."

„Aber der Weg dorthin —"

„Es ist der schwerste, den es gibt, und er führt durch Irrtum und Leid: der Weg zu unserem Selbst. Sie sind ihn gegangen und werden ihn nun die anderen führen!"

Da ging ein helles Leuchten über sein Antlitz.

„Das ist auch meine Hoffnung, ganz gewiß. Und wenn Sie alle sich von mir wenden —"

„Wundert Sie das? Sie haben den Mut gehabt, mit dem, was sie als wahr und recht erkannt, gegen Ihre ganze Umgebung sich aufzulehnen und es zu verfechten bis zum letzten Atemzuge, Sie sind sich selber treu geblieben. Dies Bewußtsein wird Ihnen Kraft verleihen wider alle Verkennung und allen Abfall, die nur den Kleinen beugen können. Und damit Sie nicht denken sollen, es gibt in dieser großen Stadt nicht eine Seele, die zu Ihnen steht, die die Größe und den Mut Ihres Handelns mit Ihnen fühlen kann, bin ich in dieser letzten Stunde gekommen, und was ich Ihnen nie gesagt, nie habe sagen wollen, das lassen Sie mich in diesem Augenblicke der Entscheidung aussprechen: Sie haben als ein Held gekämpft, und wenn Sie morgen unterliegen, dann fallen Sie als ein Held!"

Nie hatte sie ihm so die tiefsten Empfindungen ihrer Seele offenbart, nie hätte er es für möglich gehalten, daß diese verschlossene, das Wort so ängstlich wägende Frau in dieser Weise zu ihm reden könnte. Und nun war mit einemmale alles klar und licht in seiner Seele. Ihm war, als teilten sich die Wolken, die bis dahin über ihm gehangen, als wiche der bannende Druck, der seine Seele mit winterlichen Fesseln gehalten, und als zöge durch die gelöste Starre der Lenz und der Sieg mit Schalmeien und Jubelliedern. So leicht war ihm, so hochgehoben über alle irdische Traurigkeit und Last, über alles Zweifeln und Zagen, als wüchsen seiner Seele Schwingen und trügen ihn in hohem, stillem Fluge hinein in das gelobte Land der Verheißung, das er sein ganzes Leben mit zehrender Sehnsucht gesucht, das er nur von ferne geschaut, und durch dessen lichte, leichte Gefilde er nun dahinzog, ein Freigewordener, ein Überwinder, einer, der nicht unterliegen kann und sterben, der stark und freudig von neuem das Leben umfaßte, an dem er bereits irre geworden.

Er hielt ihre Hand in der seinen, er wollte ihr danken, aber er fand keine Worte, so groß und beherrschend war das Glück, endlich, in der Stunde des Scheidens vielleicht, die gefunden zu haben, die er sein ganzes Leben lang, das war ihm in diesem Augenblicke unwiderleglich klar geworden, allein geliebt und gesucht — und die an ihn glaubte!

Eine unwiderstehliche Gewalt zog ihn zu ihr hin, seine Lippen dürsteten nach den ihren. Und fanden sich und brannten auf einander. Es war nur ein einziger Kuß, den sie tauschten. Aber es lag Unendlichkeit in ihm, die stille, ernste Weihe der Ewigkeit.

Nun mochte geschehen, was da wollte, nun mochten sie ihn verachten und ausstoßen und entsetzen, eine wunderbare Bereitschaft war über ihn gekommen, — er ging als Sieger.

17. Kapitel.

Der entscheidende Abend ist gekommen. In dem großen, von Qualm und schlechten Ausdünstungen erfüllten Saal der Concordia staut sich Kopf an Kopf eine gewaltige Menge. Nicht nur die Mitglieder und Anhänger der Partei sind erschienen. Aus allen Kreisen und Ständen der Stadt sind die Menschen in hellen Scharen herbeigeeilt. Es gilt ja Zeuge eines großen Ereignisses zu sein. Der einst so gefeierte Pfarrer der vornehmen Schloßgemeinde, der verhätschelte Liebling der Gebildeten und Angesehenen, der dann der Welt, in der er einst so heimisch gewesen, den Fehdehandschuh hingeworfen und sie mit zäher Konsequenz in Wort und Tat bekämpft, er ist nun auf der letzten Stufe seines Niederganges angelangt, er ist gekommen, den Pakt zu schließen mit den Todfeinden seiner Kirche.

Der Vorsitzende eröffnet die Versammlung, begrüßt mit volltönenden und gezirkelten Worten den „vielverehrten" Pastor als einen willkomme=

nen Gast in den Kreisen der Partei und erteilt ihm das Wort.

Nun tritt Martin auf das Podium. Einige klatschen Beifall, andere zischen sie nieder. Von den beiden herabhängenden Gasflammen scharf beleuchtet ist sein Antlitz graubleich. Aber eine helle Zuversicht liegt auf ihm, eine stille Siegesfreude. Nur seine Stimme ist belegt und auch ein wenig zaudernd, man weiß nicht, ist es augenblickliche Befangenheit, vor einer ihm so fremden Gemeinde zu sprechen, ist es die letzte, einmal noch wankende Überlegung vor dem entscheidenden Schritte.

„Liebe Freunde," beginnt er mit einfachen von jedem Pathos fern sich haltenden Worten, „es werden viele in diesem Saale sein, die nicht begreifen, wie ein Pastor im kirchlichen Amte hierher kommen kann, um zu Ihnen zu sprechen. So lassen Sie mich zuerst sagen, was mich zum Erstaunen dieser Leute hierhergetrieben hat. Die feste Überzeugung ist es gewesen, daß Sozialdemokratie und Christentum, sofern beide nicht äußerlich, sondern in ihrem Kern und Wesen erfaßt werden, nahe miteinander verwandt sind. Ich habe manchen schweren Kampf durchgemacht, bis die Erkenntnis unwiderleglich vor meiner Seele stand, daß vieles heute in der christlichen Gesellschaft unhaltbar geworden ist, und daß die Kirche ein Unrecht tut, das Morsche und Zusammenbrechende mit künstlichen Stützen aufrechthalten zu wollen

Worin nun besteht der Krebsschaden unseres christlichen Lebens? Darin, daß ein unheilbarer Widerspruch sich auftut zwischen dem, was verkündet, und dem, was getan wird, daß das, was die Kirche lehrt und was in unserem gesellschaftlichen Leben gelebt wird, in einen unvereinbaren Gegensatz geraten ist. Da hilft kein Überbrücken und Verkleistern. Wollen wir gesunden, so muß das Alte fallen und die ursprüngliche Absicht des Christentums in ihrer Reinheit wieder hervortreten. Was zu allererst fallen muß, ist die verweltlichte und veräußerlichte Fassung des Christentums, die Gott zum bloßen Kultusgegenstand in der Schätzung der Menschen herabsinken läßt und trotz aller strengen Gesetze und Dogmen zu jedwedem Kompromiß mit der Welt bereit ist."

Seine Stimme hat jede Unsicherheit und Befangenheit von sich gestreift, er spricht mit andringender Wärme, als er jetzt auf die heute bestehenden gesellschaftlichen Verhältnisse eingeht und sie in das Licht des Evangeliums stellt. Mit scharfen Worten geißelt er die Selbstsucht, die auch die Botschaft der Selbstlosigkeit ihren niedrigen Zwecken dienstbar machen will, und die Mammonssucht der Kreise, die sich die führenden nennen.

Seine Rede ruft einen Sturm von Beifall hervor, man schreit seinen Namen, jauchzt und johlt ihm begeisterte Hochs entgegen und klatscht in die schwieligen Hände. Ja, so laut und anhaltend äußert sich das Entzücken, daß der Vorsitzende eine kurze Pause eintreten lassen muß, nur damit die freudige Erregung einigermaßen abdämmen kann

Und nun spricht Martin weiter:

„Lieben Freunde, nachdem Sie so zustimmend und dankbar meine bisherigen Ausführungen aufgenommen, darf ich Sie wohl bitten, auch dem ein ernstes und wohlwollendes Gehör zu geben, was ich Ihnen jetzt zu sagen habe.

Daß unsere sozialen Verhältnisse bedenklich zerfahren sind, ist mir wie Ihnen gleich klar. Nur in einem unterscheiden sich unsere beiderseitigen Ansichten. Sie meinen, daß Ihre heißen Besserungsbemühungen eine wesentliche Reform herbeiführen werden, sowie es möglich gemacht wird, sie in die Tat zu setzen. Und ich — ich glaube es nicht, ich kann es nicht glauben. Warum nicht? Weil ich der festen Überzeugung bin, daß eine Genesung unserer gesellschaftlichen Verhältnisse nur möglich ist, wenn sie vom Geiste jenes echten, innerlichen Christentums befruchtet werden, von dem ich vorhin gesprochen habe. Nur wo er weht, ist Leben und Kraft, nur wo er sein Banner aufpflanzt, gedeiht die wahre Freiheit. So lange Sie diesen Geist mißachten und ihm keine Wohnstätte gönnen, so lange tragen alle Ihre aufrichtigen Liebesmühen nicht den Samen in sich, der die Verheißung der Zukunft hat. Ja, lassen Sie es mich offen und freiwillig sagen: So lange wird die Sozialdemokratie trotz aller Idealität, die sie zweifellos in sich birgt, trotz aller Größe der vorgesteckten Ziele eine Partei des kleinlichen Egoismus bleiben und unter die Menschen, die sie versöhnen will, Haß und Unfrieden tragen."

Mit einer Unerschrockenheit, die etwas Verblüffendes hat, rechnet er jetzt mit der Sozialdemokratie ab, hält ihr ihre Irrtümer vor und stellt sie der Wahrheitsforderung des lebendigen Gottes gegenüber.

Ist er so in seinem Gegenstand vertieft, wohnt eine so starke Zuversicht in seinem Herzen, daß er gar nicht merkt, welch ein Befremden seine Ausführungen hervorrufen, wie man hier und dort den Kopf energisch schüttelt, wie erst leise, dann lauter werdende Entrüstungsrufe zu seinem Rednerpulte emporbringen?

Oder sind es wirklich nur die Wider=

sprüche einzelner? Steht diese Versammlung als ganzes noch derartig unter dem Banne des Freimuts und der hinreißenden Beredsamkeit dieses begnadeten Geistlichen, daß ihr der Sinn seiner Worte kaum zum Bewußtsein kommt, daß sie gar nicht begreift, daß derselbe Mann, der eben die modernen gesellschaftlichen Zustände als nicht vereinbar mit dem wahren Geist des Christentums bezeichnet hat, nun auch die völlige Unhaltbarkeit der Sozialdemokratie in ihrem gegenwärtigen Zustande dartut?

Macht das allgemeine Schweigen ihn vollends verblendet? Immer schärfer legt er die Axt an die Wurzel, immer wuchtiger klingen seine Hiebe durch den Saal.

Da geht ein Erwachen durch das große Ungetüm zu seinen Füßen, es reckt sich hoch empor, es reibt sich die Augen, die Schuppen fallen, die es solange blind gemacht. Und es duckt sich zum Sprunge.

Eben hat der Redner die Sozialdemokratie in ihrer heutigen Verfassung eine unheilvolle Lüge genannt — einen Augenblick ist es totenstille, als schwebte unsichtbar ein Engel durch den Raum, dann bricht mit geradezu elementarer Wut ein Getöse los, ein wüster, sinnverwirrender Lärm, der den letzten Zwang von sich weist und nicht nur den Saal, sondern das ganze Gebäude in seinen Grundfesten erbeben läßt, als rüttle es ein rasender Orkan. Ein Pfeifen, ein Heulen und Zischen, daß der robuste Kronleuchter mit den flackernden, singenden Gasflammen schwankt und zittert, als wolle er aus seiner Höhe herabstürzen. Und durch die grauen Wolken emporwirbelnden Staubes, über fallende Tische und Stühle hinweg schiebt und drängt und stößt sich ein unheilvoll flutender Strom entfesselter Menschen und hebt die Arme und ballt die Fäuste. Der Vorsitzende ist machtlos, der Polizeikommissar, der die Versammlung auflöst, läßt seine Mannschaft antreten. Aber schneller als sie ist eine Horde halbwüchsiger, leidenschaftlicher Burschen bis zu dem Rednerpult emporgedrungen und umringt Martin. Der scheint die Gefahr nicht zu erkennen, dieselbe ruhige Siegeszuversicht liegt auf seinen Zügen, ein stolz verächtliches Lächeln spielt um seine bleichen Lippen.

Mit einem Male — man weiß nicht, was geschehen ist. Nur das einer der Burschen das leere Bierglas erhoben, daß ein Arm durch die Luft gesaust ist, haben einige gesehen, ein pfeifender Ton, ein unterdrückter Aufschrei, dann ein dumpfer Fall — der Lärm verstummt, lähmendes Entsetzen tritt an seine Stelle — und nun tiefe atemlose Stille

Und wieder geht ein Engel durch den Raum. Aber diesmal ist es der Todesengel.

Bestürzt und mit dem Ausdruck stumpfen Staunens steht der Täter und läßt sich willig von der Polizei abführen. Er hat es so böse nicht gewollt. Aber der da oben hat so ruhig und unbeirrt gestanden, nicht wie ein Mensch, sondern wie ein Geist, die Hände unbeweglich über der Brust gefaltet, nicht einmal mit dem Kopfe hat er gezuckt. Und so ist es geschehen.

Man hat Martin auf eine schnell herbei= geholte Bahre in das nahe liegende Krankenhaus gebracht. Er ist nicht mehr zum Bewußtsein ge= kommen. Mit dem Ausdruck trotzender Zuver= sicht auf dem bleichen Antlitz ist er gestorben, und auf seinen Lippen liegt noch lange Zeit ein stillverklärtes Lächeln.

Als wäre er als ein Sieger gegangen!